Shostakóvich contra Stalin
(Cuarteto de la guerra III)

XAVIER GÜELL

Shostakóvich contra Stalin
(Cuarteto de la guerra III)

Galaxia Gutenberg

Galaxia Gutenberg,
Premio Todostuslibros al Mejor Proyecto Editorial, 2023,
otorgado por CEGAL (Confederación Española de Gremios
y Asociaciones de Libreros).

Publicado por
Galaxia Gutenberg, S.L.
Av. Diagonal, 361, 2.º 1.ª
08037-Barcelona
info@galaxiagutenberg.com
www.galaxiagutenberg.com

Primera edición: mayo de 2024
Segunda edición: mayo de 2024

© Xavier Güell, 2024
© Galaxia Gutenberg, S.L., 2024

Preimpresión: Maria Garcia
Impresión y encuadernación: Sagrafic
Depósito legal: B 82-2024
ISBN: 978-84-19738-72-1

A Rebeca Largo
In memoriam

PRELUDIO

Sábado, 5 de julio de 1975
Estudio de Dmitri Dmítrievich Shostakóvich,
en su dacha de Zhukovka, a treinta kilómetros de Moscú
Acaban de dar las doce de la noche

Tengo ocho horas para terminar la *Sonata para viola y piano*, y tal vez mi vida. A partir de esta noche la historia de Dmitri Shostakóvich será de los demás.

Me denunciaron muchas veces por traicionar a la Unión Soviética y me criticaron otras por someterme a sus dictados. Que lo sigan haciendo. ¿Quién puede saber lo que se oculta en mi alma? Quizá ni yo mismo.

Cerrar el círculo, desafiar al destino, a ese frío que entumece mi mano derecha. Me aferro a Beethoven cuando no queda nada más. El tercer movimiento de la *Sonata para viola y piano* prolongará su *Claro de luna*.

Camino sin avanzar, voces de agua que brillan, fluyen, se pierden, nunca llegamos, nunca estamos donde estamos, nada se mueve, nada que oír salvo la sonata para viola, sentimientos líquidos, latidos sin tiempo, lenta luz que se abre sobre sombras que reconozco.

Mi vida vivida, lejana leyenda rota. Te escucho, Irina, deja reposar tu mano en la cuesta del cielo hasta que un ángel nos bese en la frente.

Me falta el aire, me falta el cuerpo, me falta la piedra que es almohada y losa, cadencia que espera mi última nota, Irina, mientras miro a través de la oscuridad, hacia otra oscuridad más oscura.

Creo en la noche: noche tras noche, más de veinticinco mil han sido mis noches para llegar al final. Noches como puños que golpean, un estallido que rasga el silencio, voces desaparecidas, música callada, el camino que me lleva al infierno.

Tú, angustiador, ¿no oyes romper en ti la ola de todos mis tormentos? Si yo sueño, tú eres mi sueño.

¿Cuándo llegarás?

Reducido a desnudez y a noche, y al amor que terminará, la semilla de mi destrucción florece en el desierto, yo no soy más que una súplica que nadie escuchará.

Respira, despacio, más despacio.

La luz de la habitación de mi mujer, Irina, está encendida, tampoco ella puede dormir; fuera no se oye ningún ruido, no hace viento, ni siquiera hay luna, noche de agosto, oscura. Amo a Irina más que a mi propia vida, se lo digo a menudo y sonríe, si no fuera por ella habría muerto hace tiempo; ayer me dijo que no soportaba la idea de perderme, luego me dio un beso y se alejó en silencio; a veces la oigo llorar, está agotada, igual que yo; le he pedido que no entre en mi estudio antes de las ocho de la mañana, sabe que tengo que acabar la sonata para viola; estoy en el tercer movimiento y me pregunto si va a ser un homenaje o un plagio del *Claro de luna*. Solo Beethoven podría contestar.

¿Llaman a la puerta? ¿Ha llegado ya...? Quedan aún ocho horas para que finalice el plazo que habíamos acordado.

Me levanto del piano con dificultad.

—¡Ah!, eres tú, Dmitri... ¿Otra vez una pesadilla?

—Sí, abuelo, otra vez.

—Yo también las tenía a tu edad; las personas inteligentes suelen tener pesadillas, eso debería consolarte.

—¿Puedo quedarme un rato contigo? No quiero volver a soñar.

—Sí, claro, claro que sí. Ven, sentémonos en este viejo sofá que tanto le gustaba a tu abuela.

–Cuéntame el cuento de *La sirenita*, abuelo, es el que más me gusta.

–Sabes, cuando era poco mayor que tú, compuse una obra sobre *La sirenita*.

–¿Por qué no me la tocas?

–Es tarde. Despertaríamos a tus padres y a Irina.

–Papá y mamá se han ido.

–¿Así que te has quedado solo?

–Con Irina y contigo.

–No lo sabía.

–Quieren darte una sorpresa. Por tu cumpleaños.

–¿Mi cumpleaños? Todavía faltan más de dos meses.

–¿Cuántos vas a cumplir, abuelo?

–Sesenta y nueve. ¿Te parecen muchos?

–Muchísimos.

Dmitri se tumba en el sofá y bosteza; voy a buscar una manta, le cubro las piernas, me siento junto a él y empiezo el cuento:

–En el fondo del más azul de los océanos había un maravilloso palacio en el cual habitaba el rey del mar, un viejo y sabio tritón que tenía una abundante barba blanca...

–¿Qué es un tritón, abuelo?

–¿No lo sabes?

–No.

–Es el gran señor del mar, hijo de los dioses griegos Poseidón y Anfitrite.

–¿No es el que tocaba la trompeta?

–En efecto, a menudo aparece representado con una caracola, que toca como si fuera una trompeta.

–Tú eres el gran señor de la música, ¿verdad, abuelo?

–Eso dicen algunos, aunque no todo el mundo está de acuerdo. ¿Quieres que siga?

–Sí.

–Vivía en una espléndida mansión de coral multicolor y de conchas preciosas, junto a sus hijas, cinco bellísimas sirenas...

–La más hermosa de todas era la sirenita.

–La sirenita, la más joven, además de ser la más bella, poseía una voz maravillosa; cuando cantaba acompañándose con el arpa, los peces acudían de todas partes para escucharla, las conchas se abrían, mostrando sus perlas, y las medusas al oírla dejaban de flotar...

–¿Tu abuelo también te contaba cuentos?

–No. Murió antes de que yo naciera.

–¿Y no tuviste abuelo?

–Sí. Se llamaba Boleslav Petróvich Shostakóvich. Era un viejo revolucionario polaco que se jugó la vida por defender sus ideas.

–Como Lenin.

–No exactamente.

–Ah...

–Participó en la insurrección de Polonia contra Rusia de 1863 y organizó la huida al extranjero de un general polaco muy importante llamado Jaroslav Dabrowski. Más tarde lo acusaron de haber intervenido en el magnicidio del zar Alejandro II.

–¿Qué es un magnicidio, abuelo?

–El asesinato de un rey o de un zar.

–¿Y tu abuelo mató al zar?

–No. Lo juzgaron y lo declararon inocente. Sin embargo, fue desterrado a Tobolsk, la antigua capital de Siberia.

–En Siberia hace mucho frío, ¿verdad?

–Sí, pero es un lugar muy hermoso. Nuestra familia proviene de ahí. Yo debería haberme llamado Jaroslav, en homenaje al general polaco al que mi abuelo ayudó a escapar.

–Qué nombre más feo.

–A mí tampoco me gusta, pero estuvimos a punto de llamarnos así. Ya sabes, el nieto mayor, en muchas ocasiones, lleva el nombre del abuelo. ¿Quieres que te explique lo que sucedió?

–Sí, sí, cuéntamelo.

–El día de mi bautizo, padre llegó a casa antes de lo acostumbrado. Habían preparado el samovar. Tía Marusia tenía tres años y correteaba de un lado para otro como un ratón enjaulado. A las tres llegó el pope. Una pila bautismal portable presidía el salón, toda la familia estaba reunida en torno a ella. El sacerdote miró a mis padres y les preguntó: «¿Qué nombre le vais a poner?». «Jaroslav», contestaron los dos a la vez. El clérigo arrugó la nariz. «Jaroslav, ¿qué nombre es ese? Cuando vaya al colegio, sus compañeros no podrán ponerle un apodo, como es costumbre. ¿Por qué lo queréis llamar así?» Padre le contó la historia del revolucionario polaco, madre añadió que Jaroslav Dmítrievich sonaba mejor que Dmitri Dmítrievich y que, además, no querían repetir el nombre paterno. El pope levantó los brazos y sentenció: «Ya tenemos bastantes revolucionarios en Rusia como para añadir a la lista a agitadores polacos. ¡Me niego a ponerle ese nombre! Lo llamaremos Dmitri». Y ahí se acabó la historia.

–De buena nos libramos, abuelo.

–Así es. Y ahora intenta dormir, que yo tengo mucho trabajo y debo acabarlo esta noche.

Dmitri se sube la manta, se da la vuelta y cierra los ojos. Me quedo mirándolo unos segundos, mientras recuerdo los años en los que tenía su edad. Me sentía angustiado, quizá por la guerra que había vivido, por la sensación de lo fácil que resultaba morir, también matar. El temor a la muerte es la más intensa de las emociones, bajo su influencia la gente crea poesía, arte, música; yo he compuesto numerosas obras bajo el efecto de los gritos previos a la muerte. ¿A quién había oído gritar así?... ¡Señor, a veces mis obras parecen un mal sueño! No lo son: no hay nada tan real como el dolor.

Regreso al escritorio con el borrador de la *Sonata para viola y piano*. Será mi opus 147, el final. Lo abro por la primera página en blanco de lo que ha de ser el tercer movimiento que complete el *moderato* y el *allegretto* anteriores; elijo un lápiz de los muchos que tengo en la caja de madera que está encima de la mesa y anoto:

Adagio, cuatro por cuatro, *piano*, *tenuto*, *expresivo*, el mi de la viola se mantiene durante dos tiempos sin crecer, desciende hasta el re, sube hasta el sol sostenido, vuelve a descender al do sostenido... Sigo escribiendo: acordes de la viola en *pizzicato*, otra vez *arco*, la melodía se abre hasta la octava de re del piano, pausa..., música callada, más allá del dolor de mi decimocuarta sinfonía, de mi decimoquinto cuarteto de cuerda.

Ha empezado a diluviar, está granizando. Me restriego los ojos con un pañuelo, me lloran a menudo; el granizo rebota contra las farolas encendidas del jardín. Sí, los periódicos tenían razón: esta noche iba a llover en toda la región de Moscú, incluso anunciaron tormenta.

Irina ha apagado por fin la luz de su habitación; respiro hondo; trato de calmarme, pero no lo consigo.

Anoto: tres por dos, octavas en el piano, si, do sostenido, re, mi, cuatro por cuatro, viola, corchea con punto, semicorchea, blanca con punto, tres veces re, *crescendo*...

Maldita mano derecha, no para de temblar, así es imposible; debería haber seguido el consejo de Slava Rostropóvich y aprender a escribir con la izquierda; lo peor es que no puedo beber vodka, lo único que me alivia.

Vuelvo al piano y toco cinco acordes. No me gusta el resultado; pienso en el modo de encadenar la secuencia armónica añadiendo una cuarta aumentada, mientras miro de reojo a mi nieto que por fin se ha dormido; si Nina viviera estaría orgullosa de él: inquieto, obstinado como yo; estoy seguro de que será un buen pianista, no es pasión de abuelo, es seguridad de músico.

¿Por qué me viene ahora eso a la cabeza?

Nina estaba en la ventana sonriendo, tenía puesta la bata de color crema con el siete que nunca zurció. «Hagámoslo, Mitia, Dios, me muero de ganas», me dijo; entonces quedó encinta de Maxim y tuvo que rechazar el puesto que le ofrecieron en el laboratorio; cuando los niños dormían, me metía en su cama, apretaba los labios contra su oído y empezaba a susurrar maldiciones sobre el camarada Zhdánov; ella abría los ojos y en voz baja imploraba: «Por el amor de Dios, Mitia, las paredes son de papel, te van a oír».

Me retumban los oídos.

¿Quién dijo eso?:

«Al llegar la noche en que el alma le iba a ser reclamada, no se pudo aguantar y la entregó una hora antes.»

Ha dejado de granizar, pero el ambiente es húmedo. Irina ha vuelto a encender la luz. ¿Por qué no estoy con ella para tratar de tranquilizarla? Debo terminar la sonata, debo terminarla ante de que...

¡Hay un error! ¿Por qué he escrito fa sostenido cuando es fa natural? ¿No he escuchado bien la armonía? Debe ser la edad, o este temblor en la mano que no cesa, o este insomnio que me persigue desde hace meses, o esos fantasmas que tanto temo que vuelvan. No mantengo la concentración más de cinco minutos.

Sigue, sigue.

Sol, do, mi, arrastrar la melodía, las octavas del piano como el vuelo de gansos gigantes; así, así...

Debería hablar más a menudo con mi nieto sobre madre, su abuela. Quiero que sepa por mí las dificultades que tuvo para sacar adelante a la familia, tras la temprana muerte de padre: últimos estallidos de la Gran Guerra, Revolución, guerra civil, hambre, caos, crueldad, frío, sí, sobre todo frío. ¡Oh, madre! ¡Oh, madres de Rusia! ¡Madres coraje! La mía fue la mejor de todas. Cuando me metan en el féretro me envolveré con su sombra.

¿Dónde he puesto el lápiz?

Aquí.

Incrementar el flujo hasta el si bemol, disminuir el sol en el último tiempo del compás, siempre *piano* sin crecer, *legato*... ¡Eso es! ¡Ya lo tengo!

La mirada de madre era terrible cuando algo le enfurecía; mis hermanas y yo corríamos a refugiarnos junto a padre. «Malcrías a los chicos, así no hay manera de educarlos», decía ella con su imperativa voz de maestra. «Ya se encargará la vida de enseñarles cómo funciona el mundo, de momento que aprendan a ser felices», respondía él, pese a que estábamos a punto de abandonar para siempre aquellos años de celebraciones y seguridad.

Tengo un último recuerdo de padre, fue poco antes de que muriera; estaba ya enfermo y sabía que sus días se acababan; nos llamó a mis hermanas y a mí; postrado en la cama, sus ojos llameaban, tenía un libro en las manos. «Sentaos, quiero leeros algo», dijo, sin apenas mover los labios. Todavía escucho el eco de su voz en el fragmento final. Con gesto de impotencia, dejó el libro sobre la cama, cerró los ojos y acabó de memoria *El monje negro*, de Chéjov. Poco después falleció de neumonía. Tenía cuarenta y siete años. Yo dieciséis.

La cabeza me da vueltas.

Mantener el *forte* del la bemol agudo sin disminuir, pausas largas, que las notas respiren...

Si muero en agosto evitaré que las autoridades vengan a mi entierro; morir en agosto sería mi salvación, aunque no creo que el camarada Brézhnev quiera perdérselo. «El hijo fiel del Partido Comunista, Dmitri Shostakóvich, consagró su vida a la paz, a la amistad entre los pueblos.» Sí, me temo que todos interrumpirán sus vacaciones, el funeral de Shostakóvich bien vale el esfuerzo de dejarse ver. A las autoridades les quedan bien los trajes negros.

Me levanto y busco en la estantería *La canción de la tierra*, de Gustav Mahler; ¿dónde está?, con este desorden es imposible encontrar nada; sí, aquí la tengo; la abro por el final; aún me asombran los últimos compases, son tan tristes como mi último cuarteto de cuerda; si pudiera llevarme una obra a la tumba elegiría el último movimiento de *La canción de la tierra*.

Alma Mahler me pidió que orquestara la *Décima sinfonía* de su marido; ¿por qué me negué si siempre tuve tiempo para lo que me interesaba?, pero una cosa es interés y otra devoción; amo la música de Mahler y no la quería profanar; creo que Alma lo consideró una falta de afecto a la memoria de su marido, fue todo lo contrario; los finales de la *Novena*, la *Décima* y *La canción de la tierra*, son lo mejor de Mahler.

Regreso al escritorio.

Sigue, sigue. Abre y cierra la mano, desentumécela.

Octava de sol en el piano, las corcheas mi, sol, do repetidas dos veces... Me cuesta. Me cuesta tanto.

¿Dónde aplacar esta ansiedad?; lo he buscado, sí, lo he buscado al otro lado de la música, en ese lado que permanece oculto, que solo es posible intuir. La clarividencia del solitario, el delirio del creador; traspasar el límite del sufrimiento, eso es para mí la felicidad. Sí, lo sé, llegaré al final sin lograr serenarme. Y no creo en el eterno descanso de los muertos.

ACTO I

I

Aquellos viejos tiempos

¡Olía a coles! Ese era el olor de aquel día de noviembre de 1919 en el Conservatorio de Música de Petrogrado. Llevaba apenas dos meses en él. Sentado al piano, no sabía cómo resolver el cromatismo de un preludio de Scriabin. Levanté la vista al escuchar al director del Conservatorio Alexander Glazunov que le decía a Leonid Nikolayev con su enérgica voz:

—¡Por fin han llegado las coles!

—Sí, ya lo sé —le respondió Nikolayev en un tono afable—, aunque confío en que esta vez estén encurtidas y aderezadas con algún que otro arándano.

—Es usted un sibarita —dijo Glazunov—, sus gustos en los tiempos que corren pueden ser peligrosos; discreción, amigo mío, discreción, no me gustaría que me privaran de su extraordinario magisterio.

—La dignidad es lo único que no debemos perder en estos momentos, director.

—Quizá tenga usted razón, pero, si me permite un consejo, pase usted un poco más desapercibido, ya sabe…

—Esta semana, la entrega de los barriles con coles se ha demorado, tendrá usted que hablar con la inspectora jefa de alimentación.

—Será la enésima vez que lo haga, es una mujer de armas tomar; pero venga conmigo, por favor, hay un asunto urgente que me gustaría comentarle.

Antes de abandonar la sala, Nikolayev me señaló un punto en la partitura.

–Repase este pasaje, Dmitri Dmítrievich. El *legato* no es correcto. Recuerde lo que le he dicho tantas veces sobre Scriabin: su sonoridad engendra la grandiosa idea del caos original. Cuando vuelva, espero que haya encontrado la manera adecuada de tocarlo.

Sí, el Conservatorio de Petrogrado olía a coles en el otoño de 1919. Era el olor de los viejos tiempos de mi juventud. Hacia la una de la tarde, largas filas de hambrientos profesores y alumnos comprendidos entre los trece y los treinta años se agolpaban en la entrada del comedor a la espera de recibir la ansiada sopa de coles. El hambre nos dificultaba trabajar, dormir y a veces también hasta respirar. ¿Estudiantes de treinta años? Entonces no había escuelas preparatorias de música y los alumnos eran aceptados en uno de los tres cursos: inferior, medio y superior, de acuerdo con su nivel y sin tener en cuenta su edad, de modo que se podía encontrar a un hombre hecho y derecho en el curso inferior y a un adolescente dotado en el superior.

Habíamos olvidado lo que era la calefacción. El frío que escupían los teclados te congelaba los dedos. Antes de tocar, nos calentábamos las manos con un artilugio inventado por algún estudiante ingenioso: cajitas de hojalata con dos o tres trozos de carbón humeante. En la sala de conciertos del conservatorio, el ángel del techo rasgueaba una lira, mientras, impertérritos, Bach, Mozart, Beethoven, Tchaikovski y Músorgski nos miraban desde los muros, como instándonos a ignorar las punzadas del hambre y del frío.

Sumergida bajo tormentas de nieve, Petrogrado vivía una intensa vida musical. En la Antigua Asamblea de Nobles, Serguéi Kusevitski dirigió el ciclo completo de las sinfonías de Beethoven. En el último concierto, la *Novena* sonó con un arrebato estremecedor. La audiencia estaba formada por estudiantes y marineros de la flota del Báltico, venidos directamente del frente. Debajo del grueso frac de Kusevitski se podían adivinar varias capas de ropa interior térmica. Las heladas boquillas de las trompas, trompetas y trombones parecían rasgar los labios de los músicos. En el cuarto movimiento, los versos de Schiller salieron de la boca de los cantantes junto a nubes de vapor que se arremolinaron sobre las cabezas de los espectadores.

«¡Las calles son nuestros pinceles, las plazas, nuestras paletas! ¡Sacad los pianos a las calles!», clamaba Vladímir Mayakovski en su *Orden n.° 1 al Ejército del Arte*. Y este mandato se cumplió al pie de la letra. Los pianos de cola y verticales, requisados de los salones burgueses, se amontonaron en viejos camiones. A cada camión se le asignó, además del conductor, un pianista, un cantante y, con menos frecuencia, un violinista o violonchelista venidos de las aulas del conservatorio. Los *camiones musicales* pasaban por delante de los cuarteles del Ejército Rojo y por los suburbios obreros, a veces llegaban a las fábricas de la zona de Víborg o a los campos de perforación, donde las brigadas de trabajadores de la Guardia Roja se instruían en la ciencia de vencer a los enemigos del pueblo. El departamento musical exigía que se tocara un repertorio a la altura de las circunstancias, en su mayoría seleccionado de los clásicos. Los hombres y mujeres que habían hecho la Revolución, bien dispuestos hacia los músicos, compartían con ellos sus exiguas raciones de pan rancio.

Fue entonces, quizá, entre el olor a coles, cuando intentaron convencerme de que, dos años atrás, los bolcheviques habían sido los únicos capaces de imponer un programa económico y de gobierno para salvar a Rusia de la miseria. De no haber triunfado su Revolución –algunos decían que había sido un golpe de Estado–, el Ejército alemán hubiera entrado en Petrogrado y Moscú, y el zar cabalgaría de nuevo sobre Rusia. Con la Revolución bolchevique se inició un nuevo tiempo de dignidad en un país que solo había conocido represión y pobreza. Era la aventura más extraordinaria en la que se había embarcado la humanidad, me decían los más cercanos al Partido, utilizando las palabras de un periodista norteamericano cuyo nombre no recuerdo.

Al cumplir trece años, en septiembre de 1919, me aceptaron en el curso de composición de Maximilian Steinberg. Nuestras clases se interrumpían a menudo debido al frío; nos sentábamos con los abrigos y chanclos puestos, sin quitarnos los guantes, salvo para escribir en la pizarra la armonía de un coral, o para tocar alguna modulación en un teclado helado. La clase era inicialmente muy numerosa, pero pronto se redujo a menos de la mitad; yo era el más joven, un chico con gafas, tímido, educado, inquieto y temperamental.

–¿Te gusta Tchaikovski? –me preguntó un día al salir de clase Valerian Bogdanov-Berezovsky, mi mejor amigo durante los años de conservatorio.

–¡Oh, sí, amo a Tchaikovski!

–Tengo dos entradas para *La bella durmiente*, ¿quieres acompañarme?

Una semana después, sentados en el gallinero del teatro Mariinski, disfrutamos de la orquestación de la obra, en particular de la *Danza del ogro*, en la que el tema principal pasa de un instrumento a otro.

A menudo, Valerian me acompañaba desde el conservatorio hasta la calle Nikolayevskaya, donde yo vivía.

–Todo está en relación y al mismo tiempo es ambiguo –le dije en una ocasión, con las gafas empañadas, signo inconfundible de que algo me inquietaba.

–¿Qué quieres decir, Mitia?

–Que la música es la ambigüedad erigida en sistema.

–No te entiendo.

–Bueno, sí, perdona, no sé… Toma un tono cualquiera. Puedes considerarlo como sostenido en sentido ascendente o bemol en el contrario, por eso hablo de ambigüedad. La ambigüedad es la esencia misma de la música.

Llegamos a mi casa.

–Me gustaría seguir hablando contigo –le dije a Valerian–; cuando estoy solo no tardo en extrañarte. Si te parece, ahora soy yo quien te va a acompañar a tu casa.

–Está bien, aunque ya sé que después me pedirás que volvamos aquí.

–Veo que empiezas a conocerme, Valerian.

–¿Has escuchado esta mañana la radio? –me preguntó con una expresión sombría.

–No, ¿qué pasa?

–La Comunidad de Petrogrado ha impuesto nuevos racionamientos. ¿Sabes lo que eso supone? Es imposible vivir así.

–Déjalo, por favor, hay cosas que nosotros no podemos arreglar.

–¿No te importa el sufrimiento de la gente?

–¿Cómo no va a importarme? Se me parte el corazón cuando veo el sufrimiento de madre. Sufro por ella y ella sufre por mí y mis hermanas. Toda Rusia sufre. Padre tiene suerte de trabajar en la Cooperativa Central, pero, por la inflación, su salario es insuficiente para comprar comida; madre ayuda dando lecciones de piano que le pagan con pan. ¿Qué puedo hacer yo?

–Música, Mitia, podemos hacer música.

Al día siguiente, entre una clase de armonía y otra de piano, continuamos la conversación.

–Con un acorde ocurre algo sorprendente –le dije a Valerian.

–Sigue, por favor.

–Cada una de sus partes se convierte en *voz*. *Voz* es el término perfecto para explicar lo que quiero decir.

–Recuerda que durante mucho tiempo, la música fue cantada a una voz primero y a varias después; el acorde es el resultado del canto polifónico.

–No hablo de eso, lo que quiero decir es que un acorde no ha de verse solo como el resultado del movimiento de las voces.

–¿Ah, no?

–El acorde se justifica a través de sus voces, estas poseen vida propia, es decir, son independientes del propio acorde. Sin embargo, es la disonancia la que da la medida de su dignidad polifónica. Cuanto más acusadas sean las disonancias, mayor es el valor del acorde.

La llegada de Nikolayev, nuestro profesor de piano, nos interrumpió.

Leonid Nikolayev era un hombre muy distinguido, cuya erudición superaba a la del resto de los profesores. Los movimientos pausados de sus manos, el tono grave de su voz, su forma de vestir, le daban un aire romántico venido de otros tiempos. Nos educó no solo como pianistas, sino, ante todo, como músicos pensantes. Tenía el raro don de estimular a cada alumno y desarrollar en él su propia creatividad. Su escuela se caracterizaba por los *tempos* lentos, las sonoridades oscuras, la pulsación poderosa y cierta rudeza en los contrastes dinámicos. Siempre nos decía: «¡Aire, espacio, color, líneas gruesas, bien definidas, más pincel que brocha gorda!». Llegaba muy tarde a clase. Si la programaba a las once, sabíamos que no se presentaría antes de las tres o las cuatro. La mayoría de los estudiantes se marchaban, ya tenían suficientes preocupaciones como para deambular ociosos por los gélidos pasillos del conservatorio, pero Valerian y yo aprovechábamos el tiempo libre para tocar repertorio a cuatro manos.

Los dos mejores pianistas de la clase eran Maria Yudina y Vladímir Sofronitsky. Maria defendía sus convicciones con ardor, si bien su comportamiento y religiosidad resultaban sorprendentes. Se arrodillaba y besaba las manos a la menor ocasión. Nikolayev se lo permitía porque respetaba su talento: «Escuchad cómo toca Maria esa fuga de Bach; cada una de sus cuatro voces tiene un color diferente». Sofronitsky, en general, hablaba poco, no hacía más que pensar y pensar, aunque en ocasiones podía resultar muy mordaz. Tenía las manos enormes, no he visto otras mayores que las suyas; su técnica deslumbraba: capaz de alcanzar con la mano izquierda octava y media, su fraseo, de grandes contrastes, hacía gemir al instrumento en los *pianos* y aullar de dolor o placer en los *fortes*.

Ese día, Nikolayev se acercó a uno de los dos pianos de cola que presidían el aula y, con tono enigmático, nos preguntó:

–¿Por qué Beethoven no añadió un tercer movimiento a la *Sonata para piano en do menor*, opus 111?

–El segundo tiempo del opus 111 –dijo Maria–, es el final no solo de esta sonata, sino de la forma sonata en general. Beethoven no podía ir más lejos y así hay que entenderlo cuando se interpreta.

–Eso mismo podríamos decir de la fuga final de la *Hammerklavier* –dijo Sofronitsky, con su inconfundible voz grave.

–Hay una clara diferencia entre estos dos finales –intervino de nuevo Maria–, el primero es el grito de un hombre que sufre, pero que sigue luchando; en el segundo no hay dolor alguno, sino aceptación, sumisión a los designios del Creador.

–¡Ya estás otra vez con tu dichoso cristianismo! –exclamó Sofronitsky, moviendo la cabeza de un lado a otro.

–Calma, pupilos, permítanme continuar –los interrumpió Nikolayev–. Anton Schindler, el secretario de Beethoven, le hizo esta misma pregunta, y el maestro respondió que había sido por falta de tiempo. ¿Era eso cierto?

–¡Por supuesto que no! –dije, adelantándome a Maria.

–Cuando Beethoven, en 1820 –continuó Nikolayev–, compuso esta sonata, su oído sufría un proceso de degradación irreversible, hasta el punto de que le fue imposible seguir dirigiendo sus obras. El rumor se extendió por toda Viena: el maestro estaba agotado, no podía dar más de sí. Sin embargo, ese mismo verano, de un solo aliento, sin levantar los ojos del papel, por así decirlo, compuso sus tres últimas sonatas y se las envió a su protector, el conde de Brunswick, para tranquilizarlo sobre su estado de salud. La *Sonata en do menor* no es una obra equilibrada, del mismo modo que tampoco lo es la *Gran Fuga* para cuarteto de cuerda, opus 133. Hay en ellas un problema mayor que sobrepasaba la comprensión de sus contemporáneos. ¿Saben a qué me refiero?

Valerian levantó la mano.

–Por favor, déjame contestar a mí –le pidió Maria.

–Sí, claro, contesta tú, no hay problema.

–Que Dios te lo pague, Valerian –dijo ella.

Sofronitsky soltó una carcajada. Maria lo miró, furiosa, se sentó al piano y tocó de forma admirable los dieciséis primeros compases del segundo tiempo de la sonata. Después, se arrodilló y extendió los brazos en cruz. Regresó a su silla y con una voz que parecía salir de ultratumba, exclamó:

—¡Dios nos ilumina a través de esta obra! Es su voz la que escuchamos. El estado de gracia de Beethoven en las cuatro últimas sonatas para piano, la *Misa Solemne*, la *Novena* y los cinco últimos cuartetos de cuerda, solo pueden entenderse desde la espiritualidad, desde la presencia de lo divino. —Se levantó y miró al vacío con los ojos en blanco—. ¡Un ateo jamás llegará a comprender su significado! —Y, señalándonos con el índice de su mano derecha, vociferó—: ¡Estáis lejos de Dios, debéis acercaros a Él!

Nikolayev, temeroso de una nueva intervención de Maria, no permitió más interrupciones.

—Las variaciones del segundo movimiento, *Adagio molto, semplice e cantabile* —dijo—, se inician con el tema de la *arietta*, cuya inocencia no hace sospechar las tempestades que vendrán a continuación. Tres notas nada más: una corchea, una semicorchea y una fusa. Y a partir de esta modesta melodía, lo que sucede en su posterior desarrollo rítmico, armónico y contrapuntístico, la fiebre que despierta, el éxtasis en el que Beethoven es capaz de sumergirnos, puede ser llamado de muchas maneras: excesivo, maravilloso, imponente, grandioso…, adjetivos insuficientes para calificar algo que, en último término, es innombrable. Beethoven, en esta obra, no solo consigue eliminar la retórica del lenguaje musical, sino eliminar también de este su dominio subjetivo. La melodía queda aplastada bajo el peso del acorde y las voces se concentran en un todo indisoluble. El tema de la *arietta*, repetido una y otra vez, acaba por sacrificar la expresión personal de la que Beethoven había sido el gran maestro, para llevarnos a esferas donde la percepción deja de interpelar a los sentidos, y el dolor se transforma en amor perfecto. La salvación, para él, solo podía ser colectiva, pensaba que el *yo* y el *tú* debían fundirse en una unidad perenne. Y con el final de esta sonata alcanza su objetivo. ¿Un tercer movimiento? ¿Un nuevo comienzo después de tal despedida? Era el adiós definitivo a la forma sonata, sobre la cual se habían edificado las mejores obras durante más de dos siglos... Tendrán que emplear todas sus energías cuando la interpreten, les aseguro que van a necesitarlas, será la obra que deberán tocar en el examen de este trimestre, espero que sepan estar a la altura. –Y sin añadir nada más, con su habitual porte aristocrático, abandonó el aula.

–¿Por qué sigues tocando el *Claro de luna* y la *Appassionata*? –me reprochó Maria al acabar la clase–. Atrévete de una vez con la *Hammerklavier*; por mucho que diga Nikolayev, es la mejor sonata de Beethoven.

–Bueno, sí..., no sé..., lo consultaré con él.

–Para eso no necesitas su permiso, Mitia. Hasta que la toques, no vuelvas a dirigirme la palabra.

Los ojos de tártaro, la enorme figura, el oído infalible, la prodigiosa memoria, la ingente producción musical de nuestro director, Alexander Glazunov, habían hecho de él una leyenda. Lo llamaban «el león ruso». En los más de veinte años que estuvo al frente del Conservatorio de Petrogrado, más tarde Leningrado, se graduaron miles de estudiantes, y sería imposible nombrar uno solo que no estuviera en deuda con él. Lo sacrificó todo por ellos: tiempo, serenidad y, finalmente, su propia creatividad. Siempre estaba ocupado. Decía a los amigos que querían verlo que solo podía encontrarse con ellos en sueños. Era sabio, generoso, un luchador incansable con convicciones firmes. Se mantuvo indiferente a los trastornos sociales de la época, solo veía el mundo a través de la música: la suya y la de los demás. Cuando un alto mandatario del Gobierno le preguntó cuántos estudiantes judíos había en el conservatorio, él se limitó a contestar: «No llevamos la cuenta». Rechazó homenajes y privilegios, lo único que pedía era más recursos para su amada institución. Dio trabajo a mucha gente, a algunos les salvó la vida. Nos enseñó a diferenciar lo sustancial de lo accesorio, lo importante de lo que no lo es. Para él era prioritario pensar la música de forma polifónica: que todas las voces se oyeran con claridad.

Recuerdo que una vez, en una de sus clases de música de cámara, tocábamos el *Segundo trío para piano*, de Schubert. De pronto, Glazunov nos interrumpió.

–¿Cuál es el elemento más importarte de esta obra, Mitia?

–La polifonía –dije.

–¡Eso es! ¿Y por qué, entonces, no subrayáis las voces intermedias, los cromatismos, las progresiones ascendentes y descendentes?

–¿No lo hemos hecho? –pregunté.

–No. ¡Cuántas veces debo repetíroslo! Lo importante es mostrar el movimiento de las voces de manera independiente; no hay ni una sola nota en este trío de Schubert que no merezca ser escuchada con claridad. Ahí está el secreto de una buena interpretación. –Se interrumpió unos segundos, dio unas caladas al cigarro que sostenía entre el anular y el meñique de la mano izquierda, y continuó–: La mayor parte de los intérpretes tiene solo presente la melodía y el resto no es más que fondo indefinido. ¿Qué pensaríais si en una pieza teatral se oyera únicamente la voz del protagonista? ¡Que la obra no tiene sentido! Pues igual pasa con la música.

En su juventud, Glazunov contrajo la sífilis. Se fue a un balneario en Achen para recuperarse. Allí, deprimido, compuso su desgarrador *Cuarto cuarteto*. Su afición a la bebida degeneró en alcoholismo. Bebía de la mañana a la noche. «Tengo una sed insaciable –solía decir–; el alcohol despierta mi imaginación.» Cuando estaba ebrio, se encerraba en su despacho y componía; muchas de sus mejores obras fueron escritas en estado etílico. Nunca se casó; vivía con su madre, la venerable Elena Pavlovna. Su hijo había pasado de los cincuenta y ella seguía diciendo en la lavandería: «Hagan un buen trabajo con la ropa interior del niño, por favor».

Hay infinidad de anécdotas que testifican su asombrosa memoria. Cuando el compositor Serguéi Tanéyev vino a San Petersburgo con objeto de presentar su nueva sinfonía en una recepción privada que daban en su honor, el anfitrión escondió al joven Glazunov en una habitación contigua. Tanéyev tocó su sinfonía. Al terminar, el anfitrión, después de felicitarlo, le dijo: «Quisiera presentarle a un joven compositor de talento, él también ha escrito una sinfonía». Tanéyev lo miró contrariado. Trajeron a Glazunov. «Sasha, muestra tu sinfonía a nuestro ilustre invitado.» Glazunov se sentó al piano y repitió la obra de Tanéyev desde el principio hasta el final sin olvidar una sola nota. No estoy seguro de que Stravinski o Prokófiev pudieran hacer algo parecido.

No sé cuántos instrumentos tocaba Glazunov, daba la impresión de que los tocara todos. Una vez, estaba en Inglaterra para dirigir sus propias obras. Durante un ensayo, el solista de la trompa se levantó y le dijo que no podía tocar cierta nota, que era inejecutable y que estaba mal escrita. Otros músicos lo apoyaron. Glazunov caminó en silencio hasta el trompa solista, cogió su instrumento, tomó aliento y tocó la nota en cuestión. La orquesta aplaudió y continuaron el ensayo.

A pesar de que a Glazunov no le acababa de convencer mi música, me quería como a un hijo. Nikolayev me contó que estuvo presente cuando pasaron lista para las becas del año siguiente —no recuerdo si fue en el segundo o tercer curso—; era un acontecimiento más importante que los propios exámenes, así que todo el claustro estaba reunido. Lo esencial de la beca era que quien la conseguía recibía alimentos. Si te la daban sobrevivías; si no, era posible que murieras. Los profesores trataban de reducir el número de beneficiados; cuanto mayor fuera, menos dispuesto estaría el Gobierno a ayudar al conservatorio. La tormenta estalló cuando llegaron a mi nombre. «Ese estudiante no me dice nada», dijo uno de los profesores, y sugirió eliminarme; otros, de forma más discreta, apoyaron la propuesta.

El león ruso se levantó, anduvo unos pasos y, parándose delante del que había puesto en duda mi solvencia, le rugió a la cara: «Si este estudiante no significa nada para usted, no comprendo qué hace aquí sentado. Este no es su lugar. Ya que su entendimiento es limitado, se lo voy a decir yo: Dmitri Shos-

33

takóvich es la mayor esperanza de nuestra música, si hay un alumno que merezca la beca es él».

Por el conservatorio empezó a correr la voz de que mi oído era mejor que el de Glazunov, y alguien –no recuerdo bien quién, puede que fuera Sofronitsky– propuso organizar un torneo entre los dos, para salir de dudas.

–No somos atracciones de feria –le dije a Valerian, contrariado–; me niego a participar en ese circo; además, todos deberíais saber que el oído de Glazunov es superior al mío, yo no tengo duda.

Pero la mecha había prendido y las presiones para que se llevara a cabo la contienda eran cada vez mayores. A Glazunov no parecía disgustarle la idea. Finalmente, tuvo lugar en el salón de actos del conservatorio. Asistió la mayor parte de los alumnos y profesores. En el estrado había dos pianos con sus respectivos pianistas. Cada uno de ellos tocó cinco notas. Glazunov contestó sin fallar una sola. Era mi turno. Tampoco fallé. Se fue incrementando el número de notas, y como ambos seguíamos respondiendo correctamente, se decidió llamar a los cincuenta músicos de la Orquesta del Conservatorio. Cada músico tenía que tocar una nota, la que quisiera, y memorizarla. El primer violín dio la señal. Sonó un acorde de cincuenta sonidos aleatorios. Era el turno de Glazunov. Subió al estrado. Acertó veintitrés, antes de cometer un error. Los estudiantes me jaleaban. Estaban seguros de que podía superarlo. La orquesta volvió a tocar. Acerté veintidós. Los profesores respiraron aliviados. Pero algunos compañeros estaban convencidos de que me había dejado ganar y, unos días después, al salir de clase, me abordaron. Fue Maria la que rompió el hielo.

–Es pecado hacer trampas, Mitia –dijo, muy seria.

–¿Trampas? Yo no he hecho trampas. ¿Por qué dices eso? Glazunov me ha ganado limpiamente.

–No es verdad –insistió Maria, ante la sonrisa de los demás–; has perdido aposta.

–¡No me agobiéis! –Y me marché, dejándolos con la duda.

Recuerdo a menudo al viejo Glazunov, aquel niño grande y sabio. Creía en el talento y la generosidad como máximas expresiones de la inteligencia. Terminó sus días en París, exilado por voluntad propia, poco después de que Stalin subiera al poder. Y continuó componiendo, sin saber muy bien para quién ni para qué lo hacía.

2

Valerian, recuerdos de una carta

Fuera vuelve a estallar la tormenta, la lluvia golpea las ventanas con un ritmo cuya cadencia se confunde con mis recuerdos, que me impiden concentrarme en la *Sonata para viola*. Ahora es la imagen de Valerian, mi viejo amigo. En alguna carpeta perdida se hallará la copia de la carta que le envié desde Moscú en 1924. Debí de comentarle lo que entonces sentía de forma entusiasta, tormentosa, más o menos así:

«Nada exalta mi corazón con mayor intensidad que la música. Y, a pesar de eso, una voz interior me advierte de la existencia de un peligro. Consagrarme a mi arte me infunde temor porque dudo de que mi naturaleza –dejando al margen la cuestión de los dones recibidos– sea apta para servirla, ya que no reconozco en mí la humildad y la inocencia que han de ser atributos del artista, y no precisamente los menos significativos. En lugar de estas cualidades, me ha sido impuesta una inteligencia –de la que puedo hablar sin rubor porque su posesión no despierta en mí vanidad alguna– plagada de claroscuros, contradicciones, paradojas y una tendencia exagerada a lo grotesco.

»Pese a mis veinte años, tengo bastante experiencia para percibir que, por encima de lo que uno pueda aprender, la música va mucho más allá de tradiciones y escuelas, sin negar por ello la influencia que estas puedan ejercer. Mi naturaleza se inclina a la anticipación, de tal manera que, mucho antes de que acaben de explicarme una cosa, ya he dado buena cuenta de ella. Y esto es una desgracia porque enfría mi corazón y lo desalienta. Como te he dicho alguna vez, el interés es sustancial para mantener despierta la imaginación. Y mi imaginación se atrofia en las clases de nuestro profesor de composición Maximilian Steinberg, por mucho que sea yerno de Rimski-Kórsakov. Necesito caminar en otra dirección, respirar aire nuevo, tener mayores estímulos; en definitiva, alejarme de él. Sería absurdo preguntarte si me entiendes. Cómo no vas a entenderme si tú también tienes puestos los grilletes en la misma celda.

»No son mejores mis sentimientos con respecto a Vladímir Scherbachov. Hay algo impostado en su pretendida modernidad cuando nos enseña formas musicales. La modernidad no puede entenderse más que dejándote llevar por las mejores voces de nuestro tiempo: Stravinski, Prokófiev, Schoenberg, Bartók, Berg, Hindemith, Krenek, Milhaud...

»Me pregunto por qué la risa se apodera de mí cada vez que asisto a las lecciones de nuestros maestros. ¿No es posible utilizar tradición y modernidad sin rendir culto a fórmulas establecidas, componer sin tenerlas en cuenta? Yo creo que sí. En todo caso, reconozco que mi impulso a la risa siempre acaba por prevalecer. Mis propias composiciones, desde los *Dos scherzos para orquesta* hasta las *Dos fábulas de Krylov*, son la prueba de ello.

»La solemnidad siempre me ha dado ganas de reír. No puedo evitarlo. Es una maldición, y para huir de ese sentido exagerado de lo cómico, me escondo en mí mismo, con la esperanza de encontrar un elemento apaciguador. ¿Por qué todo se me aparece con su reverso paródico? ¿Por qué siento que todos los medios y reglas del arte solo son útiles hoy para la parodia? La nueva composición en la que trabajo, mi *Primera sinfonía*, que espero enseñaros cuando regrese, también es resultado de esa maldita risa. Una risa procaz, dirigida al mundo como válvula de escape de las miserias que nos consumen en estos tiempos difíciles.

»Siempre sufro de insomnio en los períodos de creatividad. Fumo, salgo a pasear, camino de un lado a otro de la habitación, escribo de pie, sin darme respiro, no puedo mantener la calma, el impulso viene del interior, le doy vueltas, intento separar las ideas buenas de las que no lo son, hay mucha resistencia, sensación de espera tensa. Esta preparación puede durar desde pocas horas hasta algunos días; como máximo, una semana. Al final, tengo la obra en la cabeza: cómo debe ser el comienzo, el desarrollo y el final, cuáles son los momentos de tensión y relajación. La obra todavía no tiene sonido real, pero los elementos están resueltos; todo llega en cadena, igual que un torrente: timbres, melodías, ritmos, y al final, la forma completa. Pasar la música al papel es un proceso muy rápido que no me supone esfuerzo alguno, en ocasiones ese proceso da lugar a cambios formales. No muchos. Pero una vez escrita la obra, no vuelvo a ella. Cuando termino, tengo una sensación de alivio, como si me quitaran un peso de encima.

»Ayer me examinaron en el conservatorio, aquí en Moscú. Estaban presentes los profesores Miaskovski, Vasilenko, Konyus y Bryusov, el asistente del director. Toqué para ellos las *Tres piezas para violonchelo y piano* y el *Trío para piano*, con el violinista Vlasov y el chelista Klevensky. ¡Dios mío, qué desastre! Pero el resultado, por lo menos para mí, fue inesperado. Consideraron el *Trío* como mi pieza de forma sonata y fui aceptado en el curso de composición libre. Konyus, un viejo chapado a la antigua, preguntó a Miaskovski:

»–¿Está dispuesto a integrarlo en su clase?

»–Sin dudarlo un minuto.

»–¿En Formas Musicales?

»–Mitia es un consumado maestro en eso, ahí no tengo nada que enseñarle, su *Trío* es un ejemplo perfecto de la forma sonata. Lo pasaremos directamente a mi clase de composición libre.

»Escuché el diálogo, loco de alegría. Mi amigo Mishka Kvadri, que había organizado el encuentro, también estaba exultante. Steinberg nunca habría admitido el *Trío* como pieza de examen de la forma sonata. Estúpidos formalistas.

»Y aquí me tienes, lleno de expectativas y sin saber qué hacer. Perder esta oportunidad me resultaría lamentable. Pero ¿cómo dejar a madre en Leningrado y venirme a vivir a Moscú? Mi salario en el Splendid Palace alivia un poco la economía familiar, madre no puede prescindir de él. Tengo que ayudarla, eso es lo primero. Quizá podría encontrar trabajo en algún cine de Moscú y mandarle dinero.

»Acompañar películas al piano me resulta fácil y entretenido; la verdad es que me encuentro en mi elemento y dejo volar mi imaginación, sin embargo, no siempre me da buenos resultados. Antes de venir a Moscú, tuve un incidente que estuvo a punto de costarme el empleo. Proyectaban una película llamada *Pantanos y aves acuáticas de Suecia*. Empecé a ilustrarla, dejándome llevar por las imágenes de esas aves exóticas que surcaban el cielo; intenté convertirme yo también en una de ellas a través de arpegios, modulaciones y escalas que cruzaban el piano de arriba abajo a gran velocidad. De repente oí aplausos, mezclados con silbidos. Por lo general, los aplausos en el cine son signo de desaprobación, así que pensé que al público no le gustaba la película, ¿o era mi improvisación la que le desagradaba? En la pantalla, los pájaros seguían volando, y yo hice lo mismo con mis escalas y arpegios. Los aplausos y silbidos continuaron de forma intermitente hasta el final de la proyección. Una señora se acercó y me dijo: "¿Por qué tocas esa horrible música? Parece que estés borracho". Otros espectadores vinieron con el encargado y vociferaron: "Estás loco, ¿qué forma de tocar es esa? Nos has arruinado la película". A lo que el encargado añadió: "Voy a trasladar la protesta al director". Entonces llegó el director y el grupo reiteró sus quejas. Pero él me defendió: "La ilustración musical ha sido magnífica; ustedes no tienen razón de quejarse". Se quedaron desconcertados. Una pareja con tres o cuatro niños me felicitó. Me quedé satisfecho por haber logrado exasperar a unos y entusiasmar a otros. La música debe provocar emociones enfrentadas. Fue una lástima que ninguno de vosotros estuviera conmigo.

»Te confieso que no me gusta Moscú. El color grisáceo de sus casas bajas, la multitud ruidosa en las calles, la precipitación y ansiedad con la que vive la gente me desagradan; sin embargo, deseo quedarme aquí. Pero tengo dudas, problemas a los que no encuentro solución. Además, se me ha empezado a hinchar el cuello. A veces tengo ganas de gritar.

»Para complicarlo todo un poco más, en el sanatorio de Gaspra, donde estuve ingresado después de la operación a la que me sometieron en enero con objeto de poner en orden mi maltrecho sistema linfático, conocí a Tatiana Glivenko, una chica dulce y enigmática de mi misma edad, que vive en Moscú. Le he dedicado el *Trío para piano*, o *Poema*, como préfiero llamarlo. Lo compuse en pocos días, al final de mi convalecencia. Es una obra romántica, parecida a las de Rachmáninov, a pesar de que, como sabes, no aprecio de forma especial a ese compositor. Mi gusto por lo grotesco solo aparece en unos pocos compases que sirven de contrapunto a un sentimiento extraño, exaltado, supongo que se le puede llamar amor, aunque no tengo experiencia en eso. Tiene un solo movimiento en forma sonata, con muchos cambios de *tempo* y dinámicas que separan unas secciones de otras. Ya tendrás ocasión de escucharlo.

»Tatiana y yo queremos iniciar una vida juntos sin compromisos, ya que los dos creemos en el amor libre. He intentado explicárselo a madre por carta y ha puesto el grito en el cielo. ¿Qué hacer? ¿Renunciar a la felicidad? La idea me resulta insoportable. Mi único consuelo es que cuando regrese, os podré tocar mi nueva sinfonía. He decidido llamarla *Sinfonía grotesca*. Ya puedes imaginar por qué...»

Nada más regresar a Leningrado, suspendí el examen de metodología marxista, lo que siempre suponía un problema, aunque en realidad lo que sucedió es que estaba metido de lleno en resolver el cuarto movimiento de mi *Primera sinfonía*. Cuando, en presencia de Maria y Sofronitsky, Valerian me recordó que les había prometido tocarla al piano, tuve que confesarles la verdad:

–Tendréis que esperar –les dije, con un suspiro–. El último movimiento me está dando más problemas de los que pensaba.

–Pues tócanos los otros tres –propuso Maria.

41

–Bueno, no sé… ¿Qué puedo hacer para que me entendáis?

–No hay nada que entender, Mitia, seguro que te podremos dar algún buen consejo –intervino Sofronitsky.

–Lo que necesito es tiempo, no consejos.

–Siempre compones muy rápido, ¿qué te ha pasado esta vez? –quiso saber Valerian.

–No lo presionéis, ya nos la tocará cuando crea oportuno –dijo Maria.

–Ahora, debo marcharme. No voy a salir de casa hasta que la acabe. –Y, dirigiéndome a Valerian, añadí–: No vengas a verme, por favor, no podré permitirme distracciones.

–¿Y tu trabajo en el cine? ¿Tampoco piensas ir? –me preguntó Sofronitsky.

–Tienes razón. Ese es un problema que no sé cómo resolver. Si no voy, me despedirán, y si voy, no acabaré la sinfonía.

–Si quieres puedo sustituirte unos días –se ofreció Maria.

–¿De verdad lo harías?

–Sí.

–Ya veo a Maria arrodillándose delante del piano e invocando a Dios antes de empezar las sesiones –ironizó Sofronitsky–. El público blasfemará, cosa habitual en los tiempos que corren, y ella se enfrentará a todos y voceará que el ateísmo es el mayor de los pecados. La historia acabará mal y Mitia será despedido por haber enviado en su lugar a semejante iluminada. No, Maria, este trabajo no es para ti.

–¿Por qué dices eso? Tengo mis creencias, lo cual no significa que sea una iluminada; además, no haría nada que pudiera perjudicar a Mitia.

–Todos sabemos que tus intenciones son buenas, pero te repito que este no es un trabajo para ti –insistió Sofronitsky, y volviéndose hacia mí, añadió–: Ya iré yo. Pero solo tres o cuatro semanas, ¿eh?, ni un día más. Tengo que preparar la sonata de Berg, que se las trae. No solo tú tienes trabajo. ¡Ah!, y me quedaré con lo que paguen.

–No sé cómo…

–No hace falta que me lo agradezcas. Diré que estás enfermo y que he venido a sustituirte. No creo que haya problemas.

–Tampoco los hubiera habido conmigo –gruñó Maria.

Me encerré en casa cinco semanas. Valerian me contó que Steinberg y Glazunov preguntaban con frecuencia por mí. No me extrañó el nerviosismo de nuestro director. Lo llamativo era que Steinberg parecía estar aún más inquieto. Quizá se había enterado de mi audición en Moscú, y no le gustaba la idea de perderme.

Valerian decidió venir a verme. Había intuido que yo no estaba bien por la conversación que tuvimos con Maria y Sofronitsky. Es cierto que yo oscilaba entre la depresión y la euforia, si bien no existía una oposición entre ambas, estaban mezcladas de tal modo que los períodos exaltados de fertilidad no eran signos de bienestar, sino de perturbación. Mi sensibilidad enfermiza dificultaba la conclusión de la sinfonía. La distancia de esta obra con las anteriores era abismal, en ella ya estaban expuestas las características de mi música posterior: humor, ternura, sufrimiento transformado en afirmación de vida, y lo grotesco unido a una expresividad explosiva. Es cierto que la sinfonía respondía también a la pérdida de padre, al apego a una madre dominante de la cual deseaba liberarme, a la irrupción de Tatiana, que abría una puerta desconocida, a una enfermedad, la tuberculosis, heredada de mi familia materna, de consecuencias inciertas. Pero lo sustancial es que con esta obra, escrita a los diecinueve años, inicié una nueva forma de componer.

Mi habitación estaba en penumbra, una densa nube de humo flotaba en el aire, la cama sin hacer, restos de comida, papeles y partituras en el suelo.

–¿Por qué has tardado tanto en venir? –le pregunté a Valerian, con una risa nerviosa, nada más verle.

–No quería…

–Bueno, es igual…, sabes, te he echado de menos.

–Voy a abrir la ventana, no comprendo cómo puedes trabajar aquí.

–Fumo demasiado, ya lo sé, pero me ayuda a pensar, abre si quieres.

Los últimos rayos de la tarde iluminaron el cuarto.

–Tienes buen aspecto –dijo él, después de un largo silencio–. Los ojos te brillan y ya no llevas el horrible vendaje en el cuello de la última vez.

–Llegas justo a tiempo, acabo de terminar la sinfonía. Ha sido difícil, pero creo que ha quedado bien, sí, bueno, no sé... ¿Quieres que te la toque? Toma –dije, alargándole las noventa y nueve páginas de la partitura–, yo no las necesito.

Mi amigo se sentó en la cama, y miró el reloj para comprobar la duración de la obra.

Empecé a tocar, parecía que sonaran no solo uno, sino varios pianos a la vez. Como la mayoría de compositores al interpretar sus propias obras, toqué con gran atención a las notas, pero sin demasiada expresividad. Ningún contrapunto o pasaje técnico, por intrincado que fuera, perturbaba mi concentración. Todo fluía, aunque no siempre era claro y preciso; los *tempos*, rapidísimos, dificultaban seguir el flujo de las voces. A menudo acompañaba las notas con palabras y balbuceos con los que subrayaba algún pasaje. Mi pulsación era vigorosa y, para que mis comentarios y canturreos resultaran comprensibles, tenía que gritar.

Valerian seguía la partitura, e intentaba que mis gritos no lo distrajeran. La música recordaba al *Petrushka* de Stravinski y a la *Primera sinfonía* de Prokófiev. Pero en mi obra todo era más excéntrico, con una intencionada distorsión expresiva. ¿Por qué mi espíritu creador tenía que ir siempre acompañado de algo que inspiraba desasosiego? Era consciente de que el modo de ridiculizar el estilo clásico podía sorprender, incluso desagradar. No se trataba en manera alguna de neoclasicismo, sino de parodia, de caricatura descarnada. Valerian me reconoció después que en esa primera audición reducida al piano, la sinfonía lo dejó desconcertado. Pero ¿qué esperaba de mí?

Cuando terminé, permanecimos en silencio unos minutos. Al cabo, le dije:

–Me da la impresión de que no te ha gustado.

–El tercer y cuarto movimientos, sobre todo este último, me han parecido extraordinarios, en cuanto a los dos primeros tengo mis dudas, necesitaría analizarlos con calma.

–Ah, ya…, ¿para qué diablos quieres hacer eso? Una obra que necesita mucho análisis nunca es buena, además, no se pueden entender los últimos movimientos si no se ponen en relación con los primeros.

–¿Podría llevarme la partitura a casa esta noche? Mañana te la devuelvo sin falta.

–¿Por qué no?, así podrás analizarla, como dices. Pero es la única copia que tengo, son noventa y nueve páginas, no están encuadernadas y es fácil perder alguna.

–No te preocupes. Pero dime: ¿por qué hay tan poca relación entre los instrumentos en la primera parte de la sinfonía?, es como si presentaras un mundo en el que los personajes se movieran como autómatas, sin tener nada que ver unos con otros.

–¿Por qué tanta resistencia?

–Es solo una primera impresión, ya te he dicho que tengo que estudiarla a fondo.

–Calor animal, frialdad, euforia por un hallazgo inesperado, deseo, tristeza, alegría, terror, sorpresa, todo está revuelto en mi sinfonía. Es así como yo veo el mundo. Además, la verdadera pasión solo se encuentra en la ambigüedad y la ironía. La pasión nunca es más exaltada que cuando todo es incertidumbre. Tu inclinación hacia lo objetivo, amigo mío, hacia esa pretendida verdad que considera lo subjetivo como pura aventura interior, es una equivocación.

–¿Piensas que los músicos podrán tocar a la endiablada velocidad con la que tú lo has hecho? –quiso saber Valerian.

–¿Cuánto ha durado?

–Poco más de veinte minutos.

–¿Veinte minutos?, pensaba que era más; en todo caso, son los *tempos* correctos; si se tocan más despacio, la obra perdería intensidad.

De nuevo, permanecimos en silencio. Después, le pregunté:

–¿Crees en la existencia de un genio que no tenga nada que ver, de alguna forma, con el infierno?

–¿A qué te refieres?

–El artista es hermano del criminal y del loco, se alimenta de la crueldad, la digiere y al final la transforma; en el fondo los músicos somos vampiros, ¿nunca te has parado a pensar en eso?

–No desbarres, Mitia, tanta concentración parece haberte afectado.

–Y dices bien, solo cuando mi cerebro estalla, saco algo bueno de él: la inspiración libre de toda prudencia, del dominio de la razón.

Valerian me miró, sonrió y acabó por decir:

–Debes de estar cansado, Mitia. Será mejor que me vaya.

–Quizá sí. Mañana te veré en el conservatorio; quiero tocar la sinfonía a Glazunov, no creo que… bueno, es igual; ah, y no te olvides de devolverme la partitura, ya te he dicho que no tengo otra.

A Glazunov no le gustó la obra, sobre todo el primer movimiento; criticó algunas modulaciones y la excentricidad en el paso de una voz a otra, que atribuyó a un deseo de llamar la atención. Me recomendó cambiar diversos pasajes, adaptarlos a las normas que él me había enseñado.

–La audición ha sido un desastre –le dije a Valerian, poco después de salir del despacho del director–; nunca había visto a Glazunov tan furioso conmigo; me ha dicho que ese no es el camino, que la obra está mal planteada, que lo único que quiero es ser original a costa de sacrificar forma y contenido, que si no la rehago, no cuente con él para presentarla en público.

–¿Y tú qué le has dicho?

–Nada. Al final, ha reconocido que tenía partes buenas, sobre todo en la orquestación, pero ha insistido en que debo corregir las otras si quiero su apoyo. No pienso cambiar una sola nota. Si no quieren interpretarla aquí, se la daré a los de Moscú; ellos sí la entenderán.

Pero las cosas, a veces, dan un giro inesperado. Steinberg, muy crítico hasta entonces con mi música, escuchó la sinfonía en un arreglo para cuatro manos que tocamos Maria y yo. Quedó entusiasmado, dijo que era una obra genial y que el conservatorio no podía perder la oportunidad de presentarla; la defendió delante de Glazunov y los profesores del claustro y consiguió que nuestro director se diera por vencido; para él era más importante el cariño que me tenía que sus reservas. Steinberg habló también con Nikolai Malko, el director de la Filarmónica de Leningrado, la mejor orquesta rusa. Después de una audición en la Gran Sala del Conservatorio, Malko me miró, sorprendido: aunque tímido y reservado, yo ya no era aquel niño que él recordaba; estaba delante de un compositor cuya sinfonía no tenía el sello académico que caracteriza a los principiantes; dijo que la obra tenía un enfoque muy original, y que la instrumentación, a veces próxima a la música de cámara, era excelente.

Valerian me acompañó a los ensayos. En general, a los músicos de orquesta no les gusta tocar obras nuevas y menos si son complicadas; están habituados a interpretar una y otra vez el repertorio clásico que conocen a la perfección y cualquier cosa que desafíe sus hábitos rutinarios es acogida con desconfianza, por no decir con franca hostilidad. Malko me dijo que no perdiera los nervios con los más que probables errores que se pudieran producir, la sinfonía era compleja y había que trabajarla a fondo. No hacía falta el consejo: aguanté todos los desajustes con paciencia, si bien no accedí a las demandas de simplificar algunos pasajes. El primer violonchelista quería tocar su solo con sordina: con gran corrección, le dije que no. El trompetista sugirió tocar un pasaje en *legato*: argumenté que el *staccato* era sustancial para que esos compases no perdieran carácter. La arpista quería transportar unas notas: de nuevo dije que no. Sin embargo, el mayor problema se produjo como consecuencia de los rapidísimos *tempos* escritos en la partitura, que los músicos tocaron a una velocidad considerablemente inferior.

–Es físicamente imposible para muchas secciones de la orquesta tocar con los *tempos* indicados, así que si no quieres que nos estrellemos, déjame a mí decidir sobre eso –me dijo Malko al acabar uno de los ensayos.

Y ahí tuve que ceder. La sinfonía debía durar entre veintidós y veinticuatro minutos. Malko necesitó poco más de treinta. Años después, Arturo Toscanini, conocido por su fanatismo a la hora de seguir al pie de la letra las indicaciones de *tempo*, la interpretó en los veintidós minutos marcados; el director italiano grabó la obra con su Orquesta de la NBC de Nueva York; cuando la escuché, no me gustó.

Al finalizar el ensayo general, los músicos, puestos en pie, me dedicaron una ovación tan larga que acabé por sonrojarme.

El estreno estaba programado el 8 de mayo, pero se tuvo que aplazar al 12, debido a que los metales de la orquesta también tocaban en la representación de *Salomé*, de Richard Strauss, en el teatro Mariinski.

Valerian vino a buscarme a casa a primera hora de la tarde. La noche anterior yo no había pegado ojo. Paseaba de arriba abajo, moviendo los ojos, la nariz y los labios con una rotación susceptible de asustar a los no prevenidos, hábito que se agudizó con los años y que evidenciaba mi estado de ansiedad durante las horas previas a los estrenos.

Llegamos al auditorio media hora antes de que diese comienzo el concierto. La sala ya estaba llena y la mayor parte de los alumnos ocupaban sus puestos. Dejamos a mis dos hermanas y a madre en un palco de platea, y fuimos a sentarnos junto a Maria y Sofronitsky.

–¿Cómo estás, Mitia? –me preguntó Maria.

–Nervioso –contesté, sorprendido al ver el sayal blanco con capucha que le cubría desde la cabeza a los pies.

–Ya ves cómo nos ha venido hoy Maria –rio Sofronitsky–, parece una sacerdotisa antes de oficiar un sacrificio a los dioses en el bosque sagrado de los druidas. ¡Norma revivida!

–Pero el ensayo general fue bien, ¿no? –insistió Maria.

No pude contestar, ya que en ese momento pasó por delante de nosotros Glazunov, del brazo de su madre, una anciana demacrada que caminaba muy erguida y miraba al frente con determinación. Glazunov se detuvo y dijo:

–Ayer me pasé un rato por el ensayo. Es asombroso tu dominio de la orquestación, Mitia, algo que solo se adquiere después de años de estudio y experiencia. En fin, queridos pupilos, tendríais que aprender de él, Mitia es el futuro y los viejos como yo deberíamos permanecer callados aunque no comprendamos según qué cosas.

–Yo no soy compositora y por lo tanto no puedo aprender de Mitia –saltó Maria, mientras nuestro director la observaba, perplejo.

–Recuerdo que una vez me enseñaste una obra tuya –le corrigió Glazunov.

–¿Ah, sí? Eso debió de ser hace mucho tiempo.

–Para desgracia mía, yo me acuerdo de todo.

Las luces se apagaron. Malko apareció en el escenario y subió al podio. Era un hombre de cuarenta y tantos años, grueso, calvo, algo encorvado, con la cara colorada. Sostenía una batuta muy larga, parecida a una fusta con la que domar a los músicos. Yo me movía inquieto, mis muecas de labios y ojos debían de recordar a un pájaro que agoniza.

El director levantó la mano y dio la entrada a la primera trompeta. Lo que vino a continuación está borroso en mi memoria; era tal mi agitación que me resultaba difícil concentrarme. La Filarmónica de Leningrado no solo es la mejor orquesta de Rusia, sino una de las mejores del mundo; fue ella la que estrenó la mayor parte de mis sinfonías posteriores.

El público aplaudió al final del segundo movimiento con tanta insistencia que Malko se vio obligado a repetirlo. Me tranquilicé y pude escuchar mejor. Sin embargo, me faltan palabras para describir la interpretación del tercer y cuarto movimientos. La intensidad, los contrastes, la dulzura, el arrebato, la pasión con la que tocaron, se revuelve en mi memoria como si, más que de la realidad, se tratase de un sueño. Un sueño convertido en realidad que cambió mi vida. Sí, hay un antes y un después de ese estreno. En Occidente corrió la voz de que Tchaikovski tenía un sucesor, y que este no era ni Stravinski ni Prokófiev, sino Dmitri Shostakóvich. Pocos meses después, Bruno Walter y Leopold Stokowski interpretaron la sinfonía con las orquestas de Berlín y Filadelfia respectivamente, y el éxito volvió a ser enorme.

No recuerdo las veces que tuve que subir al escenario de la Gran Sala del Conservatorio de Leningrado. El claustro de profesores, incluidos aquellos que se habían mostrado reticentes conmigo, aplaudían entusiasmados; el único que permanecía en silencio era Glazunov, pero sonreía.

Al acabar el concierto, fuimos a casa. Madre había preparado *pelmeniye* siberianas, y, para contentar a Glazunov, había comprado varias botellas de vodka y de vino. Pero el director no pudo acompañarnos; la emoción había sido intensa y no se veía con ánimos de subir las escaleras hasta el quinto piso. Steinberg y Nikolayev tocaron la *Fanfarria para piano* de Glazunov, todos brindamos por el éxito y la celebración se prolongó hasta las tres de la madrugada.

Unas semanas después, acompañé a Malko a Járkov, donde se interpretó de nuevo la sinfonía con la orquesta local. En el primer ensayo observé que en lugar de tres trompetas había dos; en lugar de tres timbales, uno, y en lugar de un piano de cola, un viejo piano de pared. El concertino no se presentó. En el segundo, a pesar de los esfuerzos del director, los progresos fueron escasos; al terminar, Malko me dijo que estaba satisfecho, y que las cosas mejorarían en el concierto. No me tranquilizó. Del tercer ensayo la orquesta salió algo más airosa y los músicos, al final, me felicitaron. El concierto era en unos jardines. Malko subió al podio y saludó al público, que abarrotaba el recinto. De pronto, desde algún lugar cercano, unos perros comenzaron a ladrar. Los minutos pasaban y los perros ladraban cada vez más fuerte; Malko permanecía tieso, sin saber muy bien qué hacer, la gente se reía. Por fin, los perros se callaron, pero si hubiera sabido lo que iba a venir a continuación, habría invocado al cielo para pedir que los aullidos continuaran hasta el punto de imposibilitar el concierto. Malko dio la entrada a la primera trompeta, que arruinó de inmediato su frase, la siguió el fagot, que tocó muchas notas falsas; después de unos diez compases, los perros volvieron a ladrar y la orquesta, confundida, no tardó en perderse. Malko intentaba seguir adelante pero, dándose por vencido, optó por volver a empezar. El público murmuraba, algunos pedían que se les devolviera el precio de las localidades. A trancas y barrancas, Malko consiguió llegar al final del movimiento. Comenzó el segundo. El clarinete tocó más lento que las cuerdas, la percusión entró tres compases antes de lo debido y el piano, en lugar de buenos acordes, emitía sonidos como de platillos volantes, de clavicémbalo de juguete. El director logró estabilizar el *tempo* a expensas de la dinámica, tocaban tan fuerte que se produjo una cacofonía espantosa. Era el turno del fagot solista. «Dios mío –pensé–, la que va a venir ahora.» No, no hay palabras para describirlo, así que seguiré adelante. En la sección intermedia, los músicos volvieron a perderse, aunque esta vez, Malko, con buen criterio, no se detuvo y terminaron el segundo movimiento. Alguien gritó: «*Encore!*»; casi rompo a llorar. Debo reconocer que el tercer y cuarto movimientos fueron algo mejor, el violonchelo tocó bastante bien su solo, pero llegaron a la coda y la percusión produjo tal estrépito que no se pudo oír nada más. Por fin concluyó la obra. Aplausos, al principio tímidos, luego más cálidos. Yo estaba en las primeras filas y no quería saludar al público, si bien Malko me señalaba con tanta insistencia que no tuve más remedio que levantarme, subir al escenario y hacer una reverencia. Cuando llegamos al hotel, Malko me dijo: «Es bueno que tu sinfonía se vaya conociendo». Bueno o no, me sentía fatal. Era bueno que me pagaran los derechos de autor, con ese dinero podría aliviar un poco las dificultades de madre, pero no tenía nada de bueno que a mi obra la hubieran salpicado de mierda. Esa noche no pude dormir.

En busca de un nuevo estilo musical

El ardor, el entusiasmo y lo imperioso de mi naturaleza no tardaron en distanciarme de mis condiscípulos, al tiempo que iba ganando ascendencia sobre todos ellos, incluso sobre los que me superaban en edad. Los dolores de la sirenita de Andersen al renunciar a su cola de pez para adquirir piernas de mujer, con los que me gustaba comparar mis propios sufrimientos, desaparecieron poco después del estreno de la *Primera sinfonía*, siempre teniendo en cuenta que para mí, depresión y exaltación iban de la mano. Debía prescindir de tradición y modernidad. No me servían ni la escuela rusa, ni la experimentación de los compositores vieneses. *Tabula rasa*. Renacer con el ímpetu de aquel que es capaz de crear algo nuevo. Una ruptura radical con mi formación académica, condicionada por un tiempo marcado por la Revolución de Octubre (yo siempre la he llamado así). No, el camino no era el de aquellos que tanto admiraba. Tenía que encontrar mi propia voz aun a riesgo de perder una salud ya de por sí maltrecha.

Vivir con intensidad mi propio sufrimiento me permitió descubrir que el genio no es otra cosa que la energía vinculada al trastorno psíquico, y que en la unión de ambos, el artista encuentra la fuente de su inspiración. La rapidez con la que en pocos meses compuse las siguientes obras me convenció de que mi mente concebía una música cuya audacia se ajustaba mal a la salud y el equilibrio. Escribía, reunía materiales, reflexionaba y me sentía seguro de mí mismo. A las preguntas de Valerian, respondía con evasivas:

–No tardarás en enterarte de lo que escribo. ¿Por qué tanta prisa? Además, no estoy metido en una obra sino en tres.

–¿En tres a la vez?

–Sí, en tres; y ahora déjame seguir trabajando.

La primera era una sonata para piano en un solo movimiento que parecía haber salido de la pluma de otro compositor. La *tabula rasa* exigida se revelaba en la transformación radical del lenguaje aprendido en el conservatorio. Sin poner freno a los arrebatos de mi imaginación, por primera vez pude romper tanto con la tonalidad como con los esquemas formales. El término «sonata» no tiene en esta obra más que un valor simbólico; ni la *Sonata para piano* de Alban Berg, que escuché en la formidable interpretación de Sofronitsky, ni la *Tercera sonata* de Prokófiev pueden compararse con ella. Aquí los temas se suceden con tal desenfreno que aturden a quien los escucha, no solo por la carencia de apoyo armónico, sino porque el piano, desdeñando la tradición clásico-romántica, es tratado como un instrumento de percusión, con la salvedad de un breve episodio central de aliento impresionista. La estrené en la Sala Beethoven de Moscú. El público la recibió con frialdad. Convencido de su valor, anuncié desde el piano: «Para que ustedes puedan comprender mejor esta música, sin duda difícil, voy a tocarla de nuevo».

La *tabula rasa* alcanza su radicalidad más extrema en los *Diez aforismos para piano*, compuestos inmediatamente después de la *Sonata*. Los desarrollos temáticos brillan por su ausencia, no hay relación entre los motivos, ni variaciones, ni repeticiones. Sin interrupción y aparentemente sin ilación, lo nuevo sucede a lo nuevo sin más aglutinante que los contrastes. La concisión y brevedad, parecidas a las de Anton Webern, revelan el carácter innovador de la escritura: la *Elegía* no tiene más que ocho compases y dura apenas cuarenta y cinco segundos. El *Nocturno* prescinde de barras de compás. En la *Marcha fúnebre*, el intérprete produce armónicos apoyándose sobre las teclas, antes de que el acorde precedente deje de resonar. En el *Canon* a tres voces, el motivo atonal de cinco notas es el punto de partida de un puntillismo, en sintonía también con Webern. Me interesaba desarrollar un nuevo estilo en el que la polifonía se viera reducida a un pequeño número de voces. Estrené la obra en la Asociación de Música Contemporánea de Leningrado. El público la rechazó con sonoros abucheos –los primeros de mi carrera–, y supuso, además, la ruptura definitiva con mi maestro Steinberg, quien toleró mal el nuevo rumbo que había tomado. En marzo de 1927, recibí el primer encargo oficial del Estado soviético: una obra sinfónica en homenaje al décimo aniversario de la Revolución de Octubre. Me impusieron un texto del poeta Alexander Bezymenski, miembro relevante del Komsomol, que debía servir de base a la partitura. El poema era atroz. Pensé primero en rechazar la propuesta. Sin embargo, consciente de la oportunidad que implicaba para mi carrera, me puse manos a la obra.

Con ella continué las innovaciones de las dos partituras anteriores, feliz de poder aplicarlas a la orquesta. Su construcción atonal y atemática es anunciada por las cuerdas graves, para pasar luego a los demás instrumentos. El pulso de negra se contrae en valores cada vez más pequeños: corcheas, tresillos de corchea, semicorcheas, fusas... La tensión sube lenta, inexorablemente, hasta alcanzar el punto culminante que marca el inicio de un *scherzo* grotesco, parecido a ciertos pasajes de la *Primera sinfonía*. En la sección siguiente, una fuga a trece voces expone un entramado polifónico tan complejo que supera la capacidad auditiva del oyente. La cuarta y última parte –no hay pausas entre ellas y su duración apenas supera los veinte minutos– no tiene relación alguna con lo escuchado previamente, de tal manera que parece añadido de forma artificial. Ahí, el coro, tratado en recitativo, canta el poema de Bezymenski y transforma el conjunto en una cantata de propaganda. A pesar de que su fuerza expresiva es innegable, las tres primeras partes chocan con el tratamiento vocal rudimentario de esta última, en un intento fallido de conciliar dos estéticas mal avenidas. Fue el primer tributo que pagué al Estado soviético, seguido de una larga

lista de presiones que me produjeron un inevitable desdobla-
miento de personalidad: la angustia de aquel que se oculta en su
propia sombra con la esperanza de revelarse solo a sí mismo.
¡Cuántos sufrimientos me ocasionó eso! Entonces, el incipiente
estalinismo no había enseñado su verdadero rostro, si bien ya
empezaban a aullar voces que condenaban el formalismo –así
llamaban a la vanguardia– y exigían una música que satisficiera
el gusto popular.

La *Segunda sinfonía* fue estrenada por Nikolai Malko al
frente de la Filarmónica de Leningrado, en un concierto que
tuvo lugar en octubre de 1929, delante de un buen número de
autoridades, que aplaudieron sin convicción, satisfechos, al menos, de la intervención del coro.

No me gusta mi *Tercera sinfonía*. Quise complacer el popu-
lismo gubernamental, que estrechaba cada vez más su cerco y
caí en una trampa de la que no pude salir. A menudo se la com-
para con la *Segunda*; aunque es cierto que ambas son las dos
caras de una misma moneda, también lo es que la *Tercera* es el
reverso malo de la *Segunda*. En esta, había llevado a cabo experimentos audaces; por el contrario, la *Tercera* es plenamente
tonal y el humor y lo grotesco culminan en una sucesión vulgar
de marchas y galopes. ¿Falta de ambición? ¿Deseo de transigir
con el lenguaje impuesto? Uno paga por sus pecados, y yo, a lo
largo de mi vida, he cometido muchos. En todo caso, reconozco que no me parecen del todo fallidos algunos de los efectos
de la *Tercera*: la misteriosa introducción del solo de clarinete,
la brillante combinación de las trompetas con los *pizzicatos*
de la cuerda, la naturalidad y fluidez en los contrastes dinámicos, el humor extravagante de temas supuestamente serios. Los
corales con los que concluyen las dos sinfonías son abomina-
bles, por eso no me sorprendió que Leopold Stokowski supri-
miera el final cuando la programó en Filadelfia. Las críticas
fueron malas y Stokowski tuvo que salir en mi defensa, argu-
mentando que el radicalismo de la obra no era exclusivamente
musical sino que derivaba del «programa soviético» y que así

se debían entender los pasajes que sugerían la marcha del Ejército Rojo o el ruido de las fábricas. El juicio de Prokófiev también fue severo: «He escuchado en Nueva York la *Tercera* de Shostakóvich. Estoy decepcionado, es fragmentaria y al desarrollarse exclusivamente a dos voces carece de interés desde el punto de vista melódico». Por una vez, estuve de acuerdo con él.

Pero yo necesitaba nuevos retos. Desafiarme a mí mismo ha sido una constante en mi vida. Esta vez quería escribir una ópera que rompiese moldes, basada en el libreto de un escritor contemporáneo que pusiera de manifiesto las contradicciones de nuestro tiempo. Al no encontrar ninguno que me gustara, me propuse poner música a Chéjov, si bien al final opté por Gógol, otro de mis escritores predilectos.

En Rusia, se habían compuesto muchas óperas basadas en Gógol. Músorgski había puesto música a *El matrimonio* y *La feria de Sorochinetz*, y Tchaikovski y Rimski-Kórsakov a *Nochebuena*. Yo me decidí por *La nariz*, una sátira de la época de Nicolás II, extraída de las *Novelas de San Petersburgo*. Consciente de que me enfrentaba al más absurdo de los temas, elaboré el libreto con la ayuda de Alexander Preys, Yevgueni Zamiatin y Gueorgui Ionin. Como el cuento era breve, decidimos complementarlo con extractos de *Almas muertas, Diario de un loco, Tarás Bulba* y *El matrimonio*, del propio Gógol, así como con parte del canto de Smerdiakov de *Los hermanos Karamázov*, de Dostoievski.

Desde los quince años, había acompañado al piano infinidad de películas, hasta el punto de que para mí, imagen y sonido formaban una unidad. Mi música no puede entenderse sin esta fusión, manifestada con especial intensidad en *La nariz*. Sus doce cuadros, reunidos en tres actos, se suceden igual que planos cinematográficos. Cada una de sus páginas revela ideas en las que la dureza armónica y el tratamiento descarnado de la acción dramática denuncian la banalidad de la sociedad a través del absurdo como única forma de representación veraz.

La nariz está escrita para una orquesta de cámara, su instrumentación es ligera, lo que facilita la rapidez del desarrollo escénico. El intermedio que precede a la segunda escena está compuesto solo para instrumentos de percusión, innovación que poco después seguiría Edgar Varèse, con *Ionización*. Me gustaba de forma particular este interludio, a pesar de saber que el público se llevaría las manos a la cabeza. Pero tenía que arriesgarme.

Las extravagancias de *La nariz* no acaban ahí: marchas grotescas, galopes cómicos, polkas jubilosas y un episodio vocal acompañado de balalaica sazonan un mundo sonoro surrealista, fruto de la frescura e insolencia de un joven compositor dispuesto a demostrar hasta dónde llegaba su imaginación. ¿Estaba la joven Unión Soviética capacitada para entenderla?

El primer decenio de la Revolución de Octubre fue un período de gran creatividad artística. Es importante subrayarlo porque la destrucción sistemática de nuestra cultura llevada a cabo por el Gobierno de Stalin ensombreció aquellos años en los que la nueva política económica se vio acompañada de una magnífica gestión del Ministerio de Cultura, dirigido por Anatoli Lunacharski, hombre de mente abierta que favoreció el desarrollo de las vanguardias. Cuando a Serguéi Kirov –dirigente del Partido Comunista en Leningrado–, le preguntaron si no era absurdo presentar a los trabajadores obras experimentales, él se limitó a contestar: «El proletariado es un amplio concepto que va desde un simple obrero a Karl Marx». Sí, vivimos un breve período de tiempo en el que se experimentó con acierto en múltiples ámbitos artísticos y literarios: el constructivismo de Mayakovski, los diseños futuristas de Ródchenko, el teatro biomecánico de Meyerhold y Nemiróvich-Dánchenko, las nuevas técnicas cinematográficas de Eisenstein y Kozintsev… Todos ellos, ardientes bolcheviques, estaban convencidos de que solo a través del arte podría alcanzarse la verdadera revolución. Nos adherimos al ideal comunista. En esa fe nos educaron. Tardamos en ser conscientes de la esclavitud en la que vivíamos. Mi conciencia no está tranquila. No lo estará jamás.

4

Una obra de teatro en el camino

El reloj acaba de dar la una. Observo a mi nieto, que sigue durmiendo tranquilo a mi lado, y recuerdo cómo era yo a su edad, mientras me viene a la cabeza el eco de la música de jazz, a la que le prestaba más atención entonces que ahora.

Ha dejado de llover. Si tuviese ánimos saldría y daría un paseo por el jardín.

En febrero de 1928, terminé los dos primeros actos de *La nariz* y me planteé la posibilidad de presentarla en Leningrado y Moscú. Fue entonces cuando conocí a Vsévolod Meyerhold, quien, a pesar de ser mucho mayor que yo, acabó convirtiéndose en un buen amigo. Era el mejor director de escena de la época, junto con Vladímir Nemiróvich-Dánchenko. A Meyerhold le gustaba trabajar con jóvenes artistas, así que me invitó a pasar unos meses en su casa de Moscú. Me ganaba la vida como pianista en su teatro, mientras continuaba trabajando en el tercer acto de mi ópera.

Durante esa estancia, esbocé una breve pieza teatral sobre mi relación con Meyerhold, la falta de sintonía que tuve con su mujer Zinaida Reich y mi tormentoso primer encuentro con Mayakovski. La recuerdo bien.

Personajes: Vsévolod Meyerhold, director teatral. Su mujer, Zinaida Nikoláievna Reich, actriz. Marceline, institutriz francesa. Vladímir Mayakovski, poeta y dramaturgo. Yo, compositor.

(En el salón de la casa de los Meyerhold en Moscú.
Febrero de 1928.)

(Al levantarse el telón, Zinaida Nikoláievna pasea irritada.
Tiene treinta y cuatro años: alta, ojos almendrados, pelo casta-
ño, mandíbulas fuertes, busto generoso y manos pequeñas. Se
da aires de grandeza, por ser considerada la mejor actriz de
Moscú y por el puesto que ocupa su marido en la ciudad. Viste
un traje violeta con solapas y puños negros y lleva una flor
blanca en el ojal derecho. Sentados en un sofá, Vsévolod Me-
yerhold y yo charlamos amigablemente. Meyerhold tiene cin-
cuenta y dos años, es elegante sin afectación, una gran nariz da
a su rostro un carácter singular, acrecentado, además, por unos
ojos saltones y una mirada penetrante. El mobiliario es lujoso:
pinturas, porcelanas, cristal, sedas orientales…)

Yo *(a Zinaida Nikoláievna, con la intención de calmarla y di-*
vertirla): La institutriz de sus hijos alimenta por mí sentimientos tan tiernos que a veces tengo ganas de salir corriendo.

MEYERHOLD *(soltando una carcajada)*: ¿Has oído, mi amor?
Míralo, se ha puesto más rojo que una amapola.

ZINAIDA NIKOLÁIEVNA *(altiva)*: No le hagas caso, siempre exagera, lo hace para que pasemos un buen rato con él.
Pero no se va a librar de pagarme la manutención. Nos debe
dos meses.

Yo *(turbado)*: Le aseguro, Zinaida Nikoláievna…

MEYERHOLD: Déjalo, Mitia; ya nos pagarás cuando puedas.

ZINAIDA NIKOLÁIEVNA: ¿Dejarlo? ¿Qué dices?

Yo: No sé si voy…

MEYERHOLD *(interrumpiéndome, muy serio)*: ¿Te han pagado en el teatro?

Yo *(bajando la mirada)*: No.

MEYERHOLD: ¿Cuánto te deben?

Yo: Todavía no me han pagado ni un solo kopek.

MEYERHOLD: Aquí nadie paga a nadie. A eso hemos llegado en este país de mierda. No te preocupes, ya hablaré yo con el administrador.

ZINAIDA NIKOLÁIEVNA *(mirándome a los ojos)*: ¿Y se puede saber qué es esa historia que cuentas?

YO *(recuperando el buen humor)*: Mi situación es insostenible, señora, sobre todo por las mañanas. Marceline entra en mi cuarto y vocifera: «*Il est temps de se lever, coquin! Debout tout de suite!*».

ZINAIDA NIKOLÁIEVNA: Y tiene razón. Te levantas muy tarde. Esto no es un hotel.

MEYERHOLD *(parodiando una marcha militar)*: Ya has oído, Mitia. Paso al frente. Uno, dos...

YO *(con irónica afectación sentimental)*: Más que paso al frente, desaparecer es lo que quisiera. «*Il est temps de se lever!*», grita la desdichada, al tiempo que levanta la manta, palpa mi cuerpo desnudo y me besa en el lugar que entra en contacto con la silla cuando uno se sienta.

ZINAIDA NIKOLÁIEVNA: ¡Qué ordinariez!

MEYERHOLD *(llorando de risa)*: Déjale acabar, mi amor, la historia es buenísima, podría incluirla en mi próximo espectáculo. *(Sin dejar de reírse, moviéndose alrededor de su mujer)* Una virgen con tal deseo tiene que ser la dicha del paraíso, si no fuera tan fea como el mismísimo diablo. *(Con sumisión, mirando a Zinaida)* El servicio aquí nunca puede ser agraciado, son órdenes directas de la señora. *(Le hace una reverencia y se desploma en el sillón.)*

ZINAIDA NIKOLÁIEVNA *(furiosa, a su marido)*: ¿Esperas que te traiga muchachitas para que puedas meterles mano como haces con tus actrices en el teatro? No cuentes conmigo para eso.

MEYERHOLD: Yo...

ZINAIDA NIKOLÁIEVNA: Quítate las gafas, Mitia, no me fío de la gente si no veo sus ojos. *(Me quito las gafas, le sostengo la mirada unos segundos, la vuelvo a bajar)* La boca.

YO: ¿Qué...?

ZINAIDA NIKOLÁIEVNA: ¿No podrías estarte quieto con la boca? Da vueltas como una peonza. *(Señalándome con el dedo)* Sí, ahí, la nariz y el labio superior.

YO: Perdón, señora, no me he dado cuenta.

ZINAIDA NIKOLÁIEVNA: Eso es lo malo... ¡Otra vez! Tus tics me sacan de quicio. ¡Para de una vez, Mitia!

YO *(cada vez más cohibido)*: Lo siento, no puedo evitarlo.

ZINAIDA NIKOLÁIEVNA: Deberías controlar tus gestos. Resultan muy desagradables.

MEYERHOLD *(saliendo de su ensimismamiento)*: Déjalo en paz, mi amor, no lo agobies, vas a conseguir que salga corriendo y lo necesito en el teatro.

ZINAIDA NIKOLÁIEVNA *(a mí, con voz dura)*: ¿Qué decías de nuestra institutriz?

YO *(con tics cada vez más incontrolados)*: No sé, no recuerdo.

ZINAIDA NIKOLÁIEVNA *(mordaz)*: ¿No recuerdas...? Haz memoria. ¡Diviértenos, Mitia!

MEYERHOLD *(mirando a su mujer, con teatral movimiento de brazos)*: ¡Zinaida, por favor!

ZINAIDA NIKOLÁIEVNA: ¡Déjale continuar! Quiero saber cómo acaba la historia.

YO *(tragando saliva y riendo de forma nerviosa)*: Ayer le dije que si no me dejaba en paz me iba a quejar; por eso se contuvo y sus manos no se insinuaron más allá del pecho, pero esta mañana...

ZINAIDA NIKOLÁIEVNA *(golpeando el brazo del sillón)*: Ya hemos oído bastante. *(Levantándose y mirándome con ojos de fuego)* Ah, y no te olvides de pagarme lo que debes. No me gustan los gorrones.

(Zinaida sale.)

MEYERHOLD *(taciturno por un momento)*: No le hagas caso, Mitia. Ya sabes, genio y figura...

YO *(rápido, en voz baja)*: Más genio que figura.

MEYERHOLD *(riendo)*: Es una diva.

Yo: Sin duda.

Meyerhold: He conocido a muchas, pero a ninguna como ella.

Yo *(sin poder contenerme)*: Me chilla con frecuencia y me reprocha que viva de la caridad de ustedes como un sablista. No me gusta escuchar eso.

Meyerhold *(tomándome por los hombros)*: Perdónala, Mitia, tienes que hacerlo por mí.

Yo *(enternecido)*: La quiere mucho, ¿verdad?

Meyerhold *(con expresión exaltada)*: ¿Que si la quiero? ¡Estoy loco por ella! Lo sé, lo sé, es despótica, altiva, egoísta. Tiene la rara virtud de amar su propia belleza y sabe qué hacer para adornarla. *(Una pausa. De pronto melancólico; a media voz)* Hay algo sobrecogedor en mi amor por ella. Me digo a mí mismo que la mejor manera de persistir en algo es no prestarle atención. Las cosas que amas demasiado mueren antes. Tienes que tratarlo todo con cierta distancia, especialmente aquello que te resulta más querido. Justo lo contrario de lo que yo hago con ella. *(Suspira dos o tres veces antes de añadir)* Acabaremos mal, lo sé, pero no puedo hacer nada para evitarlo.

(Meyerhold se dirige a la biblioteca, coge el teatro reunido de Gógol, hojea las páginas hasta encontrar lo que busca, vuelve a sentarse. Lee un rato en voz alta y luego me mira.)

Meyerhold: *La nariz* es un argumento magnífico para una ópera. ¿Escribiste tú el libreto, Mitia?

Yo: Sí, con ayuda de Preys, Ionin y Zamiatin.

Meyerhold: Me gusta oír eso; un compositor debería escribir los libretos de sus óperas, como Wagner. Habéis hecho un buen trabajo.

Yo: Mi primera intención fue elaborar un libreto original con un autor joven.

Meyerhold: ¿Y qué pasó?

Yo: Unos no tenían tiempo, otros no estaban interesados. Tampoco encontré en nuestra literatura contemporánea ningún texto breve adecuado, así que no me quedó más remedio que regresar a los clásicos. Pensé que una ópera con tema clásico debería ser tratada de forma satírica. Después de darle muchas vueltas, elegí *La nariz*. Me gusta su aire fantástico, expuesto con un tono realista.

MEYERHOLD *(paternal)*: Deberías haberme consultado primero.

YO *(con intención de halagarlo)*: Entonces no nos conocíamos, Vsévolod Emílievich. Mi encuentro con usted ha sido providencial.

MEYERHOLD: Mayakovski o yo mismo podríamos haberte escrito el libreto. Él está muy contento de que le pongas música a *La chinche*.

YO: No me...

MEYERHOLD: ¿Qué dices, Mitia?

YO: No me gusta el argumento de *La chinche*. *(Inquieto por haberme permitido la observación, añado enseguida)* Voy a tener que esforzarme para ponerle música.

MEYERHOLD: No se te ocurra decírselo, le darías un disgusto; te conviene estar bien con él, es muy influyente. Y con Zinaida, ya sabes.

YO: Con ella hago lo que puedo.

MEYERHOLD: Me gustaría que te quedaras una temporada con nosotros. Montaremos juntos *La nariz*.

YO: ¿Cuándo?

MEYERHOLD: En cuanto la acabes. Los dos primeros actos son espléndidos. Estoy deseando ver la reacción de nuestras autoridades. *(Sonríe)* Se les va a atragantar.

YO *(más tenso)*: No es eso lo que pretendo.

MEYERHOLD *(como si le hubieran dado un puñetazo en el estómago)*: Pues debería serlo. ¡Que piensen mal de uno, de eso se trata!

YO: Nunca deja de sorprenderme, Vsévolod Emílievich.

MEYERHOLD *(enérgico)*: Tienes que esforzarte por hacer algo nuevo en cada obra, de modo que cada una de ellas deje sin aliento al público. La repetición es la muerte del arte. Si una obra agrada a todo el mundo, es un fracaso; si, por el contrario, la critican, quizá haya algo valioso en ella. El éxito auténtico llega cuando la gente polemiza sobre tu trabajo, cuando la mitad de la audiencia está en éxtasis y la otra mitad quiere romperte los huesos. *La nariz* es una obra genial, pero tienes veintidós años y mucho camino por delante, así que recuerda lo que te he dicho cuando la inspiración no te llegue con tanta facilidad.

YO *(dando vueltas a su alrededor)*: Ayer tuve un sueño.

MEYERHOLD: ¿Un sueño...?

YO: El estreno de *La nariz* ya se ha fijado. Tengo que asistir al ensayo general. Muy nervioso, salgo de casa en dirección al teatro, temiendo los reproches de Samuel Samosud, el director. Tomo el tranvía y luego el autobús; ese día la ruta ha cambiado y acabamos en las afueras de la ciudad; miro el reloj y le pido al conductor que me lleve de regreso, él me dice que el autobús se va a quedar ahí, así que tengo que atravesar toda la ciudad corriendo hasta llegar al teatro; cuando entro en la sala, están ensayando el tercer acto, lo puedo ver y escuchar íntegro.

MEYERHOLD: ¡Magnífico, Mitia! A veces, las cosas se resuelven de forma inesperada.

YO *(radiante)*: Todo estaba claro en mi cabeza: ritmos, notas, tonalidades, dinámicas... Hoy, al levantarme, lo he anotado; después de dos meses de darle vueltas, ya sé cómo terminar la ópera.

MEYERHOLD *(acercándose a mí y abrazándome)*: Muy bien, Mitia. Cuento contigo para crear un nuevo teatro musical que acabe de una vez con el realismo. El realismo es la muerte del teatro. ¡Abstracción!, de eso se trata. ¿Entiendes, Mitia? Un teatro de la mente que revele la psicología humana.

YO *(distraído)*: Me lo ha dicho muchas veces.

MEYERHOLD: He encontrado pocos genios a lo largo de mi carrera. Tú eres uno de ellos. Después de *La chinche*, montaremos *Los baños*; he hablado con Mayakovski, los dos queremos que le pongas música.

Yo: A mí no...

Meyerhold: ¿Qué dices?

Yo *(indeciso, en voz baja)*: No me gusta especialmente el teatro de Vladímir Vladímirovich.

Meyerhold: Te equivocas. Mayakovski es uno de nuestros mejores autores.

Yo: Y le creo, Vsévolod Emílievich, pero no se trata de eso. Quiero decir; bueno, sí, no sé cómo...

(Meyerhold me interrumpe con una mirada dura; da una vuelta por el salón, se sienta de nuevo y continúa.)

Meyerhold: ¿Y Chéjov? ¿Por qué no ponemos en escena algo suyo? ¿Prefieres a Lérmontov? *Un héroe de nuestro tiempo* es magnífica.

Yo *(halagado y abrumado al mismo tiempo)*: Me gustaría escribir la música de un nuevo *Hamlet*.

Meyerhold *(haciendo un gesto con la mano, como si hubiera conseguido una victoria)*: Adoro *Hamlet*. Si todas las obras desaparecieran y sobreviviera solo *Hamlet*, los teatros del mundo estarían salvados. Veo dos personajes simultáneos en Hamlet: un actor cómico y una actriz trágica, que podría muy bien ser Zinaida; se repartirían las escenas y en ocasiones actuarían a la vez con el mismo texto pero con carácter opuesto. Pero me preocupa el espectro. No creo en fantasmas. Lo veo subido en lo alto de un poste, lleva gafas, polainas y estornuda constantemente. Hay humedad y se ha resfriado.

Yo *(participando de su entusiasmo)*: Las obras de Shakespeare tienen en cuenta la música. Fue él quien dijo que el hombre que no ama la música no es de fiar. Siempre me ha impresionado la escena en la que el rey Lear, enfermo, se despierta y escucha música.

Meyerhold *(se planta en medio del salón y gesticula como si tocara un violín)*: De joven tocaba el violín, todavía sigo practicando un poco. *(Melancólico)* Me hubiera gustado ser violinista; ahora estaría en alguna orquesta y nadie me prestaría atención. *(De pronto sombrío)* Mi pasada relación con Trotsky y mi aversión por el realismo acabarán por costarme caro. Esos desgraciados me exigen doblar las rodillas. ¡Pero no cederé, Mitia! ¡Por mis muertos, que no cederé! Ellos pasarán y el arte permanecerá.

(Marceline entra en el salón. Al verme, vacila unos segundos. Con aire muy digno, se acerca a Meyerhold y le hace una reverencia.)

MARCELINE *(a Meyerhold, ceremonial)*: Monsieur Maïakovski vient d'arriver. Il désire parler avec vous, excellence.

MEYERHOLD *(levantándose de un brinco)*: ¡Dios, lo había olvidado por completo! Me dijo que iba a venir esta tarde para conocerte. Ahora mismo vuelvo.

(Meyerhold sale. Marceline permanece frente a mí, mirándome con aire de reproche. Tiene poco más de treinta años. Es despierta, descarada y no demuestra complejo alguno por su fealdad. Acompaña sus palabras con movimientos agitados y se ríe a menudo, lo que no deja de desconcertarme.)

MARCELINE *(enérgica)*: Tu ne devrais pas être au théâtre? Toujours en retard! Qu'est-ce que tu fais, fripon? *(Se ríe)* Oui, je vois, amuser les messieurs avec des histoires, comme d'habitude. Tu es un bouffon!

YO *(apartando la mirada)*: No soy un bufón, Marceline; no sé por qué dices eso.

MARCELINE *(indignada)*: C'est fini! Tu m'entends? C'est fini!

YO *(aturdido, sin saber muy bien qué decir)*: Perdóname.

MARCELINE: Ingrat! C'est ce que tu es!

YO *(igual que antes)*: Perdóname.

MARCELINE *(riéndose)*: Tu as dit ce qu'on a fait la nuit dernière? Non? Eh bien, je vais leur dire. Ils nous mettront à la rue, mais je m'en fous. Supporter ces parvenus me rend malade. Sortir d'ici, c'est ce que je veux.

YO: ¿Por qué no lo hablamos esta noche con más calma?

MARCELINE *(dulce como una gata en celo)*: Vraiment? Es-tu sérieux? Tu ouvriras la porte? *(Vuelve a reírse.)*

YO *(con falso entusiasmo)*: ¿A qué hora vendrás?
MARCELINE: *À minuit. Quand ils sont allés se coucher. (De pronto enfurecida) Si tu ne m'ouvres pas, je te tue.*

(Marceline sale justo en el momento en que Meyerhold y Mayakovski entran por la puerta del fondo. Mayakovski tiene treinta y seis años, rasgos poderosos y el cabello cortado al cero. Es alto, fuerte y su mirada desprende una dureza que en ocasiones raya la crueldad. Autoritario, tiende a intimidar a los demás con sus repentinos cambios de humor.)

MEYERHOLD *(con tono engolado)*: Mitia, te presento a nuestro ilustre poeta y dramaturgo, Vladímir Vladímirovich Mayakovski.

(Mayakovski me tiende dos dedos de forma displicente. Sin arredrarme, se los cojo con el meñique de la mano izquierda y los muevo de arriba abajo con ostentación.)

MAYAKOVSKI *(soltando una carcajada)*: Vaya, vaya, veo que eres un tipo con agallas. Llegarás lejos. Me han dicho que tu ópera es muy divertida.

YO *(de pronto irritado, ante la mirada inquieta de Meyerhold)*: *La nariz* es una historia de terror, no hay nada divertido en ella. ¿Puede ser divertida la opresión policial? Adondequiera que vayas hay un policía, no puedes dar un paso, ni dejar caer un trozo de papel. Tomados individualmente, los personajes solo son un tanto excéntricos, pero en conjunto forman una chusma sedienta de sangre.

MAYAKOVSKI *(asombrado por mi exaltación)*: Palabras de fuego, propias de tu edad. *(A Meyerhold, un tanto indiferente)* ¿Cuándo pensáis ponerla en escena?

MEYERHOLD: En cuanto Mitia termine el tercer acto.

MAYAKOVSKI *(mirándome con ojos inquisitivos)*: ¿Qué has compuesto hasta ahora?

YO *(incómodo)*: Obras para piano, música de cámara, dos sinfonías y una ópera.

MAYAKOVSKI *(de pronto, más afectuoso)*: ¿No has probado poner música a mis poemas?

Yo (*sensible a su cambio de tono*): A los dieciséis años, mis padres me regalaron un libro titulado *Todo lo que ha escrito Vladímir Mayakovski*; me gustaron los versos e intenté ponerles música, pero su métrica resultaba complicada y no me fue posible; sin embargo, tengo la intención de volver a ellos.

MAYAKOVSKI (*de nuevo con voz dura*): ¿Te gustan las bandas de bomberos?

Yo: No sé. Depende.

MAYAKOVSKI: ¿Depende de qué?

Yo: Del contexto.

MAYAKOVSKI: Quiero que la música de *La chinche* sea como la que tocan esas bandas. No necesito sinfonías ni conciertos.

Yo: En ese caso, deberá contratar una banda y dejarme al margen.

MEYERHOLD (*inquieto por el rumbo que está tomando la conversación*): ¿Os apetece beber algo? Creo que tengo champán en la nevera. (*Va a buscarlo y sirve tres copas*) Y ahora brindemos por *La chinche*.

MAYAKOVSKI (*más relajado*): Quizá me he expresado con excesiva rudeza. Lo que he querido decir es que la música de banda es adecuada para *La chinche*. El humor, la burla y lo grotesco casan mal con la música seria.

MEYERHOLD: No te preocupes, Mitia es un consumado maestro en eso. Lo comprobarás cuando escuches *La nariz*.

MAYAKOVSKI (*distendido, pero rotundo*): La música de determinadas escenas, la del parque zoológico por ejemplo, debe ser ruidosa, pero de ningún modo grandilocuente. Por el contrario, en varios números de la segunda parte, tiene que limitarse a reforzar con discreción la acción escénica. (*Mirándome con severidad*) ¿Has empezado a componer la partitura?

Yo: Todavía no.

MAYAKOVSKI (*sorprendido*): Los ensayos empiezan en tres semanas, ¿cómo piensas arreglártelas?

Yo: Para hacer lo que me pide, no necesito mucho tiempo.

MAYAKOVSKI: Está bien, ojalá sea como dices. Me gustaría escucharla al piano antes de que empiecen los ensayos.

YO: No hay problema. Vsévolod Emílievich le avisará en cuanto la tenga lista.

MAYAKOVSKI *(mirando el reloj)*: Tengo que irme o llegaré tarde a mi cita con Ródchenko. Hemos creado una agencia de propaganda; él se encargará del diseño y yo, de escribir eslóganes breves y directos. *(Me da la mano de forma cordial. Con voz afectuosa)* Espero que nos veamos pronto. Suerte con el trabajo.

(Meyerhold y Mayakovski salen por la puerta del fondo. Marceline entra por la puerta de la izquierda. Se acerca y me da un beso.)

MARCELINE: *À minuit. N'oublie pas.*

(Sale corriendo.)

Telón

Las constantes desatenciones de Zinaida acabaron con mi paciencia. La mayor de todas fue despedir a Marceline. Después de tres meses, abandoné su casa y regresé a Leningrado. Cuando ahora recuerdo a Meyerhold y a Zinaida siento una gran tristeza, y no solo por su trágico final. A excepción de *La chinche*, no llevamos a cabo ninguna de las producciones planeadas, ni siquiera *La nariz*. Tiempo después, me propuso poner en escena *Lady Macbeth*, pero al final, por la complejidad de la obra, el proyecto fracasó. A pesar del éxito de *La chinche*, no trabajé con él en *Los baños*, de Mayakovski, ya que la pieza no acababa de convencerme, pero lamenté no componer música para *Treinta y tres desmayos*, de Chéjov, por falta de tiempo.

Gracias a Meyerhold, empecé a reflexionar de forma más crítica sobre mis obras y gané confianza en mí mismo. «Debes prepararte para cada nueva composición –me decía siempre–, examinar una buena cantidad de música, investigar si ya hubo algo similar en los clásicos, y así tratar de hacerlo mejor o, al menos, a tu manera.»

Mayakovski se suicidó de un disparo en el corazón en abril de 1930. Cuatro meses antes se estrenó *La nariz* en el teatro Maly de Leningrado, con dirección musical de Samuel Samosud, escena de Nikolai Smolich y decorados de Vladímir Dmitriev. El éxito fue sensacional, pero las críticas resultaron atroces: «*La nariz* es una obra destructora, una granada de mano de un anarquista que suscita el pánico en toda la línea del frente musical y cierra el camino a la construcción de la verdadera ópera soviética». Al cabo de catorce funciones, cayó del cartel. La partitura manuscrita se perdió –como tantas otras mías de aquel tiempo–, pero hace unos meses, después de cuarenta y cinco años, mi amigo, el director de orquesta Guennadi Rozhdéstvenski la encontró en el desván de la biblioteca del teatro Bolshói y la escenificó en la Ópera de Cámara de Moscú. No quise que se modificase una sola nota. El resultado fue magnífico y me proporcionó una de la mayores satisfacciones que he tenido en mis últimos años.

5

Juego de cartas

Estaba seguro de que el mariscal Mijaíl Tujachevski llegaría puntual a la cita. Lo que más me impresionaba de él era su fuerza. Con el brazo extendido, podía levantar una silla por una pata con un hombre sentado en ella. Lo llamaban «el Napoleón rojo», epíteto poco acertado pues el mariscal, a diferencia de Napoleón, era un hombre alto, robusto, bien parecido, de manos enormes, voz retumbante y labio inferior adelantado a fuerza de tanto mandar, en eso se parecía más al zar Alejandro I, que venció al corso y ocupó París con sus cosacos. El mariscal era un seductor y no perdía ocasión de flirtear. Su espontaneidad, su brío y aspereza, su buen sentido y los giros de los que gustaba servirse le concedían una innata autoridad; hablaba, según solía decir, en buen ruso, sin remilgos ni rodeos, sus expresiones eran famosas entre todos nosotros: «Aquí crecen malas hierbas» significaba que trataban de desfigurar las cosas con malas artes, y para acusar a alguien de caer en un error, decía que «vivía entre escorias». Le gustaban los refranes, de los que recuerdo sobre todo uno: «Quien no arriesga, no gana», y a menudo iniciaba sus frases con interjecciones del tipo: «Rayos y centellas», «Voto al cielo» y «El diablo lo sabe». Es cierto que en la vida civil se mostraba menos lenguaraz y seguía los cánones de la exquisita educación que había recibido, pero a mí me consideraba uno de los suyos y siempre me trató casi como a un hijo.

Representante del ala más liberal del Ejército Rojo, sus detractores aseguraban que esto no era más que un pretexto, y que su intención era derrocar al Gobierno e instaurar una dictadura militar. Poseía una buena biblioteca sobre tácticas de ataque y defensa, armas de largo alcance y entrenamiento de tropas. Estratega nato, estaba convencido de que la aviación tenía que dejar de ser un medio auxiliar para convertirse en punta de lanza de la infantería y la artillería. Sus famosos «ataques relámpago», fueron seguidos más tarde por la *Luftwaffe* con tal éxito que pusieron en serio aprieto a los aliados durante los primeros meses de guerra.

En nuestras conversaciones en los bosques próximos a Moscú, además de iniciarme en el arte de la guerra, me confesó que en su juventud había sido entusiasta de la poesía y la filosofía, y presumía de saber de memoria muchas obras de los clásicos, tanto rusos como occidentales. Su idea del «servicio a la sociedad» se manifestaba en el placer que le producía ayudar a los demás, sobre todo si se trataba de jóvenes artistas. Tocaba bastante bien el violín y él mismo se construía sus propios instrumentos, aunque, en honor a la verdad, debo decir que sonaban –empleando una de sus expresiones preferidas– a «rayos y centellas».

Creo recordar que nos conocimos en un concierto en el Bolshói en el que interpretaron mi *Primera sinfonía*. El mariscal quedó impresionado y al día siguiente me invitó a su residencia. Después de almorzar, me pidió que tocara mis obras para piano. Alabó alguna, criticó otras y me hizo analizar ciertos pasajes de la *Primera sonata* que, según decía, no acababa de entender.

Cuando el mariscal venía a Leningrado, le organizaba una partida de póker en mi apartamento, a la que asistían también Mijaíl Zóschenko e Iván Sollertinski. Recuerdo bien una de las partidas, en enero de 1936, debió de ser a mediados de mes, y la animada charla que acompañaba al movimiento de las cartas sobre el tapete verde.

Zóschenko, volviéndose hacia el mariscal:

–¡Sí! ¡Sí! ¡Claro que sí!, lleva usted razón, pero permítame insistir en lo que le he dicho antes. El suicidio es el único problema filosófico realmente importante. Juzgar si la vida vale o no la pena equivale a responder la cuestión fundamental de la filosofía.

—¡Voto al cielo! Con usted, uno nunca sabe si habla en serio.

—¿Cómo...? No, no, créame, mariscal, nunca he hablado más en serio en mi vida.

Durante los años treinta, Zóschenko era el escritor satírico más popular de Rusia. De naturaleza excéntrica, su forma de vestir, la fuerza de su carácter y la originalidad de su pensamiento me cautivaron hasta el punto de caer bajo su influjo e intentar imitarlo durante un tiempo. Era un hombre grueso, de mi misma estatura, tenía el cabello oscuro, la nariz como el pico de un ave y unos ojos azules llenos de venitas que lagrimeaban. Nos veíamos con frecuencia, casi siempre en mi casa, y discutíamos sobre la muerte y el suicidio. A los dos nos encantaban el póker, el vodka y los cigarrillos Kazbek. No tenía interés alguno por la música y se resistía a que yo lo instruyera; a mí, por el contrario, me gustaba su literatura, violenta como un hachazo en la cabeza.

Zóschenko, al mariscal, sentado a la mesa, mirando las cartas:

—¿Conoce España?

—No... ¿Por qué me lo pregunta?

—¡Adoro España! Ahí la gente sabe lo que es el honor.

El mariscal, sin levantar la vista, con una mueca de disgusto:

—¿Pretende usted decir que en Rusia no sabemos lo que es el honor?

—No me refiero al honor militar, sino a otro bien distinto, que obliga a retirarse con dignidad cuando las circunstancias te imponen situaciones inaceptables.

—Según tengo entendido, en España se viaja mal. Las gentes son medio moras. Castilla es seca y dura. El Kremlin es mucho más bonito que ese castillo o convento que hay al pie de una montaña... ¿Cómo se llama?

—El Escorial. Un lugar sobrecogedor, lleno de nostalgia de esas épocas en las que los hombres vivían y morían con honor... –Zóschenko se interrumpió; desvió la mirada a un punto indefinido, suspiró y retomó la conversación–: Recuerdo que también me gustó el baile popular de Cataluña, la sardana, acompañada de un extraño instrumento parecido al oboe llamado «tenora». Todos se dan la mano y bailan en corro en la plaza llena de gente. Es encantador. Me compré una boina como la que llevan allí los hombres y mujeres. A veces me la pongo para salir a la calle en días soleados... –Se detuvo un momento; dio la sensación de que había perdido el hilo, pero pronto se repuso y continuó–: Por cierto, ¿le gustan los bombones de licor? Tengo un admirador en Crimea que me los mandaba regularmente. Un día, los envíos cesaron y me dije: «Se han olvidado de mí». Pero hace una semana llegó un paquete del mismo remitente, con bombones y puros. Ya me he fumado los cigarros, pero he traído los bombones. ¿Desea probarlos? Son exquisitos...

–*Tais-toi, Mijaíl Nikolaievich! Avec ton bavardage, il est impossible de se concentrer sur le jeu* –exclamó Iván Ivánovich Sollertinski, absorto en sus cartas, mientras la curva de sus labios se tensaba.

La perfecta pronunciación de Sollertinski en más de diez idiomas, resultaba irritante. Alto, bien parecido, de ojos claros, era un hombre de amplísima cultura y de profundos conocimientos musicales. Cosmopolita y políglota, escribió su diario en portugués antiguo con objeto de que no pudiera leerlo nadie que no estuviera autorizado. Nos conocimos en Leningrado, durante unas pruebas de marxismo-leninismo. Llamaban por orden alfabético. Pasado un cierto tiempo, le tocó el turno a Sollertinski. Regresó pronto y me animé a preguntarle:

–¿Ha sido muy difícil el examen?

–No, en absoluto.

–Y ¿qué te han preguntado? –quise saber.

–Cosas muy sencillas: la aparición del materialismo en la antigua Grecia, la poesía de Sófocles como expresión materialista, filósofos ingleses del siglo XVIII y cosas por el estilo.

Su respuesta me aterrorizó. Sin embargo, cuando me presenté ante el jurado me di cuenta, por las sencillas preguntas que me hicieron, de que me había tomado el pelo. Poco después, nos volvimos a ver en el domicilio de Nikolai Malko y comprobé que era un tipo original, generoso y de brillante ingenio. El anfitrión nos dejó marchar pronto y, como vivíamos cerca el uno del otro, me acompañó a casa. Hablaba con pasión sobre la vida y el arte, y el trayecto se me hizo corto. Durante la conversación, quedó claro que yo no hablaba ningún idioma extranjero (al margen de un rudimentario francés) y que él no sabía tocar el piano, así que al día siguiente él me dio la primera clase de alemán, y yo, la primera de piano. Desgraciadamente, aquellas clases no tuvieron continuación: ni yo aprendí alemán, ni él a tocar el piano.

Zóschenko, al mariscal:

–Y si es cierto, como asegura Nietzsche, que un filósofo debe ante todo responder a la pregunta fundamental, nosotros, aprendices de brujo, debemos seguir su consejo.

–¿Qué tienes? –quise saber, frunciendo el ceño.

Zóschenko, mirando las cartas:

–Doble pareja de ases y sietes. –Las volvió a mirar con más atención–. No, perdona, me falta el segundo as, pero tengo un tercer siete.

–¿Y ustedes? –pregunté a los demás.

–Trío de reyes –dijo el mariscal, con expresión neutra.

Sollertinski tiró las cartas sobre la mesa:

–*I'm sick of this game! It isn't my day!*

–Vuelvo a ganar, caballeros –les anuncié con calma, enseñando mi *full* de sietes y nueves.

El mariscal me miró con estupor y sonrió:

–Lleva ganando toda la tarde; me pregunto cómo lo hace.

Zóschenko se dirigió al aparador, cogió una botella de vodka, llenó las copas, nos las pasó y, levantando la suya, dijo:

–¡Brindemos por la única salida aceptable a este cochino mundo!

Todos, menos el mariscal:

—¡Por el suicidio!

El escritor se dejó caer en la silla y observó su copa, antes de añadir:

—Si me preguntan por qué considero la cuestión del suicidio más urgente que cualquier otra, respondo que por las acciones a las que compromete.

—¿No podríamos jugar otra mano? —sugerí.

Sollertinski, en el acto:

—*I've had enough... I'm broke.*

Zóschenko, señalándome:

—¡Mírenlo! Se pasa noches enteras jugando al póker; es tan fuerte su deseo de ganar que cuando no tiene buenas cartas rompe a llorar como un chiquillo. De hecho, es adicto a todo lo que hace: juega, bebe, fuma, compone como si le fuese la vida en ello.

El mariscal, asintiendo con decisión:

—Y su música, en consecuencia, sale beneficiada.

Sollertinski, con aire de aquel que sabe de lo que habla:

—Le pasaba lo mismo a Dostoievski. La literatura y la música son venenos que pueden acabar matando. *Verus enim artifex Russicus non est alius modus vivendi.*

—¿Qué diablos dice? —preguntó Zóschenko—. Hable en ruso, Iván Ivánovich.

El mariscal, adelantándose:

—«Para el verdadero artista ruso, no hay otra forma de vivir.» —Una sonrisa cruzó sus labios—. ¿Me permite pedirle una cosa, Iván Ivánovich?

—Cómo no, lo que usted quiera.

—¿Podría traducirlo al persa?, me gustaría saber cómo suena.

—Con mucho gusto. ¿En persa antiguo o moderno?

Unos segundos de pausa.

—Dejémoslo en moderno.

—Mi pronunciación no es del todo correcta, pero más o menos suena así: برای هنرمند واقعی روسی راه دیگری برای زندگی وجود ندارد.

78

–No he conocido un caso como el suyo, Iván Ivánovich. Me pregunto cómo puede usted no confundirse al hablar tantas lenguas.

–Me confundo mucho más de lo que se piensa –repuso Sollertinski con satisfacción disimulada–. La variedad puede llegar a ser un problema. La cabeza retiene, pero llega un momento en el que los idiomas se mezclan de tal manera que acabas por perder el control. Deben disculparme si paso de uno a otro tan a menudo. No es mi intención, se lo aseguro, se trata solo de una costumbre que me es imposible evitar.

–Las gentes que han bebido de las fuentes del saber más de la cuenta son una plaga social –terció Zóschenko, mordaz–. No se debe aprender más que lo que es imprescindible contra la vida.

–Su ingenio es proverbial, Mijaíl Mijailovich –intervino el mariscal con una sonrisa–, me pregunto si no se cansa de ese don particular que tiene. –Se encogió de hombros, y continuó–: Siempre he pensado que cada ruso es un mundo; por mucho que se diga, hay pocos rasgos comunes que nos definan. Ahí tenemos la diferencia entre Stravinski, Prokófiev y nuestro admirado Dmitri Dmítrievich: el primero es un gran compositor que ha traicionado a su patria, su música ya no tiene nada que ver con Rusia, está contaminada por Occidente; el segundo es un dandi que viste zapatos amarillos, ropa inglesa y conduce coches de importación, cuya obra a mí, personalmente, no acaba de convencerme, y el tercero es...

–Un hombre capaz de vender su alma al diablo con tal de conseguir lo que pretende –lo interrumpió Zóschenko con marcada insolencia–, que vive bajo presión las veinticuatro horas del día, que no come, ni duerme, ni... –Levantó la mano y me la puso en el hombro–. Conozco a Dmitri Dmítrievich desde hace más de diez años. La gente cree que es frágil, reservado, puro como un niño. Si fuera solo así no habría podido crear su arte; a todo eso hay que añadir que es duro, cáustico, inteligente, ambicioso, déspota y, por supuesto, no tan bueno como se pretende.

Pocas veces he visto a alguien tan contradictorio. Su vida pende de un hilo: ve el precipicio, se acerca, retrocede, duda, vuelve a aproximarse. Esa, señores, es una zona peligrosa del espíritu, cualquier impulso inesperado puede hacer que la balanza se incline a uno u otro lado. –Se interrumpió de nuevo al ver mi cara de disgusto–. Te aprecio y admiro, Dmitri Dmítrievich; sin embargo, has cambiado. El joven sensible que eras se ha convertido en un hombre impaciente que solo en ocasiones es capaz de salir de sí mismo.

Yo, a la defensiva:

–De ti se dice que eres un gamberro literario sin principios ni conciencia.

–Y tienen razón. Pero ahora no hablábamos de eso. De todos nosotros, tú eres el que más próximo está al suicidio.

–Ruidos en el piso de arriba. El mariscal levantó la mirada. Zóschenko se sirvió más vodka, antes de continuar–: Un niño no entiende lo que es la muerte, solo ve que la muerte es ausencia, que puede escapar y esconderse tras ella. Dmitri Dmítrievich se comporta como un niño, o mejor aún, trata de ser un niño. Este juego le ayuda a entrar en contacto con fuerzas irracionales. Lo que no sabe es que los niños de hoy en día se ríen de sus padres cuando les cuentan cuentos de dragones. Yo, por mi parte, creo que es de todo punto necesario que el terror sea una asignatura obligatoria.

El mariscal, con gran corrección:

–Su razonamiento, aunque interesante, me parece confuso.

Sollertinski, defendiéndome:

–No creo en absoluto que Dmitri Dmítrievich sea un potencial suicida; tiene demasiada ambición, demasiada gloria por delante para querer abandonar este mundo antes de tiempo.

El mariscal, cambiando de tema:

–No he visto a nadie quitarse la vida por un argumento ontológico. Galileo, en posesión de una verdad científica, abjuró de ella cuando puso su vida en peligro. Hizo bien. Aquella verdad no valía la hoguera.

–El suicidio siempre se ha tratado como un problema social –añadió Sollertinski–. Aquí, por el contrario, nos ocupamos de la relación entre el pensamiento individual y el suicidio: un acto que se gesta en soledad y silencio, lo mismo que una obra de arte. El suicida lo ignora, pero una noche se dispara al corazón o se arroja al vacío.

El mariscal, moviendo la cabeza:

–No estoy de acuerdo con lo último que ha dicho, Iván Ivánovich. Mucha gente decide morir porque considera que la vida no merece la pena, lo que, obviamente, no es el caso de nuestro amigo; sin embargo, veo a otros que afrontan la muerte por defender ideales que son su razón de vivir. Lo que llamamos una razón para vivir es al mismo tiempo una excelente razón para morir. Los militares sabemos lo que es eso. Es fácil morir por una patria a la que amas; como patriota, les aseguro que preferiría el suicidio a según qué derrota. En los problemas esenciales, y me refiero a aquellos que ponen la vida en juego o que multiplican la pasión de vivir, no hay sino dos maneras de pensar: la de Perogrullo y la de Don Quijote, o, si lo prefieren: el equilibrio de la evidencia y el lirismo de la emoción.

Zóschenko, riendo de buena gana:

–¡Perogrullo y Don Quijote! Una bellísima metáfora, mariscal. Si me lo permite, la emplearé en alguno de mis libros.

Encendí un Kazbek.

–Fumas demasiado –me dijo Zóschenko–. Acabarás por matarte. Aunque, bien pensado, es una forma de suicidio en diferido.

Yo, sin atender, con la cabeza apoyada en la mano derecha:

–Bueno, sí… no sé cómo explicarlo…, marcharse es, en cierto modo, confesar que la vida nos supera. La existencia pide razones. Morir voluntariamente supone que hemos reconocido la ausencia de toda razón profunda para vivir, la insensatez de la agitación cotidiana, la inutilidad del sufrimiento. Como todos los hombres insanos, pienso a menudo en el suicidio. Por lo tanto cabe reconocer, sin más explicaciones, que hay un vínculo directo entre ese sentimiento y la aspiración a la nada... Y ahora, si les parece, podríamos jugar otra mano.

Pausa larga. Todos se movían inquietos, a excepción del mariscal. Fue Sollertinski el primero en hablar:

–Dejemos un tema en el que todos parecemos estar efectivamente de acuerdo...

Zóschenko, levantando los brazos:

–Con gentes que utilizan el término «efectivamente», no me trato.

–Perdón, Mijaíl Mijailovich, había olvidado que esto mismo me dijo en otra ocasión –se disculpó Sollertinski–. Respeto sus fobias. Yo también tengo algunas, aunque no coincidan con las suyas. –Hizo una pausa y sin poder evitar un tono cáustico, continuó–: A veces tengo la impresión de que la palabra «solidario», o si lo prefiere, «altruista», no forma parte de su vocabulario.

Zóschenko, rápido en su respuesta:

–«¿Un cigarro?», preguntó el altruista al mendigo. «Un cigarro, querido, no le puedo dar. Pero si alguna vez necesita usted fuego, basta con que se dirija a mí; mi cigarro arde siempre.»

El mariscal se rio ante la última ocurrencia del escritor. Breve pausa, que Sollertinski aprovechó para intervenir de nuevo:

–Me gustaría plantearles algo que me inquieta: la banalidad del arte como consecuencia de la presión que ejerce nuestro Gobierno. –Con cierta presunción no premeditada–: *Malae artis et malae vitae iunctim.*

–¡¡En cristiano, haga usted el favor!! –exclamó Zóschenko, furioso.

Sollertinski se dio una palmada en la frente y, apoyándose en el respaldo de la silla, elevó la voz:

–Disculpen de nuevo: «El arte malo y la mala vida van de la mano». Lo que les quería decir es que hoy se hace más caso al diletante que al verdadero artista, aquel que transforma en placer su miseria. Es tan fuerte el efecto que produce todo ese escuadrón de soldados de la banalidad que a uno no le queda más que hastío.

–¡Buena parrafada, amigo! –exclamó Zóschenko–. Me ha dejado sin aliento. Quizá resultase mejor que los hombres tuviesen bozales y los perros, leyes; que se llevase a los hombres con correa y a los perros se les instruyera en religión. La rabia de nuestro tiempo decrecería.

Yo, de forma atropellada:

–Iván Ivánovich lleva razón. Los artistas soviéticos, inducidos por el Gobierno, vamos en contra del arte. ¡Que no haya cultura sin humanidad! Así claman muchos a los que hoy se aprecia. Quieren componer una nueva *Marsellesa* para que el pueblo vibre. Pero la humanidad en el arte es un efecto a gran distancia. Hay astros que no son nunca vistos mientras existen. ¿De qué nos sirve el arte si estamos en manos de estos gobernantes? Nuestro prejuicio consiste en que sin ellos no sabemos volver a casa. En realidad no tenemos casa y el arte significa tan poco para nosotros como la pelea para los fanfarrones. –Mi voz temblaba de un modo extraño–. Somos demasiado pusilánimes para afrontar un arte libre, pero el artista verdadero sale victorioso en su huida hacia delante y se mantiene sin participar en un contubernio que no es el suyo. No es un compañero de viaje. No va con el presente, pero el futuro irá siempre a su lado.

–Frecuentas tanto a Iván Ivánovich que ya pareces su réplica –me interrumpió Zóschenko–. No me convences, amigo mío. ¿De qué diablos hablas? ¿Quieres decir que tus películas, ballets y operetas, que tus danzas, contradanzas, rigodones, gigas y toda esa monserga popular a la que nos tienes acostumbrados no te convence? Lo que no se puede ser es fariseo. Tirar la piedra y esconder la mano.

–De algo hay que vivir, ¿no? –salté–. Pero no me engaño y, aunque a veces me contradiga, sé muy bien lo que pretendo: escribir toda clase de música, al margen de la presión y el reconocimiento. La democracia en el arte significa ser esclavo de cualquiera, la dictadura, ser esclavo de uno solo. No me gusta ni lo uno, ni lo otro. Nuestro socialismo es un hervidero en el que se cuela la zafiedad. Y así resulta difícil distinguir el arte del fraude. El fraude siempre se disfraza de autenticidad. Pero a esta se la reconoce porque no se somete ni a públicos ni a gobiernos.

–Hoy en día el artista y el público van de la mano –añadió Sollertinski–. El primero quiere agradar; el segundo, ser complacido. Dmitri Dmítrievich está en lo cierto. Nunca ha habido semejante complicidad entre el que crea y su directo interlocutor, y solo la horda de gallinas que avanza en contra del espíritu decide quién vale y quién no.

–¡Rechazo sus sofismas, Iván Ivánovich! ¡Estoy harto de ellos! –bramó Zóschenko–. Ustedes, los sofistas, se pierden sin remisión. Lo cierto es que nos debemos al público. El público es independiente. Ni calla ni accede a aquello que va en contra de su gusto. Nadie nos obliga a someternos a él. Podríamos guardar lo creado en un cajón bajo siete llaves y tirarlas al mar después. ¿Por qué no lo hacemos?

–No sería mala solución la que propone –dijo Sollertinski, riendo.

–¡Usted ni come ni deja comer! –continuó Zóschenko–. Desde su torre de marfil se limita a juzgar aquello que nunca podrá hacer: crear. Forma parte de esa raza de críticos impotentes. ¡Que Dios nos proteja de ella! Prefiero mil veces enfrentarme a gentes ignorantes con ganas de aprender que a esa turba de vampiros que nos chupa la sangre, a la que usted pertenece.

Sollertinski, mirándolo con aire melancólico:

–Puede que tenga razón, Mijaíl Mijailovich, no seré yo quien me defienda; sin embargo, se equivoca al decir que el público quiere aprender. Salvo excepciones, lo que de verdad desea es transitar sin sobresaltos por lo que ya conoce, cualquier cosa que vaya en contra de su estabilidad emocional le produce pavor. Siempre ha sido así. Gustav Mahler tuvo que sufrir que se le tratara como a un loco salido del manicomio.

Han pasado veinticinco años desde su muerte. ¿Quién conoce hoy su música? ¿A quién interesa? Anton Bruckner sigue siendo considerado un párroco de iglesia cuyos sermones resultan largos y tediosos. ¿Y qué me dice de Bach? Después de casi doscientos años desde que nos dejó, el público apenas empieza a interesarse por él. Toda la trayectoria de Beethoven estuvo salpicada de disgustos e incomprensión; desde el acorde de séptima disminuida con el que da comienzo su ciclo sinfónico, hasta la *Gran Fuga* final del cuarteto de cuerda, opus 130, escandalizaron a sus contemporáneos. Y en lo que respecta a Dmitri Dmítrievich, tuve que defender *La nariz*, su mejor obra, ante la horda de detractores que acabó por destruirla. A veces, para ejercer la profesión de crítico, se necesita valor. *La nariz* abre nuevas vías en el desarrollo de la ópera. Desenmascara el mecanismo de defensa con el que se protege la burguesía rusa. Muestra el camino de un nuevo lenguaje musical. El intermedio para percusión es el mejor ejemplo de lo que digo.

El mariscal, sorprendido:

—¿Considera superior *La nariz* a *Lady Macbeth*?

—El lenguaje revolucionario de la primera no está presente en la segunda. Y para mí, eso es significativo.

—No ha respondido a mi pregunta.

—No puedo responder de otra manera. Hay un abismo entre las dos y no tiene sentido compararlas.

—Pues yo sí que puedo; prefiero *Lady Macbeth*.

—Está en su derecho. El gran público es de su misma opinión. Yo ya he dejado claro lo que pienso.

—Les confieso que a mí *La nariz* me aburrió mortalmente —intervino de nuevo Zóschenko—. Escuché con atención los primeros diez minutos, luego me dormí hasta que el estrépito de la percusión me despertó con tan mal cuerpo que abandoné el teatro. —Sonreí—. No tengo nada de lo que avergonzarme. Dmitri Dmítrievich me conoce bien. Mi amistad con él está por encima de esas cosas. —Me guiñó un ojo—: Él sabe que soy malicioso. Lo que lamento es estar condenado a malgastar mi maldad en cosas miserables. Espero que no tengan nada en contra de la maldad. Yo creo que es el arma más eficaz de la razón contra la vulgaridad.

–La maldad, señor –dijo Sollertinski–, es el espíritu de la crítica, origen del progreso y la ilustración.

–Usted siempre barriendo para casa –repuso Zóschenko.

El mariscal, con interés creciente:

–Según usted, Iván Ivánovich, ¿qué otros artistas han sufrido la incomprensión de sus contemporáneos?

–La pregunta correcta, mariscal, sería la inversa: ¿qué creadores gozaron del favor del público? Muy pocos. El primer Mozart fue estimado, pero en cuanto se adentró en las profundidades de su espíritu, la gente lo dejó morir casi en la indigencia; la primera *Piedad* de Miguel Ángel también fue valorada; la última, de mayor calado, denostada. Beethoven reescribió hasta tres veces *Fidelio* con objeto de que el público lo aceptara. No lo consiguió. Son cada vez más frecuentes las voces que ponen en duda que Shakespeare fuera el autor de las obras que se le atribuyen. Teorías disparatadas que intentan manchar su buen nombre. La lista de «malditos» en el arte y la literatura es interminable: El Greco, Goya, Caravaggio, Van Gogh, Courbet, Cézanne, Modigliani, Baudelaire, Rimbaud, Verlaine, Mallarmé, Dostoievski, Gógol… Todos fueron humillados por un público reacio a entender que la aventura de la creación necesita abrir la mente, descubrir espacios nuevos. El artista debe enfrentarse a su tiempo, herir su sensibilidad. El artista quiere agradar, pero de ningún modo hacer algo agradable. Su vanidad se complace únicamente con la propia obra. *Artifex, cui plausum vita negat, iure anticipat.* «El artista al que la vida niega el aplauso, por derecho, lo anticipa.»

El mariscal, esforzándose en expresarse también con elocuencia:

–Estoy de acuerdo con lo que dice. Las exigencias del arte son hoy tremendas, debido a imposiciones de un gobierno que pretende satisfacer el gusto de masas poco exigentes.

–Espero que no le oigan decir eso muy alto, mariscal –intervine–. Podría tener problemas con sus amigos.

–¿Se refiere al camarada Stalin? Tengo una excelente relación con él. Y si me permiten añadir, sin que suene pretencioso, cierta influencia.

–¡La jauría de lobos que acompaña al dictador es aún peor que él! –exclamó Zóschenko–. El más peligroso de todos ellos es…, no me atrevo a pronunciar su nombre, cada vez que pienso en él, tiemblo.

El mariscal se dirigió de nuevo a mí:

–Es probable que yo no sea el más indicado para decirle lo que pienso, ya que mis conocimientos musicales son limitados, pero en mi opinión, en contra de la manifestada por Iván Ivánovich, *Lady Macbeth* es una obra maestra.

–¡De ningún modo he puesto en duda su valor! –saltó Sollertinski–. Me he limitado a decir que *La nariz* es más experimental.

El mariscal, molesto con la interrupción:

–Desde *La dama de picas*, de Tchaikovski, no ha habido ninguna ópera rusa mejor que *Lady Macbeth*. Su fuerza expresiva hace de ella el punto culminante de nuestra música en los últimos cincuenta años. Tampoco en la escena contemporánea de Europa occidental es fácil encontrar una obra tan redonda. El *Wozzeck*, de Alban Berg, es magnífico, pero su dramatismo decae en ocasiones, mientras que la intensidad de *Lady Macbeth* está al margen de cualquier vacilación. Es imposible evitar el orgullo de saber que el teatro musical soviético ha producido una ópera que supera lo que se ha hecho en Occidente. Estoy convencido de que la posteridad confirmará lo que digo. Cada día me siento más inclinado a pensar que la música es energía pura. Los alemanes han tomado el término filosófico «en sí», que utilizan en su significado metafísico. Y *Lady Macbeth* es, sin duda, energía «en sí», la energía misma, pero no como idea sino como realidad. No leo música con fluidez, pero después de haber escuchado una obra, voy a la partitura y encuentro detalles que no había descubierto en la audición. Eso es lo que hice con *Lady Macbeth* y pude comprobar mejor cómo se crean los temas, cómo estos se disuelven y algo nuevo se presenta, qué acertada es la psicología de los personajes. Ha habido siempre en la palabra «bello» algo que me disgusta; la expresión es almibarada y la gente la emplea con demasiada frecuencia. Pero sí diré que *Lady Macbeth* no puede ser mejor y quizá no deba ser mejor.

Yo, con vivo reconocimiento:

–Bueno, no sé..., sus palabras me abruman, mariscal. Desde hace tiempo es usted mi amigo y benefactor. Comprende mis obras, las aprecia. *Lady Macbeth* es muy distinta de *La nariz*. ¿Menos experimental? Desde luego. ¿Mejor? No lo sé. ¿Más completa? Sin duda. A diferencia de *La nariz*, todas sus partes deben ser cantadas. En Rusia hay grandes voces, mis predilectas son las graves, tanto de hombre como de mujer, tienen un color igual que la estepa cuando atardece, como el azufre mezclado con la lluvia mañanera; son tórridas, generosas, tersas, dulces, brillantes... Quien interprete a Katerina, la protagonista de *Lady Macbeth*, debe tener esas cualidades; en algunos pasajes, la orquesta suena tan fuerte que su voz tiene que proyectarse a través del grueso tejido de los instrumentos. Es complicado, mariscal, por eso estoy agradecido del trabajo que han hecho las dos Katias en las producciones de Leningrado y Moscú. No sabría decirle cuál de ellas me ha producido mayor satisfacción. A pesar de que Katerina asesina a su esposo y a su suegro, siento devoción por ella. La carnicería que provoca es resultado del deseo y la pasión. Sí, mariscal, me siento orgulloso del personaje que he sabido crear. Estoy, ¿cómo decírselo...?, estoy enamorado de él. Es un homenaje a madre, a mi mujer, a todas las mujeres rusas que se enfrentan a diario con la mediocridad masculina. Quiero que *Lady Macbeth* sea la primera parte de una trilogía que refleje la grandeza de la mujer en las diversas etapas de la historia rusa. Ya tengo pensada la segunda, su protagonista será Katiuska Maslova, la heroína de *Resurrección*, de Tolstói.

Zóschenko, sobresaltado al escuchar esto último:

–¡Una trilogía sobre mujeres rusas! ¡Qué horror! De niño me aterrorizaban las mujeres, las identificaba con las uñas y los labios pintados de rojo de mi abuela. Las mujeres son casos límite. No están nunca consigo mismas, y por eso desean que los hombres estén con ellas. Que la fuerza del hombre decae es un hecho difícil de evitar, pero ¡ay, si la mujer toma el mando! Hay hombres a los que se podría engañar con cualquier mujer. ¿Y qué decir de los celos? Son ladridos de perro que atraen a los ladrones. –Resopló por la nariz varias veces y continuó de forma aún más teatral–: También me daban miedo los mendigos, el agua y el fuego. Me impresionó una historia que contaba el payaso Durov. Ocurrió en Odessa, antes de la Revolución. Hubo un brote de peste propagado por ratas y el alcalde dio orden de aniquilarlas. La cacería comenzó. Durov caminaba calle abajo por Odessa y vio cómo unos muchachos prendían fuego a unas ratas. Estas trataban de huir corriendo en círculos, mientras los chicos las jaleaban. El payaso los ahuyentó y consiguió salvar a una de ellas. Estaba cubierta de quemaduras. Durov se la llevó a su casa, la curó y le puso el nombre de Finka. Le resultaba difícil ganar su confianza, pero al final lo consiguió. Decía que las ratas tienen una gran inteligencia, que el asco que despiertan es una de las muchas supersticiones de la gente.

El mariscal, sonriendo:

–También yo tuve una vez un ratón escondido en mi oficina. Acabé por acostumbrarme a él y lo alimentaba.

Sollertinski, desconcertado y divertido a la vez:

–*Sunt quae vix credibile est.* «Hay cosas que a uno le resultan difíciles de creer.»

–Tengo testigos que podrían dar fe de lo que digo –insistió el mariscal.

–Me parece que soy aquí el único que no ha visto *Lady Macbeth* –intervino Zóschenko, cambiando de tema–. Tenía intención de asistir al estreno en Leningrado, pero al final pensé que no iba a aguantar las tres horas largas que dura el espectáculo, sentado en las incomodísimas butacas del Magelot, así que opté por quedarme en casa y pensar en la cara que pondría Dmitri Dmítrievich cuando se enterara de mi pequeña traición. Sé que el libreto está basado en una novela corta de Leskov, la leí hace tiempo pero la he olvidado. Cada vez me cuesta más retener lo que leo; las historias me parecen iguales, mezclo los personajes y al final ya no sé si lo he leído o lo he soñado.

Yo, intercambiando una mirada de complicidad con Sollertinski:

–Que te cuente el argumento Iván Ivánovich; él supervisó el libreto e incluso corrigió algunos detalles.

–¡Uf!, las disertaciones de Iván Ivánovich me resultan fatigosas; en cuanto la gente se va por las ramas y se alarga más de la cuenta...; en fin, que sea lo que Dios quiera, he sido yo mismo el que me he metido en la trampa.

Sollertinski lo miró, pensativo, unos segundos con la boca entreabierta, pues aunque no estaba resfriado le costaba respirar por la nariz.

–Nikolai Leskov –dijo– fue un liberal que criticó la rigidez de la Iglesia ortodoxa y fue condenado por conservadores e izquierdistas. Renovó tanto el ruso vulgar como el culto; su uso de las etimologías populares recuerda los requiebros idiomáticos del Sancho Panza de Cervantes. Sus obras son un gran fresco de la vida rusa en la segunda mitad del siglo xix. Religiosos lascivos, amantes traicionados, campesinos borrachos, comerciantes y burócratas corruptos dan vida a relatos magníficos. *Lady Macbeth de Mtsensk* trata de los límites del amor, de la exacerbación de los sentidos, del enfrentamiento entre los sueños y la realidad, de lo que el mundo podría haber sido de no estar lleno de abyección. Tiene cuatro actos divididos por interludios orquestales que separan las escenas, igual que el *Wozzeck*, de Alban Berg. Con un ritmo cinematográfico, los sentimientos enfrentados estallan como una bomba de relojería: soledad, hastío, brutalidad, lujuria, ambición, deseo, sofoco, delación, grosería, cinismo, obscenidad...

Un ataque de tos de Zóschenko lo interrumpió; el escritor bebió un sorbo de agua y se dirigió al mariscal:

—Tengo entendido que es usted médico.

—¿De dónde ha sacado eso, Mijaíl Mijailovich?

—Alguien me dijo que antes de iniciar la carrera militar estudió usted medicina.

—¡Rayos y centellas, eso no es cierto! Ingresé en el Cuerpo de Cadetes de la emperatriz Catalina II a los dieciséis años, desde entonces no he hecho otra cosa que consagrar mi vida al Ejército. ¿Por qué me pregunta si soy médico?

—No me encuentro bien; los galenos dicen que no debo preocuparme, pero soy hipocondríaco y me asaltan las dudas. Pensaba que podría aconsejarme.

—Si quiere le puedo recomendar a mi médico, seguro que encuentra una solución.

—Se lo agradezco, una opinión más no me vendría mal.

Yo, a Sollertinski:

—No le has contado a Mijaíl Mijailovich el argumento de la ópera.

Sollertinski se encogió de hombros y continuó con pocas ganas:

—*Lady Macbeth* narra la historia de Katerina Ismailova, una bella mujer de fuerte carácter que, hastiada de la vida campesina y de su esposo impotente, se enamora de Serguéi, obrero de los Ismailov. Borís, su suegro, intenta impedir la relación y ella lo envenena. Más tarde, en complicidad con Serguéi, mata a Zinovi, su marido, con objeto de poder casarse con él y heredar la hacienda. Descubiertos los crímenes, son enviados a Siberia. En la caravana de prisioneros, Serguéi se enreda con una joven llamada Sonietka. Despechada, Katerina la agrede cuando la caravana atraviesa un puente; las dos caen al río y se ahogan. La expedición sigue su trayecto hacia los campos de trabajos forzados.

Zóschenko, sorprendido:

—La verdad, no esperaba tanta brevedad, tratándose de usted.

El mariscal, sin levantar la voz:

—La ópera, en mi opinión, tiene cuatro elementos: modernidad, complejas relaciones de clase, defensa en favor de su protagonista y un erotismo descarnado con el que se expresa la relación entre Katerina y Serguéi...

Una música chillona lo interrumpió. Era la radio del piso de arriba.

—¡Ya estamos otra vez! —dije, levantando la mano—. El marido está sordo, por eso ponen la radio tan alta. Esperen un momento, ahora mismo vuelvo.

Fui a la cocina, cogí una escoba, regresé y golpeé el techo. La música cesó al instante.

Zóschenko, aparentando severidad:

—Ya lo ven, nuestro célebre compositor no tolera que hagan ruido a su alrededor. ¿Cómo se atreven a molestarlo? ¡No puede perder su concentración!

Yo, sonrojándome:

—Bueno, sí, perdón, no creía... ¡Oh, cierra la boca de una vez, Mijaíl Mijailovich! Estoy harto de...

Zóschenko, sin dejarme acabar:

—Aunque pocos lo sepan, eres un monstruo, Dmitri Dmítrievich. —Pensativo, con un gesto blando—: Pero hay algo que no me cuadra. ¿No había en la novela de Leskov un tercer asesinato?

—Sí, Katerina asesina también a su sobrino político —dije—, un niño de ocho años que es el heredero de la finca.

—¡Ah, ya veo! —exclamó Zóschenko—. No tienes estómago para permitir que tu heroína mate a un crío. Tu puritanismo no te permite llegar hasta ese extremo. Menudo santurrón estás tú hecho.

—No entiendes nada.

—¿Qué es lo que no entiendo?

—Y además, tienes un oído pésimo.

A Sollertinski le llameaban los ojos. Se tocó la frente. Tenía fiebre.

–Al contrario de la *Lady Macbeth* de Shakespeare –dijo, con voz apagada–, que asesina por ambición, Katerina lo hace por amor. Hay una diferencia significativa.

–Repito que los crímenes de Katerina deben entenderse como liberación –volví a intervenir–. El amor provoca que su pasión se desborde; es una pasión enajenada que, inevitablemente, la conducirá a la muerte. No me parecía bien incluir el asesinato de un niño, ya que desvirtuaba la pureza de mi heroína.

El mariscal, sorprendido:

–Me parece excesivo emplear el término «pureza».

–El corazón de Katerina es puro –insistí–; actúa como actúa solo para liberarse de la suciedad que la rodea.

–No me gusta contradecirle, pero...

–Es tarde y empiezo a tener sueño –nos interrumpió Zóschenko, bostezando.

–Yo también estoy cansado –dijo Sollertinski–. Si les parece podemos seguir esta conversación en otro momento.

El mariscal, con un brillo especial en los ojos:

–Antes de que se vayan, tengo que darles una noticia que he recibido hoy mismo.

Zóschenko, en el acto:

–Me horrorizan las noticias, siempre son malas.

–Esta no lo es. El camarada Stalin me ha comunicado que tiene intención de asistir la semana próxima a la representación de *Lady Macbeth* en el Bolshói. Irá acompañado por los camaradas Mólotov, Mikoyán y Zhdánov.

–Bueno, yo, mariscal, no sé qué... –balbuceé.

–Después de más de cien representaciones en Leningrado y Moscú, es normal que desee conocer su ópera, lo raro es que no lo haya hecho antes. Todos estamos orgullosos de usted, es una gloria nacional. Lamento no poder asistir ese día. Tengo que viajar a París y a Londres, pero he pedido a Meyerhold que le acompañe. No se preocupe, estoy seguro de que todo saldrá bien.

–La semana que viene tengo dos conciertos en Arcángel.

–Cancélelos o cambie las fechas. No puede fallarle al camarada Stalin, sabe muy bien que eso no es posible. Mañana regreso a Moscú. Si tengo noticias le llamaré por teléfono. –Se levantó de la silla–. Y ahora, caballeros, diviértanse mientras puedan. Ya saben: «Quien no arriesga, no gana».

6

En el teatro Bolshói

–No veo a Stalin –le dije a Meyerhold.

–Nadie lo ve.

–Pero ¿está?

–Está en su palco, ahí enfrente, detrás de una cortina. Puede ver el escenario sin que nadie lo vea a él. Se lo ha hecho blindar con láminas de acero. Nuestro gran señor teme que los músicos le disparen. Harían bien... Pero estás pálido como una sábana, Mitia.

–Habría preferido no tener que pasar por esto.

–¿Es la primera vez que el camarada Stalin asiste a uno de tus conciertos?

–Sí.

–Pues ya iba siendo hora. Alégrate, será tu consagración.

–Ojalá sea como usted dice, o no. No siempre es bueno que Stalin se fije en ti.

–¿Cuántas representaciones de *Lady Macbeth* lleváis en Moscú?

–Cerca de cien.

–¿Y en Leningrado?

–Ochenta y tres.

–¿Y en el extranjero?

–Treinta y dos.

–A eso se le llama éxito, Mitia. Yo también lo tuve, pero ahora boicotean mis espectáculos.

–Los metales y la percusión están justo debajo del camarada Stalin.

–¿Cómo dices?

–Que si el director no controla los metales y la percusión, le reventarán los oídos a Stalin.

–A nuestro gran hombre le gustan los sonidos fuertes, Mitia, vitaminas para el pueblo, principios y finales que demuestren la energía del poder soviético. El camarada Kirov, antes de que lo asesinaran, dio su bendición a *Lady Macbeth*, y Stalin respeta su memoria.

–¿Usted cree?

–No, no lo creo. Te lo he dicho para tranquilizarte, la ópera dura más de tres horas y no me vas a tener así toda la noche. Stalin odiaba a Kirov, lo más probable es que fuera él quien diera la orden de matarlo.

–Los domingos me traen mala suerte, Vsévolod Emílievich. Y hoy es domingo.

La luces se apagaron. Alexandr Mélik-Pasháyev subió al podio. Se oyeron algunos aplausos. Pasháyev se inclinó de forma exagerada ante las autoridades, abrió la partitura, cogió la batuta, dio la entrada a la orquesta y unos cuantos compases después, a Katerina Ismáilova.

KATERINA: *(canta desde el escenario)* ¡Dios, qué aburrimiento! Mi vida era mucho mejor de soltera. Aunque éramos pobres, yo, al menos, tenía libertad. Aquí la vida es triste. Yo languidezco en mi rincón. Yo veo el mundo gris. Yo, la mujer del mercader.

«La primera trompa está alta, el segundo clarinete, bajo, no debería haber cogido el teléfono esta mañana, Leóntiev, director adjunto del Bolshói, me comunicó que los camaradas Stalin, Mólotov, Mikoyán y Zhdánov asistirían hoy a la representación de *Lady Macbeth*, que tendría que saludarlos, un honor, Dmitri Dmítrievich, muchos quisieran estar en tu lugar, las cuerdas deberían tocar más *piano*, me muero por un cigarrillo, tengo que concentrarme en la *Cuarta sinfonía*, será mi obra más ambiciosa, a su lado, mis sinfonías anteriores parecerán un juego de niños, ojalá ya estuviera en Arcángel, si Nina se entera de que he dedicado la *Sonata para violonchelo* a Elena…, espero que Viktor no se vaya de la lengua, desde el principio supe que los ojos de Elena serían mi perdición, no oigo al clarinetista, falta morbidez, cada uno va por su lado, ¿qué hace el director?, ¿por qué ha tenido que venir Stalin?, las cosas estaban bien, demasiado bien, todos comentan tus éxitos, Dmitri Dmítrievich, me ha dicho Leóntiev al entrar en el palco, acabaré mal, eso es lo que me temo, irme con Nina a otro país antes de que sea demasiado tarde, ¿de verdad eres capaz?, Stalin ha elogiado *El Don apacible* en *Pravda*, si le gusta esa ópera, no puede gustarle la mía, ¿de qué se ríen Mólotov y Zhdánov…?, ¿por qué Mikoyán se vuelve para atrás?, ¿le comenta algo a Stalin…?»

BORÍS: *(a Katerina, desde la escena)* Eres fría como un pez, no sabes hacerte amar. Nuestra fortuna sigue sin heredero. De buena gana te buscarías un joven para escaparte con él y burlarte de tu marido. Pero no lo intentes, la cerca es muy alta, los perros andan sueltos, los obreros son de confianza… Y yo estoy siempre vigilando.

«Borís no puede moverse por el escenario como un adolescente, tiene más de setenta años, le hierve la sangre, desea a su nuera, pero le fallan las fuerzas, le he repetido cien veces que no sobreactúe, no hay manera, me mira con cara de búfalo y asiente sin comprender, su voz es magnífica, pero hay que escucharla con los ojos cerrados…»

BORÍS: Jura sobre el icono sagrado que vas a ser fiel a tu marido.

KATERINA: ¡Lo juro!

BORÍS: ¡Así no! ¡De rodillas! ¡De rodillas! ¡Vamos! ¡Es un viaje largo, derrama una lágrima al menos!… ¡En marcha, hijo!

«Simeonov lo hizo mejor en Kiev, su puesta en escena trabajaba a partir de la música, no del argumento, cuando los cantantes empezaron a sobreactuar, él les gritó: "Necesito cantantes, no psicología, ¡dadme canto!", salvo excepciones, los directores de escena tratan la música en la ópera como algo menor, cada vez que se lo digo a Meyerhold se enfurece, con Nemiróvich-

97

Dánchenko pasa lo mismo, todo tiene que estar supeditado a la escena…»

La cocinera Akasinia: *(a Katerina)* Serguéi, el nuevo obrero, es un seductor empedernido. Basta con que una mujer le guste, que la hace pecar.

«Empieza el primer interludio, Samosud lo dirigió muy bien en Leningrado, prepara la violación de Akasinia, si no hubiera cogido el teléfono esta mañana ya estaría en el tren hacia Arcángel, las corcheas del oboe deberían ser más largas, *legato*, sin crecer, la tensión se crea manteniendo el *piano*, alargar, alargar…, ahora sí, *fortissimo subito*, el coro de siervos irrumpe en el escenario…»

Akasinia: ¡Ay! ¡Ay! ¡Ay! ¡Basta de pellizcarme! ¡Me estáis lastimando! ¡Quitadme las manos de encima! ¡Asquerosos! ¡Ay! ¡Ay…!

Campesino andrajoso: ¡Qué tetas! ¡Qué pechos! ¡Qué suaves son! ¡Ja, ja, ja…!

El portero: La cerda canta como un ruiseñor. ¡Con una pierna como esta se pueden hacer chuletas! ¡Ja, ja…!

Serguéi: ¡Qué tierna, qué gorda, qué buena está! Pero esa cara… ¡de sapo!

El portero: ¡Déjame mamar!

Akasinia: ¡Ah, asqueroso, tengo el pecho cubierto de cardenales! Maldito cerdo, me has hecho jirones la falda.

El portero: ¡Mejor bájate tú las bragas, Akasinia!

Los obreros: ¡Ja, ja, ja…!

–El realismo de Nemiróvich-Dánchenko es atroz –me dijo Meyerhold, frunciendo el ceño–; una violación es suficientemente expresiva para no tener que exagerarla. ¿Qué piensas, Mitia?

–¿Los ha visto?

–¿A quiénes?

–Mólotov y Zhdánov no han parado de moverse y gesticular; Mikoyán se giraba, y hablaba con Stalin.

–¿Con Stalin…?

–¿No dice que está detrás de la cortina?

–Sí.

–Pues eso.

–Las escenas de sexo suelen poner nervioso al público, Mitia; con frecuencia reacciona riendo, es normal, no te preocupes por eso.

–No me gusta lo que he visto.

–No exageres, Mitia. La risa, en ocasiones, es una máscara que uno tiene para protegerse.

–Oh, sí, ya sé, es...

–Estás muy nervioso, no me dejas escuchar.

–Voy a sentarme en el antepalco.

–Es importante que te vean, si no, dará la impresión de que te escondes.

–Bueno, sí...

–El camarada Stalin no perdona el éxito de los demás, lo sé por experiencia, pero contigo hará una excepción, sabe que le convienes, eres el compositor con más proyección internacional, después de Prokófiev.

–Y de Stravinski.

–Sí, pero con él no cuenta.

–Hoy es domingo, y los domingos me traen mala suerte.

–¿Otra vez?, Mitia.

–Necesito fumar, ahora vuelvo.

Me senté en el antepalco y encendí un cigarrillo. Desde ahí, seguí la tercera escena del primer acto.

KATERINA: El caballo corre para encontrar a la yegua, el gato hace la corte a la gata, el palomo persigue a su compañera, pero nadie se apresura por mí.

Me levanté, anduve por los diez metros cuadrados del antepalco, me senté de nuevo, apagué el cigarrillo, me presioné los oídos con las manos.

(Dos golpes secos de la caja.)

KATERINA: ¿Quién es?, ¿quién llama?

SERGUÉI: *(tras la puerta, en voz baja)* No tema, soy yo, Serguéi.

KATERINA: ¿Serguéi?, ¿qué quieres?, ¿qué haces aquí?
(Octava de mi bemol en los trombones y la tuba.)
(Katerina abre la puerta, entra Serguéi.)
KATERINA: ¿De qué se trata?
SERGUÉI: Quiero pedirle que me preste un libro.
KATERINA: Pero, Serguéi, yo no tengo libros, no sé leer, mi marido no tiene libros en casa.
«¿Qué les hace tanta gracia a Zhdánov y Mikoyán?, no paran de reírse, maldita sea, ¿por qué han tenido que venir?»
(Trémolo de las violas y los primeros violines.)
(Serguéi abraza a Katerina, ella trata de desembarazarse.)
KATERINA: ¡Déjame, Serguéi, déjame! ¿Qué te pasa? ¡Suéltame! Va a venir mi suegro. Si nos viera... ¡Suéltame te digo, Serguéi!
SERGUÉI: Soy más fuerte que usted.
KATERINA: Detente, Serguéi. ¿Qué haces? Me das miedo.
SERGUÉI: ¡Mi amor!
KATERINA: Pero ¿qué haces? Déjame, querido, yo no quie...
SERGUÉI: ¡Ah, Katia, amor mío!
(Serguéi persigue a Katerina, la tira al suelo, le arranca el camisón.)
«Ahora es Mólotov el que se ríe, daría lo que fuera por estar ya en Arcángel, Meyerhold ha traído vodka, luego le pediré un poco...»
(A los tres glissandos de los trombones, responden las arpas.)
KATERINA: *(entre jadeos)* Ah, ahora vete, por el amor de Dios. Soy una mujer casada.
(Un acorde de las trompas con sordina la interrumpe.)
SERGUÉI: ¡Oh, nunca me sucedió que una mujer casada se entregara a mí tan rápido! Mejor no hablemos de tu marido.
(El compás cambia a 3/4, los intervalos de tercera de los clarinetes relajan la tensión.)
KATERINA: No tengo marido, no hay nadie más que tú.
(Las arpas y los timbales, muy piano.)
SERGUÉI: ¡Ven, Katia mía!

KATERINA: ¡Sí, amor!
(Final del primer acto.)
–¿Qué tal ha ido? –le pregunté a Meyerhold con un nudo en la garganta.
–¿No lo sabes, Mitia?
–Más o menos, pero quiero conocer su opinión.
–Pues eso.
–Pues eso, qué.
–Que no deberías haber permitido que un inepto dirigiera la orquesta.
–Ha sido decisión del intendente.
–No te ha hecho ningún favor. Los metales y la percusión casi nos revientan los tímpanos, no se ha podido oír nada más… Lo siento, Mitia, no era el mejor día para que pasara esto. Además, la puesta en escena de Nemiróvich-Dánchenko no ha ayudado a mejorar las cosas, cuando la estrenó aquí hace dos años no me pareció tan mala. Reconozco que la pornografía en la ópera jamás ha llegado tan lejos. Dánchenko debería reclamar un premio Stalin por eso. Me gustan las escenas de sexo, muchos de mis espectáculos están llenos de sexo, pero lo de hoy ha sido torpe y vulgar.
–¿Cómo han reaccionado Zhdánov, Mólotov y Mikoyán?
–¿No los has visto?
–Sí, pero usted los podía ver mejor desde aquí.
–¿Qué quieres que te diga? Gesticulaban, reían, se tapaban los oídos, no han dejado de hablar y de girarse hacia atrás… Seguro que el segundo acto irá mejor, creo recordar que no hay tanta percusión y si no exageran con la sangre…
–No hay sangre. El primer asesinato es por envenenamiento y el segundo por estrangulación.
–Mejor, Mitia, así no tenemos que preocuparnos. Y ahora, bebamos un poco de vodka, nos sentará bien.
Leóntiev, director adjunto del teatro, entró en el palco: era un hombre todavía joven, con los ojos pintados y la cara maquillada. Levantó los brazos y se acercó a nosotros:

—¡Un triunfo, Dmitri Dmítrievich! Todo el mundo está entusiasmado. ¡Qué fuerza! ¡Qué emoción! Has conseguido que se me pusiera la piel de gallina. El secretario del camarada Stalin me ha dicho que te recibirá después del segundo acto; un gran honor; normalmente llama a los autores después del tercero. Ahora tengo que atender un asunto urgente, pero luego vendré y te acompañaré a su palco.

Meyerhold sonrió aliviado.

—¿Ha visto cómo se reían los camaradas ministros? —le pregunté a Leóntiev cuando ya se iba—. A mí no me ha parecido que les gustara.

—Les ha gustado, Dmitri Dmítrievich, estoy seguro; la prueba es que te recibirán antes de lo previsto. Trabajo en este teatro desde hace más de cinco años y sé lo que eso significa.

Lo observé con inquietud.

—Lo ves, Mitia —me dijo Meyerhold—, uno nunca sabe; cuando las cosas no funcionan, todo el mundo está contento y cuando funcionan, protestan. Las sorpresas en el teatro llegan de forma inesperada. Esta no es sino otra prueba de cómo anda el patio.

—La verdad, no creía…

—Ni yo tampoco. ¿Vas a ver el segundo acto sentado aquí conmigo o volverás a esconderte como un conejo?

—Sí, sí, me quedaré con usted.

—¿Nervioso?

—Algo menos.

—Me alegro de que todo vaya a acabar bien, Mitia. A mí, por mucho menos estuvieron a punto de colgarme. Pensé en escenificar una obra de Tretyakov de contenido escabroso, incluso comencé los ensayos, pero la prohibieron. Traté durante dos años de obtener el permiso y no lo conseguí. Les dije que si querían retirar de escena todas las palabras vulgares, tendrían que quemar las obras de Shakespeare y dejar solo a Rostand…

Se apagaron las luces.

Me senté, cerré los ojos.

«Ni ver ni oír, como si me hubieran dopado, sensación de sopor, igual que si flotase, padre cantaba una melodía judía preciosa, un do se deslizaba por su garganta y alcanzaba el fa sostenido, su voz le vibraba como si la hubiesen enchufado a una corriente eléctrica, Elena, sentada en la butaca roja de un hotel, se subió el cuello del jersey, estaba desnuda de cintura para abajo, con las rodillas dobladas a la altura de los hombros, los labios largos y blancos de su vulva eran irresistibles, me acarició el pelo, y susurró: oh, cielo, deja ya de pensar en tu música y ven conmigo...»

(Desde la escena.)

BORÍS: Qué buenas están las setas, nadie las cocina como tú, Katerina. Ve a vestirte. No tienes que andar por aquí casi desnuda. ¡Ve...! ¡Un momento! ¡Espera! ¡Esto me quema! ¡Agua... tráeme agua! ¡Quema más que el fuego!

«Parecen más tranquilos, puede que Leóntiev tenga razón, lástima que no vea a Stalin, nunca me he encontrado con él, quizá sea mi consagración, como dice Meyerhold, habría preferido que todo siguiera igual que antes, ¿qué le diré?, limítate a escuchar y a agradecerle su presencia, si sigue en el teatro es que la representación le gusta, y además quiere verte, quizá te felicite, todo el mundo lo ha hecho, tengo la garganta seca, antes de ir al palco de Stalin beberé otro trago de vodka, pediré a Meyerhold que me acompañe, no sé si es una buena idea, Stalin lo detesta, es igual, estoy más tranquilo cuando lo tengo a mi lado, ahora es Mólotov quien habla con Zhdánov...»

(Katerina forcejea con Zinovi, su marido, llama a Serguéi, le pide ayuda para estrangularlo.)

KATERINA: ¡Sujétalo, Serguéi, más fuerte, más fuerte...! Se muere... ¡Ya está...! Llévalo a la bodega.

(Serguéi lleva el cadáver de Zinovi a la bodega.)

SERGUÉI: Alumbra, Katia.

KATERINA: ¡Rápido, deprisa!

SERGUÉI: Ya está... así... listo...

KATERINA: Bésame, bésame, bésame...

SERGUÉI: ¡Katia!...

KATERINA: Ahora eres mi marido.

–Final del segundo acto y calma a bordo, Mitia –me dijo Meyerhold, sonriendo–. Nuestros señores casi no han pestañeado; cuando el público no se mueve es que sigue con atención la obra o que está dormido, suele tratarse de lo primero, así que no hay por qué preocuparse. Ahora te presentarán al gran hombre, yo me he encontrado con él varias veces y siempre me resultó desagradable.

–Me gustaría que me acompañara, Vsévolod Emílievich.

–No creo que te vaya a servir de mucho, pero si quieres iré contigo.

Leóntiev entró de nuevo en el palco.

–El camarada Stalin ha cambiado de idea, Dmitri Dmítrievich –dijo–; te recibirá después del tercer acto.

Yo, de pronto angustiado:

–Tengo que marcharme, no puedo perder el tren a Arcángel, mañana, sin falta, debo estar ahí.

Leóntiev, encogiéndose de hombros:

–Qué cosas tienes, Dmitri Dmítrievich; el camarada Stalin siempre recibe a los autores después del tercer acto, es el protocolo habitual, y además, debes saludar al público cuando termine la representación.

–Me voy.

Meyerhold, me agarró del brazo.

–Espera, Mitia, no te alteres.

Leóntiev, parpadeando:

–Vendré a recogerte cuando acabe el tercer acto.

–Nada de eso. Adiós.

–¿Sabes qué supone desairar al camarada Stalin? Por favor, Vsévolod Emílievich, hágale entrar en razón y tengamos la fiesta en paz. Vendré a buscarte luego, Dmitri Dmítrievich. ¡Ni se te ocurra moverte de aquí!

Meyerhold, tratando de apaciguarme:

–Tomemos un trago, Mitia.

Las luces se apagaron.

«¿Es que nunca terminará este suplicio?, no quiero ver a Stalin, deja de moverte como si estuvieras en una jaula, Nina tiene razón, no sabes controlarte, respira, así, despacio, hay otra vida además de la música, ¡no, para mí no!, mi cuerpo se enciende cuando compongo, el corazón late más rápido, la tensión sube, la respiración se contrae, si me cortasen las manos, sostendría la pluma con los dientes y seguiría componiendo...»

(El día de la boda de Katerina y Serguéi. Un campesino borracho entra en la bodega.)

CAMPESINO: ¡Uf, qué tufo, qué peste! ¿Estarán las provisiones podridas? Voy a mirar... ¡Un cadáver! ¡El cadáver de Zinovi Borísovich! ¡Ay, ay! Debo informar a la policía.

«Y ese sonido que algunos encontraban terrorífico estuvo zumbándome en la cabeza mientras escribía *Lady Macbeth*, Nina me preguntó si volveríamos a ir juntos de vacaciones a Crimea, aquella llamada que nunca llegó, ya sabes, en cualquier caso tenía que hacerlo, deja eso para otro momento, porque mañana, quién sabe, igual, sin previo aviso, todo habrá terminado, ¿de dónde me llegó esa idea?, la oía por las noches, no sé cómo conseguí retenerla, ¿qué sonido tiene el dolor?, Chéjov fue a la isla de Sajalín para mejorar las condiciones de los criminales convictos, Dostoievski recordaba cómo una muchacha le dio un kopek cuando era un proscrito, y yo he querido mostrar que los prisioneros son gente miserable, pero que no se debe golpear a un hombre cuando ha caído, hoy tú estás en prisión, mañana puedo estar yo, tengo que enviar a Glikman el artículo sobre Glazunov, no me he olvidado de él, ¿qué habría dicho de todo esto...?»

(La policía se acerca desde lejos.)

KATERINA: ¡Serguéi, tenemos que huir! ¡Han forzado el candado de la bodega y han visto el cadáver!

«El miedo lo enturbia todo, Lady Macbeth es el personaje que más me gusta de Shakespeare... venid espíritus que servís a propósitos de muerte, llenadme de los pies a la cabeza de la más ciega crueldad, venid a mis pechos de mujer y cambiad mi leche en hiel, ven noche espesa, envuélveme en el humo del infierno para que mi puñal no vea la herida que abre, ni el cielo asome por el manto de las sombras gritando ¡alto, alto…!»

(El sargento detiene a Katerina y Serguéi.)

KATERINA: ¡Ah, Serguéi, es el fin!

(Final del tercer acto.)

Meyerhold y yo nos miramos en silencio.

Leóntiev entró precipitadamente en el palco.

–Mólotov, Zhdánov y Mikoyán han abandonado el teatro –dijo.

–¿Y Stalin? –le pregunté.

–Hace rato que el camarada Stalin se levantó y se fue.

7

Un artículo en *Pravda*

–Espérame aquí, que ahora mismo vuelvo –le dije a Viktor Kubatski nada más bajar al andén en la estación de Arcángel.

–¿Adónde vas? –me preguntó él, sin dejar de mirar un golpe en la funda de su violonchelo que le había dado alguien al pasar–. Tenemos el tiempo justo para llegar al conservatorio. El concierto empieza dentro de una hora.

–Solo tardo un minuto.

Dejé a Viktor con el equipaje y me dirigí al vestíbulo, donde encontré un quiosco, justo al lado de la ventanilla de los billetes.

–¿Tienen el *Pravda*? –pregunté a un señor mayor al que le faltaban varios dientes.

–Sí, acaba de llegar la segunda edición –dijo él, con voz gangosa.

–Deme uno, por favor.

Me apoyé en un muro detrás del quiosco. Nada más abrir el periódico, en la tercera página, con grandes caracteres, había un titular: «Caos en vez de música». Un sudor frío empezó a recorrerme la espalda. ¿Qué era eso? ¿Por qué, después de doscientas representaciones, escribían una crítica así contra *Lady Macbeth*? No daba crédito. Siempre había sido leal al Gobierno. Había declarado públicamente que *La nariz* se dirigía a la clase obrera y campesina, que la *Tercera sinfonía* celebraba la solidaridad del proletariado, que mi ballet *La edad de oro* reflejaba la superioridad del arte soviético sobre el occidental, que los compositores debíamos defender con nuestro arte los valores del socialismo. ¿Qué más querían? *Lady Macbeth* había sido alabada por altos cargos del Partido. Todo el mundo, no solo en Rusia, consideraba que era la mejor ópera soviética.

La cabeza me daba vueltas, sudaba, apretaba los puños, me repetía una de las frases del artículo: «Y este juego puede acabar muy mal». Quien estaba detrás de esta amenaza sabía que podía cumplirla. La bestialidad de los fuertes, el desamparo de los débiles, y por todas partes incertidumbre, abusos, delación, mentiras, y un miedo que paralizaba la voluntad. En las casas y calles de la Unión Soviética reinaba el silencio. Todos se tragaban sus lamentos. La gente iba al mercado, comía de día, dormía de noche, se casaba, envejecía, enterraba a sus muertos. Pero el sufrimiento no tenía voz, lo peor sucedía entre bastidores. Solo unos pocos conocían la muda estadística: tantos locos, tantos barriles de vodka bebidos, tantos niños muertos de hambre, tantos suicidios, tantas ejecuciones y deportaciones. Stalin sabía que los desdichados llevaban su carga en silencio, gritar solo aumentaba el castigo. Sin ese silencio la estabilidad del régimen no habría sido posible. Crear una hipnosis colectiva, sí, de eso se trataba. La hipnosis paralizadora del terror. Detrás de cada persona había alguien que le recordaba que, por muy bien que le fueran las cosas, no tardarían en llegar las desgracias, que nadie las vería ni las oiría, como él no veía ni oía las desgracias de los demás. En aquel momento, tuve la certeza de que llamaban a mi puerta, de que mis días buenos se habían terminado, de que a partir de entonces nada iba a ser igual. Ni siquiera era capaz de odiar. El miedo me lo impedía. ¿Cómo enfrentarme a la nueva situación? Lo dejaban meridianamente claro: yo era un enemigo del pueblo. Un pueblo dirigido por una raza medio loba, medio humana, al frente de la cual estaba el líder y maestro, el montañés del Kremlin con ojos de cucaracha, el hombre que nunca se encorvaba, el que había dicho que los artistas eran ingenieros del alma.

Tiré el periódico al suelo, pero enseguida lo recogí y acabé el artículo. Respiré hondo, me fallaban las piernas, bajé la cabeza y empecé a llorar. En el aire gélido de la noche, se recortaban los trenes que entraban y salían de la estación. Cerca de mí, unos obreros golpeaban una plancha de metal. Me volví hacia una ventana iluminada. Una voz interior me decía que las relaciones humanas se basaban en un error de cálculo que no era posible corregir, que el fuerte oprimía al débil, que esa era la ley de la naturaleza, que el desasosiego lo padecían por igual todas las víctimas de este mundo. Luego me tranquilicé y tuve la sensación de que a mi alrededor todo estaba muerto. Al cabo, vi cómo Viktor se acercaba, arrastrando las maletas y el violonchelo.

–Mitia, llevo buscándote más de media hora –dijo muy alterado–; no vamos a llegar al concierto... ¿Qué te pasa? Estás pálido como un muerto.

–Estoy muerto –dije, y le pasé el periódico.

–¿Cómo...?

–Lee la crítica de la tercera página.

–No tenemos tiempo, Mitia, ya la leeré después. Nos esperan. Deben de estar inquietos.

–Lee, por favor.

–«Caos en vez de música.» ¿Es esto...?

–Sí.

Viktor leyó en voz alta:

–«Algunos teatros ofrecen como novedad a un público tan interesado por la cultura como el nuestro, *Lady Macbeth de Mtsensk*, de Dmitri Shostakóvich. Una crítica musical complaciente ensalza esta ópera y la pone por las nubes...»

–Es muy larga –dijo Viktor, interrumpiéndose–, ya la leeré después con más calma; y además, te dejan bien; nos están esperando, vamos a llegar tarde.

–Sigue, por favor; esto es mucho más grave que llegar tarde a un concierto.

Viktor, continuó:

–«El joven compositor solo escucha alabanzas en lugar de atender a una crítica objetiva que podría serle muy útil en futuras obras. El público se encuentra desde el principio invadido por una ola de sonidos disonantes y caóticos. Seguir esta música es difícil, retenerla es imposible. Así sucede casi todo el tiempo. El grito sustituye al canto. Y cuando por fin el compositor logra encontrar una melodía sencilla y expresiva, entonces, como asustado por tal delito, se precipita de nuevo en la espesura del caos musical que en ocasiones alcanza la cacofonía. Todo esto no se debe ni a la falta de talento del compositor ni a su incapacidad de expresar sentimientos fuertes y sencillos…»

–Aquí, se reconoce tu talento –dijo Viktor, interrumpiéndose de nuevo–; no te lo digo para consolarte, pero por lo menos…

–Continúa hasta el final, sin hacer comentarios.

–Está bien, Mitia, como quieras. –Y siguió leyendo–: «La fuerza de la música, que puede llegar a arrebatar al oyente, se pierde al utilizar los recursos más triviales, en intentos formalistas de carácter pequeñoburgués y siempre estériles, o en pretensiosos ensayos de originalidad. Pero este juego puede terminar muy mal…» –Ahora te entiendo, Mitia –dijo, sin poder evitar interrumpirse por tercera vez.

–No dejo de repetirme esa última frase. Ya sabes lo que significa. Acaba, por favor.

–«El peligro que representa este camino para la música soviética es evidente. El afán desmedido de novedades tiene las características más negativas del teatro de Meyerhold, y conduce a la desviación del arte genuino y auténtico…»

No quería seguir escuchando. Viktor terminó de leer el artículo, se secó el sudor de la frente con la manga de su chaqueta y dijo:

–¡Es horrible!, Mitia, ¿Quién habrá escrito una cosa así?

–Es un artículo sin firma; expresa la opinión del Partido.

–El Partido hace tiempo que dio su bendición a *Lady Macbeth*.

–Pero Stalin siempre tiene la última palabra, y su veredicto es tan claro como brutal.

Permanecimos unos segundos en silencio.

–¿Quieres que cancelemos el concierto? –preguntó Viktor, con una expresión dulce–; en estas condiciones no creo que puedas tocar.

–Si me cortan las manos, sostendré la pluma con los dientes y seguiré componiendo. Hoy tenemos que tocar mejor que nunca. La lluvia golpeaba las ventanas. Viktor evitaba mi mirada.

–Vamos, Mitia; yo te llevo la maleta.

Al día siguiente regresé a Moscú. Quería hablar cuanto antes con mi amigo y protector, el mariscal Tujachevski. Fui a su casa, me dijeron que estaba en Londres y que no volvería hasta el jueves por la tarde. Decidí quedarme en la ciudad y esperar su regreso. Hablé por teléfono con Isaac Glikman, me informó de que había salido otra crítica en *Pravda*, «La falsedad de un ballet», contra *El arroyo claro*, cuya música había compuesto poco antes.

–No es tan atroz como la anterior –dijo–, pero por ahí se anda. Sostiene que tú y el coreógrafo, Fiódor Lopujov, sois unos farsantes, que veis a los granjeros soviéticos como campesinos de juguete, que no tenéis ni idea de lo que es una granja colectiva, ni de lo que significan las canciones y danzas populares; os acusan de formalismo estético.

–Si alguien no lo remedia, mi detención está asegurada –le dije a Glikman antes de pedirle que me guardara todo lo que saliese sobre mí en revistas y periódicos.

Llamé a Nina y a madre, les dije que antes de volver a Leningrado tenía que ver al mariscal, que regresaría lo antes posible, que no se preocuparan, que iba a salir de esa de una forma o de otra. No conseguí tranquilizarlas. Paseé durante horas por un parque de Moscú con el corazón rebotándome en el pecho. No podía quitarme de la cabeza la frase: «Pero ese juego puede acabar muy mal». Anochecía. No sabía adónde ir. Pensé en Tatiana Glivenko, la primera mujer de quien me enamoré, a la que no había visto desde hacía tiempo. Cuando llegué a su casa estaba acostando a su hijo. Al verme, sonrió. Sabía que podía contar con ella, así que le expliqué la situación en la que me encontraba.

–¿Cómo puedo ayudarte, Mitia? Haré cualquier cosa que me pidas –me dijo, sobresaltada. Y después de unos segundos, me preguntó–: ¿Has ido a ver a Meyerhold?

–Sería contraproducente. En la crítica mencionaban que *Lady Macbeth* tiene las características más negativas de su teatro. Los dos estamos en la misma situación. El único que puede ayudarme es el mariscal Tujachevski.

–¿Has hablado con él?

–Está en Londres. Vuelve mañana por la tarde.

–Es un hombre muy influyente, seguro que lo solucionará.

–No lo sé, Tatiana. Una crítica como esta en *Pravda* solo puede ser la última advertencia o el anuncio de mi detención. Hoy ha salido otra, la segunda en pocos días. Pensaba que no me tocaría pasar por esto. No sé qué hacer. Temo que vengan a buscarme y me deporten, o algo peor. A otros, por mucho menos, los han fusilado.

–¿Quieres quedarte esta noche en casa? –me preguntó con algo parecido a una sonrisa–. Estoy sola con el niño. Mi marido no vendrá hasta mañana.

–¿No te importa esconder a un proscrito? A partir de ahora mis amigos también están en peligro.

–¡Quédate, Mitia! Y no me asustes. Aquí hace frío, si te portas bien te dejo dormir en mi cama.

A la mañana siguiente, fui a ver al pianista Lev Oborin. Había asistido a la asamblea de la Unión de Compositores de Moscú, convocada con urgencia, y quería que me informara.

–Se te esperaba, Mitia –dijo, nada más verme–, tu ausencia no ha mejorado las cosas.

–Sabes que no sé defenderme; además, llegué ayer y tenía cosas más importantes que hacer que ver cómo me despellejaban.

–Éramos más de cuatrocientos, nadie quería perdérselo; cuando nuestros colegas huelen sangre acuden como hienas. Subieron a la tribuna y se retractaron de sus juicios positivos sobre *Lady Macbeth*. Dijeron que estaban equivocados y que el líder y maestro les había abierto los ojos. El peor fue Knipper, el compositor. Todos sabemos que está celoso de tus éxitos, no esperábamos que te elogiara, pero tampoco que te acusara de conducta antisocial: dijo que cuando los músicos de Leningrado fueron invitados a actuar para los marineros, todos se presentaron, excepto tú, y que cuando por fin apareciste, estabas borracho. Hubo un murmullo general; Knipper se detuvo y añadió: «Pero no estamos aquí para clavar el último clavo en el féretro de Shostakóvich». Entonces, le grité con todas mis fuerzas: «¡Perro cochino!». Alguien exclamó: «¡Shostakóvich es un enemigo del pueblo!». Otro agregó: «¡Su actitud es intolerable; hay que cerrarle la boca de una vez!». Knipper no pudo continuar. Los miembros del Comité Central del Partido, que presidían la sesión, deliberaron sin abandonar el estrado. Unos minutos después intervino Shebalin. Lo habían presionado para que declarara en tu contra; sin embargo, él dijo: «Considero que Dmitri Shostakóvich es el mayor genio entre los compositores de esta época». Se la jugó por ti, Mitia, a partir de ahora sus obras se prohibirán. Al margen de su intervención, fue un espectáculo bochornoso, en el fondo ha sido mejor que no lo presenciaras.

–Tienen tanto miedo como yo –dije, tratando de disculparlos–. Es normal que actuaran así.

–No, Mitia, el miedo no puede justificar según qué comportamientos.

Me senté en un banco situado en un extremo junto a la ventana y le pedí a Oborin que me dejara solo. Necesitaba reflexionar. No podía concentrarme. Salí a la calle.

Hacía mal tiempo. No nevaba, pero caía una lluvia pesada y sucia.

Olía a invierno.

ACTO II

I

Escribir una carta

La vida no estaba para hablar claro sino para medir las palabras. Esa era la impresión que tenía en los días que siguieron a la crítica del *Pravda*. Madre me dijo que se encontró por la calle a Elena Bulgákova, la mujer del escritor, Mijaíl Bulgákov, quien le preguntó cómo me sentía yo tras esa horrible crónica.

¿Qué puedo decir? Quería acabar mi nueva sinfonía, la cuarta, pero antes tenía que salir de la trampa en la que me encontraba y necesitaba un buen consejo. Lo busqué en mi amigo, el mariscal Tujachevski. Me veo a mí mismo entonces, tras pasar la noche con Tatiana, tumbado en su cama, despierto, con la mente inquieta, y haber escuchado a la mañana siguiente en boca de Lev Oborin la traición de mis colegas en la asamblea de la Unión de Compositores de Moscú, convocada con urgencia por el Comité Central del Partido para censurar mi *Lady Macbeth* por orden directa de Stalin. Por la tarde me dirigí a casa del mariscal con el ánimo vencido y las gafas empañadas por el frío. Cuando por fin me condujeron hasta su presencia, el mariscal, con el rostro de alguien que ha dormido poco y mal, me recibió con una de sus expresiones favoritas:

–¡Voto al cielo! En buen lío se ha metido, Dmitri Dmítrievich. Me enteré de lo suyo en Londres, mi mujer me llamó para comentármelo. Su situación es grave, no nos engañemos. Tiene que actuar con cabeza y sangre fría.

–Estoy metido en una trampa, de la que no sé cómo salir –dije en voz muy baja–. Necesito su ayuda, mariscal.

–Y puede contar con ella, Dmitri Dmítrievich. Haré todo lo que esté en mi mano –afirmó, aunque no me pareció del todo convencido.

–Dicen que ha sido Stalin quien ha escrito el artículo –murmuré, entre dientes.

–No ha sido él, pero su autor no ha actuado por su cuenta. Una vez, Stalin me dijo: «La legalidad declara culpables tanto a los responsables como a los que no lo son. La humanidad declara culpables a los responsables y libres a los que no lo son. La anarquía declara libres a ambos. Y la cultura declara culpables a los que no tienen responsabilidad alguna y libres a los que sí la tienen». Su caso, por desgracia, forma parte de este último grupo.

–La mayoría de los jefes del Partido apoyaban *Lady Macbeth*; ¿por qué el camarada Stalin no lo ha tenido en cuenta?

–Por espíritu de contradicción; esa es una de sus muchas debilidades, o quizá sea una fortaleza. Cuanto más alaban una cosa, más recelo le produce; le pasa lo mismo con las personas; para estar libre de sospechas hay que pasar desapercibido. Sé de lo que le hablo, aunque no lo crea, yo también estoy en peligro.

–¿En peligro...? ¿Usted...?

–Sí, pero no hablemos de eso ahora.

Me dio la impresión de que Tujachevski estaba nervioso. Con las manos detrás de la espalda y el ceño fruncido, le caían gotas de sudor del pico de viuda, algo que me extrañó, ya que era un hombre frío, acostumbrado a afrontar situaciones difíciles.

–Pienso en lo que ha sucedido y no logro entenderlo –dije, con una sonrisa amarga–. ¿Qué necesidad había de destruir una obra elogiada por todo el mundo?

–Se trata de desconcertar, que nadie pueda dar por sentado qué piensa Stalin. Generar temor también entre los que le son más próximos.

–Es desolador crear en estas condiciones. Como si no fuera suficiente enfrentarse a las propias dudas, a las propias limitaciones.

–¡Coraje, amigo mío! Usted no es el único que padece los cambios de humor del Camarada Secretario General. Cuando llegan los primeros desengaños, uno corre el riesgo de perder la esperanza. Pero más tarde se reconoce que siempre es mejor tener la muerte por delante que la vida por detrás. Estoy seguro de que entiende lo que le digo. La vida es difícil, así que no se la debe tratar con ceremonias: hay que doblegarla, coger lo que se pueda antes de que sea demasiado tarde.

No eran palabras que tranquilizaran.

–En esa conversación que mantuve con Stalin –continuó el mariscal–, también me dijo: «Tiene que haber injusticia, de lo contrario no acabaríamos nunca. El débil duda antes de decidirse; el fuerte, después. Los rusos son gente inútil. No hacen más que ocupar demasiado lugar en este mundo. Y eso hay que remediarlo». ¡El diablo lo sabe! ¿Se da cuenta, Dmitri Dmítrievich?, así es como piensa Stalin. Sí, así es como piensa.

Se quedó pensativo, como si la decisión que debía tomar le pesara. Tras unos segundos se recompuso, adoptó un gesto firme y, con voz decidida, me preguntó:

–¿Le apetece, querido amigo, que demos un paseo por el jardín? La tarde es fría pero espléndida.

Sin esperar respuesta me cogió del brazo y me llevó hacia la puerta de cristales que daba al jardín, mientras me susurraba al oído, como si tuviera miedo de que alguien pudiera escucharlo:

–Stalin es impredecible. Cuando menos lo esperas te clava el puñal. Está detrás de todo lo que pasa en nuestra desventurada nación.

Carraspeó, como si tuviese la garganta seca, y quizá la tenía por el peso de la confesión que estaba a punto de hacerme:

–El Estado Mayor del Ejército está seriamente preocupado y dispuesto a actuar si fuera preciso. Pero dejemos eso para otra ocasión. Ahora toca arreglar lo suyo.

–Reconozco que tengo miedo, mariscal –creo que le dije, para estar a la altura de sus confidencias–. ¿Usted nunca lo ha tenido?

—Mi caso es distinto, Dmitri Dmítrievich. Mi profesión me obliga a afrontar los riesgos con valor. Vivo de manera consciente, lo veo todo como el águila que planea sobre la tierra. Si veo un acto de arbitrariedad, protesto, si veo a un hipócrita o a un farsante, protesto. No me puedo callar. La injusticia me pone enfermo. Si me encerrasen, pegaría tales gritos que me oirían a kilómetros a la redonda, o me dejaría morir de hambre para que tuviesen un peso más sobre su conciencia. Todos mis amigos me dicen: «Es usted indomable, mariscal». Estoy orgulloso de esa reputación. —Su voz, me pareció forzada—. Llevo más de veinte años de servicio. He modernizado las Fuerzas Armadas. Mis nuevas técnicas de ataque y defensa se seguirán mucho después de que yo haya muerto. —A medida que hablaba, se iba enardeciendo, pero respiraba con dificultad—. Valoro el honor, la lealtad, la libertad, el coraje que implica tomar decisiones difíciles. No concibo la vida de otro modo. Mis compañeros en el Ejército me animan a que tome las riendas. —Y después de una pausa, añadió en voz más baja—: Tengo que esperar a que llegue el momento. La precipitación nunca es buena.

—No sé si le entiendo, mariscal.

—Olvídelo —dijo él, con cierta turbación—. Escribiré una carta al camarada Stalin defendiendo su causa; a pesar de todo, sigo teniendo cierta influencia sobre él. Pero usted debe escribirle también. No utilice términos serviles, no le gustan; muéstrese más confundido que arrepentido, pídale consejo como lo haría ante un padre, recalque que su prioridad es servir al Estado tanto dentro como fuera de nuestras fronteras, dígale que está dispuesto a hacer lo que le pida el Partido, que pueden contar con usted incondicionalmente.

—¿Cree que eso servirá, mariscal?

—No lo sé, pero debe hacer lo que le digo.

Suspiré varias veces, antes de atreverme a añadir:

—Por primera vez en mi vida estoy asustado. Lo único que me tranquiliza es contar con su apoyo.

–Le comprendo, amigo mío, pero trate de superar su actual estado de ánimo. Las cosas se arreglarán y si no es así, le sacaremos del país. –Me miró con ojos inquisitivos–: ¿Se siente capaz de vivir en el extranjero? –No respondí–. Creo que no habla más que ruso y un poco de francés; sería bueno que su amigo Iván Ivánovich le diese algunas lecciones.

–Ya lo hizo en una ocasión. Intentó enseñarme alemán y me dijo que era duro de oído.

–¿Duro de oído? Resulta difícil de creer.

–Mi caso no tiene nada de excepcional, muchos de mis colegas tienen la misma dificultad que yo.

–Si es así, más le vale convencer a su amigo de que le acompañe en el caso de que tenga que abandonar el país. El Partido quiere que seamos responsables, pero no quiere responder de sí mismo, por lo tanto, no nos queda más remedio que actuar antes de que sea demasiado tarde. –Miró el reloj–. Siento tener que dejarle. No informe a nadie de nuestra conversación, ni siquiera comente que ha venido a verme. Y recuerde lo que le he dicho siempre: «Quien no arriesga, no gana». El futuro es impredecible. Los próximos días van a ser decisivos.

Fue la última vez que lo vi.

Cuando regresé a Leningrado, hablé con madre y con Nina:

–La conversación con el mariscal no ha ido del todo bien. Estaba nervioso, algo poco habitual en él. Tengo la impresión de que anda envuelto en un asunto peligroso que no ha querido explicar, probablemente para no involucrarme. Me ha dicho que intentaría ayudarme, que escribiría a Stalin defendiendo mi causa; me ha aconsejado que también le escriba yo una carta, incluso me ha sugerido cómo debía hacerlo. Él lo conoce bien. Pero la verdad es que he salido de su casa más inquieto de lo que había entrado.

–Sigue su consejo –dijo madre–. Escribe a Stalin y asegúrale que siempre serás fiel a su persona y al Partido. Es el único lenguaje que entiende.

—No servirá —sentenció Nina—. Lo que tenemos que hacer es abandonar Rusia cuanto antes.

Madre se echó para atrás.

—¿Qué dices, Nina? ¿Estás loca…?

—Tenemos amigos en Suiza y Alemania. Estoy segura de que podrán acogernos.

—No os permitirán cruzar la frontera. Muchos lo han intentado y han acabado detenidos o muertos. Y, además, en el caso de que os vayáis, ¿qué pasará conmigo?

Bajé la mirada.

—Si os vais, no tardarán ni cinco minutos en detenerme. ¿Por qué queréis hacerme esto…? Tráeme un vaso de agua y mis pastillas, Mitia… No, déjalo, es igual, resolvamos esto cuanto antes.

—Tranquilícese, Sofia Vasilievna —le dijo Nina, con buen tono—. Se trata de pensar entre todos la mejor solución… A ver, déjeme tomarle el pulso.

Nina la examinó y se encogió de hombros.

—Su corazón está perfectamente. Tiene usted una salud de hierro. No debería quejarse tanto.

—No podéis hacerme eso —insistió madre, furiosa—. Si os vais, estoy perdida.

—Podría venirse con nosotros —sugirió Nina—. ¿Por qué no se lo piensa?

Madre reaccionó en el acto:

—Te repito que no tenéis la menor posibilidad de abandonar Rusia. No comprendo cómo una mujer tan inteligente como tú puede plantearse una cosa así.

—El propio mariscal me ha dicho que contemple esa posibilidad si las cosas no se arreglan —dije, intentando calmar los ánimos.

—Por favor, no insistáis. Escribe a Stalin, Mitia. Es lo mejor. Estoy convencida.

—De acuerdo, madre. Pero le pediré que me permita viajar unos meses al extranjero con Nina. Le diré que necesito hacer ese viaje para reflexionar sobre mi música y ver la mejor manera de ponerla al servicio del Estado; que mi único objetivo es ser útil a la patria, pero que para ello debo renovar energías y estar un tiempo fuera. ¿Qué os parece?

Las dos me miraron sorprendidas. Tardaron en reaccionar. Fue madre quien habló primero:

–No me parece mal lo que propones, Mitia. Y, en todo caso, no implica riesgo alguno, o eso espero.

–El riesgo, de una forma u otra, no lo podemos evitar –terció Nina, arrugando la nariz.

–Si os autorizan a salir –continuó madre–, nuestras familias no tendrán problemas; y si no os lo permiten, deberéis hacer lo que diga el mariscal.

–Mamá, tiene razón –dije, convencido de que la idea era buena–. Voy a escribir la carta ahora mismo. En cuanto la acabe os la leo.

Fui al estudio, me senté al piano, coloqué una hoja en blanco sobre el atril y empecé a redactar la carta, aunque primero escribí una aclaración:

«Ruego que nadie lea esto sin permiso del camarada J. V. Stalin.»

Leningrado, 4 de febrero de 1936
Al Secretario General del Partido Comunista, Iosif Vissariónovich Stalin

Muy estimado Iosif Vissariónovich:

Cada vez se refuerza más en mí el deseo de ser un compositor al servicio del Estado. Sin embargo, me doy cuenta de que, en mi actual estado de ánimo, o más bien de desánimo, me es imposible llevar a cabo un trabajo que responda a lo que se espera de mí, y que, para ser útil a mi patria, debería permanecer fuera de ella durante cierto tiempo, con objeto de reflexionar y recuperar la energía perdida.

Desde finales del año pasado, sufro ataques de ansiedad, y actualmente, debido a las dos críticas publicadas en *Pravda* sobre mi ópera *Lady Macbeth* y mi ballet *El arroyo claro*, me encuentro hundido en la tristeza.

Le ruego, Iosif Vissariónovich, que interceda por mí ante el Gobierno de la Unión Soviética, a fin de que se me autorice a viajar al extranjero desde el 1 de marzo hasta el 1 de junio del presente año. Y le ruego, asimismo, que permita que mi mujer, Nina Vasilievna Varzar, me acompañe.

Quiero decirle por último, Iosif Vissariónovich, que mi sueño consiste en ser recibido personalmente por usted. Deseo pedirle consejo y, en el caso de que lo estime oportuno, darle explicaciones complementarias sobre la petición que me he atrevido a plantearle. A mí nunca me han mimado con palabras, pero estoy seguro de que las suyas me darán la fuerza necesaria para seguir cumpliendo, con renovada energía, la misión que mi patria exige de mí.

La extraordinaria atención con que han sido acogidos por su parte otros artistas que se han dirigido a usted me permite tener la esperanza de que también mi petición será atendida.

Con lealtad y devoción,

D. D. Shostakóvich

No recibí respuesta. Los días pasaban lentamente en aquel año sombrío para mí y para muchos de mis amigos. Galina Serebriakova y Elena Konstantinovskaia habían sido detenidas; y de mis familiares, mi hermana mayor, Maria, su marido, el físico Vsévolod Frederiks, y mi suegra, Sofia Varzar, bajo sospecha, fueron deportados. Y el pobre tío Maxim Kostrikin, un viejo bolchevique al que yo había acompañado de niño a la estación de Finlandia para recibir a Lenin, fue fusilado por alta traición.

Pero ¿por qué no contestaba a mi carta Stalin?

2

Esperando a Klemperer

Recordar, ese es el deseo que se ha apoderado de mí, cuando el reloj está a punto de dar las tres de la madrugada. La ansiedad que me produce no comprender a lo que de verdad me enfrento ahora me impide terminar la *Sonata para viola*. Sin embargo, en el reconocimiento de un error reside con frecuencia una fuerza que nos impele a superar incluso aquellas situaciones más extremas. En todo caso, al envejecer, los recuerdos se hacen selectivos. Aquí, en esta interminable noche, aparecen esas escenas que me gusta evocar pero con alguna modificación. Una de ellas me viene a la memoria, aquel día de finales de mayo de 1936 que empezó con una fuerte discusión con Nina y terminó…, ¡ah, cómo terminó…!

–Te he dicho que no. Solo piensas en ti.
  –No he tenido más remedio que invitarlo, Nina.
  –Lo más seguro es que mañana deba ir al hospital. El parto está cerca.
  –Espero que tarde unos días más. Quiero que nazca bajo el signo de Géminis.
  –Eres el colmo de la frivolidad, Mitia.
  –¿Yo…?
  –¡Déjame en paz! No te soporto. Estábamos mejor separados.
  –No digas eso, Nina.
  –Lo digo y lo repito.
  Mi amigo, Isaac Glikman, trató de apaciguarnos:

–Por favor, no os peleéis. Se me encoge el corazón al veros. No te preocupes, Nina Vasilievna, yo me ocuparé de todo.

–Tú siempre en las nubes, Isaac Davydovich. Mañana no tendré nada que hacer salvo dar a luz. No, no debo preocuparme, claro, eso es algo que una hace todos los días.

Glikman nos miró con expresión bondadosa:

–He comprado lo necesario para preparar la comida de mañana.

Nina, furiosa:

–He dicho que no.

Yo, terco:

–Y yo digo que sí.

Ella, igual que antes:

–¿Y quién cocinará?

Glikman, bajando la mirada, sin asomo de jactancia:

–Yo.

Ella, asombrada:

–¿Sabes cocinar?

–Sí.

–Eres un fenómeno, Isaac Davydovich, no creo que haya nada en el mundo que no sepas hacer. Mitia depende de ti hasta tal extremo de que a veces me siento celosa... ¿Y quién decís que viene?

–Otto Klemperer. Es el titular de la Orquesta de Los Ángeles –dije, enfatizando–. Emigró a América hace tres años, cuando los nazis se hicieron con el poder.

–Sé muy bien quién es. ¿Y qué ha venido a hacer?

–Dirigirá la *Heroica* y la *Quinta* de Beethoven con la Filarmónica.

–Quiere conocer a tu marido y escuchar la *Cuarta sinfonía* –intervino Glikman–. Es un entusiasta de su música, la ha dirigido en Europa y América. Nos mandó uno de sus programas en el teatro Colón de Buenos Aires, con la *Primera sinfonía*, el *Concierto para piano* y las *suites* de los ballets *La edad de oro* y *El tornillo*.

Nina, resistiéndose, pero con menos convicción que antes:

–No estoy en condiciones de recibirlo. ¿No podríais encontraros con él en cualquier otro lugar?

Yo, recapacitando, con tono afectuoso:

–Haremos lo que tú quieras, mi amor, lo importante es el niño.

Ella, sonriendo por primera vez:

–¿Y cómo sabes que va a ser niño?

–Has tenido un embarazo tranquilo, cuando pasa eso dicen que suelen ser niños.

–Ya lo ves, Isaac Davýdovich, desde que hemos vuelto a estar juntos, nuestras peleas suelen durar poco. Organiza el almuerzo de mañana y que sea lo que Dios quiera. –Girándose hacia mí–: Como siempre, acabas saliéndote con la tuya, Mitia. –De nuevo a Glikman–: ¿Y qué nos vas a preparar?

–Sopa juliana, empanadas con guarnición y tarta de chocolate. ¡Ah!, y también he comprado queso, creo que al doctor Klemperer le gusta mucho. Me han dicho que tiene un gran apetito.

–Pensar en comida me pone enferma. Desde el tercer mes de embarazo todo me da náuseas.

Yo, distraído, con las manos en los bolsillos:

–Padre tenía una biblioteca enorme. Muchos de los libros llevaban impreso un sello: «Este libro ha sido robado por Dmitri Boleslavovich Shostakóvich». Era su forma peculiar de protegerlos de las tentaciones que pudieran despertar en los visitantes que frecuentaban nuestra casa. Dos veces al mes organizaba fiestas a las que asistían sobre todo siberianos, pero también comunistas, judíos y algún que otro mendigo que recogía en la calle. Era antes de la Revolución. Solían reunirse entre veinte y treinta personas. Padre cantaba las melodías gitanas que tanto le gustaban, mientras los invitados bailaban y bebían. Lo único que se servía para comer eran *pelmeniye*, al mejor estilo siberiano. La cantidad se calculaba de acuerdo con el número de invitados: treinta y cinco para cada hombre y veinticinco para cada mujer.

Las *pelmeniye* se preparaban con antelación y como entonces no tenían frigorífico, se guardaban en el balcón para que la temperatura exterior las conservara.

Nina, sintiendo arcadas:

—Solo pensar en aquella maldita pasta con carne me dan ganas de devolver; de niña me obligaban a comerla, mi madre era inflexible en eso, si no la comía al mediodía, me la guardaba para la cena sin dejarme probar nada más.

Glikman se fue a la cocina. Nina se sentó en el sofá y respiró por la boca, como si le faltara el aire. Tenía la cara pálida y húmeda. Me acerqué a ella y la besé. Sonrió, me retiró de la frente un mechón de pelo rebelde y con un rictus más de preocupación que de dolor, dijo:

—Los partos de mi madre siempre fueron difíciles; yo estuve a punto de ahogarme con el cordón umbilical. —Suspiró de nuevo, sin dejar de sostener mi mano.— Nos merecemos un poco de felicidad, Mitia, hemos deseado tanto esto. Si no hubiera sido por el niño o la niña que vendrá... —Fruncí el ceño—. No pongas esa cara, si no hubiera sido por el bebé, continuaríamos tú por tu lado y yo por el mío, sin darnos cuenta de que no podemos vivir separados. —Me miró con ternura—. Ser padres es una gran responsabilidad y no sé si estamos preparados; a veces pienso que traer criaturas a este mundo es una barbaridad; las cosas no van a ser fáciles... ¿Qué prefieres que sea, niño o niña?

—Estoy contento con lo que venga, pero si me dan a elegir prefiero una niña.

—Pues a mí me gustaría que fuera un niño. —De pronto su expresión se endureció—: Ya ves, nunca estamos de acuerdo, si yo digo blanco, tú dices negro. No me fío de las parejas que no discuten. Sabes, durante estos meses he pensado mucho. No me importaban tus infidelidades pasadas, pero con Elena ha sido distinto, me he sentido humillada, fuera de tu mundo, y eso no puedo consentirlo. Mis padres nos educaron a mis dos hermanas y a mí para que fuéramos independientes, las tres tenemos carreras universitarias, yo me gradué en física y matemáticas, fui la primera de mi promoción. Ninguna de las tres dependemos de nuestros maridos. Así debe ser y así educaré a mis hijos. No dejaré que tu madre intervenga. –No vuelvas con eso, Nina, lo hemos hablado muchas veces. –¿Y de qué ha servido? –Sus ojos se encendieron–. Me ataca los nervios, la verdad. Está empeñada en que va a ser niño. «Un nuevo Mitia», dice, «lo cuidaré como si fuera mío.» No pienso permitírselo, ¿me oyes? –Aún más exaltada–: ¿Por qué se mete en donde no la llaman...? No, déjame continuar, siempre la defiendes y ya estoy harta. Muchos de tus problemas son culpa suya. Te sigue tratando como si fueras un niño, me da vergüenza verlo, pero a ti parece darte igual, eres incapaz de enfrentarte a ella, y ya va siendo hora de que la pongas en su sitio.

Se recostó en el sofá. Tenía la cara sudorosa, una expresión tensa, y volvía a respirar con dificultad. Después de·unos segundos, continuó:

–Nuestro noviazgo fue un martirio. Un día decías que te querías casar, y al otro te echabas atrás. Las malas relaciones entre tu madre y mi familia no ayudaban. Mis padres pensaban que no debía casarme antes de terminar los estudios y no veían con buenos ojos que me comprometiera con un músico de futuro incierto. Tu carácter veleidoso e inmaduro tampoco facilitaba las cosas. En repetidas ocasiones pusimos fecha a la boda, pero a medida que se acercaba, te entraba pánico. Pensaste en volver con Tatiana... No, déjame seguir. Te reuniste con ella en Moscú sin importarte que estuviera casada. ¿De qué hablasteis?, ¿qué hicisteis? –Se movió inquieta, esperando una respuesta que no llegaba–. Finalmente te decidiste, y esa vez me pareció que ibas en serio. ¿Y qué pasó? No te presentaste a tu propia boda. Te escondiste tan bien que ni siquiera tus amigos más íntimos sabían dónde estabas. Apareciste al cabo de unos días para pedirme perdón. Yo me estaba volviendo loca. No sabía qué hacer. Mis padres me recomendaron que rompiera; sin embargo, decidí darte una última oportunidad. Nos casamos en secreto, con Sollertinski como testigo. Pero me equivoqué al aceptar tu propuesta de irnos a vivir con tu madre. Tu vínculo con ella es tan fuerte que no podías soportar la idea de estar lejos. Desde el primer día me hizo la vida imposible hasta que, después de una bronca tremenda, decidimos mudarnos. No me lo perdonó y desde entonces no desaprovecha ocasión para ponerme verde. Estoy segura de que lo de Elena, en el fondo, le gustaba, era la prueba de que tenía razón al decir que a ti y a mí no nos iría bien. Con lo del niño parece haber cambiado un poco, pero no me fío; estoy segura de que volverá a las andadas.

Respiró hondo para tratar de tranquilizarse; intentó decir algo más, pero al final desistió. Volvió a suspirar con un sonido ronco y me preguntó:

—¿Qué hora es?

—Las seis y veinte. ¿Estás cansada?; si quieres te acompaño a la cama y te leo un rato.

—¿Igual que el otro día? Me encontraba mal, devolví varias veces, y tú venga y dale con Don Quijote y Sancho Panza. —Sonrió—. Estoy bien, me gusta hablar del niño contigo. Dentro de pocos días lo tendremos aquí. Espero que no nos dé mucha guerra.

—Los niños siempre dan guerra, Nina, ya nos acostumbraremos. A mí me hace una enorme ilusión.

Ella, sonriendo de nuevo:

—Te gustan los niños más que a mí. Te veo jugar en el parque con los críos de otros y pienso: «Será un padrazo». A veces, por las noches, me viene a la cabeza algo que me inquieta. Creo que volviste conmigo al saber que estaba embarazada. Que si no hubiera sido así, seguirías con Elena. No la trago. Ha estado a punto de romper nuestro matrimonio y eso no se lo perdono... ¿No dices nada? Lo que más me gusta de ti es que aun sin hablar, no engañas, se te ve venir a la legua. Pero no quiero verla otra vez por aquí. Me han dicho que es lesbiana. Que me tire los tejos a mí, todavía estoy de buen ver, pero a ti que te deje en paz. Uno tiene derecho a divertirse, eso es lo que acordamos desde el principio, pero enamorarse como tú haces de cinco veces tres, Mitia, perdona que te diga... –Se volvió a mover, nerviosa–. Estoy cansada, me voy a acostar un rato. Isaac Davydovich se pasará la noche preparando el almuerzo de mañana, haría cualquier cosa que le pidieras para complacerte. Me gustó desde el principio. Es fiel, generoso y te quiere de verdad, no como esos otros que dicen ser tus amigos, pero que van a sacarte lo que puedan; en cuanto has tenido problemas, han sido los primeros en salir corriendo. Ahora te vuelven a bailar el agua, pero no cuentes conmigo para eso, yo soy igual que tú, así que ya sabes lo que tienes que hacer si no quieres que volvamos a separarnos. De momento, debemos pensar en nuestro hijo, y también en cómo...

Llamaron a la puerta. Nina levantó la cabeza, sobresaltada.

–¿Esperas a alguien?

–No. ¿Y tú?

–Tampoco.

Glikman salió de la cocina con el delantal puesto.

–No os mováis, ya abro yo.

Otto Klemperer e Iván Sollertinski entraron. Nina me miró, inquieta. Sabía que no me gustaban las sorpresas. Me levanté. Unos segundos de confusión. Al cabo, Klemperer, con expresión muy seria, se acercó a Nina, le besó la mano al estilo español y le dijo en francés:

–*Vous devez me pardonner deux choses, madame: je ne parle pas russe et je me présente chez vous à l'improviste. Mais je ne pouvais pas m'en empêcher. J'étais au théâtre, en pleine représentation de* Les noces de Figaro, *et j'ai dit à Iván Ivánovich: «Pourquoi attendre demain? Ne perdons pas de temps, allons les voir tout de suite». Il m'a exprimé ses doutes, mais j'ai suivi mon désir et me voilà. J'espère que je n'arrive pas au mauvais moment.*

–No ha habido manera de detenerlo –dijo Sollertinski–; ha salido del teatro como un caballo en estampida. Al pasar por la Perspectiva Nevsky ha comprado champán y caviar para hacerse perdonar y celebrar el encuentro.

–No tengo preparadas todavía las salsas –dijo Glikman, consternado.

–¡Olvídate de. las salsas! –exclamé–. A ver cómo salimos de esta.

Sollertinski, con cara de circunstancias, insistió:

–Le he dicho mil veces que esperásemos hasta mañana, pero no ha querido escucharme.

Glikman, expeditivo.

–Voy a la cocina.

Sollertinski, alargándole la bolsa:

–Llévate esto; hay una lata de caviar de medio kilo y dos botellas de champán. –Sonrió con malicia–. Si preparas unos blinis, sería estupendo.

–Te conozco, Iván Ivánovich, seguro que has sido tú quien nos has metido en este lío.

Nina, con el pulso acelerado, en un francés muy correcto:

–*Je vérifie que la patience n'est pas une de vos principales vertus, docteur Klemperer.* –Recuperando el ánimo–: *Ne vous inquiétez pas, nous avions aussi hâte de vous connaître. Je sais que vous aimez la musique de mon mari et cela suffit pour que vous soyez le bienvenu chez nous.*

Klemperer, con determinación:

–*Je suis convaincu que votre mari est l'un des plus grands génies de notre siècle. Je dirige depuis longtemps ses œuvres en Amérique et en Europe, et partout où je les présente, elles rencontrent un immense succès. J'ai entendu dire qu'il a composé une merveilleuse nouvelle symphonie, et j'ai hâte de l'entendre. C'est la vraie raison de ma visite à Léningrad. Oui, je devais diriger la Philharmonie, mais ce n'était que le prétexte.*

Ahí plantado, con las piernas separadas y las manos en los bolsillos, Klemperer resultaba muy vigoroso. Su presencia impactaba. Robusto y al mismo tiempo débil –son necesarios ambos adjetivos para describirlo–, era alto, ancho de espaldas, de manos y pies grandes, pero tenía los ojos pequeños, descoloridos, y arrugas en la frente que descendían a lo largo de las sienes, lo que le daba aspecto de hombre mayor y, hasta cierto punto, trágico. Sí, había algo trágico en su mirada, como si se ocultara detrás de una máscara. Hablaba sin parar, y acompañaba las palabras con gestos enérgicos, igual que si estuviera dirigiendo una de sus orquestas. Formando un círculo con el índice y el pulgar, o con la mano abierta, reclamaba la atención para, acto seguido, satisfacer nuestras expectativas solo a medias, con frases que no siempre resultaban inteligibles. Al igual que Sollertinski, cuanto más se enardecía, más tendía a mezclar idiomas, sobre todo el alemán, sin darse cuenta de que, al margen de Iván Ivánovich, no lo entendíamos. De hecho, algunas veces no lo entendíamos en absoluto; sin embargo, era tanta su expresividad que el efecto resultaba cautivador.

Sí, creo que eso fue lo que sentí aquel día de mayo. Han pasado más de cuarenta años de la irrupción de Klemperer en nuestra casa, y aún resuenan dentro de mí sus palabras, traducidas, en ocasiones, por Sollertinski.

Nos describió con detalle su iniciación en la música, sus estudios con Hans Pfitzner y Arnold Schoenberg en Berlín, su relación paternofilial con Gustav Mahler, de cómo este, «la persona más generosa que he conocido», lo había ayudado a abrirse camino en la dirección de orquesta, facilitándole sus primeros puestos en Praga y Hamburgo; de su decidido compromiso con la música contemporánea: «No entiendo a un intérprete que no se interese por la música de su tiempo»; de su etapa como titular de la Ópera Kroll de Berlín, donde estrenó obras de Schoenberg, Hindemith, Weill, Schreker, Stravinski, Janáček y Krenek; de su salida de Alemania al llegar los nazis al poder, y ahí, se detuvo unos segundos, nos miró con expresión sombría y añadió:

–Un hombre normal cree entender lo que ve y lo que siente, pero yo he perdido esa certeza, y cada día que pasa comprendo menos las cosas. Cuando me tumbo sobre la hierba en el jardín de mi casa en Los Ángeles, paso largo rato contemplando insectos nacidos la víspera. Su vida se compone de una sucesión de causas sin efecto y les aseguro que me reconozco en ellos. Sí, no sonrían, les estoy hablando completamente en serio. –Bebió un trago de vodka y su expresión se ensombreció aún más, antes de continuar–: Intento profundizar en las cosas, me intereso por la filosofía, por las ciencias naturales, no me son extrañas las ciencias ocultas, pero soy incapaz de descifrar su significado. Brumas, tinieblas, espectros, sentimientos que no responden a racionalidad alguna. Hoy amamos y al día siguiente odiamos con igual intensidad. Todos vivimos bajo la misma bóveda celeste, nos relacionamos, tenemos hijos, compartimos intereses. Pero ¿con qué objeto? ¿Lo saben ustedes? Cuando decidí abandonar a mi maestro Pfitzner, ya que no me gustaban sus enseñanzas ni su nacionalismo encendido, me retiré a la soledad de mi casa en Suiza para dedicarme al estudio de partituras. Lo que de verdad quería era encontrar mi lugar en el mundo. Y al final, lo único que logré fue sufrir una depresión que derivó en un tumor cerebral y tuve que permanecer ingresado en un hospital durante varios meses. Allí llegué a la conclusión de que la vida y el mundo sobrenatural son igual de incomprensibles. Quien se asusta de lo que no ve debería asustarse mucho más de lo que ve, pues todo esto –hizo un amplio movimiento con la mano– no es más inteligible que los espectros que asaltan nuestros sueños. ¿Quién puede entender a los seres humanos? Mucho antes de que Hitler llegara al poder, los alemanes vimos crecer el huevo de la serpiente, nos mentimos a sabiendas de que aquello no se iba a parar. Los nazis no engañaban. Todos los alemanes, e incluyo también a los judíos, somos culpables de nuestra falta de determinación. Hemos forjado nuestro destino a fuego lento. Reconozco que a veces, en momentos de abatimiento, me represento la hora de mi muerte con imágenes sombrías. Sin embargo, les aseguro que nada de eso me parece tan terrible como la realidad que estamos viviendo. Me doy cuenta de que no sabemos nada, por eso nos equivocamos; somos injustos, crueles, gastamos nuestras energías en destruirnos, y me desespero porque no logro entenderlo.

Y al llegar a ese punto, se detuvo y pidió disculpas por haber hablado más de la cuenta sobre algo que en nada contribuía a lo que debía ser una celebración. Durante su monólogo, no dejó de devorar lo que Glikman le iba sirviendo: caviar, queso, empanadas de carne, pastel, champán y vodka. Yo miraba de vez en cuando a Nina. Estaba pálida, sudorosa y a ratos se movía, inquieta, como si le faltara el aire. Le propuse que se fuera a la cama, pero ella, fascinada con Klemperer, quiso seguir escuchándolo hasta que, de pronto, asustada, bajó la mirada y dijo:

–Creo que he roto aguas.

Klemperer fue el primero en reaccionar:

–*Vite! Appelez une ambulance!*

Glikman, con el rostro tan pálido como el de Nina, llamó al hospital para que mandaran cuanto antes una ambulancia, algo siempre difícil en aquellos días. Sollertinski caminaba de un lado para otro, sin saber muy bien qué hacer.

Cogí la mano de Nina y le besé la frente.

–Tenías razón, mi amor. Está a punto de llegar. ¿Cómo te encuentras?

–Mal, pero no te preocupes, tengo que pasar por esto; cuanto antes, mejor.

–¿Qué han dicho en el hospital? –pregunté a Glikman.

–En veinte minutos estarán aquí.

Nina, más dolorida que asustada:

–No creo que pueda aguantar tanto.

Klemperer, sentado a su lado, con voz afectuosa:

–*Avez-vous des contractions?*

–*Oui. Très fortes.*

–*Allongez vous.* –Nina se tumbó con aprensión–. *Ne vous inquiétez pas, je sais quoi faire dans ces cas, ce n'est pas la première fois pour moi. Le plus important est que vous restiez calme. Le moment tant attendu est arrivé. Essayez de penser à de jolies choses. Demain vous aurez un beau bébé dans vos bras. Vous devez respirer profondément. Laissez-moi vous masser le ventre, ça rassurera le petit aussi.*

Klemperer extendió las manos sobre el vientre de Nina, las movió de arriba abajo y presionó por los lados. Ella lo observaba, desconcertada, aunque pronto se sintió aliviada. Me temblaban las piernas. Fui a buscar una manta para Nina y al regresar cogí un libro de la estantería. Sollertinski murmuró algo que no llegué a entender. Glikman miró el reloj. Klemperer observaba a Nina.

–*Le liquide amniotique est clair. S'il avait été plus sombre, nous aurions eu des problèmes. Tout ira bien, ma chère. Vous avez encore du temps. L'ambulance doit être sur le point d'arriver.*

Ella, sudorosa, con un hilo de voz:

–*Je vois. Avez-vous étudié la médecine?*

–*C'est une histoire que je vous raconterai une autre fois.*

–*Merci beaucoup, monsieur. Vous êtes très aimable. J'espère entendre votre histoire un jour. Je suis désolée d'avoir été si inopportune.*

–*Ne vous inquiétez pas. Et maintenant étendez les bras et n'arrêtez pas de respirer profondément. Tout doucement, ma chère...*

Nina, apretó los dientes, desencajada.

–Mitia, por Dios, deja ya de leer.

–Perdón, pensaba que...

Klemperer me interrumpió, moviendo la cabeza:

–*Kant vous sera plus utile dans d'autres circonstances, cher professeur.*

Llamaron a la puerta. Glikman abrió. Dos enfermeros, uno joven y otro mayor, entraron con una camilla. El enfermero de más edad se dirigió a Klemperer, que continuaba masajeando a Nina.

–¿Es usted el padre?

–*Que dites-vous? Le père? Vous l'avez là.*

El enfermero, desconcertado, arrugó la nariz.

Di un paso al frente.

–Yo soy el padre.

—Me encuentro cada vez peor —dijo Nina, asustada—. Lléven-
me cuanto antes al hospital.

Los enfermeros la colocaron sobre la camilla. Para evitar que
se moviera, la sujetaron con correas. El mayor de ellos, dijo:

—En la ambulancia hay sitio para uno más. —Nos miró a
Klemperer y a mí, y, con un tono impertinente, preguntó—: ¿Quién
de ustedes la va a acompañar?

—Yo —dije, adelantándome.

Klemperer, cogió la mano de Nina:

—*Courage, ma chère. Demain j'irai vous voir à l'hôpital. Et si
vous me le permettez, je tiendrai le bébé dans mes bras. J'aime
beaucoup les enfants. La première fois on est plus nerveux, mais
vous verrez comme tout se passera bien.*

Nina sonrió y cerró los ojos.

Mi mujer tuvo un parto sin complicaciones. Gálisha apareció en
este mundo con el puño en alto, la cara colorada y vociferando
igual que Brunilda en el tercer acto de *La Valquiria*. Yo había
permanecido en vela toda la noche y se me empezaban a cerrar
los ojos cuando Klemperer, Glikman y Sollertinski llegaron con
una botella de champán y un ramo de rosas amarillas. Klemperer
dijo que el amarillo traía suerte a los recién nacidos. La niña be-
rreaba en la cuna y el director pidió permiso a Nina para cogerla
en brazos. Se la puso en el pecho y le cantó la *Nana* de Brahms.
Gálisha dejó de llorar, parecía que lo mirase y preguntara: «¿Y
este gigantón es mi padre?». No me tenía en pie, pero debía tocar
la *Cuarta sinfonía* para Klemperer, como habíamos convenido la
víspera, así que fuimos a casa, acompañados por Glikman, Sollertinski, los directores de orquesta Fritz Stiedry y Alexander
Gauk, el pianista Lev Oborin y Nelius, el secretario de la Filarmónica, quienes también habían venido al hospital para felicitarnos.

La partitura abierta de la *Cuarta* medía más de un metro de
alto por ochenta centímetros de ancho; no pudimos colocarla en
el atril del piano y la dejamos encima de una mesa. Klemperer la
hojeó y dijo:

—Mais c'est formidable. Je n'ai jamais vu une chose pareille.
Mi interpretación fue destemplada; en algunos pasajes, los diez dedos fueron insuficientes para abordar la complejidad de la obra. Después de una hora, ataqué los últimos compases en *pianissimo* conteniendo la respiración, con objeto de que visualizaran una noche rasgada por estrellas que se resistían a desaparecer. Al terminar, Klemperer dijo que yo era el hermano que le hubiera gustado tener. Alabó la sinfonía con tales muestras de entusiasmo que me resulta difícil repetir sus palabras. Yo permanecía sentado al piano, con las manos sobre las rodillas y la cara sudorosa. Hablé poco. Le dije que sí cuando me pidió los derechos del estreno en el extranjero. Pero me negué a reducir el número de flautas, como él pretendía. Me confesó que no disponía de seis excelentes flautistas en su orquesta americana y que, para las giras por el extranjero en las que quería incluir mi nueva sinfonía, le iba a resultar muy complicado encontrarlos. Le contesté con un viejo proverbio ruso: «Lo que ha escrito la pluma no puede cortarlo el hacha».

Esa noche regresé tarde al hospital. Nina y Gálisha dormían. Una sensación de plenitud que no había experimentado hasta entonces me embargó por completo: era como si todas las partículas de mi ser se desfibrasen en el aire. Llevaba casi cuarenta y ocho horas sin dormir. Quería abrazar a mi hija, pero me contuve, por miedo a despertarla. Durante un rato oí pasos en el corredor. Se acercaban y pasaban de largo. Luego, la puerta se abrió y entró una enfermera con una infusión de manzanilla.

—Suponía que estaría despierto —dijo—. Les pasa a los primerizos. Bébase esto, le sentará bien. Debería descansar, pero sobre todo no despierte a la niña, nos ha costado una barbaridad que se durmiera.

Hacía calor, la espalda me dolía, escuché la respiración tranquila de Nina, el reloj dio las dos de la madrugada, cerré los párpados y me quedé dormido. Una multitud se agitaba a mi alrededor, madre me miró desde lo alto de una montaña: «Nunca me tienes en cuenta. ¿Cuándo aprenderás a hacerme caso?».

Nina rompió a reír y le sacó la lengua: «Es mala, ya te dije que no vendría». Padre salió de su tumba con *El monje negro*, de Chéjov, en la mano y empezó a leer: «Una columna negra y alta, semejante a un torbellino, apareció en la otra orilla. Con aterradora velocidad atravesó la bahía en dirección al hotel, haciéndose cada vez más pequeña y oscura; Krovin apenas tuvo tiempo de hacerse a un lado para despejarle el camino...». La luna se detuvo justo encima de Gálisha, iluminándola; el cielo y la tierra tenían un aspecto acogedor, pensé que así sería siempre, me sentía en paz conmigo mismo; de pronto escuché la voz de Klemperer: «¿Quién puede entender este mundo, quién defenderlo?». Me volví hacia él, tenía el rostro enrojecido por la fiebre, pero su expresión era serena. Pensé que se moría y que estaba contento de perder de vista el mundo, miraba hacia arriba y movía los labios como si hablara con la muerte; a lo lejos vislumbré un resplandor y escuché otra voz: «Eres un genio, ni el dolor ni la mediocridad podrán vencerte». Quise responder, pero la voz subió el tono: «Tu cuerpo no perderá el equilibrio. Tienes mucho tiempo, casi una eternidad, no desfallezcas».

Y entonces me despertó un gemido de Nina.

–Ven, Mitia. Tengo frío.

Me senté a su lado y la besé, con lágrimas en los ojos.

–¿Por qué lloras? ¿No estás contento?

La besé de nuevo.

–Mitia, ¿me quieres?

Respiré hondo y le dije que sí. Ella volvió a preguntar:

–¿Estás contento?

–Es el día más feliz de mi vida. Y te lo debo a ti.

–¿A mí o la niña?

–A las dos. –Y después de unos segundos, repetí con más convicción–: Sí, a las dos.

–¿Nos querrás siempre?

–Ahora estoy seguro. Te amo más que nunca y siento lo que te he hecho pasar.

–Anda, tráeme a la niña, es hora de darle el pecho.

Los días pasaron, también los meses, mientras veía crecer a Gálisha. Cuando no componía, recibía a los amigos, que me informaban de lo que se decía en Moscú. Mijaíl Bulgákov había sido obligado a dejar su trabajo en el teatro Bolshói, donde debía supervisar la ópera *Fausto*, y sin nada más que hacer, terminó una novela sobre la llegada de Satanás a Moscú. Pensé que un libro así no se podría publicar en Rusia, el Partido no lo permitiría. Ya casi me había olvidado del artículo del *Pravda* del lejano enero del año anterior, e incluso de la carta que escribí a Stalin y a la que no contestó, cuando, de pronto, un día recibí un oficio para que me presentara en la Casa Grande, sede de la policía secreta, la antesala de los campos de trabajo para tantos miles de personas en el terrible 1937. Podía esperar lo peor, pero no tuve más remedio que ir. Cualquier otra cosa me hubiera delatado. ¿Qué sería de Gálisha y de Nina si yo no volvía? ¿Qué país era aquel que te hacía pasar de la felicidad al horror con solo una llamada?

3

En la Casa Grande

–¡Estos espantosos cigarrillos van a acabar conmigo, pero no soy capaz de dejarlos! –exclamó el joven teniente Zakrevski, en una de las salas de interrogatorio de la Casa Grande–. ¿Quiere usted intoxicarse conmigo?

Ancho de espaldas, con ojos inteligentes, tez oscura y una pequeña verruga en la comisura del labio inferior, el teniente daba la impresión de querer retrasar el motivo de haberme llamado.

–Escuché hace poco su *Primera sinfonía* –continuó, mientras fumábamos–. Una obra magnífica. Hay una circunstancia que..., en fin, sería muy largo de contar y no quisiera extenderme. Pero ¿sabe lo que me irrita?, que personas como usted tengan que pasar por esto. Hay que conservar la sangre fría, aunque le confieso que últimamente me he mostrado bastante colérico; hace un momento he golpeado a un detenido por no haber contestado de inmediato a una de mis preguntas. ¡A esos extremos he llegado!

«¿Me amenaza?, ¿adónde quiere ir a parar?», me pregunté, desconcertado, mirándolo inquieto.

–Sin embargo –continuó–, nuestro trabajo consiste en proteger al Estado. Allá donde menos se espera, se encuentra uno con sorpresas. Confío en que ese no sea su caso. Lo mejor es que nos sinceremos, para no albergar sospechas innecesarias.

Permaneció unos instantes en silencio. Sonreía de forma afectada, mientras lanzaba aros de humo al aire. Yo tenía la boca seca y me costaba tragar saliva. Desde el exterior oía voces, el golpeteo de puertas al abrirse y cerrarse, pasos agitados.

–¿Quiere un vaso de agua?

Dudé antes de decir que sí.

–No tiene por qué preocuparse. Es solo agua. –Me escudriñó como si se riera de mí–. Es muy sencillo. Si contesta con claridad a lo que voy a preguntarle todo irá bien y acabaremos pronto... ¿Le parece que empecemos?

Me alarmé al pensar que no iba a saber responder.

–Usted escribió hace unos meses una carta al camarada Stalin, con objeto de que le permitieran viajar al extranjero. ¿Estoy en lo cierto?

–Sí –respondí a media voz, extrañado de que estuviera al tanto.

–En la carta no mencionaba adónde pretendía ir.

–A casa de unos amigos en Suiza –contesté rápido.

–Precise un poco más, por favor: ¿cómo se llaman sus amigos?, ¿dónde viven?

–Otto Klemperer y su mujer, Johanna Geisler; su casa está en Verbier, un pequeño pueblo a ochenta kilómetros de Ginebra.

–¡Ah, ya! El célebre director de orquesta. ¿No vino aquí la temporada pasada para dirigir la Filarmónica?

–Así es.

–¿Tenía previsto viajar después a algún otro lugar? –me preguntó a media voz, esta vez sin mirarme.

–Me hubiera gustado ir a París y a Londres. Artur Rodzinski dirigía allí mi *Concierto para piano*.

–Me han informado de que deseaba también viajar a Alemania.

Me revolví en la silla.

–¿Cómo dice?

–¿Tenía previsto ir a Alemania? –insistió él, endureciendo la voz.

–De ningún modo.

–¿Seguro?

–Sí.

–Pues entonces nos deben de haber informado mal.

Lo miré intranquilo. Su tono era cada vez más seco. ¿Quién podría haber informado de los lugares donde pensaba ir? Únicamente lo había comentado con Nina y con madre.

–¿Por qué tiembla? –dijo, mirándome casi con conmiseración–. Beba agua. Yo estoy aquí para ayudarle. Mis preguntas no tienen otro objeto que esclarecer los hechos. ¿Le parece que continuemos? –Hizo una pausa que me pareció malintencionada, antes de volver a preguntar–: ¿Conoce al mariscal Tujachevski?

–El mariscal es mi amigo y benefactor –contesté rápido, con la esperanza de que mi respuesta pudiera ayudarme.

–¿Cuándo y dónde lo conoció?

–En el Bolshói, hace tres años, en un concierto en el que interpretaron mi *Primera sinfonía*.

–Y a partir de entonces, ¿lo ha visto con frecuencia?

–Sí.

–¿Con cuánta frecuencia?

–No sabría precisarle.

–¿En dónde se encontraban?

–En Leningrado y Moscú.

–¿Alguna vez ha viajado con él a Alemania?

–No. Nunca.

–¿Está seguro?

–Sí.

–Y ahora, dígame: en las reuniones que mantuvo con él, ¿quién más había?

–En Leningrado solemos reunirnos con Iván Ivánovich Sollertinski y Mijaíl Mijailovich Zóschenko, para jugar al póker.

–¿Y en Moscú?

–No recuerdo bien. En su casa siempre hay mucha gente. Principalmente artistas y músicos. El mariscal es melómano. Toca el violín. Se construye él mismo sus propios instrumentos.

–Eso, ahora, no viene al caso. Lo que me interesa saber es si en esas reuniones había políticos y militares.

Un sudor frío empezó a recorrerme la espalda. Me moví más de la cuenta.

–Tranquilícese. Si contesta mis preguntas con sinceridad no tiene nada que temer. –Hizo una pausa y sonrió–. ¿Quiere otro cigarrillo...? ¿Tal vez un poco más de agua?

Negué con la cabeza.

–Le repito que yo estoy aquí para ayudarle. Sus respuestas son importantes. Se juega mucho en ellas.

–¿Me juego mucho en ellas? ¿Qué quiere usted decir, teniente?

–Pues eso. Sigamos. Le ruego que responda con claridad. ¿En los encuentros que mantuvo con el mariscal en Moscú, le presentaron a otros militares?

–No lo sé, puede ser. En todo caso, fue de forma circunstancial.

–¿Conoce a los comandantes Uborevich, Cork y Yakir?

–No.

–Ellos han declarado que le conocieron en casa del mariscal.

–Es posible que me los presentasen, ya se lo he dicho.

–Quizá recuerde mejor a los comandantes Eideman, Primakov y Putna.

–Al comandante Eideman sí lo conozco. Es el ayudante de campo del mariscal Tujachevski. Toca la balalaica; en una ocasión nos ofreció un pequeño recital.

–¿La balalaica, dice? –Sonrió–. Primakov y Putna han declarado que lo conocen.

–No conozco a esas personas. Le estoy diciendo la verdad.

–Le aseguro que no va a salir de aquí hasta que me diga lo que sabe. –Esta vez fue él quien se sirvió un vaso de agua–. ¿Por qué pretendía marcharse de Rusia?

–Se lo decía al camarada Stalin en mi carta. Después de las dos críticas en *Pravda* sobre mi música, necesitaba descansar y reflexionar.

—¿En Suiza? ¿Con Klemperer y su mujer?

—Sí.

—Y después en Londres y París.

—Sí.

—Sabemos que su intención no era ir a Suiza, ni a Londres ni a París, como dice, sino reunirse con contactos del mariscal Tujachevski en Berlín. Tenemos información de la Gestapo.

—¿Cómo dice, teniente? Le aseguro... —Me atraganté. Una de mis piernas empezó a temblar.

—No pretendo acosarle, créame. Que confiese ahora o más tarde me es indiferente. Estoy convencido...

—¿De qué está convencido, teniente? —le pregunté al ver que no acababa la frase.

—¿Sabe lo que es la cinta transportadora?

—No tengo ni idea.

—Un método que tenemos aquí para que los mentirosos como usted digan lo que saben. —Hizo una pausa corta y, mirándome a los ojos, continuó a media voz, con expresión sombría—: El mariscal Tujachevski y los comandantes mencionados han sido arrestados por organizar un levantamiento militar trotskista. Se los acusa de espiar para Alemania, de traición, de urdir actos terroristas con objeto de dar un golpe de Estado. Según nuestras informaciones, usted estaba al tanto de todo. En consecuencia, le comunico...

Un militar de alta graduación entró en la sala, se aproximó a él y le dijo algo al oído. Al cabo, el militar salió y Zakrevski, desconcertado, me dijo:

—De momento, el interrogatorio ha acabado. Hoy es sábado. Le voy a dar dos días para que reflexione. El lunes a las ocho de la mañana deberá presentarse aquí de nuevo con toda la información que tenga sobre el golpe militar que preparaban el mariscal Tujachevski y sus cómplices. Quiero nombres, hechos, fechas. Y quiero que me diga también qué misión le habían encomendado llevar a cabo en Berlín. —Me miró con rabia—. Puede marcharse. Le espero el lunes a las ocho en punto de la mañana.

Me faltaba el aire.

–Ah, y no se le ocurra escapar. Todos los puestos fronterizos tienen la orden de detenerle si lo intenta. –Me miró a los ojos y con un tono amable que me sorprendió, agregó–: Está temblando de nuevo. Vaya a pasear un rato y medite sobre lo que le acabo de decir. –Se levantó y cogió el abrigo–. De todos modos, tengo que pedirle un favor un tanto delicado, pero importante. Los artistas como usted son débiles. Suponiendo que en las próximas horas se le ocurra atentar contra su propia vida, tenga al menos la gallardía de dejar una nota en la que reconozca su implicación en los hechos que se le atribuyen al mariscal Tujachevski. No nos gusta que la gente se quite de en medio antes de confesar y, en lo que a mí respecta, sería desalentador que mis superiores llegaran a la conclusión de que el interrogatorio no ha ido bien. Todos tenemos que prosperar y los fracasos no ayudan.

–¿Qué pasará si me doy a la fuga? –pregunté, casi sin pensar.

–¿Qué dice? Ah, eso. Estoy seguro de que no va a ser así. Un campesino se fugaría, un disidente político, también. Pero usted no lo hará. Una fuga es algo odioso, y usted lo que necesita es tranquilidad. ¿La encontraría en el caso de que huyera? De ningún modo. Si consiguiera burlar los puestos fronterizos, algo que ya le he dicho que considero imposible, no tardaría en volver. ¿Y sabe por qué? Porque no puede prescindir de Rusia. Prefiere ser detenido en su país a tener que vivir en el exilio. Estoy convencido de ello. –Reflexionó un momento, satisfecho con lo que acababa de decir y se despidió–: Que pase un buen día; hasta el lunes, entonces.

Zakrevski abandonó la sala un tanto encogido para no tener que mirarme de frente. Tuve la sensación de que le rondaba por la cabeza la orden que había recibido de su superior. Me acerqué a la ventana y esperé unos minutos mientras intentaba recuperarme.

Al salir, pregunté a un funcionario pelirrojo con grandes patillas, dónde estaba el servicio. Abrí la tapa del retrete y vomité.

Luego, dejé correr el agua del grifo y bebí del caño. A través de un ventanuco, aspiré el aire húmedo de la tarde, pero no conseguí serenarme. Caminé despacio hacia casa, como flotando entre nubes. Sentía opresión en el pecho, zumbidos en los oídos y la lengua pastosa; respiré hondo varias veces, el aire se me congelaba en los pulmones.

4

Detenciones

Nada más verme, Nina se abalanzó sobre mí como si ya supiera lo que había ocurrido.

–Acabo de escuchar en la radio que han detenido al mariscal Tujachevski –vociferó, pálida como un muerto.

No reaccioné.

–¿Me has oído, Mitia?, han detenido al mariscal, lo acusan de alta traición, dicen que lo van a fusilar.

Me dejé caer en un sillón.

–Mitia, ¿qué te pasa?

Cerré los ojos.

–El mundo no tiene conciencia –acabé por decir–. Nuestra barca es pequeña, las olas la destrozarán.

–¿Has perdido el juicio, Mitia? No me asustes.

–Un monstruo avanza y nos corta el paso; no lo temo, sin embargo, el monstruo acabará devorándonos.

Me levanté y la abracé unos segundos como si fuera lo último que pudiera hacer. Ella acabó por comprenderme. «Despedida, nostalgia de un mundo que ya no podrá ser –pensé–, ¿nos volveremos a ver, Nina?, tenemos dos días, lo que no podamos decir en dos días…, me detendrán, Nina, ¿y la niña?, crecerá sin su padre. Si algún día vuelvo no me reconocerá, jamás recuperaremos lo perdido, morir no es tan terrible, ¿por qué tengo tanto miedo, Nina?, cuando yo falte…, las piernas no me sostienen, apenas puedo respirar, ven, dame la mano, ¿por qué estás tan pálida?, durmamos, durmamos…»

Nina me tomó la temperatura. Tenía cuarenta de fiebre. Me

ayudó a desvestirme y se metió en la cama conmigo. Estaba sediento. Bebí casi un litro de agua. Ella sonreía y me acariciaba. «No te preocupes, todo se arreglará, saldremos de esta, mi amor», me dijo. Le pedí que se desnudara y se apretara contra mí. Piel blanca. Manos blancas. Senos blancos. Pezones rojos. Tan hermosa como la sirenita. Mirarla me dolía. Oímos llorar a Gálisha. Nina la trajo a la cama. Dejó de llorar. Sentía menos presión en el pecho. Prolongar las horas que aún me quedaban. Con Nina, con Gálisha. Solo con ellas dos. Hicimos el amor. Gálisha, a nuestro lado, nos miraba y sonreía. Lágrimas de placer. Lágrimas de dolor. Me dormí.

Soñé que me cubrían con una lona y me ponían dos barras de hierro para que mi cuerpo pesara más. Antes de la puesta de sol me llevaban a la cubierta del barco y me colocaban sobre una tabla. Nina y Gálisha lloraban. Sonaban los acordes de un réquiem. Nina levantaba el extremo de la tabla, yo daba una vuelta en el aire, caía al mar y me hundía rápidamente. De pronto mi cuerpo ralentizaba su caída, balanceándose como si bailara un vals. Los peces se detenían al verme, daban la vuelta y desaparecían. Un tiburón, con aire displicente, pasaba por debajo de mi cadáver, se volteaba con la panza hacia arriba, retozaba en el agua transparente, y abría la mandíbula con dos hileras de·dientes. Tras jugar con mi cadáver, el tiburón acercaba sus fauces, rozaba la parte inferior de la lona, y la desgarraba a lo largo de todo mi cuerpo, de la cabeza a los pies. Una de las barras de hierro lo golpeaba en un costado y, asustado, se alejaba. En la superficie se amontonaban las nubes, por detrás surgía un rayo verde que se extendía hasta la mitad del cielo.

Dormí más de veinte horas. Al despertarme vi a Nina. Me sostenía la mano. Miré el reloj. Las nueve de la noche. Tenía hambre. Nina había preparado pollo y cerezas. Bebimos un *Tokaji* denso y amarillento que había guardado para una ocasión especial. Nos acostamos de nuevo con la intención de volver a rozar nuestros cuerpos. Hacía tiempo que no lo hacíamos.

Mucho tiempo. Pero mi cabeza estaba en otro lugar. Me levanté angustiado y me puse a hacer la maleta.

–No hay prisa, Mitia, ya la haremos después.

Gálisha nos miraba. Le toqué al piano *El ratoncito tonto*, una obra que había compuesto para ella. Nina bailaba con la niña. A las dos de la madrugada nos fuimos a la cama. Nina puso el despertador a las seis. Sueño sin sueños. Me ayudó con la maleta.

–No quiero llevarme tantas cosas, Nina.

–Tendrás que estar varios días; después te soltarán.

–¿Tú crees?

–Sí, estoy segura.

Le di un beso a Gálisha.

–No la despiertes. Ha costado que se durmiera.

No se veía el sol, el aire estaba lleno de olores tristes. Me preocupaba lo que les pudiera pasar a Nina, a Gálisha y a madre. Además, sentía un cansancio infinito, pero la cabeza me funcionaba mejor que en los días anteriores. Oh, ¡qué harto estaba de todo!

Me detuve en medio de la calle. Sin ser consciente de por dónde había ido, me encontré a unos treinta o cuarenta metros de la Casa Grande. Entré y me dirigí a la recepción. Un funcionario que comía un bocadillo me preguntó el nombre.

–Dmitri Dmítrievich Shostakóvich –repuse, con un suspiro.

–Espere un momento –dijo.

Extendió un papel y pasó el índice de la mano izquierda de arriba abajo.

–Sí, aquí lo tengo. Su nombre está tachado, su cita ha sido cancelada.

–¿Cancelada?

–Sí.

–¿Está usted seguro?

–¿A quién quería ver?

–Al teniente Zakrevski. Tenía que presentarme hoy a las ocho.

–Acaban de detenerlo.

–¿Detenido, dice?

–No creo que lo volvamos a ver por aquí.

–Quizá hayan dejado instrucciones para que me reciba otra persona –dije, sin acabar de reponerme de la sorpresa.

–Cuando un nombre se borra de la lista es que no se le espera. Puede irse.

–¿Seguro?

–Ha tenido suerte. Aquí es fácil entrar, pero muy difícil salir. En el caso de que quieran interrogarle, le citarán de nuevo o irán a buscarle.

La alegría que sentimos Nina y yo ante mi inesperada libertad duró poco tiempo. Estábamos seguros de que no tardarían en venir a buscarme. Como la policía detenía a sus víctimas por la noche, me tumbaba vestido en la cama y tenía siempre a mano la maleta preparada. No podía dormir. A oscuras, escuchaba atentamente. Me revolvía en la cama. Me levantaba para no despertar a Nina. Salía de la habitación. Miraba por la ventana. No se oía un alma.

Una noche vi un coche de la policía secreta en la acera de enfrente. Había llegado mi hora. Fui a buscar la maleta, me detuve delante de la puerta, cerré los ojos y esperé. Oí el crujido del portal. El ascensor se puso en marcha y se paró en nuestro rellano. Oí pasos que se acercaban. Respiré hondo. «Es mejor así –me dije–, la incertidumbre se va a acabar.» Encendí un cigarrillo. Llamaron a la puerta. Abrí. Dos hombres, uno joven y otro mayor, con chaquetas de cuero negro, me miraron con expresión dura. El más joven, me preguntó:

–¿Es usted Yasir Said?

–No –contesté, sin apenas abrir los labios.

–¿Cómo se llama? –preguntó el otro.

Les di la célula de identificación que llevaba en el bolsillo.

–¿Sabe dónde vive Yasir Said? –volvió a preguntar, el primero.

Lo sabía, pero no quise decírselo.

–No.

–¿Está usted seguro?

–Sí.

–Por cierto, ¿qué hace vestido a estas horas y con una maleta? ¿Dónde va usted?

–Soy músico y tengo un concierto en Moscú.

Cerraron la puerta.

Temblaba. Seguí escuchando. El ascensor volvió a ponerse en marcha y se detuvo en el piso de abajo. Pasos de nuevo, un timbrazo, voces ininteligibles, silencio, más voces, forcejeos, gritos de una mujer.

Nina se acercó, con la cara desencajada.

–¿Qué pasa, Mitia?

–Han detenido a nuestros vecinos de abajo. Pensaba que venían a por mí.

Durante las semanas siguientes estaba seguro de que más pronto o más tarde me detendrían. Por las noches, para no despertar a Nina, me tumbaba en el sofá del salón, sin cerrar los ojos. Al cabo, me levantaba, daba vueltas, fumaba un cigarrillo tras otro. La maleta seguía preparada en el recibidor. En dos ocasiones, la policía volvió a nuestro edificio y se llevó a otros vecinos. ¿Cuándo me tocaría a mí? Cada día que pasaba era un alivio, pero la espera resultaba insoportable. Pensaba constantemente en el suicidio. Podría ser la solución. Si me arrestaban y condenaban, detendrían después a Nina y a madre, y a Gálisha la llevarían a un orfanato; si me adelantaba y me suicidaba, quizá las podría salvar. En la antigua Roma, a los condenados se les daba esa opción, era una muerte digna que implicaba respetar a sus familias.

Gálisha no paraba de llorar, los ojos se me cerraban, me dolía la garganta.

No salía de casa, así que madre, Sollertinski y Glikman venían a vernos. Un día, Glikman me dijo que pronto empezarían los ensayos de la *Cuarta sinfonía*. Ya lo sabía, pero le dejé hablar.

–Stiedry está entusiasmado, dice que es la obra rusa más importante de los últimos años. Pero me preocupan los rumores que corren por Leningrado.

–Puedo imaginarme que de mí se dice cualquier cosa.

–Se comenta que tu *Cuarta sinfonía* es un nuevo desafío a la política cultural del Gobierno –dijo Sollertinski, moviéndose nervioso–; que se trata de una obra más formalista aún que *Lady Macbeth*.

–Y están en lo cierto –dije–. Nunca había llegado tan lejos mi deseo de experimentación.

–¿No sería mejor cancelar el concierto? –propuso Glikman–. Ya tienes suficientes problemas.

–Uno más no cambiará las cosas –dije–. Si la prohíben, allá ellos, yo no puedo hacer nada.

Ante la dificultad de la partitura, Stiedry decidió ensayarla por partes. A menudo me preguntaba si los *tempos* eran correctos. Me irritaba su obsesiva atención a los detalles; se detenía continuamente y perdía un tiempo que al final le iba a faltar.

–Hoy no interrumpas a los músicos –le pedí, antes de empezar uno de los ensayos finales–. Faltan cuarenta y ocho horas para el concierto y no hemos podido escuchar la obra entera.

–Perdona –dijo Stiedry, sobrepasado por la tensión–; pero hay cosas que no están bien y debo corregirlas.

–Olvídate de eso ahora y toca la sinfonía de arriba abajo. Yo también necesito oírla.

La *Cuarta* empieza con una explosión de toda la orquesta, como si se activara una alarma de incendio. El primer tema es una marcha parecida a la del comienzo de la *Quinta* de Mahler. El xilófono golpea las partes débiles del compás, mientras las trompas y los trombones, azuzados por las maderas, oscurecen el flujo. Después de un *piano subito*, las cuerdas intentan presentar un segundo tema –inversión de la marcha–, sin resultado. El compás cambia: 3/8, 5/8, 3/8. Más adelante, son los vientos los que tratan de construir el segundo tema, esta vez con tresillos de corchea, también sin éxito. Finalmente, este aparece en el primer fagot, acompañado por los *pizzicatos* de los violonchelos, los contrabajos y las dos arpas.

El desarrollo se inicia con una polka, parodia del primer tema, interrumpida por un *fugato* de semicorcheas en la cuerda, que se precipita, devastando todo lo que encuentra a su paso. Agotada, la melodía se suspende en las flautas, pero pronto, sin dar tregua, los timbales crecen desde el *pianissimo* a los cinco *fortes*, y un acorde de los metales, con las doce notas del arco cromático, revienta el entramado armónico. La recapitulación expone los temas en orden inverso, el segundo, con un nuevo ritmo de marcha. Y el fagot, derrotado, cierra el movimiento.

Stiedry, se volvió hacia mí:

–Nunca había dirigido una obra tan potente, Dmitri Dmítrievich –dijo–. La instrumentación es lo mejor que he escuchado en mucho tiempo.

Los músicos de cuerda percutieron los atriles con los arcos en señal de aprobación.

La forma tripartita del *scherzo* se inicia con una célula de la viola, acompañada por los violonchelos y los contrabajos, que se repite a lo largo de todo el movimiento. El segundo tema se presenta con una escala descendente de las cuerdas en *fortissimo*. Dos golpes del timbal dan la impresión de que hay que comenzar de nuevo, pero las violas retoman la célula, para cederla luego a las otras cuerdas y al viento, en un último esfuerzo por conducir la corriente a un final afirmativo. Sin embargo, el movimiento termina de manera misteriosa. Y la percusión, igual que un reloj de arena, marca los segundos que faltan para llegar a una muerte cierta. La tonalidad, la forma, la orquestación están próximas a la *Segunda sinfonía* de Gustav Mahler.

Recuerdo la primera vez que escuché música de Mahler. Fui con Iván Sollertinski a un concierto en el que se interpretaba su *Séptima sinfonía* reducida al piano. Ese día, saltaron las alarmas. Dejé atrás muchas de mis convicciones, y otras, por el contrario, pasaron a ser sustanciales. Lo que más me gusta de Mahler es el contraste entre lo banal y lo sublime; esas tonadas y bailes campesinos que dan paso a melodías que incendian el cielo. Sus sinfonías abarcan el mundo, integran al ser humano en un universo complejo, en una danza continua de vida y de muerte. Mahler es mi hermano. Gracias a él siento que soy un peregrino al que siempre le estará permitido volver a casa.

El tercer movimiento de la *Cuarta* empieza con una marcha fúnebre a cargo del fagot. Música cínica, exaltada, calculada para emocionar y confundir al mismo tiempo. Se agregan las cuerdas y los metales, y el flujo crece hasta llegar a un apoteósico do mayor, seguido por un *scherzo* rápido, en do sostenido mayor, al que se añaden elementos escuchados anteriormente y que terminan por derrumbarse bajo el peso de los metales. Música callejera, frívola, trivial; valses en las cuerdas y las flautas, una polka iniciada por el fagot, más valses en los vientos, un galope en los violines, adiós nostálgico a una Rusia perdida para siempre.

No hay una, sino dos codas. La primera surge de un do mayor en calma. Cristalizaciones que aumentan su intensidad hasta estallar en los timbales sobre un coro de trombones y trompetas. En la segunda coda, abundan las referencias a otros compositores: la misma línea de los violonchelos y contrabajos que en el final de la *Patética*, de Tchaikovski; el mismo éxtasis armónico con el que se cierra *La canción de la tierra*, de Mahler; la misma tonalidad –de la oscuridad a la luz–, de la *Quinta*, de Beethoven.

Una tríada en do menor se congela en las cuerdas, el flujo se detiene y las voces se confunden en vibraciones apenas percibidas. Espera tensa. Silencio. Olvido. Y, al final, una flauta, rodeada por un bosque eterno en do menor, se enfrenta a la desesperanza, como último acto de desafío.

Cuando terminaron, me embargó un sentimiento de plenitud. Con la *Cuarta* había alcanzado la cima de mi arte. Aunque acabaran conmigo, mi obra permanecería. Y esa convicción, que no había experimentado nunca con tanta intensidad, me llenó de paz y de la humildad necesaria para aceptar lo que pudiera venir que, como pronto comprobaría, no iba a ser precisamente bueno.

El ensayo general estaba programado para el día siguiente a las tres de la tarde. Llegué con Isaac Glikman a la sala de la Filarmónica de Leningrado un cuarto de hora antes. El intendente, Rienzin, el secretario general de la Unión de Compositores, Iojelson, y un representante del Gobierno me estaban esperando. Iojelson me pidió que lo acompañara al despacho del director. Una vez allí, me dijo que mi sinfonía iba a ser retirada del programa. No querían recurrir a la vía administrativa y me aconsejaba que fuera yo mismo quien renunciase a la interpretación de la obra, aduciendo que, por las dificultades de la partitura y la imposibilidad de los músicos de resolverlas, no se daban las condiciones para presentarla en público.

Me revolví en el asiento:

–¡Jamás aceptaré eso! Si el Gobierno quiere retirarla, es responsabilidad suya.

–Hágame caso, Dmitri Dmítrievich –insistió él, a media voz–. Le ofrezco una salida digna. Después de lo ocurrido con *Lady Macbeth*, si las autoridades prohíben su sinfonía, y créame que están decididas a hacerlo, usted quedará en una posición complicada. Se entenderá como un acto de rebeldía, y las consecuencias pueden ser funestas. Reflexione. Sea prudente. Es el mejor consejo que le puedo dar. Mire, aquí tiene el documento que he redactado en los términos expuestos. No dude en firmarlo. Me ha costado convencer al representante del Gobierno de que acepte el acuerdo. Firme, por favor, es lo mejor para todos.

Cogí la pluma que me tendía. La mano me temblaba tanto que no reconocí mi firma cuando la vi sobre el papel.

Al salir del despacho del director, Glikman me estaba esperando. Sin necesidad de decirle nada, se dio cuenta de lo que había pasado. De hecho tuve la impresión de que él nunca había creído que la sinfonía pudiera estrenarse. Al ver que no reaccionaba a sus intentos de animarme, echó mano de mi punto débil:

–Tengo dos entradas para el partido que hoy juega el Dinamo de Leningrado contra el Dinamo de Moscú –dijo–. Si ganamos, nos pondremos líderes. Siempre me ha gustado el fútbol. En ese deporte encuentro las mejores virtudes: valentía, fuerza, habilidad, compañerismo, estrategia, capacidad de lucha. Por eso me agradó la idea de poner música a *La edad de oro*, mi primer ballet, cuyo argumento trata del enfrentamiento de dos equipos de fútbol: uno, comunista y el otro, fascista, en una ciudad europea no identificada. La música de *La edad de oro* rebosa energía, tiene rasgos parecidos a los de *La nariz* y su instrumentación es brillante. Las dos primeras representaciones fueron bien, pero, a partir de la tercera, el público se fue enfriando y acabaron por retirarla del cartel. La crítica también la recibió sin entusiasmo. Dijo que la coreografía era confusa y la música, inadecuada para la danza.

Cuando salimos del estadio, reconocí una voz entre la multitud que me llamaba.

–¡Mitia, estoy aquí! ¡Sí, aquí! ¿No me ves? ¡Aquí...! –exclamaba Meyerhold, desde lejos–. Os hemos dado una buena paliza. Tenemos que celebrarlo.

No lo había visto desde la función de *Lady Macbeth* en el Bolshói. Tenía mal aspecto: los ojos hundidos, manchas rojas en la cara y el pelo blanco y grasiento.

–El artículo de *Pravda* me pareció vergonzoso –vociferó Meyerhold, abriéndose paso–. Quería decírtelo personalmente. Vamos, te invito a una copa; conozco un buen bar que está cerca; tengo ganas de charlar contigo un rato; venga usted también, Isaac Davydovich.

–Me gustaría acompañarles, Vsévolod Emílievich, pero mi mujer me está esperando en casa –dijo Glikman, y se alejó.

Sentados a la barra del bar, la mala impresión que me había causado Meyerhold se acentuó: era incapaz de fijar la mirada y las manos le temblaban.

–Sé que te encuentras en una situación complicada, Mitia. Gorki, poco antes de morir, me dijo que había escrito a Stalin para defender *Lady Macbeth*, según él una de las mejores óperas rusas de todos los tiempos. Aseguran que su muerte se debió a causas naturales. No lo creo. Era demasiado popular y ya sabes por experiencia que Stalin no tolera eso. En cuanto a los otros miembros de nuestra profesión, están muertos de miedo, no se puede contar con ellos.

Una expresión de desaliento cruzó su rostro.

–Han cerrado mi teatro en Moscú –continuó–. Kaganóvich, el cuñado de Stalin, asistió a una representación; como era de esperar, la obra no le gustó y salió del teatro vociferando que iba a dar orden de precintarlo. Al día siguiente se presentaron dos funcionarios y cumplieron la amenaza. Me siento humillado, Mitia, pero todavía estoy libre, eso es lo que importa. Stanislavski ha puesto a mi disposición su compañía de actores. Necesito trabajar, es lo único que me da vida.

Se metió las manos en los bolsillos del pantalón como si buscase algo, ladeó un poco la cabeza y fijó la vista en un punto indefinido. Tenía sesenta y dos años; aparentaba muchos más.

–He hablado con Stanislavski; queremos montar *Un héroe de nuestro tiempo*, de Lérmontov –continuó, forzándose por demostrar optimismo–; nos gustaría que escribieses la música; si no puedes, se lo pediremos a Prokófiev.

–Hoy, antes del ensayo general de mi *Cuarta sinfonía* –dije–, se ha presentado un delegado del Gobierno y nos ha obligado a retirarla del programa. Las desgracias nunca vienen solas.

–Tenemos que aguantar, Mitia, es nuestra obligación.

–Sí, lleva usted razón, Vsévolod Emílievich, pero a veces es difícil.

–Cueste lo que cueste, tenemos que aguantar hasta el final. ¿Me has oído, Mitia? Apretemos los puños y demos un paso al frente. –Forzó una sonrisa desdeñosa; le costaba respirar–. Tengo que ir a la fiesta que me han organizado mis antiguos alumnos. ¿Por qué no me acompañas? Lo pasaremos bien.

–No puedo, Vsévolod Emílievich, debo regresar a casa y ocuparme de la niña.

–¡Pues entonces, brindemos! –exclamó, levantando su copa–. Por nosotros, Mitia. Somos dos leones, tenemos que resistir. –Se volvió a meter la mano en el bolsillo y extrajo una pistola. La blandió y dijo–: Si vienen a buscarme, se encontrarán con esto. Dos años después, lo detuvieron. Fue trasladado desde Leningrado a Moscú en el tren de las dos de la madrugada. Su primera confesión se consideró insuficiente, a pesar de haber dicho que había empleado en su teatro a destacados trotskistas y que se había relacionado con Bujarin, Kámenev, Radek y otros opositores al régimen.

Veinticinco días más tarde, por la noche, dos individuos –corrió la voz de que eran policías disfrazados– treparon por el balcón de la vivienda de Zinaida Reich, su esposa, e irrumpieron en su casa. La violaron y la apuñalaron en los ojos con la intención de desfigurarla, antes de huir con sus joyas. Ella chilló, pero ninguno de sus vecinos quiso socorrerla. Nadie se atrevió a entrar en el apartamento de Meyerhold, detenido y caído en desgracia.

Tiempo después, para advertirme de lo que me podría pasar si no seguía las directrices marcadas por el Partido, Lavrenti Beria, comisario del pueblo para Asuntos Internos, me dejó leer las notas que Meyerhold escribió durante su cautiverio.

Recuerdo parte de ellas.

«Los interrogatorios prosiguen. Las sesiones son interminables. Ayer, dieciocho horas. Hoy, catorce. Me tumban boca abajo y me golpean en las plantas de los pies y en la columna vertebral con una correa de goma. Después me sientan en una silla y me golpean la parte superior de los pies. Tengo las piernas cubiertas de hematomas de color rojo, azul y amarillo. El dolor mental es más fuerte que el dolor físico. Tirado boca abajo en el suelo, me retuerzo y aúllo como un lobo. De poco me sirven los descansos en la celda de una hora. Me despiertan mis propios gemidos. He descubierto que el miedo suscita terror y que este nos obliga a encontrar algún medio de autodefensa. La muerte es sin duda más fácil de sobrellevar que esto. He empezado a confesar lo que quieren que diga, con la esperanza de acabar cuanto antes.»

Meyerhold se retractó de su declaración, en la que había puesto en peligro a otras personas; una lista que incluía a Borís Pasternak, a Serguéi Eisenstein y a mí mismo. Escribió a Mólotov, en calidad de presidente del Gobierno, para asegurarle que su «confesión» le había sido arrancada por la fuerza.

Volvió a declararse inocente en el juicio. Lo condenaron y lo fusilaron al día siguiente.

Antes de morir, escribió:

> El pensamiento es solo un sollozo
> oscuridad
> me arrastro por el suelo
> la sangre se filtra dos centímetros en la tierra
> hay tanto silencio
> ni vida ni muerte
> la desesperación estrecha los labios
> los muertos se tomarán la revancha
> lo sé todo, lo recordaré todo...

5

Una casa junto al mar en Crimea

A veces pienso cómo habría sido mi vida si el mariscal Tujachevski no hubiera sido fusilado por orden de Stalin. Fue acusado de alta traición. Presentaron documentos de la Gestapo que demostraban que había pasado información clasificada al servicio secreto alemán. Nunca acabé de creerlo y confío en que alguna vez la historia demuestre su inocencia. Pero lo cierto es que Rusia se quedó sin su mejor estratega y yo perdí a un buen amigo.

Sí, fue después del fusilamiento del mariscal Tujachevski, el 11 o el 12 de junio de 1937, en los sótanos del Colegio Militar de Moscú, cuando el mundo se me vino abajo. Intenté hablar con su mujer, Nina Yevguenievna (una mujer de radiante belleza y simpatía), pero no me fue posible. Poco después, supe que también ella había sido detenida. Fue deportada y, años más tarde, fusilada.

A pesar de la gravedad de mi situación –habían arrestado a todos los amigos del mariscal–, trataba de aparentar buen ánimo delante de Nina y de madre, con el propósito de no hundirme en un aislamiento doloroso, aunque lo cierto es que me limitaba a intercambiar algunas frases insustanciales con ellas, sin tratar el asunto que nos atormentaba. A veces, me dominaba una angustia enfermiza; otras, por el contrario, me entregaba a una apatía similar al estado de indiferencia morbosa de ciertos moribundos.

Leía a Marco Aurelio: «El dolor es una representación viva del dolor; haz un esfuerzo de voluntad para modificar esa representación, recházala, deja de quejarte y el dolor desaparecerá». Su consejo no me servía. Los estoicos fueron hombres sobresalientes, pero su doctrina es contraria a la vida. Una doctrina que predica la indiferencia, el desprecio al dolor y a la muerte me resulta incomprensible; despreciar los sufrimientos significa despreciar la propia vida, sin tener en cuenta que la existencia se compone de sensaciones, de hambre y de frío, de ofensas, de pérdidas y de temor. En esas sensaciones se encierra la vida; se las puede considerar abrumadoras, odiar incluso, pero no despreciar. La lucha, el sufrimiento, la capacidad de reaccionar a los estímulos forman parte de nuestra condición humana.

La mayor parte del tiempo me dominaba un ardiente deseo de vida. Sin embargo, en ocasiones, viéndome de pronto en una sórdida taberna junto a una botella de vodka, me sumía en oscuras meditaciones que no tardaban en llegar a la posibilidad de acabar con mi vida. Una vez, me desperté al amanecer tirado en el suelo entre matorrales, junto a mi propio vómito, y no pude recordar cómo había llegado ahí. Por las noches, temblando, caminaba de un lado a otro sin poder contener las lágrimas y fijaba la mirada en la maleta que tenía preparada junto a la puerta por si venían a buscarme. El alcohol y el tabaco me calmaban, pero su consuelo duraba poco. Me dio por hablar de la mezquindad humana, de su depravación e hipocresía, de su existencia absurda, de lo maravillosa que sería la vida si no existiera la crueldad. Una retahíla de pensamientos deslavazados e incoherentes tópicos que, por viejos que sean, no han perdido del todo su vigencia.

Para salir de la depresión en la que me encontraba, decidí empezar una nueva sinfonía, la *Quinta*. Me levantaba de la cama cansado, con una sensación de sofoco. Con aspecto sombrío, los cabellos revueltos y la boca seca, caminaba mirando al frente, abría la ventana y fumaba, antes de ir al estudio, donde escuchaba con claridad la voz de la *Quinta*, que me indicaba el camino a seguir.

Como la situación no mejoraba, Nina y yo decidimos pasar una temporada en un balneario en Gaspra, cerca del mar. El tiempo era húmedo pero brillaba el sol, un lugar perfecto para recuperarme y trabajar en la nueva sinfonía. Paseos por la orilla del mar, conversaciones con Nina sobre cómo afrontar nuestro futuro, lecturas en voz alta de *Crimen y castigo* y *El pabellón número 6*, y, sobre todo, muchas noches en vela enfrascado en la nueva partitura.

6

El encuentro

Una de esas noches en Gaspra, en las que no podía conciliar el sueño, me levanté de la cama, fui a la habitación que utilizaba como estudio en el balneario, y cogí los papeles con lo que había compuesto el día anterior. Con los párpados pesados, me senté en un sillón junto al escritorio cuando, de pronto, me sorprendió un frío agudo, como si se abriera de golpe una ventana que dejara pasar el aire helado del exterior. Pero el frío no llegaba por la ventana a mi espalda, me atacaba de frente. Levanté la vista y me di cuenta de que no estaba solo. Sentado en la penumbra, a tres o cuatro metros de mí, se encontraba un tipo pequeño, más bien feo, de edad indefinida, con las piernas cruzadas. Tenía las cejas muy marcadas, una más alta que la otra, los ojos brillantes, negro, el derecho, verde, el izquierdo, y llevaba un bastón con la empuñadura de plata en forma de cabeza de caniche.

—Si quieres mi ayuda, insigne Dmitri Shostakóvich, deberás estar dispuesto a replantearte las cosas desde el principio —dijo, con voz desagradable—. No cuentes conmigo para otra cosa.

Me restregué varias veces los ojos, sin dar crédito a lo que veía, apreté los labios y mascullé palabras que ni yo mismo entendí. «Es extraño, debe ser producto de mi imaginación», pensé, y, apartando la vista del desconocido, volví a restregarme los ojos.

—Siento decirte que la obra que estás escribiendo no tiene mucho valor —dijo, con voz ahogada—. Vas a tener que empezar de nuevo.

Se detuvo y pasaron unos segundos antes de que volviera a tomar la palabra.

–Pero no quiero agobiarte. Si no te ves con fuerzas, tienes otra opción.

Debí de poner cara de no entender, porque soltó una sonora carcajada, mientras sacaba un revólver del bolsillo.

–Mira cómo brilla –dijo, chasqueando la lengua–, y si aprieto aquí –señaló el gatillo–, ya sabes lo que pasa. Está cargado. En el tambor hay seis balas y a cada disparo se introduce una en la recámara. –Ante mi expresión de incredulidad, continuó–: No lo he traído para asustarte; sé que eres un hombre valeroso, aunque a veces no lo parezcas.

Se volvió a meter el revólver en el bolsillo y cruzó de nuevo las piernas, mientras encendía un cigarro.

–Veo que empiezas a entender. En efecto, para eso que estás pensando lo he traído. –Y después de dar una profunda calada, me preguntó–: ¿No lo quieres? Está bien, te lo guardaré hasta el día en que todo esto –me guiñó un ojo e hizo un amplio gesto con la mano– empiece a resultarte aburrido. Podrás despedirte a la francesa, como a ti te gusta. Así demostrarás que no vas de farol, que no eres uno de esos que habla del suicidio con frecuencia, pero que es incapaz de actuar.

Se detuvo de nuevo y me miró fijamente. No sabía si el frío que sentía se debía a la baja temperatura de la habitación, o si me lo producía él, con objeto de hacerme temblar y que me diera cuenta de que lo que veía no era producto de mi imaginación.

–Ve a buscar un abrigo –dijo–. Tienes frío y nuestra conversación va a ser larga.

No me moví, a pesar de que el frío era cada vez mayor.

–Me resulta incómodo hablar mientras te rechinan los dientes.

Me levanté y fui a buscar una chaqueta de lana y una manta. Pensé en marcharme, pero estaba seguro de que no me sería fácil librarme de él, a lo sumo podría retrasar un poco la conversación, así que volví a sentarme.

–¿Qué te pueden reprochar si das el paso? –continuó él, sonriendo–. Te entiendo, créeme, pero no estoy de acuerdo con los sermones sobre el suicidio de tu amigo Zóschenko. Siempre pasa lo mismo con esos majaderos: con tal de llamar la atención, son capaces de vender a su madre. Imaginan cosas estrafalarias y después las presentan con toda seriedad. Tu amigo es un hombre de mundo, no vulgar del todo. Vivirá entre aspavientos, quejándose del hígado, de los riñones, del corazón, hasta que un día, con una palabra escéptica en los labios, saldrá pitando de este mundo sin despedirse. ¡Que el diablo se lo lleve!

Soltó una carcajada. Lo contemplé, molesto, mientras él permanecía oculto en la penumbra.

–Bien, dejemos eso, tenemos cosas más importantes de las que hablar. –Guardó silencio unos instantes, antes de continuar–: Que cada uno aguante su vela. ¿Es que acaso no se puede disfrutar de un poquito de libertad? Como en el colegio, ¿recuerdas?, cuando ya estaba decidido que ibas a repetir curso y no te llamaban a la pizarra; una vez asumido el disgusto, te sentías libre como un gorrión. Sí, ya sé que a ti no te pasó, eras buen estudiante, uno de los mejores, muchos te envidiaban; la envidia que provocas ha sido siempre tu mayor problema. Créate envidias y empieza a temblar, ¿quién dijo eso? Uno tiene que ser discreto, querido, no irritar al prójimo. Ir por la vida derecho, sin dejar de volver la vista atrás. ¿Crees que me contradigo? Me suele pasar. La audacia y la prudencia tienen que ir de la mano.

El símil de la vida escolar me divirtió; recordaba la placidez de la que disfrutaban algunos compañeros de clase durante el último trimestre, una vez aceptado que repetirían curso.

–¡Pero he venido aquí para hablar de tu música! –exclamó de pronto, como si no quisiera perder más tiempo–. Vamos con tu nueva sinfonía. ¿No me has llamado para eso?

Yo no tenía conciencia de haberlo llamado. Y, si bien es cierto que siempre escuchaba voces en sueños, que me daban instrucciones precisas para avanzar en las obras en las que andaba metido –el caso de *La nariz* era un buen ejemplo–, también lo es que en esa ocasión se trataba de algo diferente, o, por lo menos, esa era la impresión que tenía. A pesar de la calma que se respiraba en Gaspra, había pasado los últimos días aquejado de fuertes dolores de cabeza, con náuseas y accesos de bilis, como solía ocurrirme cada vez que me atascaba en el trabajo, y me atormentaba no saber hasta qué punto aquello que veía y escuchaba era producto de mi imaginación –me resistía a pensar que no lo fuera–, o, por el contrario, se trataba de una señal que debía atender. Mis elucubraciones se interrumpieron cuando el desconocido, que parecía haber adivinado mis pensamientos, me preguntó:

–¿Tú me ves?

Me moví inquieto.

–Sí, me ves –afirmó enérgico, dando a entender que ahora iba a hablar en serio–. ¿Y no sabes todavía quién soy? Me decepcionas. Permite que me presente diciéndote algo que estoy seguro de que te gustará: soy lo mejor de ti, aquello que todavía no eres, pero que puedes llegar a ser.

Hizo una pausa para volver a encender su cigarro.

–¿Vale la pena preguntar si existo? ¿Qué es la realidad? ¿Por qué no han de ser verdaderos los sueños y los delirios? Lo que te eleva, lo que aumenta tu fuerza es lo que cuenta. –Se rio con ganas–. Una mentira que estimula es siempre mejor que una verdad que esteriliza. Y añado que el genio necesita de la enfermedad, tú mismo eres un claro ejemplo de ello. ¿Cuándo te ha llegado mejor la inspiración sino en esos momentos en los que tu cuerpo y tu mente deliraban por la fiebre? El desequilibrio que produce la creación te hace ir más allá de la realidad, saltar de una cima a otra sin importarte el riesgo, algo que no le está permitido a una vida llena de salud que va arrastrando los pies por el suelo. Si sigues el camino que voy a proponerte, tus dolores, más fuertes que los de la sirenita, te llevarán a la cima de la creación. A mí también me gusta el cuento de *La sirenita*. Es el mejor de todos. Empecé a interesarme por tu caso desde el momento en el que de niño compusiste una obra sobre ella. Los dolores de la sirenita, que deja la cola para adquirir piernas de mujer, con objeto de conseguir al hombre que ama, solo un artista los puede entender, siempre oscilando entre la exaltación y la melancolía. ¿Existe algo más melancólico que la historia de *La sirenita*? Enarcó las cejas y, levantando un dedo con aire de preocupación, me preguntó:

–¿Qué es la música, hoy?

Confieso que en ese momento no tenía ganas de hablar sobre la música de los demás, aunque él no me dio oportunidad de plantearme la pregunta, ya que continuó:

–Una vez le pregunté esto mismo a otro compositor que temblaba de frío aún más que tú. Supongo que te interesará saber cómo se llamaba. Era un tal Adrian Leverkühn. Un tipo interesante, aunque demasiado encerrado en sí mismo; en todo caso, a pesar de que al final se vino abajo, creo que hice un buen trabajo con él. Pero dejemos eso. Te vuelvo a preguntar: ¿qué es la música, hoy? –Y al ver que yo permanecía en silencio, se respondió a sí mismo–: Un caminar sobre brasas encendidas. Componer se ha vuelto más difícil que nunca. El compositor se encuentra ante una encrucijada en la que las alternativas son múltiples. Tradición y modernidad deben ir juntas. No es posible empezar de cero. ¿Quieres ir más lejos? Vuelve la vista atrás. La tradición potencia a los visionarios. El arte emancipado por completo de la tradición lleva el canon de lo prohibido hasta sus últimas consecuencias y, al final, se encontrará en un laberinto del que no podrá salir.

Se iba enardeciendo como si dictase una clase magistral a un público de entendidos. Yo quería que hablara de mi sinfonía, pero él se demoraba, supongo que para provocar mi ansiedad.

–Los medios de la tonalidad, es decir la música tradicional, se deben tener en cuenta. El secreto está en mezclar tonalidad y atonalidad en un todo homogéneo. ¿Por qué vamos a prescindir de aquello que antes ha sido bueno? ¿Original? ¿Único? ¿Quién es tan necio para creerse eso? La originalidad no existe. Una vez escuché decir a un arquitecto catalán que la originalidad consistía en volver al origen, que él no quería ser moderno sino eterno. Tenía toda la razón.

El ardor que sentía en la cara era proporcionalmente inverso al frío que tenía en el cuerpo. Pero él, sin darme respiro, repitió, casi chillando:

—¡La originalidad no existe! ¿Quién es capaz de sacar algo de la nada? En todo caso, lo que se llama original es una categoría de hace cien o doscientos años, como el derecho de propiedad intelectual y otras sandeces. ¿Qué es la idea original en música? Unos pocos compases, a lo sumo. Todo lo demás es elaboración, incremento. La idea original recuerda con demasiada frecuencia a algo ya oído. ¿Qué hacer con ella?, desarrollarla, por supuesto. Pero una vez desarrollada, ¿sigue siendo original? Pongamos un ejemplo: el acorde de séptima disminuida al principio de la *Sonata para piano*, opus 111, de Beethoven, corresponde a la tensión que se produce entre la consonancia y la más extrema disonancia. Nadie había llegado tan lejos. Pero ¿es original? ¿Es que no se habían escrito antes infinidad de séptimas disminuidas...? ¿Quieres que te diga lo que pienso? ¿Estás preparado para escucharlo?

Asentí con la cabeza.

—La inspiración libre de dudas, una inspiración en la que todo sea dictado con el soplo que se lleva por delante el desaliento, la sublime inspiración que convulsiona hasta la mismísima médula, una inspiración así no puede darla Dios, que tanto aprecia el libre albedrío y la sobria razón, y sí, en cambio, «el gran entusiasta».

Encendió un nuevo cigarro y me miró con cierta dureza durante un buen rato, antes de continuar:

—Y ahora, hablemos de tu *Quinta sinfonía*. Será la última oportunidad que tendrás para salvar el cuello. No te darán otra. Hace poco leí una frase en un libro de un escritor italiano, que me gustó: «Si quieres que todo siga como está, es necesario que todo cambie». Esa es la clave, querido. Sé tú mismo y a la vez diferente. Impón tu fuerza, sobre todo tu capacidad de emocionar, actúa a favor de la extensión temporal que es la forma vital de la música. Sigue el *pathos* de los clásicos. En realidad, te ofrezco algo mejor: no lo clásico, sino lo eterno, lo imperecedero, lo que no ha sido puesto a prueba desde tiempo inmemorial.

Hizo una pausa que me resultó muy larga.

–Empieza tu *Quinta sinfonía* como Beethoven comenzó su *Novena*, en re menor, con un salto hacia arriba y otro hacia abajo: de una semicorchea a una negra, del si bemol al sol bemol, primero, y del fa al la, después. Será una declaración de principios que demostrará que has entendido y aceptas las críticas que han hecho a *Lady Macbeth*... ¿Por qué dudas? Tu situación es delicada, por eso la explosión de estos compases iniciales dejará claro cuáles son tus intenciones: expresividad, fuerza, equilibro, descarga emocional. Una emoción que estará presente desde el primero al último compás. Sí, amigo, de este modo superarás tus cuatro sinfonías precedentes y acallarás de una vez las voces que se levantan contra ti.

Me zumbaba la cabeza, los párpados me pesaban y el corazón me latía como un tambor. Quise levantarme y mover las piernas, pero me contuve al pensar que lo podría interrumpir.

–La exposición del primer movimiento será lenta –continuó–. La construirás según los principios de la forma sonata clásica. Constará de dos grandes áreas temáticas bien definidas: la primera, centrada en re menor, la segunda, en mi bemol menor. Con valores largos, los violines primeros introducirán el tema inicial, acompañados por la cuerda grave. El segundo tema se presentará también en los violines primeros, seguidos esta vez por los violines segundos y las violas: tres voces indecisas que buscarán la luz en medio de la oscuridad. De forma abrupta, el piano, los metales y la percusión iniciarán el desarrollo con una marcha que recordará la *Obertura 1812*, de Tchaikovski, y progresará en *tempo* y dinámica hasta alcanzar un clímax en el que se reunirán los motivos anteriores, sin dejar por ello que esa cima sea el final del movimiento, ya que las maderas retomarán el tema inicial como si caminaran por un espacio desierto. Y un solo enigmático de celesta cerrará el movimiento.

¿Quién me hablaba de ese modo? ¿Por qué se dirigía a mí en términos casi paternales? Me restregué de nuevo los ojos con la esperanza de volver a la realidad. Sin embargo, cuanto más recelaba, más consciente era de que sus consejos eran bienintencionados. Al comenzar la redacción de la nueva sinfonía, había decidido no doblegarme a las exigencias del Partido, si bien el peligro de no seguir la línea oficial me asustaba. Había momentos en los que quería desaparecer, borrar el pasado, renunciar al futuro. Vivía en un estado de ansiedad permanente y los días se prolongaban con una morosidad opresiva. Él, que podía leer mis pensamientos, me interrumpió, furioso:

–¡Deja ya de lamentarte! Pareces un chiquillo que corre a protegerse en las faldas de mamá. No es digno de ti. O, por lo menos, no debería serlo. –Hizo una pausa y con voz más templada, aunque aún enérgica, continuó–: Todos sufren la misma opresión y se quejan menos que tú. ¿No te permiten componer como quisieras? ¿Y si gracias a esa presión, acabas por componer mejor? Con el tiempo te darás cuenta de lo acertado de mi predicción, pero de eso hablaremos más adelante.

Tenía la boca entreabierta, pues aunque no estaba resfriado me costaba respirar por la nariz. Sus palabras martilleaban mi cabeza a contratiempo, lo cual me atormentaba. Y presa de una sensación de desorden mental en la que su voz se mezclaba con otras que no sabía distinguir con claridad, comencé a adormecerme, cuando él me recordó que no había acabado.

Me levanté y di una vuelta, evitando acercarme al desconocido; luego, volví a sentarme, sofocado por las rápidas palpitaciones del corazón.

–El segundo tiempo será un *scherzo* de proporciones mucho menores –continuó–. Humor ácido, respiración entrecortada, ironía melancólica de aquellos que no acaban de comprender el mundo. Sin embargo, aquí no necesitas mis consejos. Eres muy hábil en estos tiempos intermedios. Pero no lo prolongues demasiado. La parodia podría ser mejor si no fuera alarmante su aristocrático nihilismo. Una vez dijiste que la verdadera pasión se encuentra en la ambigüedad y la ironía, que nunca es más exaltada que cuando la incertidumbre es absoluta; me gustó tu reflexión, pero tampoco se trata de exagerar. Que este segundo movimiento sea un golpe de aire fresco, un paréntesis que permita tomar aliento antes de la agonía del tercero. Sí, de eso se trata: música callejera, frívola, trivial. Payasos que dan volteretas. Bailarinas que tropiezan al realizar sus giros. Equilibristas que se tambalean en el filo de una cuerda. Ambiente de feria. Baile de máscaras en el que presentarás personajes que esconden su tristeza en una banalidad incierta. Estornudos, empujones, muecas, requiebros, llantos histéricos que congelarán el momento. Contrabajos que saltan, violines que ríen, la tristeza pasajera de un clarinete, la llamada de las trompas, golpes del timbal, un vals en las maderas, una flauta que jadea, *pizzicatos* en las cuerdas, *glissandos* en un violín que tiembla. Aire, aire, aire antes de que el dolor llame a la puerta. Y junto a todos ellos, Mahler emergerá con fuerza.

Durante su exaltada exposición, no le presté la atención debida; como era en extremo perspicaz, se dio cuenta y me regañó; sin embargo, pronto siguió adelante.

–«Los que están muriendo deben cantar.» En este verso de Hölderlin se esconde la esencia de lo que será el tercer movimiento.

Permanecí en silencio. Él me aguantó la mirada unos segundos, antes de continuar:

–El *largo* de tu sinfonía tratará sobre el dolor. –Se echó a reír de forma extemporánea–. A veces me pregunto por qué el dolor está tan poco presente en tus obras. Parece que te dé miedo mostrarlo. Eres tímido, aunque no por eso… Perdona, lo sé, el cuarto acto de *Lady Macbeth* es una excepción. Si Stalin lo hubiera escuchado, es posible que ahora no te vieras en la situación en la que te encuentras. En todo caso, en este tercer movimiento hablarás del dolor de aquellos que sufren en silencio, será un réquiem sin voz por todos los muertos anónimos, un memorial a las víctimas del «gran jardinero», a todas las víctimas desde el principio de los tiempos.

»Desde la calma de un coral, el flujo aumentará hasta que los primeros violines entonen uno de los temas de la *Fuga en do menor*, de Bach. Siete notas ascendentes del arpa llegarán hasta la melodía de la flauta... –La silbó con una perfección endiablada y no pude evitar sonreír–. Trémolos en *piano* –continuó–, un oboe a lo lejos, dos golpes del xilófono, *vibrato* en la cuerda, *crescendo* hasta el *fortissimo* de los violonchelos... –Se levantó y empezó a cantar la melodía de los chelos con una afinación perfecta; luego, como si dirigiera una orquesta, agitó los brazos y dijo–: Los golpes de arco de los contrabajos al inicio de cada compás en *forte*. ¡Así! ¡Así! ¡Igual que bloques de piedra...! –Hizo una pausa y respiró hondo–. El dolor no podrá gritar más alto, hermano. Te aseguro que, en este punto, hasta los gélidos funcionarios del Gobierno romperán a llorar. Tu calor derretirá sus fríos corazones y el público se estremecerá antes de oír la llamada final de la celesta, acompañada por el arpa.

Me miró como si algo lo entristeciera.

–Perdona, la obra es tuya, yo solo estoy aquí para indicarte el camino. De ti depende si lo tomas o no.

Permaneció un largo rato en silencio. Parecía agotado. Apoyó la mejilla en el puño derecho y suspiró; tuve la sensación de que deseaba acabar cuanto antes.

–¿Sabes?, siempre me ha gustado el plagio –continuó–. Tú también tienes buena mano para eso. A mí me llaman «el gran plagiador»; mi fuerza proviene de asimilar la variedad del mundo, de sustraer sus elementos más ricos. El plagio es un arte supremo, por eso los mediocres no pueden aspirar a él. Si uno es capaz de robar sin vergüenza lo bueno que se ha hecho antes de él y reproducirlo, habrá entendido que la mejor creación convierte la voz en coro. Polifonía, querido, de eso se trata. Bach y Haendel se copiaron mutuamente mucho más de lo que se piensa; Beethoven presentó como propias obras que había plagiado a Haydn; cuando este se enteró, sonrió y le dijo: «Has hecho bien; ahora ya sé que tengo un heredero». Shakespeare robó las mejores ideas de Christopher Marlowe, hasta el punto de que algunos piensan que fue este quien, escondido en Italia después de que se le diera por muerto, escribió las obras del bardo. Cuando Wagner falleció en Venecia, Verdi, su eterno rival, compuso *Otelo* siguiendo al pie de la letra el sistema basado en los temas conductores del teutón. Los ejemplos son tantos que enumerarlos te aburriría.

No me sorprendieron sus palabras. El plagio es una práctica común en nuestra profesión. También el autoplagio. Nos repetimos para hacer nuestro trabajo cada vez mejor.

—Ya te he dicho que la originalidad no existe —insistió—. Nada es totalmente nuevo. Otra cosa bien distinta es que la forma preestablecida se ha vuelto hoy imposible. Desde hace cuatro siglos la gran música se ha complacido en presentar la unidad formal como un bloque compacto, confundiendo sus propias exigencias con los preceptos de una ley reguladora. La forma de la obra musical como elemento integrador está muerta. Eso se acabó, amigo mío. Pasó el tiempo de las convenciones previas y obligatorias que garantizaban la seguridad de cada uno. Pero acabemos con tu sinfonía; se va haciendo tarde. Reconocerás que te estoy dedicando no poco tiempo y mucha buena voluntad. No tengo inconveniente en reconocer que tu caso es interesante. Tu inteligencia y talento me llamaron la atención desde el primer momento.

Me di cuenta de que su aspecto había cambiado. Ahora se parecía a padre; tenía sus mismos rasgos distinguidos: pómulos altos, nariz pronunciada, labios finos y una boca que, al abrirse, descubría unos dientes muy blancos bajo el bigote de puntas inhiestas. Sin embargo, seguía llevando el mismo bastón con la empuñadura en forma de cabeza de caniche. A pesar del frío, no pude dejar de sonreír ante esta metamorfosis evocadora de la figura paterna.

–¡Debes salvar tu vida! –exclamó, con un destello súbito en los ojos–. Acabarás la sinfonía de forma apoteósica. Eso es lo que quieren. Y eso es lo que les darás. Un acorde de todos los vientos en re mayor, reforzado por los timbales, hará temblar la sala. La marcha de los metales avanzará con paso firme hasta alcanzar un solo de trompeta acompañado por la cuerda y las maderas. Entonces, el *tempo* se contraerá y los golpes del timbal, en *diminuendo*, anunciarán una sección tranquila donde la primera trompa destacará sobre los demás instrumentos. Después, los violines tensarán el flujo para dar paso a una nueva melodía de las flautas, con pequeñas intervenciones de los oboes y clarinetes. La coda deberá ser triunfal. Ni se te ocurra acabarla en tono menor. Te conozco y temo que quieras introducir alguna alteración en la armonía que desluzca el final. La rotundidad en este caso es necesaria. Piensa que los que te están amargando la vida solo atienden a los comienzos y finales, sobre todo a estos últimos; lo demás para ellos no cuenta.

Al componer la *Quinta*, me dejé guiar por sus consejos, excepto por este último. En lugar del si natural que habría confirmado el final feliz en modo mayor, introduje un si bemol que convierte el acorde en menor y produce una estridencia, perceptible si se escucha con atención. Sin embargo, en la noche del estreno, pasó totalmente desapercibida.

–Si sigues mis consejos te garantizo un éxito rotundo –continuó, sacudiendo la cabeza con satisfacción–. El público, puesto en pie, aplaudirá durante más de media hora. El director levantará la partitura y dará a entender que las ovaciones no le corresponden ni a él ni a los músicos, sino al autor.

En ese momento empecé a temblar. El fluido helado que emanaba de él era cada vez más intenso y, a través de la manta, me penetraba hasta los huesos. De mala gana le pregunté si no podría poner término a esa insoportable corriente.

–No, lo siento –repuso con una media sonrisa en los labios–. Me apena no poder complacerte. Soy frío y no lo puedo remediar. –Movió la cabeza, preocupado–. Y ahora, ¿quieres que te diga cómo están y por dónde van a ir las cosas?

Permanecí en silencio.

–De un sentimiento de inferioridad hacia Occidente ha surgido en Rusia una jactancia que exagera los logros del Estado. Todo lo grande se celebra. Hay fincas tan grandes que los trabajadores pasan más tiempo desplazándose por ellas que trabajando, proyectos descabellados como la excavación del canal del mar Blanco, a un coste de miles de vidas diarias, discursos que ensalzan al dictador de forma abyecta. Me irritan los dictadores, esos sátrapas como Stalin y Hitler, sedientos de gloria sangrienta. Ellos sí tienen asegurado un lugar de privilegio en el infierno.

»Los rusos sois un pueblo desgraciado. ¡Ni un segundo de libertad, después de siglos! Sojuzgados, abducidos, humillados... La culpa es vuestra, os agradan los grilletes. En el fondo, sois un pueblo de esclavos. Nunca habéis vivido de otra manera. Pero en cuanto suenan los tambores y se despliegan las banderas, vuestros corazones palpitan con fuerza. ¿De qué os ha servido la Revolución? ¿De qué, sustituir a los zares por Lenin y Stalin? ¿Son acaso mejores? Los cuatro jinetes del Apocalipsis campan a sus anchas. ¿Quién los detendrá? Al terror seguirá la guerra; habrá tanta hambre que las gentes saldrán de sus casas por la noche para buscar cadáveres humanos con los que poder alimentarse, madres enloquecidas al ver a sus hijos muertos, millones de vidas perdidas al son de una marcha implacable, millones de esclavos soviéticos que rezarán por su liberación a manos de los ejércitos de Hitler, millones de víctimas en los campos de concentración alemanes que aguardarán ser liberados por el Ejército Rojo como última esperanza. ¿Qué puedo hacer yo? ¿Cómo arreglar vuestros yerros? Sois una raza maldita que no tiene remedio. Destruiros, si ese es vuestro deseo, pero no contéis conmigo. No es fácil traspasar las puertas del infierno.

»Pero volviendo al tema que nos ocupa, has de saber que, si llegamos a un acuerdo, responderé de cuanto hagas. Tienes mi palabra. Tu música calentará los corazones, los hará vibrar de temor y gozo. Conseguirás dominar las dificultades de estos tiempos. Marcharás a la cabeza, invocarán tu nombre aquellos que, gracias a nuestra locura, la tuya y la mía, podrán ahorrarse ser ellos los locos. Pero ¿sabrás callar?, ¿serás discreto?, ¿dejarás que yo me ocupe?

–¿Qué quieres? –le interrumpí entre dientes, sin poder apenas despegarlos–. ¿Por qué vienes a ayudarme? ¿Cuál es el precio?

–¿Precio? No vayas tan rápido. En tu caso, lo que tengas que pagar, lo sabrás a su debido tiempo. De momento, considérame tu hermano, aquel que sabe hacer tres cosas: aconsejar, entusiasmar y esperar... Y hablando de consejos, aquí tienes los míos, te los doy gratis, para que luego no digas que actúo por interés.

»Quieres ser grande y no te falta ambición, pero sí la malicia que debe acompañarla. Para engañar al mundo, actúa como el mundo. Protégete en la apariencia. Que tu ser y tu parecer se confundan. Deberás aprender de la mariposa el arte de la simulación, que al desplegar las alas toma la apariencia de una hoja. Adáptate a las circunstancias por difíciles que sean. Que tus palabras nunca sean elocuentes, muéstrate cáustico, confuso, impredecible. Muévete entre el frío y el calor que derrite el hielo. Eres un músico, quien quiera saber de ti que en tu música te encuentre. Deja que el río siga su curso, la corriente va y viene, espera en tu lugar sin moverte. La frialdad, insisto, en tu caso es necesaria, mantente al margen, que no sepan si eres un genio o un loco, en eso deberás emular a los *startsy*; cuando los fieles llegaban a sus monasterios para pedirles consejo espiritual, ellos los desconcertaban con respuestas oscuras. "¿Qué habrán querido decir?", se preguntaban, y, dándole mil vueltas, se alejaban, circunspectos. El arte de sugerir sin decir nada concreto es exclusivo de los sabios. Sé amable, pero no te comprometas, que nadie pueda decir que cuenta contigo. Da con una mano, pero guarda la otra. Te envidiarán, mas no alimentes el fuego de tus enemigos. Al contrario, muéstrate hu-

milde, actúa con sencillez, el orgullo es siempre mal compañero, lo mejor es que no hables de tu obra, deja que sean otros los
que hablen de ella. Persigue lo que estimas, sin vivir como un
vanidoso de su propia estima. No es pecado agradar, que tu
música contente al pueblo, ¿por qué lo bueno tiene que ser
siempre patrimonio de unos pocos? Marchas, coros, polkas,
valses, canciones, cuartetos, sonatas, sinfonías, unidos en un
todo revuelto. Ahí estará tu secreto. Nadie te podrá igualar en
eso. No temas ser en los actos lo mismo que eres en el deseo,
pero piensa que al ardor del acto solo lo templan las palabras
frías. Que el éxito y el fracaso no te alteren; tus logros resis-
tirán el paso del tiempo. Tendrás tiempo de sobra, no te preocupes por eso. Tiempo fecundo, frenético. Tiempo sin dudas.
Tiempo de gracia que te permitirá prescindir de la admiración
ajena, y que, sin embargo, conseguirás en grado sumo. Así te lo
dice "el gran entusiasta", aquel que todo lo ve sin conmoverse.

Me leyó el pensamiento.

–No preguntes cuánto tiempo tienes, eso lo sabrás cuando
llegue el momento… ¿Insistes de nuevo? Tu insistencia resulta
impertinente. El tiempo no importa, lo que importa es la clase de
tiempo. Uno puede vivirlo de cualquier modo, como una bestia
o como un santo. Otro –y este será tu caso–, puede olvidar toda
claudicación, superarse a sí mismo, no solo sin dejar de ser él
sino siendo él mismo más que nunca.

En respuesta a mi expresión confusa, continuó:

–¿A qué esperas? Decídete de una vez. En cuanto me des tu
consentimiento, voltearé el reloj de arena y el polvo empezará a
escurrirse por la fina angostura; empezará nada más, digo,
lo que hay en el recipiente inferior no es nada comparado con lo
que queda arriba… ¿Otra vez? ¿Es eso lo único que te interesa
saber? Está bien, tú ganas, pongamos treinta y ocho años, a partir de hoy. ¿Te parece? ¿Para qué quieres más?, durante esa enor-
midad de tiempo habrás hecho mucho más que cualquier otro,
no solo en Rusia sino también en el mundo entero. Te lo repito:
tu música prevalecerá. Dentro de cien años –ya ves hasta dónde

llego– la gente acudirá a tus conciertos con objeto de descubrir el arrebato escondido en sus propios corazones. ¿Dónde estarán entonces los mandarines de la nueva música? ¿Lo sabes? ¿No...? Te lo diré: en bibliotecas polvorientas, a merced de aquellos que quieran conocer lo que pudo haber sido y no fue. No será tu caso. Me lo deberás a mí y a ese execrable devorador de hombres al que llamáis «el gran líder y maestro». ¿Sonríes? ¿Te estremeces? No lo hagas. Sin él tu música no habría sido la misma. ¿Qué, aceptas? ¿Doy la vuelta al reloj? Mira, ya está en movimiento. A partir de ahora, te quedan treinta y ocho años. Así lo hemos convenido.

Salir de Leningrado en plena guerra

Ahora que llego al final de mi vida, aspiro a la compasión de mis semejantes. Quiero exponerles que he sido víctima de unas circunstancias que superan toda resistencia humana. Son las cuatro de la mañana y los primeros indicios de la aurora tiñen el cielo. Todo está en calma. El silencio de esta noche cubre las voces, los años, los muertos; fragmentos de una misma historia, espiral de ecos, aire que se respira a trompicones, los recuerdos también respiran, enjambres de signos, sonidos, imágenes que apuntan de soslayo a aquel tiempo de guerra donde tuve que enfrentarme conmigo mismo.

Leningrado estaba sitiada. La atmósfera de guerra encajaba perfectamente con mi desasosiego. Pasaba mis noches en vela en el tejado del conservatorio para avistar con los focos la llegada de los bombarderos alemanes y los incendios que asolaban la ciudad. Recuerdo las colas interminables para obtener algo de comida, la escasez crónica de dinero, la desnutrición de mi familia y toda aquella letanía de hombres y mujeres corriendo por las calles para encontrar refugio donde protegerse cuando sonaban las sirenas. Fue en uno de esos días de hambre y frío cuando me vino a ver a casa la camarada Kalininkova, del Comité del Partido de Leningrado, para decirme con tono imperativo:

—Camarada Shostakóvich, debes marcharte con tu esposa y tus hijos cuanto antes. Aquí no podemos protegerte.

—Bueno, ya sabe…, mi misión no ha terminado, debo permanecer en mi puesto de guardia, no puedo abandonar a mis compañeros, dejar Leningrado en estos momentos sería una deserción.

–No insistas, camarada. Son órdenes del Partido. Saldréis mañana por la noche en un avión de carga desde el aeródromo de Piskarevskoye. Llevad poco equipaje, solo lo imprescindible.

–¿Y qué pasará con madre?

–En el avión no hay sitio para ella. La sacaremos en los próximos días.

–¿Seguro?

–Sí, no te preocupes por eso.

–¿Adónde nos llevan?

–A Moscú. Una vez allí, recibirás nuevas instrucciones.

–Pero...

–Hoy no vayas a tu puesto. No queremos que corras más riesgos. Debes acabar tu sinfonía cuanto antes en un lugar seguro.

Esa noche bombardearon el zoológico. *Betty*, una elefanta a la que mis hijos, Gálisha y Maxim, adoraban, resultó mortalmente herida. Jirafas, avestruces, leones, tigres, monos, martas cibelinas huyeron despavoridas por las calles. Desobedeciendo las órdenes recibidas, fui a la azotea del conservatorio para despedirme de mis compañeros. Una hoguera, a cada extremo de la plaza, arrastraba el humo hacia el Hermitage y el Palacio de Invierno. Vimos una nube de color rosáceo que se deshilachaba en medio del aire, como la primera nieve que surge de la nada. De pronto aparecieron aviones nazis que llegaban del sur; comenzaron a ascender y dio la impresión de que iban hacia el este. Entonces todo se oscureció y hubo una tormenta, la lluvia era tan espesa que parecía que los aviones volaran a través de una cascada; uno de mis compañeros se volvió hacia mí y me señaló algo con la mano, y, allí delante, pude ver las luces rojas de los cañones antiaéreos, mezcladas con los sonidos de las bombas lanzadas desde el aire y el estrépito de las sirenas.

El día de nuestra partida amaneció cubierto. Luego salió el sol. El fuego de metralla se intensificó a partir de las dos de la tarde. Nina preparaba las maletas. Los niños estaban inquietos. Teníamos poco tiempo.

–¿Por qué no puedo llevarme a la gata? –preguntó Gálisha a su madre, con ojos llorosos.

–Te lo he explicado mil veces, cariño, no insistas con eso.

–Pues entonces yo tampoco voy. Me quedo en casa con ella.

Salió corriendo con *Laila* en brazos. La fui a buscar.

–He hablado con tía Marusia –le dije, acariciando a la gata–. Se ocupará de *Laila* hasta que regresemos. No tienes que preocuparte. La tía tiene también un gato, ¿no?, ¿cómo se llama?

–*Max*.

–*Laila* podrá jugar con él; tranquilízate, seguro que estará bien.

–¿Adónde vamos, papá?

–A Moscú.

–¿Volveremos pronto a casa?

–No lo sé. Anda, ve a ayudar a mamá con las maletas. Tenemos que salir cuanto antes.

Oí gritos en el exterior, me precipité hacia la ventana; un obús había impactado en un camión, dos hombres estaban tendidos en el suelo. Nina miró a la calle, volvió sobre sus pasos, recogió unos zapatos y los metió en la maleta. Maxim lloraba. Gálisha le dejó la gata para que se tranquilizara. Nina cogió un abrigo del armario, lo metió en la maleta y lo volvió a sacar, con la cabeza encogida entre los hombros, parecía dudar. Gálisha le dio una cuerda y ataron una de las maletas. Maxim le trajo una silla plegable.

–Eso no, hijo, no cabe –le dijo su madre.

–Tengo hambre –dijo Maxim.

–Vete a buscar una manzana a la cocina y tráele otra a tu hermana.

–¿Le puedo dar un poco de leche a *Laila*? –preguntó Gálisha.

–Sí, claro, cariño, vamos, vamos, date prisa.

Me quité las gafas y las limpié con un pañuelo. Nina extendió las manos como si quisiera decirme algo. Su expresión era de incredulidad.

—¡Es imposible! ¿Me oyes, Mitia? No puedo meter todo esto. ¿No podríamos llevar otra maleta?

—Me han pedido que llevemos poco equipaje. El avión en el que viajamos debe de ser pequeño. Date prisa, tenemos que salir ya o no llegaremos a tiempo.

—No puedo ir más deprisa. Podrías ayudar.

—¿Qué quieres que haga?

—Nada... ¿Dónde está el coche?

—Lo tengo aparcado enfrente de casa.

—¿Qué vamos a hacer con él?

—Cuando lleguemos al aeródromo, pediré que lo guarden en un garaje.

—No lo volveremos a ver.

—Es igual, ya nos darán otro, no pienses en eso ahora, Nina.

—Recuerdo la ilusión que nos hizo cuando lo compramos con el dinero del premio Stalin.

—De eso hace mucho tiempo.

—Me gustaba conducirlo —dijo ella con un suspiro.

—Pues a mí me cuesta más desprenderme de las partituras. Solo me llevo el manuscrito de los tres primeros movimientos de la *Séptima*, el arreglo que hice para piano de la *Sinfonía de los salmos*, de Stravinski, y la partitura de *Lady Macbeth*.

—No los pongas en las maletas, Mitia.

—¿Por qué no?

—Es más seguro. Si perdemos las maletas, conservarás las partituras.

—Está bien, mi amor, como tú digas.

—Quiero llevarme el orinal de Maxim y la máquina de coser, pero no caben. Los tendrás que llevar en la mano.

—Serán un engorro, Nina.

–¿Y dónde crees que podrá hacer pis Maxim durante el viaje? La máquina de coser también nos será útil; llevamos pocas cosas, tendré que hacer ropa nueva.

Cinco de la tarde, otra alarma, quince minutos; había que salir ya, esperamos diez minutos más, todo parecía tranquilo; subimos al coche, tomamos la ruta a Piskarevskoye, izquierda, derecha, otra vez a la izquierda. La ciudad estaba desierta, un obús había impactado en un tranvía en la calle Rastannaya y sus restos se esparcían diez metros a la redonda.

Nina conducía despacio.

–¿No podrías ir un poco más rápido? –le pedí.

–No, no puedo; haz algo con los chicos, están muy nerviosos.

Cantamos la marcha del primer tiempo de la *Séptima*: yo tarareaba la melodía y ellos marcaban el ritmo de la percusión. Nina sonreía, era la primera vez en muchos días. Al llegar al aeródromo, un soldado nos dijo que bajáramos del coche y fuéramos a pie hasta el avión. Se llevó el coche.

–No lo volveremos a ver –repitió Nina entre lágrimas.

Subimos a bordo de un PS-83 de carga: era un aeroplano pequeño, viejo, solo había espacio para nosotros y tres pilotos, el suelo era de madera, en vez de asientos había cajones; uno de los pilotos, con la nariz colorada, nos dijo que las cajas contenían material inflamable, que nos sentáramos sobre las maletas; si no hay contratiempos, añadió, llegaremos a Moscú dentro de dos horas. En la parte superior del avión había una torreta acristalada donde montaba guardia otro de los pilotos, el más joven, casi un crío; nos dijo que si nos hacía una señal con la mano, nos tirásemos al suelo. Despegamos. La luna tenía un color rojizo, como de sangre. Miré el reloj: las siete menos cuarto. Oímos sirenas. Nueva incursión aérea. A medida que el avión iba ganando altura, empezamos a ver destellos en tierra.

–¿Qué son esas luces, papá? –me preguntó Maxim.

–Los alemanes nos están disparando.

–No asustes al niño –dijo Nina.

–¿Yo...?

—Vamos a la Luna —dijo Maxim.

—Eres tonto. A la Luna no se puede ir —le dijo su hermana.

—Apoyaos en mí e intentad dormir un rato —les pidió Nina.

—No tengo sueño, quiero seguir mirando por la ventana —dijo Maxim.

—Deja de empujarme, Maxim, me voy a caer al suelo —gruñó Gálisha.

—Eres tú quien me empuja.

—Yo no te empujo.

—Estaos quietos de una vez —les dijo Nina.

—¿Adónde vamos, papá? —me preguntó Gálisha.

—A Moscú.

—¿Estaremos mucho tiempo?

—¡Mirad, mirad! ¡Las luces se ven cada vez más cerca! —exclamó Maxim—. Esa ha estado a punto de chocar contra el avión.

—No te preocupes, sabemos cómo esquivarlas —le dijo a Maxim el encargado de vigilar desde la torreta—. Es la lucha por Leningrado. Cuando seas mayor estarás orgulloso de haberla visto.

Aterrizamos en el claro de un bosque a las afueras de Moscú; los pilotos talaron varios árboles y camuflaron el avión con ramas y follaje; Gálisha y Maxim querían ayudarlos, pero no les dejaron; la operación duró más de una hora. Pasamos el resto de la noche en una pequeña cabaña; estábamos tan cansados que el suelo de la choza nos pareció el mejor de los colchones. A la mañana siguiente nos llevaron a Moscú.

Quince días en el hotel Moskva, junto al Kremlin y la Plaza Roja. Stalin celebraba allí sus cumpleaños; enormes murales, hoces y martillos, trabajadores erguidos con los puños en alto, corredores interminables, habitaciones a uno y otro lado, ocupadas por dignatarios extranjeros y refugiados prominentes. Pensaba en madre, no debería haberla dejado en Leningrado, era casi una anciana, no aguantaría mucho tiempo. Hablé con un delegado del Partido.

—No se preocupe Dmitri Dmítrievich, nos ocuparemos de ella —me dijo.

–Eso mismo me aseguraron en Leningrado, ya debería estar aquí –le dije.

–Sí, sí, no se preocupe –repitió el delegado.

–No abandonaré Moscú hasta que la traigan, ¿me ha comprendido?

–Sí, sí, no se preocupe –repitió el delegado por tercera vez.

Gálisha y Maxim correteaban por los pasillos, les llamaron la atención.

–Tendríamos que comprar nuevos juguetes a los niños, los suyos se han quedado en casa –me dijo Nina.

–Yo quiero una muñeca, la llamaré Laila, como la gata –dijo Gálisha.

–Y yo, unos patines –añadió Maxim.

–Pero si tú no sabes patinar –le dijo Gálisha.

–No importa, papá me enseñará.

Mi amigo, Aram Jachaturián, vino a verme al hotel. Era un hombre grueso con puños de hierro (una vez me propuso boxear con él y no le aguanté ni un asalto), valiente, generoso, buen compositor. Lo recuerdo terso de cara, pálido como una sábana, sentado en las primeras filas del Bolshói, cuando estrenaron mi *Sexta sinfonía*. Al acabar el concierto, me dijo que Hitler había planeado aislar Leningrado con una valla electrificada, no sé de dónde lo había sacado porque entonces la guerra no había comenzado. También estaba con él, años después, cuando oímos por radio que los americanos habían detonado dos bombas atómicas sobre Japón y habían matado a cientos de miles de personas.

Jachaturián se acercó a mí precipitadamente y, abrazándome y dándome tres sonoros besos, exclamó:

–¡Dmitri Dmítrievich! ¡El gran Dmitri! Así te llaman todos. Bueno, no todos. –Volvió a abrazarme, pero esta vez sin besos–. Quería verte antes de que nos manden Dios sabe adónde. Sé que estás componiendo una nueva sinfonía; todo el mundo habla de ella.

–Es la *Séptima*, se la voy a dedicar a Leningrado.

–La guerra te va a hacer más famoso de lo que ya eres. En cuanto a mí... –Se interrumpió unos segundos–. He venido para que me la toques. Quiero ser el primero en escucharla. ¿La has terminado?

–Solo los tres primeros movimientos.

–¿Y el cuarto?

–No he pasado de los primeros compases; un desastre, no puedo decirte otra cosa. Una de las salas del hotel tiene un piano bastante decente. Vamos, quiero saber qué te parece.

–¿Y la partitura?

–No la necesito.

–Eres increíble, Dmitri Dmítrievich. No hay quien pueda contigo.

–Espero que el piano esté disponible. Hay un coronel que no deja de aporrearlo.

La sala estaba vacía. Subí la tapa del piano y ajusté el taburete (el coronel era mucho más alto que yo). Jachaturián, de pie, a mi lado, aguardaba impaciente; carraspeó dos o tres veces y me pidió que comenzara. Ataqué los primeros compases. De pronto sonaron las sirenas.

–Perdona, Aram Ilích, tengo que llevar a Nina y a los niños al refugio del hotel. Espérame, ahora mismo vuelvo.

–Las alertas aquí son frecuentes, aunque suelen durar poco. ¿Tienes miedo?

–Sí, pero es mayor el interés que tengo en tocarte la sinfonía.

–No tardes. Ya sabes... No sé si es muy prudente.

En el refugio me abordó el director del hotel:

–Dmitri Dmítrievich, le ruego *encarecidamente* que no toque el piano durante las alarmas.

–¿Yo...?

–Como usted comprenderá, es un mal ejemplo para los demás huéspedes.

–Sí, sí, entiendo. Pero tengo que trabajar.

–Parece que se toma los bombardeos a risa, y eso no puedo consentirlo.

–Disculpe, no volverá a pasar, se lo prometo.

Salí del refugio corriendo con la esperanza de encontrar a mi amigo. Estaba tumbado en un sofá con los ojos cerrados y la boca abierta. La luz de la ventana recortaba sus facciones; abrió los ojos y sonrió con una expresión bondadosa. Interpreté para él los tres primeros movimientos de la sinfonía e improvisé alguna idea del cuarto; me era imposible trasladar las más de veinte voces de la orquesta al piano; cuando terminé, Jachaturián me pidió que repitiera algunos pasajes del primer movimiento; después, se quedó largo rato en silencio y, frunciendo el ceño, acabó por decir:

–¡Ah, maldición de Judas! Si fueras una criatura humana de verdad y no un brujo, despertarías menos envidias. Ese es tu problema, Dmitri Dmítrievich, pero no te das cuenta, piensas que todos son igual que tú, y no lo son, amigo mío, no lo son. –Se interrumpió y tocó unos cuantos acordes de la sinfonía–. ¡Por los clavos de Cristo! ¡Bien hecho! Los vas a dejar con la boca abierta. –Volvió a tocar–. Es compleja, audaz, valiente. No trato de adularte. Ya me conoces, no me cuesta reconocer el mérito ajeno. Me gusta sobre todo el primer movimiento, el largo desarrollo que sigue a la exposición. ¿Cuántas repeticiones tiene la marcha?

–Doce.

–La idea es genial, pero no es tuya.

–Lo sé, es de Ravel.

–Has plagiado descaradamente el *Bolero*.

–Me gusta eso de *descaradamente*. Así no habrá dudas.

–¿No te preocupa que te critiquen por ello?

–En absoluto. Siempre he defendido el plagio. Lo hacemos todos.

–Unos más que otros, ¿no crees?

–En todo caso, es así como yo veo la guerra.

–La marcha del Ejército nazi, la invasión…, ¿es eso?

–Sí, es eso.

–Será un éxito grandioso, Dmitri Dmítrievich. Las repeticiones agradan al público. Repetir machaconamente despierta el apetito, por así decir.

–Aquí, creo que funciona.

–Funciona, ya lo creo que funciona. Y que Ravel te perdone. ¿Me dejas preguntarte una cosa?

–Claro.

–¿La primera idea, aquella que genera todo lo demás, te llega consciente o inconscientemente?

–En mi caso suele ser inconsciente, por eso espero con impaciencia el momento de irme a la cama y entrar en la gruta de mi hermana, *la bruja*.

–¡La bruja y el brujo…! ¡Vaya par de granujas estáis hechos! Tu hermana se muestra más generosa con unos que con otros.

–No empiezo a escribir hasta tener la obra en la cabeza.

–Sí, ese es un proceso largo y complicado.

–Luego la paso al papel y no puedo detenerme. En ocasiones desconfío del resultado, lo que es desagradable. –Encendí un cigarrillo y di dos caladas antes de añadir–: He compuesto los tres primeros movimientos muy rápido, apenas una o dos semanas para cada uno. La guerra me ha servido de inspiración. He querido describir el dolor, el coraje de nuestra gente, dar esperanza, enfatizar que la victoria es ahora lo único que importa. ¿Entiendes lo que digo? A mí me resulta confuso, pero soy incapaz de expresarme mejor.

–Ni falta que hace; tu música habla por sí sola.

–Al principio pensé que tendría un solo movimiento con un coro final en forma de réquiem dedicado a los caídos en combate. Pero me di cuenta de que no era eso lo que quería, así que volví al esquema clásico de cuatro movimientos: «Guerra», «Recuerdo», «La inmensidad de la patria» y «Victoria». Sin embargo, acabé por descartar los títulos. En la *Séptima* hay obcecación, crueldad, desbordamiento, desenfreno, igual que en la guerra. Ya sabes, ahí no hay término medio: ganas o pierdes. Y esta vez, tenemos que ganar.

–¿Ganar para que siga Stalin…? –Se detuvo unos segundos sin dejar de mirarme–. A mí, como a ti, me duelen las víctimas de Hitler, pero me duelen aún más aquellos que han sido torturados y asesinados por orden de Stalin. Cuando pienso en mis amigos desaparecidos o muertos, siento un odio infinito.

–De ese odio habla mi *Cuarta sinfonía*, una obra prohibida que nadie escuchará. La suerte que tenemos los músicos es que podemos enmascarar nuestros sentimientos detrás de las notas. La música no habla de forma explícita pero a través de ella puedes decirlo todo.

–Lo que hace unos días era considerado alta traición, hoy se puede decir bien alto desde la Plaza Roja. Hay tal caos que nadie te presta atención. Corren rumores. Se dice que pronto detendrán a Stalin, que va a haber un golpe de Estado, que los hitlerianos están a pocos kilómetros de Moscú.

–¿Un golpe de Estado? El mariscal Tujachevski, según dijeron, lo intentó, y ya sabes cómo acabó.

–También se comenta que están quemando registros del Partido, listas de miembros, cartas anónimas de denuncia, actas de reuniones, secretos de Estado. En los vertederos de basura, la gente encuentra bustos y retratos de los líderes, insignias, diplomas, carnets del Partido, libros marxistas-leninistas, cualquier cosa que pueda llamar la atención a los alemanes. Ah, y han empezado los saqueos, eso sí que lo he visto.

–Llevo pocos días aquí y no sé nada, pero en Leningrado la gente lucha con uñas y dientes para defender su ciudad.

–¡Hay un abismo entre Leningrado y Moscú! Aquí, cuando la sangre entra en ebullición, hace mal tiempo, y en cuanto esto sucede, aparecen todo tipo de chiflados. Hum… ¿No me crees? En Moscú solo hay burócratas, chupatintas que se asustan como conejos en cuanto oyen la primera alarma. Además, Stalin ha descabezado al Ejército. El primero en caer fue tu amigo Tujachevski, después ha ido fusilando a todo aquel que tuviera cierto prestigio y lo pudiera ensombrecer. Hasta ese punto está inseguro. Ese es su problema, y el nuestro. De los generales que lucharon contra Franco en España no queda ninguno. Eran militares con años de experiencia que podrían haberle parado los pies a Hitler, cosa que no saben hacer estos imberbes que están hoy al frente de nuestras Fuerzas Armadas. Un paseo militar alemán, eso es lo que tenemos. Y mientras tanto, nosotros aquí, esperando a ser evacuados. Es descorazonador... Pero hablemos de tu sinfonía. El segundo tiempo me ha parecido casi espectral; es el que menos me ha gustado.

—Es un *intermezzo* que carece de programa y de la fuerza del primer movimiento. Apenas dura diez minutos. Tiene algo de humor, ya sabes que no puedo prescindir de eso. Shakespeare conocía el valor del humor en la tragedia; sabía que no se puede mantener la tensión continuamente. Pero me interesa conocer tu opinión del tercer movimiento. Creo que es el mejor.

—Prefiero el primero, aunque el tercero también es magnífico. Me agrada su forma rondó, el coral del comienzo, que he imaginado con el sonido de un órgano, el contraste de los episodios de danza lenta..., ¿quién los toca?

—La madera.

—Me lo figuraba. A veces pienso que los únicos compositores soviéticos que sabemos instrumentar somos tú y yo.

—¿Y Prokófiev?

—Prokófiev es un gran compositor, pero no sabe instrumentar.

—Deja eso ahora y continúa, por favor.

—No conozco un caso como el tuyo, Dmitri Dmítrievich. Eres incapaz de criticar a nadie. Estás siempre en las nubes. Pareces un personaje de Dostoievski. A menudo me recuerdas al protagonista de *El idiota*.

—No es la primera vez que me comparan con el príncipe Myshkin. Pero sigue, por favor; o mejor, vayamos a mi habitación y sigamos allí. Hace rato que han dejado de sonar las sirenas, Nina y los niños ya deben de haber vuelto.

8

En tren hacia Kúibyshev

Estación de Kazán en Moscú. Diez y media de la mañana. Trece grados bajo cero. Viento racheado. Fuego de artillería a lo lejos. En el exterior, contenían a la multitud a golpe de bayoneta. Los andenes estaban cubiertos de nieve. Por los altavoces se anunciaba la salida del tren a Kazán, Kúibyshev, Taskent, Alma-Ata, Novosibirsk… Una luz cenital recortaba las siluetas: refugiados venidos del frente, diplomáticos y extranjeros que abandonaban Moscú, heridos de guerra con muletas, escritores, músicos, cantantes, bailarines del Bolshói…; empujones, codazos, gritos, disculpas, nervios, montones de maletas, cajas, baúles, bultos…, un orinal y una máquina de coser.

–¿Es ese nuestro tren, Mitia?

–Sí, eso creo.

–¿En qué vagón vamos?

–No lo sé. Ya nos lo dirán.

–¿Cuándo?

–No lo sé. Todos deben de estar igual de perdidos que nosotros.

–Ayúdame con las maletas, Mitia, no puedo yo sola.

–¿Y qué hago con el orinal y la máquina de coser?

–Déjalos en el suelo.

–A ver si se despeja un poco el andén.

–Subamos –dijo Nina, cada vez más nerviosa.

–Hay demasiada gente. Esperemos un poco.

–¿Adónde nos llevan? –preguntó ella, con un suspiro.

–A Kúibyshev, Taskent, Novosibirsk… Deberemos decidir sobre la marcha.

–¿Podemos escoger?

–Sí.

–¿Qué crees que es mejor?

–No lo sé.

–Nunca sabes nada, Mitia.

–¿Yo…?

–Mamá, tengo pis.

–Ahora no, Maxim, aguántate un poco.

–Estábamos mejor en casa, con *Laila*.

–No te quejes, Gálisha, y no sueltes la mano de Maxim –dijo Nina.

–Me están empujando.

–Y a mí, también. No sueltes a tu hermano.

–Veo a Karen, el sobrino de Jachaturián –dije, levantando el orinal–; es un chico despierto, voy a pedirle que nos eche una mano.

–No me dejes sola con los niños, Mitia.

–Es un minuto.

–Hazle una señal.

–Con toda esta gente no me verá.

–Ay, Mitia, qué torpe eres, ya le llamo yo.

–¡Karen! ¡Karen…!

Se acercó a nosotros.

–Qué lío, Dmitri Dmítrievich. Todo el mundo está como loco. He venido a acompañar a mi tío. Ya está en el tren. ¿Necesitan ayuda?

Nina, de pronto, pálida:

–¿Dónde está Maxim…?

–Lo tenía agarrado de la mano, pero se ha soltado –dijo Gálisha, antes de echarse a llorar.

–¿¡Cómo que se ha soltado!? –exclamó Nina–. ¿Eres idiota? Te dije que no lo perdieras de vista ni un segundo.

–Rápido, vayan a buscarlo, el tren está a punto de salir –intervino Karen Jachaturián–. Yo me quedo aquí con la niña, vigilando las maletas.

–No puede estar muy lejos –le dije a Nina, tratando de calmarla.

–¡No empuje! –dijo ella a un tipo gordo con la cara colorada.

–Perdón, señora –se disculpó él–. Con tanta gente es imposible avanzar.

–¡Vayan, vayan! El tren está a punto de salir –dijo Karen Jachaturián, cada vez más nervioso.

Después de dar varias vueltas cada uno por su lado, Nina y yo nos volvimos a encontrar.

–No lo veo –dijo ella, fuera de sí–. Cuando lo encuentre, te juro que lo mato. Seguro que está tan pancho, hablando sabe Dios con quién.

Sí, Maxim estaba cerca, jugando con otro niño, acompañado de un señor mayor. Karen nos ayudó con las maletas. La gente se abría paso a empujones. Al llegar al tren nos impidieron entrar. Un individuo con labios de avestruz gritaba a voz en cuello: «¡Este vagón es solo para miembros del Bolshói!». Karen intentó convencerlo de que nos dejase pasar, pero el hombre se resistía. Íbamos a perder el tren. De pronto apareció el compositor Dmitri Kabalevski, se encaró al empleado y vociferó:

–¿Y usted, quién diablos se ha creído que es? ¡Deje pasar a Shostakóvich y a su familia si no quiere tener problemas!

Nos apretujamos en el vagón, junto a bailarinas, cantantes y músicos del Bolshói. Vi a Tijon Jrénnikov, uno de los compositores favoritos del Kremlin, cuya *Canción de Moscú* había ganado el premio Stalin ese año. No nos saludamos. Se había mostrado a favor de la ejecución del «mercenario fascista» Tujachevski y había escrito un artículo sobre *Lady Macbeth* en el que afirmaba que los entreactos eran lo peor que había escuchado en mucho tiempo.

–Está todo lleno, Mitia, no creo que encontremos asiento –dijo Nina.

–Quizá en otro vagón haya alguno libre.

–Vete a ver, yo te espero aquí con los chicos.

–Mamá, tengo pis –dijo Maxim, con la cara congestionada.

–¿Dónde está el orinal? –me preguntó Nina.

–¡¿El orinal?! –exclamé, llevándome las manos en la cabeza–. No lo sé. Debo de haberlo dejado en el andén.

–¡Por Dios, Mitia! Todo el día a cuestas con él y ahora… Es igual, voy a ver si encuentro el baño, mientras tú buscas un lugar para sentarnos.

–¿Y qué hacemos con las maletas?

–Dejémoslas aquí. Es gente conocida, no les pasará nada.

Los otros vagones estaban igual de llenos. Al final del cuarto –el nuestro era el séptimo–, vi a Jachaturián sentado, fumando un cigarrillo.

–Ah, eres tú, Dmitri Dmítrievich. ¡Un día de perros! ¡Casi pierdo el tren! De no ser por mi sobrino, no sé qué habría pasado.

–Sí, a nosotros también nos ha ayudado; es un chico estupendo.

–¡El diablo sabe cómo acabará todo esto! ¿Adónde vais?

–No lo sé aún. Los destinos mejores son Kúibyshev, Taskent y Novosibirsk, según dicen.

–El primero está a mil kilómetros; los otros, a dos mil. Me temo que el viaje va a ser condenadamente largo. Paciencia, amigo, no nos queda otra.

–La Orquesta del Bolshói va a Kúibyshev.

–Es un pueblo de mala muerte. –Me miró con ojos bondadosos–. Perdona, me coges en mal momento, no sabía si iba a poder subir al tren. ¿Dónde has dejado a Nina y a los niños?

–En el cuarto vagón. Estoy buscando un lugar para instalarnos.

–El tren está lleno. Podéis venir aquí. Con mucho gusto dejaré mi asiento a Nina. Tú y yo nos podemos sentar en el suelo.

–Te lo agradezco, Aram Ilích –dije, bajando los ojos–. Me quitas un peso de encima. La verdad es que no sabía qué hacer.

–Vete a buscarlos. Es mejor que traigas también las maletas, con todo este lío, más vale prevenir.

Regresé entre codazos y empujones; desde lejos, oí gritar a Nina:

–¿Dónde están nuestras maletas? ¿Quién es el ladrón? ¡Vamos, devolvédmelas!

Tintineo de una campanilla y a continuación, otro.

–¡Mitia, nos han robado las maletas! No he tardado ni cinco minutos en ir al baño con los chicos y al volver ya no estaban. ¡Tienen que haber visto quién se las llevaba! –Una mujer que nos observaba de reojo se cubrió la cara con un pañuelo–. ¿Qué vamos a hacer?, la ropa de los niños, la nuestra, las provisiones para el viaje, todo estaba en… –Se interrumpió y miró a su alrededor–. ¡Nadie sabe nada! ¿Lo puedes creer? ¡Qué vergüenza!

–Alguien se rio. Nina volvió la cabeza–. ¿Qué os hace tanta gracia, malditos?

Un joven pelirrojo, con patillas como chuletas, se abrió paso hasta nosotros. Su aspecto me resultó sospechoso.

–Yo he visto quién se las llevaba –dijo–. A río revuelto… ¡Je, je!, ya saben. El tío ha tenido suerte, no creo que lo volvamos a ver. ¡Je, je! Las lágrimas del mundo son inmutables. Cuando el gato se divierte, el ratón llora.

Nina, furiosa, le dio un violento puntapié en la tibia; el joven pelirrojo se echó para atrás y se alejó cojeando y aullando de dolor.

–¡Bien hecho, Nina! –le dije.

–Mamá es muy valiente –dijo Gálisha.

–Sí que lo es.

Teníamos dos opciones: dar vueltas por el tren, con la posibilidad remota de encontrar al ladrón, o ir al cuarto vagón, donde nos esperaba Jachaturián. De momento, era mejor la segunda; después, ya veríamos.

–¡Siéntate, siéntate, y los niños que se sienten contigo! Deben de estar muy cansados –le dijo Jachaturián a mi mujer, una vez enterado del robo–. Los delincuentes campan a sus anchas estos días. El diablo sabe cuándo acabará todo esto… ¿Quieres una manta, Nina? El viaje va a ser largo. Tengo algunas cosas que os pueden servir. Yo no las necesito. Así no tendré que cargar con tanto peso. –Me miró con aprensión–. Vamos a inspeccionar el tren, Dmitri Dmítrievich, a ver si encontramos a ese canalla. No creo que ande muy lejos. El tren todavía no ha parado. Con un poco de suerte, recuperaremos vuestras maletas.

El corazón me dio un brinco.

–¡Mis partituras! –exclamé, volviéndome hacia Nina.

–¿Qué dices...? ¿Estaban dentro...?

–Sí.

–¡Por amor de Dios, Mitia, te dije que no las llevaras ahí!

–¿Qué pasa, mamá? –preguntó Gálisha, asustada.

–Papá ha perdido su música.

–No importa, tiene más.

–Sí importa, hija, importa mucho –dijo Nina.

Jachaturián permanecía en silencio, con el ceño fruncido.

–¿Qué partituras eran esas? –me preguntó.

–Los tres movimientos de la *Séptima*, el manuscrito de *Lady Macbeth* y la transcripción de la *Sinfonía de los salmos*, de Stravinski. Las envolví con una tela en una de las maletas.

–¡Ah, sálvanos Reina de los cielos! –exclamó Jachaturián, con la cara traspuesta–. Vamos, vamos, no podemos perder ni un minuto; el tren parará en la próxima estación. Si el ladrón sale, despídete de ellas.

Recorrimos los vagones, preguntamos, nadie sabía nada, nos separamos, buscamos cada uno por su lado; el tren se paró en una estación; bajé al andén; desde lejos vi a un individuo descender con unas maletas parecidas a las nuestras, no estaba seguro, fui hacia él... De pronto, oí cómo Jachaturián me llamaba a voz en grito:

–¡Dmitri Dmítrievich, sube, rápido, rápido, las he encontrado!

Miré al frente, el tipo con las maletas había desaparecido. Subí al tren.

–¡Estaban en el lavabo! –dijo Jachaturián, agitado.

–¿Las maletas...?

–No, las maletas, no, las partituras. Mira, ven.

Entré en el baño.

–¡Ahí las tienes! –dijo él, señalando un bulto envuelto en una tela, en medio de un charco de orina y restos de heces–. El ladrón ha tenido la cortesía de tirarlas ahí. Al parecer no le interesaba la música. De las maletas puedes olvidarte.

Sin la ayuda de mi amigo, no sé qué hubiera sido de nosotros en esas primeras horas de viaje; habló con Shebalin, Kabalevski, Popov, Rabinovich…; nos dieron ropa, mantas, loza, comida…

El tren avanzaba hacia el este, con el ritmo lento de los ferrocarriles rusos de vía ancha. Los alemanes habían bombardeado Riazán y nos detuvimos varias horas para dejar paso a otros trenes que tenían preferencia. Los convoyes con tropas de refresco procedentes de Siberia circulaban en sentido contrario; vimos carros de combate y munición cubiertos con lonas en los muelles de carga. Me apeaba en las estaciones con objeto de conseguir agua caliente para el té y lavar la loza en la nieve. En nuestro vagón la gente estaba hacinada; los hombres permanecían de pie por las noches, a fin de que las mujeres y los niños tuvieran más espacio para tumbarse; cuando veíamos un rincón libre en el suelo, Jachaturián y yo nos sentábamos y dormíamos; los compositores Vissarión Shebalin y Dmitri Kabalevski, y el pianista Lev Oborin se reunían a menudo con nosotros, jugábamos a las cartas y discutíamos sobre cuál era el mejor destino.

–Llevo cuarenta y ocho horas sin dormir, no puedo con mi alma –dijo Shebalin, cubriéndose con una manta.

Pequeño, pálido, ojeroso, con unas motas de color violáceo en la cara, daba la impresión de que acababa de sufrir una extracción de sangre.

–Yo me quedo en Kúibyshev –añadió–, los miembros del Conservatorio de Moscú hemos sido destinados ahí.

–Es un error llevar a nuestros hijos a Kúibyshev –intervino Kabalevski, levantando las manos con la energía de un príncipe caucasiano–. Todo el mundo va allí. Habrá problemas con los suministros de alimentos y será difícil encontrar alojamiento. Es mejor hacer un último esfuerzo y continuar hasta Taskent.

–Taskent está a mil kilómetros de Kúibyshev –dijo mi amigo Lev Oborin, uno de los mejores pianistas de la Unión Soviética, con el que había colaborado en multitud de ocasiones–. Son diez días más de viaje, sin contar con las paradas imprevistas.

–Lev Nikoláyevich lleva razón –dijo Shebalin–. ¿Por qué obligar a los niños a otros diez días de viaje cuando mañana podrían estar en Kúibyshev? Según usted, Dmitri Borísovich, las cosas resultarán mejor en Taskent, pero ¿dónde está la prueba de que eso sea cierto?

–En Taskent, el presidente del Comité de Artistas, Khrapchenko, arreglará todo para que nos encontremos bien –repuso Kabalevski, sin dejar de agitar sus enormes manos–. En Kúibyshev pasaremos hambre, mientras que en Taskent no nos faltará de nada.

–Yo ya lo tengo decidido –dijo Jachaturián, mirándome–; mi familia saldrá de Moscú en los próximos días; hemos acordado encontrarnos en Taskent. ¿Y vosotros, Dmitri Dmítrievich, qué pensáis hacer?

–Bueno, no sé… En Taskent está también Isaac Glikman, los miembros del Conservatorio de Leningrado han sido destinados allí; por otra parte, Iván Sollertinski se encuentra en Novosibirsk con la Orquesta de Leningrado, la verdad es que aún no lo tenemos decidido.

Nina se acercó a nosotros.

–¿Y esta reunión de conspiradores…? ¿Se puede saber qué tramáis?

Le expusimos nuestras dudas.

–Nosotros nos bajamos en Kúibyshev –dijo ella, rotunda–. Los niños no pueden continuar.

9

A orillas del río Om

Ahora me doy cuenta de que en Kúibyshev empezó todo. Y no solo porque finalicé la *Séptima* en homenaje a Leningrado, sino porque allí lejos cambió algo dentro de mí.

Feo, triste, deprimente, este viejo enclave militar de la época de los zares se alzaba sobre un alto acantilado en la orilla oriental del río Om. Tenía pocas calles asfaltadas y muchos caminos de tierra; los caballos y camellos superaban en número a los coches y camiones, había pocas tiendas, el agua se sacaba de los pozos y, a falta de alcantarillado, su saneamiento dependía de retretes exteriores. Los viejos edificios zaristas estaban sin pintar, los únicos nuevos eran la sede del Comisariado del Pueblo para Asuntos Internos (NKVD) y una residencia de trabajadores ferroviarios. Su industria consistía en una fábrica textil, una fundición, una fábrica de macarrones, otra de granos, secaderos para el pescado, que abundaba en el río, y una moderna estación eléctrica, que se ocultaba detrás de unos muros, custodiada por guardias armados.

Las primeras noches nos alojamos en un colegio del centro de la ciudad, abarrotado de artistas del Bolshói; dormíamos dieciocho personas en cada aula, sobre sucios colchones, en compañía de chinches y polillas. Lo mejor era la comida; teníamos acceso a la intendencia del Bolshói y recibíamos una ración diaria de mantequilla, pan, dulces y embutidos, que yo llevaba de vuelta al aula.

–¡Mira lo que nos han dado hoy! –le dije a Nina, blandiendo un salchichón, como si fuera una batuta–. Lo he probado y está riquísimo, seguro que a los niños les encantará... Por cierto, ¿dónde están?

Las manos de Nina se movían, inquietas, pero su cuerpo estaba rígido.

—Han ido a jugar al patio con otros chicos. Están contentos, tienen la sensación de vivir una aventura. Maxim me ha dicho que lo está pasando muy bien y que no quiere volver a Leningrado.

—¿Y tú cómo lo llevas, cariño?

Nina bajó la mirada, con expresión sombría.

—¿Qué quieres que te diga...? No me puedo desvestir, rodeada de extraños. Los colchones son duros y están sucios. No hay agua caliente. Hemos perdido las maletas. No tenemos nada. Aunque podría ser peor, estoy deseando salir de aquí.

—He hablado con el intendente del Bolshói, me ha dicho que serán solo unos días, que dentro de poco nos trasladarán a un lugar mejor. Ten un poco de paciencia, las cosas se arreglarán. Lo que más me preocupa es haber dejado a madre en Leningrado. Me prometieron que la sacarían pronto, ya debería estar con nosotros.

—Tu madre es una superviviente nata, sabrá defenderse; me preocupan más mis padres, su salud es delicada y no tienen la energía de tu madre.

De pronto, Nina me miró, angustiada.

—¿Tenemos dinero, Mitia? Deberíamos comprar ropa a los niños, la que nos dejaron les va pequeña.

—Nos quedan trescientos rublos. Pero no te preocupes, en cuanto lo pida, me darán más.

—Ay, Mitia, ese es el problema.

—¿Qué problema?

—Te cuesta tanto pedir, que prefieres quedarte a dos velas. —Sus ojos brillaban—. No eres consciente de la influencia que tienes. Todos están pendientes de que acabes tu sinfonía. Harán lo que sea para facilitarte las cosas, pero pedir va en contra de tu naturaleza, así que...

–¿Así que qué, Nina?

–Déjalo, no me hagas caso. Hoy me he levantado de mal humor. Me voy a la ducha, a ver si ahora hay menos gente. Después puedes acompañarme a la ciudad para comprar ropa. ¿O prefieres quedarte aquí y componer?

–Me es imposible. Estoy bloqueado. Tengo la sensación de que algo se ha roto dentro de mí. Hay tantas personas que sufren, que mueren; ahora mismo soy incapaz de hacer nada.

–Ya se te pasará, Mitia, estoy segura, pero cuanto antes la acabes, mejor; es nuestro salvoconducto, lo sabes, ¿no?

Al cabo de una semana nos trasladaron al Gran Hotel de Kúibyshev. Fiódor Chaliapin, el célebre cantante de ópera, se había alojado ahí. Poco después nos cedieron un piso de dos habitaciones en el centro de la ciudad. Tenía un dormitorio con cuatro camas de hierro, una sala de estar con unas cuantas sillas vienesas, un aparador, una mesa de comedor, un escritorio y un piano de cola. Aquel paraíso pronto resultó insuficiente. Los niños alborotaban y no me dejaban trabajar:

–Papá, tócanos *Tres alegres soldados en un tanque*.

–Después, hijos, después.

–¿Qué escribes, papá?

–Música.

–Jo, siempre lo mismo. ¿Por qué no jugamos al escondite?

Agachaba la cabeza y me quedaba pensativo para encontrar la forma de franquear el muro del cuarto tiempo de mi obra. No lo conseguía. La tensión me dejaba agotado. ¿O se trataba de otra cosa...?

Escribí a Sollertinski:

¿¡Por favor, por favor, nos pueden ayudar!? ¡Hemos perdido las maletas! ¿Alguien las ha visto? Así empezó nuestro viaje en tren de Moscú a Kúibyshev. Las maletas no han aparecido. Llevaba la partitura de la *Séptima*. Jachaturián la encontró en uno de los vagones, envuelta en una sábana llena de mierda. Mal comienzo.

Kúibyshev es deprimente. El tiempo es pésimo. Ayer por la noche, sonó un golpe en la ventana tan fuerte que las rodillas se me doblaron. Nina pegó un brinco. «¡Por el amor de Dios, dejen que entre a calentarme un poco!», oímos que decía una voz temblorosa. «¿Hay alguien ahí? ¡Por favor...!» Era uno de los muchos mendigos que recorren la ciudad, muertos de hambre y frío. Lo dejamos entrar y le dimos de comer.

Nina, Gálisha y Maxim están bien, sobre todo los chicos. Sus pequeños estómagos están llenos. Tienen zapatos y no pasan frío. Los envidio. ¡Quién tuviera su edad!

Paso la mayor parte del tiempo enfrascado en mi nueva sinfonía. Los tres primeros movimientos están listos; me gustan sobre todo el primero y el tercero, pero con el cuarto no puedo. Mis nervios están a flor de piel. Doy vueltas alrededor del piano y maldigo. A veces, viene Oborin, jugamos a cartas y tocamos a cuatro manos. No tenemos partituras, así que repetimos la *Fantasía en Fa Mayor*, de Schubert, una y otra vez. Sueño con volver a Leningrado. En ocasiones, por la noche, lloro. Nina y los niños duermen, así que no hay nada que me lo impida. Supongo que en cuanto empiece a componer, mejoraré. Ya sabes, si la música me falla, estoy perdido.

Fui a ver un partido de *hockey*. Los equipos no llevaban números en las camisetas, y como era imposible distinguir a los jugadores, me aburrí. Un último relato. El más triste de todos. Mis hijos y yo vimos cómo un caballo se resbalaba y rompía la gruesa capa de hielo del río. Fuimos a pedir ayuda a unos campesinos y regresamos con una cuerda. Uno de los campesinos hizo un lazo y sujetó al animal por el cuello. Tiramos con todas nuestras fuerzas, pero sus coces provocaban que el hielo se rompiera aún más. Ya solo asomaba la cabeza. Al cabo de unos minutos, lo vimos desaparecer. Esa noche Gálisha y Maxim no pudieron dormir. Hemos adoptado un perro que se coló en casa. No tuvimos valor para echarlo, de modo que ahora vive con nosotros. Los niños lo llaman *Canela*, por su color de piel; parece que le gusta el nombre. Te echo de menos, Iván Ivánovich. No seas perezoso y escríbeme pronto. Mi dirección es: calle Frunze 140, Kúibyshev. Nina te envía sus saludos. Y tú, transmite los míos a tu esposa y a los niños. Escribe, no te olvides.

Tuyo,

D. Shostakóvich

—¡Estoy harto de tocar siempre lo mismo! ¿No podríamos improvisar un poco de jazz? —me dijo en una ocasión Lev Oborin, levantando las manos del piano.

—Déjame contarte antes una historia que no ha dejado de rondarme la cabeza desde que estoy en Kúibyshev.

—¿Una historia? Te conozco, Mitia, seguro que detrás de ella hay unas faldas.

—Bueno, ya sabes… ¿Quieres que te la cuente o no?

—Sí, claro.

—Estaba sentado en un parque de Leningrado, meditando sobre mi sinfonía, cuando de pronto vi aparecer a una muchacha que se acercó a mí.

»—Disculpe —me dijo—, ¿ha visto a un hombre con un perro grande?

»Pensé que quería tontear conmigo, así que le contesté:

»—No, pero he visto a una mujer con un loro.

»—No, no es un loro lo que busco… ¿Está cerca la parada del tranvía?

»—La tiene justo a la salida del parque.

»—¿Le importa que me siente?

»—No, en absoluto.

»Se sentó en el banco, más o menos a un metro de mí.

»—Estaba allí —dijo ella, señalando un punto indefinido—, y ha venido un hombre con un perro grande; me ha dado la correa y ha desaparecido. Luego ha venido otro hombre y se ha llevado al perro.

»—¿Qué tiene eso de particular? Quizá sean hermanos y paseen al perro por turnos.

»—No lo creo —dijo ella, acercándose un poco más—. No parecían hermanos.

»–¿Le gustaría tener un perro? –pregunté, cada vez más divertido con una escena digna de Gógol, que podría servir como inicio de una ópera.

»–En la casa donde vivo no están permitidos... ¿Adónde dice que va ese tranvía?

»–Al centro. ¿Va usted allí?

»–Bueno, podría ir. Hoy parece que está todo más tranquilo.

»–¿Se refiere a las alarmas?

»–Sí, claro –se rio–. ¿No me reconoce?

»–No.

»–El archivo de la Filarmónica.

»–¿Es usted...

»–Sí.

»–... la que...

»–Sí.

»–... se encarga de las partituras?

»–Sí.

»–No tenía ni idea.

»Volvió a reírse y se aproximó un poco más.

»–Quiero ir a una de esas tiendas de discos que hacen descuentos. Me han regalado un gramófono, pero solo tengo un disco.

»Un hombre con bigote, que había oído esto último, se acercó a nosotros y dijo:

»–Hay una en la calle Sadovaia.

»Ella lo miró, sorprendida.

»–¡Oh, gracias! –exclamó, mientras se levantaba.

»Me fijé en sus piernas, eran preciosas.

»–Hay otra tienda más cerca –dije.

»–Pero ¿hacen descuentos? –quiso saber ella.

»–Vamos cariño –dijo el hombre del bigote, cogiéndola por la cintura–. Te llevaré a una donde hacen el cincuenta por ciento.

»–¿En serio?

»–Si vienes conmigo te regalaré cinco discos.

»–Disculpe, yo, yo…

»–Diez discos –insistió él.

»–Prefiero que me acompañe el señor –dijo ella, señalándome y retirando la mano del hombre.

»–Ya la ha oído –masculló, con tono seco–. No moleste a la chica. Váyase.

»El hombre del bigote se fue con el rabo entre las piernas. Ella se sentó de nuevo, esta vez completamente a mi lado.

»–Pensaba que le conocía –dije.

»–Es la primera vez que lo veo en mi vida.

»–¿La suelen molestar a menudo?

»–Ya sabe, los hombres son perros de presa.

»–¿Otra vez los perros? Está obsesionada con ellos.

»–Si preguntan, algo tengo que contestar, ¿no?

»–Depende de cómo sean.

»–Tiene usted razón; gracias por habérmelo sacado de encina.

»–Bueno, cualquiera lo habría hecho.

»Le cogí la mano. Su piel estaba húmeda.

»–¿Va a quedarse mucho tiempo en el parque? –me preguntó.

»–Solo unos minutos. Tengo que volver a casa.

»–¿Le esperan?

»–No.

»Presioné un poco más su mano.

»–Parece usted una de esas personas que se pasa horas sentado entre árboles, pensando –dijo ella, y sonrió.

»–¿Es esa la impresión que doy?

»–Se ve que es usted un músico. El que me regaló el gramófono murió de cáncer hace poco –dijo, entre dos suspiros–. Fui al hospital para despedirme. Oí como él me llamaba, pero su mujer no me dejó entrar en la habitación. Tampoco me permitieron asistir al entierro.

»–¿Le quería mucho?

»–Estuvimos poco tiempo juntos, pero su familia es muy influyente y está enfadada conmigo; presiona para que me echen del trabajo.

»–¿Qué va a hacer?

»–Me encantaría comprar un disco con descuento.

»–No, quiero decir en general.

»–Si me despiden, siempre puedo volver al cabello.

»–¿Cómo…?

»–Solía hacer lociones para el cabello en los grandes almacenes. –Se rio con una expresión infantil e hizo como si me rociara el pelo con una botella imaginaria–. Una vez estuve a punto de ganar un concurso. –Agachó la cabeza y se levantó el pelo de la nuca–. Mire, toque, lo tengo muy grueso, igual que mi madre, nunca se me rompe. –Me cogió la mano y se la pasó por la cabeza–. ¿Ve lo fuerte que es? Puede estirar si quiere. Así, sí, más fuerte. –De pronto retiró la mano, sonrojándose–. ¡Oh, disculpe…! No quisiera que me malinterpretara.

»El reloj de la torre dio las ocho.

»–Bueno, ahora tengo que irme –dijo ella, a media voz.

»–Ojalá sepas cómo cuidarte –dije yo, tuteándola.

»Ella observó con detenimiento una costura rota en su vestido.

»–Se me ha desgarrado esta mañana en el tranvía; lo voy a coser en casa.

»–No me refería a eso.

»Nos miramos unos segundos.

»–Me gustaría volver a verte –dije.

»–Y a mí también. Me gustan los hombres tímidos.

»–¿Como yo?

»–Sí, como tú… Bueno, quién sabe, quizá en Kúibyshev.

»–¿En Kúibyshev…?

»–Mi madre tiene ahí una peluquería; si me despiden, me iré con ella.»

–¡Ay, Mitia, Mitia, pierdes el tiempo con fantasías! –dijo Oborin, una vez terminada la historia–. Todos sabemos que se te van los ojos detrás de las mujeres. Deberías concentrarte en la sinfonía y acabarla de una vez.

Me senté al piano y toqué los compases iniciales del cuarto tiempo.

–¡No sé pasar de aquí! Hay algo que me frena, es como si una mano agarrara la mía y me impidiera continuar. Solo quien haya vivido una situación de bloqueo parecida puede entenderme. Tú no compones, para ti es fácil sentarte al piano y tocar obras de otros.

–Deberías saber por experiencia que eso también se las trae –dijo Oborin, ofendido.

–Bueno, sí, perdona…

–Cálmate, Mitia, las cosas no siempre salen cuando uno quiere. No tardarás en volver a encontrar la inspiración. Y ahora, cuéntame cómo acabó tu historia.

–He indagado en las tres peluquerías que hay en Kúibyshev. No han podido informarme. Olvidé preguntarle el nombre, así que no sé cómo localizarla.

–Mejor, Mitia, mucho mejor. Solo falta que Nina se entere. Ya tiene bastante con todo lo que ha tenido que pasar, como para añadir… No pongas esa cara; no, no voy a insistir, pero…

Mientras yo buscaba a la mujer que amaba a los perros, la caída de Tijvin encerró Leningrado en un segundo cerco. Con los nuevos racionamientos resultaba muy difícil sobrevivir. No había electricidad ni agua, y acabó por no haber comida. Se movilizó a la gente para recoger corteza de pino comestible; las fábricas de madera suministraban dos toneladas y media de serrín diarias, eso también se consideraba nutritivo; la mayoría de los gatos y perros acabaron asados o en la olla del caldo; la gente cazaba ratas y se las comía; se arrancaban tapas de libros, y la cola que se había utilizado para encuadernarlos se fundía y se echaba a la sopa; el pienso para el ganado era un alimento de gran valor; la glicerina de los jabones, la pasta dentífrica, los jarabes y las cremas limpiadoras tenían algunas calorías que se podían aprovechar. Todo esto lo supimos después. En Kúibyshev carecíamos de información –fuera de Leningrado, nadie la tenía–, pero mi intuición me decía que madre, mi hermana y los padres de Nina lo estaban pasando mal. ¿Qué podía hacer yo? La impotencia me consumía, mis tics se acentuaron. Una noche, dormí tranquilo por primera vez en mucho tiempo. Cuando me desperté, empezaba a clarear; estaba tumbado boca arriba, sudoroso, aún paralizado por el reciente sopor. Me restregué los ojos. Delante de mí, revueltas sobre el piano, estaban las hojas con el cuarto movimiento de la sinfonía que había acabado la víspera. Me vestí y salí de casa. Caminaba como si flotara, en dirección a la tienda de ultramarinos reservada para miembros del Partido y personas influyentes. Había organizado una fiesta sorpresa para Nina, en la que pensaba anunciar que había acabado la sinfonía. Estaban invitadas nuestras vecinas, Tatiana y Flora Litvinova, hija y nuera, respectivamente, del embajador en Washington, Maxim Litvinov; la arpista Vera Dulova y su marido, el cantante Alexander Baturin; Lev Oborin, y los directores de orquesta Alexandr Mélik-Pasháyev, al que había perdonado su mediocre dirección de *Lady Macbeth* en presencia de Stalin, y Samuel Samosud, responsable de los estrenos de *La nariz* y *Lady Macbeth* en Leningrado, y en ese momento, director de la Orquesta del Bolshói.

Los invitados llegaron a la hora convenida. Apagué las luces. En silencio, esperamos en el estudio. Al cabo de diez minutos oímos entrar a Nina y los niños.

–Mitia, ¿estás en casa...? ¿Por qué están las luces apagadas...? Gálisha, vete a ver si tu padre está trabajando.

Pausa larga.

–Gálisha, ¿está tu padre ahí...?

Salimos del estudio y, rodeándola, coreamos su nombre.

–¡¿Qué es esto...?! ¡¿Qué hacéis aquí...?! ¡Qué cosas tienes siempre, Mitia!

Flora, abrazándola:

–Tu marido está loco por ti. Te ha preparado una fiesta de cumpleaños.

–¿Mi cumpleaños? Faltan meses todavía... Estoy horrible, tengo que cambiarme.

Tatiana, acercándose:

—Estás espléndida, querida. Mitia y Oborin van a tocar el piano en tu honor.

Oborin, impaciente, mirando el reloj:

—¡Antes, bebamos! Tenemos que brindar por...

Yo, en el acto:

—¡Cállate!, no saben nada. Toma, bebe, puedes emborracharte todo lo que quieras.

—¿Qué es esa sorpresa que nos tenéis preparada? —quiso saber Samosud, sentado en el suelo a la turca.

Oborin, circunspecto:

—Paciencia, amigo, tendrás que esperar un rato.

Tatiana, ansiosa, a su cuñada, Flora:

—Voy a servirme una copa; ¿quieres que te traiga otra?

—No bebas, ya sabes que te sienta mal.

—Déjame. Un día es un día.

—Para ti todos los días son iguales.

—Hay de todo, así que ya sabéis —dije, eufórico, levantando la mano para reclamar la atención.

Vera, subiéndose la boina:

—El cumpleaños de Nina lo merece.

Nina, nerviosa:

—Queréis dejar ya eso de una vez, por favor.

—Tenéis arenques, caviar, empanadas, cerveza, café... —dije—, lo he comprado en la tienda reservada a los gerifaltes; no sabía si me lo iban a dar, aunque la verdad es que no he tenido que insistir demasiado.

Tatiana a Vera, que permanecía en un rincón, charlando con su marido:

—Podríamos bailar, ¿no?

—Sí, pero necesitamos música.

—Eso no es problema, aquí hay muchos pianistas.

—¿Quién va a tocar?

—¿Habéis probado a ocho manos? —preguntó Oborin, con la boca llena de caviar.

–Ocho manos son mejores que cuatro –dije, contento con la idea.

Samosud, acercándose al piano, y golpeándome el hombro:

–Vamos a intentarlo.

–Tocaremos de pie; ¿de acuerdo, muchachos? –dije, riendo.

Oborin, guiñándome un ojo:

–¿Y por qué no de rodillas?, sería más adecuado para la ocasión.

El director Mélik-Pasháyev, con grandes aspavientos:

–Me cuesta agacharme, estoy a punto de llegar a los cien.

Samosud, de pronto muy serio:

–¿Qué queréis oír?

Tatiana, golpeándose los muslos:

–Música de Mitia no, por favor.

Flora, desde lejos:

–¿Por qué no improvisáis?

Oborin, igual de serio que antes:

–¿Quién quiere proponer un tema?

Nina, con una media sonrisa maliciosa:

–Sol, mi bemol, re bemol, la.

–Ya conozco ese tema, no vale –dije–. A ver, proponed otro.

Vera, vacilando antes de decir:

–Mi bemol, sol, si bemol.

–Ese sí es bueno –dije, abrazando a Vera, que se había acercado al piano–. ¡Vamos! Tres por cuatro. *Tempo di vals*. Mi bemol mayor...

Improvisamos un rato; luego tocamos el galope de *La chinche*, *La marsellesa* y algunas arias de opereta.

Flora a Tatiana, con aprensión:

–¿Qué haces ahí tumbada? Ven, vamos a bailar.

–No puedo; estoy mareada.

Dejé que los demás siguieran tocando y me acerqué a Nina, que bailaba con Maxim y Gálisha.

—¿Puedo…? –pregunté a los chicos, con tono ceremonial.

Gálisha, enfadada:

—Jo, papá, qué pesado eres.

Nina, radiante:

—¿Qué os parece si bailamos los cuatro juntos?

Maxim, bostezando:

—Tengo sueño, mamá, me voy a la cama.

—Estás muy guapa esta noche, mi amor –le dije a Nina, con ojos de tórtola enamorada.

—¿Qué pasa, Mitia?, te veo excitadísimo, estoy segura de que me ocultas algo.

—Vas a tener que esperar un poco.

—¿Estás borracho?

—Estoy contento.

—¿Por mi cumpleaños?

—Para mí cada día es tu cumpleaños. Te quiero.

—Deberías decírmelo más a menudo.

—Ya lo sé.

El reloj de pared dio las doce.

Pedí silencio y levanté la copa.

—Bueno, sí… la verdad es que no sé cómo empezar.

Nina, dándome un beso:

—Vamos, Mitia, no te arrugues ahora.

Otros, desde lejos:

—¡Valor, amigo!

Yo, de pronto decidido:

—En fin, es lo que toca, ¿no…?

Tatiana, abriendo mucho los ojos:

—¿Quién dices que toca?

Respiré hondo dos o tres veces antes de añadir:

—Desconozco la razón, pero en el transcurso de estos meses he pensado en vosotros… Bueno, sí, no sé, perdón…, no solo en estos meses, antes también, quiero decir…

Alguien, desde el fondo de la sala:

—¿Qué es lo que quieres decir Dmitri Dmítrievich?

Yo, después de mirar a Nina y beber un trago:

−Estoy seguro de que recordaremos esta etapa de nuestras vidas. Las dificultades acercan a las personas y más si son amigos. Hoy celebramos el cumpleaños...

Nina, por primera vez divertida con la broma:

−¡Sí, hoy cumplo ciento tres!

Yo, después de beber un segundo trago:

−Hoy celebramos también el Año Nuevo.

Flora a Nina, mirando inquieta a su cuñada:

−¿Por qué dice eso?, faltan tres días para Año Nuevo.

Yo, después del tercer trago:

−Bebamos para que este año las cosas no mejoren.

Vera, sin entender:

−¿Qué dice?

Nina, aclarándoselo:

−Es su brindis habitual en Año Nuevo. El Gobierno no deja de machacarnos con que las cosas mejoran, cuando es todo lo contrario.

−Y bebamos también para celebrar que ayer, a las once de la noche... −hice una pausa para crear más expectación−, por fin terminé la sinfonía.

Todos aplaudieron. A Nina se le saltaban las lágrimas, a la vez que repetía:

−Ay, Mitia... Ay, Mitia..., ¿qué voy a hacer contigo?

−La defensa de Leningrado no solo es cuestión nuestra −continué, con voz cada vez más temblorosa−, lo es también de todos aquellos que creen que el fascismo debe ser derrotado, porque el infierno no es un buen lugar para vivir.

Tatiana, ya del todo borracha:

−¡Al infierno con ellos! ¡Bien dicho, sí, señor!

Alguien, desde lejos:

−¡No hables tanto y toca de una vez!

Tatiana, desplomándose en un sillón y cerrando los ojos:

−¡Eso, eso, que la toque otra vez!

Yo, cada vez más borracho:

–Está bien. Pero antes un último brindis... ¡Por la esperanza de un pueblo! ¡Por el ímpetu de una valentía sin límites! ¡Por Leningrado...!

Todos, coreando, antes de arrojar los vasos contra el suelo:

–¡Por Leningrado! ¡Por Leningrado! ¡Por Leningrado!

Nina, llevándose las manos a la cabeza:

–¡Por Dios, no los rompáis, no tenemos más!

Flora, rompiendo también el suyo:

–No importa; yo te traeré otros.

Mi entusiasmo inicial había disminuido. Tenía la cabeza pesada, y los brazos y las piernas rígidos. Bebí dos tazas de café seguidas; después, intentando no perder el equilibrio, me senté al piano.

–¿Preferís que os toque fragmentos o toda la sinfonía? Os advierto que dura casi una hora y media.

Por desgracia, querían escucharla completa. No sabía si iba a poder con ella. Respiré hondo dos o tres veces antes de atacar los primeros compases: demasiada furia, si continuaba así seguro que no podría llegar al final. Me dejé llevar. Cometía muchos errores, pero seguía adelante. Mi reducido público no rechistaba, lo que quería decir que tan mal no lo estaba haciendo. La caja repite doce veces el tema de la invasión: primero con calma; después, de forma brutal. Sonidos metálicos, traqueteo de tanques nazis, música vulgar que atenta contra el buen gusto, fuerza bruta, un hocico de acero que revienta los oídos; tras ese vómito de fuego, la música se abre, triste, hasta que se apaga con un suspiro que abraza el aire.

Al acabar el primer movimiento hice una pausa; mis amigos permanecían tensos. Tatiana roncaba, alguien le había puesto una almohada debajo de la cabeza.

Estaba cansado, la concentración me fallaba, dudé si pedir que aplazásemos el resto para otro día; las expresiones de mis amigos revelaban más asombro que emoción, no podía defraudarlos, así que hice un esfuerzo e inicié el segundo movimiento. La belleza renace de las cenizas que ha dejado el final del tiempo anterior; el arrebato de las cuerdas, puesto en relación con la música judía, se contrarresta con la melodía melancólica del oboe, el clarinete y el fagot. Espera tensa después de la tormenta, respiro momentáneo antes de lo que está por venir.

Decidí hacer una pausa y pedir un café.

–Se ha terminado –dijo Nina, mirándome agobiada.

–Yo tengo en casa –dijo Flora–. Si me esperas un minuto, ahora mismo te lo traigo.

–¿Quieres que siga yo, Mitia? –me preguntó Oborin, consciente de mi cansancio.

–Ha sido la mezcla de cerveza y vodka. Con el café espero recuperarme; si no es así, tendré que dejarlo.

–No he bebido tanto como tú, puedo tocar.

–Leer esta partitura a primera vista te resultaría complicado incluso a ti. Además, es tan grande que no cabe en el atril, hay que tocarla de memoria.

Flora regresó con el café. Bebí dos tazas más y fumé un cigarrillo. Los dos primeros movimientos habían despertado tanto interés que no tuve más remedio que continuar.

Ataqué los compases iniciales del *adagio* muy *piano*; las maderas y las arpas, suspendidas como el aliento de un órgano, dan paso a una larga melodía de los violines, que comienza con un re en *forte* y se extiende hasta llegar a un mi en el registro alto del pentagrama. El piano no podía reproducir la tensión y el *vibrato* de las cuerdas, así que aceleré este pasaje repetido dos veces, para llegar al solo de flauta, de casi tres minutos. Al tocar de nuevo el tema de los violines, pensé en la dificultad que tendrían los instrumentistas de cuerda cuando se interpretase en público. Mantener la presión del arco sobre las cuerdas es difícil; conseguir la intensidad justa aún lo es más. Siempre me han gustado las síncopas, aquí preparan el regreso de la marcha del primer movimiento, dirigida otra vez por la caja, que anuncia que el peligro continúa y que nada está resuelto; pero pronto vuelven a sonar las cuerdas, aumentadas esta vez por las maderas y las trompas, y el eco de la caja da paso a un último coral, con el que se cierra el movimiento. El café me había hecho efecto. Casi sin respirar, rocé las teclas: un murmullo se expande hasta llegar a la melodía de los violines, suspendida en el redoble *pianissimo* de la caja. El núcleo central tiene un tono de elegía, como si la orquesta llorase por las almas perdidas. A partir de ahí, el flujo se dilata, se contrae, se vuelve a dilatar, las notas respiran, se ahogan, combaten por imponerse unas sobre otras, hay caos, desconcierto, júbilo, desesperación. Es la lucha en un campo de batalla que parece no tener límites. La misma lucha de Beethoven en su *Quinta sinfonía*, la lucha de la luz contra la oscuridad, la lucha del hombre que se ve obligado a convertirse en héroe. No hay tregua, ni posible rendición. Victoria o derrota, sin término medio. Estuve tentado de acabar la sinfonía en do menor. Todo el proceso, largo y agónico, de gestación de este último movimiento se debió a mis dudas por concluirlo con la apoteosis del do mayor. Me parecía excesivo. La obra es trágica. El dolor y la sangre de los muertos de ningún modo se pueden celebrar. Era consciente de que la victoria del do mayor tenía un precio. ¿Cómo representar ese precio? Ahí estaba la dificultad. Al final me di cuenta de que no tenía elección: debía acabar en do mayor, a pesar de saber que el triunfo sobre el nazismo, como me había dicho Jachaturián, implicaría también la gloria eterna de Stalin, y el terror en Rusia, anterior a la guerra, quizá sería aún mayor.

Ataqué los últimos acordes conteniendo la respiración, las gotas de sudor se mezclaban con lágrimas. No podía ver ni oír nada más que el pulso desbocado de mi corazón. Cuando acabé se hizo un largo silencio. Nadie se atrevía a romperlo. Los ronquidos de Tatiana eran más fuertes. Samosud fue el primero en hablar:

–Me ha parecido demoledora, Dmitri Dmítrievich –dijo–. No tengo palabras para explicar la impresión que me ha producido.

Déjame la partitura unos días, debo estudiarla y reflexionar. Quiero empezar los ensayos con la orquesta cuanto antes. Hablaré con los dirigentes del Partido y las autoridades locales para organizar el estreno en Kúibyshev.

Samosud era un intérprete de ópera magnífico, su trabajo en *La nariz* y *Lady Macbeth* había sido brillante, pero tenía mis dudas sobre su capacidad como director sinfónico. Prefería a Yevgueni Mravinski, director de la Filarmónica de Leningrado, quien había estrenado la *Quinta* y la *Sexta* con resultados formidables. Además no veía claro que el estreno fuera en Kúibyshev, con la Orquesta del Bolshói. Kúibyshev no era la ciudad adecuada, y la orquesta, en ese momento, carecía de medios para abordar la *Séptima*, una enorme partitura de más de ochenta músicos.

–Si me lo permites, tengo una sugerencia que hacerte –añadió Samosud–. A mi juicio el final no es adecuado. Creo que sería mejor acabar la sinfonía con coros y solistas. Resultaría más efectivo. Todo el magnífico desarrollo del último movimiento pide a gritos una conclusión aún más optimista y apoteósica. Y el coro y los solistas se lo darían. ¿Qué piensas?

Estaba demasiado cansado para contestar. Oborin lo hizo por mí:

–Yo no creo que la obra necesite cantantes. Redundar en la apoteosis final me parece una obviedad que perjudicaría el espíritu trágico de la obra.

–¿Y tú qué piensas, Dmitri Dmítrievich? –me volvió a preguntar Samosud.

–Bueno, no sé, la verdad es que estoy de acuerdo con Lev Nikoláyevich, la obra está bien así.

–Pues yo estoy seguro de que resultaría mejor con un coro que cantara las alabanzas de nuestro líder y maestro –insistió Samosud–. Seguro que ganaría el premio Stalin.

–Mitia está cansado, no es el momento de presionarlo –le dijo Nina, echándome una mano–. Ya tiene dos premios Stalin, uno más no cambiaría mucho las cosas.

–Sí las cambiaría –dijo Samosud, con una insistencia que me resultó pesada–. La sinfonía merece un nuevo premio para Dmitri Dmítrievich y con coros seguro que lo tendrá. Por otra parte...

–¿Alguien quiere añadir algo más? –preguntó Nina, interrumpiéndolo.

–A mí me ha producido una impresión colosal –dijo Oborin–. Es un ejemplo extraordinario de reacción sincronizada a los acontecimientos que vivimos, transmitida de forma compleja y a gran escala.

–La marcha del primer tiempo –dijo Flora–, al principio me ha parecido..., no sé cómo explicarlo, sí, como juguetona y un tanto rudimentaria, pero poco a poco he visto cómo iba transformándose en algo estremecedor, con una fuerza capaz de arrasarlo todo a su paso. Después de escucharla tengo la sensación de que me han pasado diez tanques por encima. La verdad, Dmitri Dmítrievich, es que nos has dejado sobrecogidos.

–¡Ratas, ratas! –exclamó de pronto Tatiana, abriendo los ojos–. Yo solo he visto ratas por todos lados. Una inmensa procesión de ratas.

–La sinfonía es trágica –dijo Vera–. Su victoria final es trágica. A mí me ha dejado muy afectada.

–Estoy de acuerdo contigo, Vera –dijo Nina–. Seguro que Mitia piensa lo mismo.

–Así es –dije yo, con un suspiro.

–No os entiendo –dijo el director Mélik-Pasháyev, agitando las manos–. ¿Qué hay de trágico en vencer al fascismo? Lo trágico sería la derrota. El do mayor final es muy significativo. Lo deja todo claro.

–La verdadera música –dijo Oborin, muy serio– nunca puede estar vinculada a un solo tema. El nacionalsocialismo no es la única forma de fascismo. La sinfonía habla de todas las formas de terror, de esclavitud, de sometimiento del espíritu.

–¿Te estás refiriendo a nuestro Gobierno? –le preguntó Mélik-Pasháyev–. ¿Quieres decir que el comunismo es comparable al fascismo? Eso es traición, amigo mío. No creo que te convenga ir por ahí, y a Dmitri Dmítrievich, tampoco.

Oborin empalideció. Sabía las consecuencias que podían tener sus palabras si llegaban a oídos del Partido.

–¿Me estás amenazando? –le preguntó, mirándolo furioso–. Yo no he puesto en duda la superioridad moral de nuestro sistema. Sé muy bien que el Gobierno hace lo que debe para parar los pies a esos cerdos fascistas. La sinfonía de Dmitri Dmítrievich es profundamente patriótica y está impregnada de una ardiente conciencia rusa.

–Tienes razón –dijo Samosud–. Pero sería aún mejor con coro.

–¡Un coro de ratas! –exclamó Tatiana–. Una sombra gigantesca que se extiende desde muy lejos, inundada de ratas.

–¿Estás bien? –le preguntó Flora.

–He bebido demasiado. Vámonos a casa.

10

Gloria nacional

Los ensayos de la *Séptima* empezaron mal. A Samosud le costó encontrar en Kúibyshev a los ochenta músicos que necesitaba la partitura y no todos tenían la misma calidad. Sin embargo, lo que más me incomodaba era su insistencia en añadir coros y solistas al final de la obra. Yo lo escuchaba y me esforzaba por disimular las reticencias que me producía su forma de ver la sinfonía, pero no estaba dispuesto a cambiar ni una sola nota. En contra de mi norma habitual de intervenir lo menos posible en los ensayos, llegó un momento en el que, cansado de su obstinación, me vi obligado a decirle:

—Cada uno a lo suyo, querido amigo. Intentemos no mezclar las cosas.

—Te lo digo por el bien de la obra, Dmitri Dmítrievich —volvió a reiterar él, con una evidente falta de tacto—; no me costaría nada traer un coro y en pocos días podrías rehacer el final. ¿No quieres que lo intentemos? Si después no te gusta el resultado, nos volvemos atrás.

—Déjalo, por favor —le dije de la forma más correcta que pude—. Trata de controlar la dinámica de los metales y la percusión en los compases finales; resultan excesivos y sobresalen demasiado del resto de la orquesta... Ah, se me olvidaba: en el compás 270, el último atril de los violines segundos ha tocado un la bemol en vez de un la natural; diles que lo corrijan, por favor.

—¡Santo cielo! ¿Has escuchado eso? No conozco un oído mejor que el tuyo, Dmitri Dmítrievich.

–Pues yo sí. Una vez, de chico, en el conservatorio, se empeñaron en organizar una especie de competición entre Glazunov y yo, para saber quién de los dos tenía mejor oído.

–Seguro que ganaste tú.

–No, ganó él. Y en contra de lo que dijeron, fue un combate limpio.

A veces, Nina y los niños acudían a los ensayos y se sentaban en el palco del director.

–¿Qué habéis venido a escuchar? –les preguntaba Samosud, divertido.

–Nuestra sinfonía –contestaban ellos al tiempo.

En una ocasión, durante el primer movimiento, Maxim empezó a mover los brazos y a dirigir con una energía tan desaforada que Nina tuvo que llevárselo a casa. A los chicos les encantaba la marcha, a menudo me pedían que se la tocara, se subían a la tapa del piano y escuchaban en silencio.

El 5 de marzo de 1942 tuvo lugar en Kúibyshev el estreno mundial de la *Séptima sinfonía*. La víspera estaba muy nervioso, no hacía más que entrar y salir de casa, con la sensación de que nada iba a resultar como quería. Valoraba el esfuerzo del director y los músicos, su entrega a una obra que iba más allá de la propia música; sin embargo, mi inquietud persistía al considerar que eso, por valioso que fuera, no era suficiente. Me equivoqué. La interpretación, con la salvedad del último movimiento, que resultó excesivo por su exagerado énfasis en los metales y la percusión, fue magnífica.

Tatiana me dijo, después del estreno:

–Tu nerviosismo iba acompañado de la reserva típica de un leningradense y del talante juvenil de un eunuco. –No me gustó escuchar esto último–. Nunca olvidaré tu figura encorvada, tus muecas de sufrimiento y esos dedos que no cesaban de tamborilearse la mejilla. Caminabas con afectación y hacías reverencias como un caballito de circo. –Tampoco me gustó oír eso–. El público estaba extasiado, pero tú subiste al escenario como quien sube a un cadalso.

Sí, subir al cadalso con la dignidad y valentía de los hombres y mujeres que se ven forzados a asumir un comportamiento heroico. Eso es lo que la *Séptima* significaba para mí. Sin ser mi mejor sinfonía, puse en ella toda la devoción que sentía por mis conciudadanos de Leningrado, capaces de enfrentarse a la adversidad mirándola de frente. Lucha, valor, solidaridad, obcecación incluso, para superar el límite de la resistencia humana.

Recibí un telegrama de madre desde Cherepovéts, una escala en su evacuación: «He conseguido salir sana y salva de Leningrado. Con ganas de veros a todos. Babka».

Nos habíamos trasladado a un apartamento independiente de cuatro habitaciones, en el número 2 de la calle Vilonovskaya. Tenía mucho más espacio para trabajar y, eso era lo fundamental, podía acoger a toda mi familia. Además de a madre, esperábamos a mi hermana, a su hijo, y a los padres de Nina.

–Ha sido muy duro, Mitia, más de lo que imaginas –me dijo madre nada más llegar–. De no haber sido por la ilusión de volver a veros, no sé qué habría sido de mí. Pero ya estamos aquí y eso es lo único que importa.

No era más que piel y huesos, pero sus ojos resplandecían.

–¿Cómo están mis nietos? –preguntó.

–Muy bien, deseando abrazarte; pero antes de ir a verlos, cuéntame cómo están las cosas en Leningrado. Aquí no nos informan, lo poco que dicen me temo que sea falso.

–Es un horror, Mitia, un verdadero infierno. –Transcurrió un minuto antes de que continuara–: Ahora no estoy en condiciones de hablar, cuando me recupere lo haré, te lo prometo.

Pero yo estaba impaciente.

–Muchos de mis amigos siguen en Leningrado, no sé si están vivos o muertos, me gustaría poder ayudarlos.

–No puedes, Mitia, solo Dios puede. Le rezaba cada noche para que me permitiese volver a verte antes de morir.

–Pero, madre, dejando a Dios de lado, ¿cómo puede la gente resistir?

—Ay, Mitia, qué poco sabes, en momentos de dificultad, creer ayuda, algún día te darás cuenta.

—Respóndeme a lo que te he preguntado, por favor, madre.

—El comportamiento de la gente es admirable, no sé de dónde saca tanta fuerza, o sí lo sé, pero ya veo que no quieres que insista en eso. No hay comida ni electricidad ni agua. Cuando salía a la calle veía más muertos que vivos: algunos, abatidos por el hambre; otros, por la artillería y los bombardeos. Las personas pululaban por las calles como sombras en un cementerio, daba la impresión de que quisieran tirarse desde lo alto de un campanario. En la cola del pan, cedí mi puesto a una anciana. «Tengo dieciocho años», me dijo. No lo podía creer. La gente es muy valiente, Mitia. Cuando fallece un familiar, lloran unos instantes y después vuelven a darse ánimos unos a otros. Por muy difícil que resulten las cosas, se obligan a sonreír. Te aseguro, hijo, que he aprendido el valor de la sonrisa, nunca olvidaré esas sonrisas; en situaciones límite, sonreír los ayuda a dar lo mejor de sí mismos, y eso, Mitia, me ha enseñado a ver el mundo de otro modo, a separar lo importante de lo que no lo es. No, no solo es la edad la que me ha hecho madurar, sino, sobre todo, vivir experiencias terribles pero a la vez extraordinarias, que han hecho que me acercara aún más a Dios y a los seres humanos. Ahora lo que quiero es descansar y estar con vosotros el tiempo que me quede de vida, no pido otra cosa. Te prometo que nunca más volveré a pelearme con Nina.

—No te creo —dije, sonriendo—. En cuatro días te olvidarás y volveréis a las andadas.

De pronto empalideció, se levantó de la silla, me miró como paralizada y fue a sentarse en la cama.

—No, Mitia —acabó por decir—. Después de lo que he vivido nada volverá a ser igual, estoy segura. —Suspiró varias veces y recalcó—: Tiene que ser mejor, mucho mejor, Mitia.

—Sí, madre, será mejor —dije, con toda la convicción de la que fui capaz.

–Y ahora, hablemos de otra cosa, por favor. –Hizo una pausa larga, antes de preguntar–: ¿Cómo ha ido el estreno de tu sinfonía?

–En general estoy contento, la verdad es que los músicos han hecho un trabajo magnífico.

–En Leningrado todo el mundo habla de ella. Me encontré con Eliasberg, el director de la Orquesta de la Radio, y me dijo que la van a presentar ahí.

–¿Sigue habiendo conciertos?

–Menos que antes, pero hay alguno, y siempre están llenos. La gente necesita música más que nunca. Eliasberg es un hombre muy inteligente, está dispuesto a hacer lo que haga falta para estrenar tu sinfonía. Estoy convencida de que lo logrará.

–¡Ojalá! –dije yo, sintiendo cómo se me aceleraba el pulso–. Se podrá tocar en muchos sitios antes, pero hasta que no se interprete en Leningrado, la sinfonía estará incompleta.

–¿En qué otros lugares está previsto que se presente? –preguntó ella, con un destello en los ojos.

–Primero en Moscú, después ya veremos. Llegan mensajeros de todas partes, pidiéndome que los ayude a conseguir una copia de la partitura. Por supuesto, yo no puedo hacer nada y no tengo más remedio que librarme de ellos. ¿Recuerdas al protagonista de *El inspector*, de Gógol?: «Correos, correos, correos... nada más que correos, ¡35.000 correos!».

–Estoy orgullosa de ti, hijo, tu padre también lo estaría. Siempre supimos que llegarías lejos. Te has convertido en una gloria nacional.

–No sabes lo que significa para mí oír eso, madre, pero me cuesta tener que salir al escenario después de los conciertos, preferiría esconderme en el último rincón de la sala y que nadie me viera.

–Eso no puede ser, Mitia, es normal que la gente quiera verte.

–Lo sé, lo sé, me esfuerzo, de verdad; a veces pienso que sería mejor que saliesen Gálisha y Maxim en mi lugar... ¿No me crees? Vamos a verlos, deben de haber llegado ya de la escuela.

Madre dio un respingo sobre la cama.

–No, espera, antes voy a arreglarme un poco. Si me ven así se pegarán un susto.

–Estás muy guapa, tus ojos azules brillan igual que siempre.

–Tu padre también los tenía azules. Lo echo mucho de menos, a veces hablo con él en sueños; era un hombre maravilloso, me alegra que no haya tenido que pasar por todo esto.

–Me preocupan mis suegros, tienen un aspecto espantoso.

–Vasili Vasílievich padece un principio de demencia; es el que peor lo ha pasado. Las impresiones recibidas han sido tantas y tan duras que lo han dejado hecho polvo, no creo que pueda recuperarse.

–Me ocuparé de todos vosotros, te lo prometo, madre; siempre me has cuidado tú, ahora me toca a mí.

–Yo estaré mejor dentro de poco, no tienes por qué preocuparte.

–Mañana tengo que volar a Moscú para asistir a los ensayos de la *Séptima*. El estreno es dentro de diez días.

–¿Nina va contigo?

–No, ella se queda aquí; se encargará de vosotros mientras yo esté fuera.

–¿Quieres que te acompañe?

Sus ojos ardían, una sonrisa ansiosa se insinuaba en sus labios; me di cuenta de lo mucho que la quería, pero, de pronto, sentí ese amor como una carga.

–Ya sé que serías capaz –dije, con una sonrisa forzada–. No conozco a nadie tan fuerte como tú.

Me cogió de las dos manos y empezó a llorar. Con el corazón encogido, la estreché entre mis brazos.

–¿Por qué lloras, madre? Todo va a ir bien, ahora estamos juntos.

–¿Llevas encima alguna cruz? –preguntó ella de forma inesperada, como si se hubiera acordado de repente del capítulo de *Crimen y castigo*, de Dostoievski, en el que Sonia le pregunta eso mismo a Raskólnikov–. No llevas ninguna, ¿verdad? –Se quitó la cruz que tenía en el cuello–. Anda, coge esta, es de ciprés; tengo otra de cobre, me la dio esa chica de dieciocho años que parecía una anciana. Nos hicimos amigas, la veía a menudo. Ella me dio su cruz y yo le regalé un pequeño icono. A partir de ahora llevaré la suya y esta es para ti. Tómala..., ¡es la mía! ¡Mi cruz! Te suplico que la aceptes, Mitia, hazlo por mí.

–No creo en vuestro Dios –respondí, bajando la cabeza.

«¡Cállate, insensato! –me dije a mí mismo–; para qué quieres atormentarla con tus estúpidos desvaríos.» Madre me observaba con una expresión de terror infantil, como la de los niños cuando de pronto se asustan de algo y miran, paralizados, el objeto que les causa miedo.

–Dámela –dije, para no herir sus sentimientos. Pero de pronto, como si algo me forzara a ello, retiré la mano que había alargado para coger la cruz–. Ahora no, madre, mejor más adelante –añadí, con un extraño estremecimiento.

–Sí, sí, mejor, mejor –repitió ella–. Más adelante vendrás a mí, yo te la pondré y rezaremos juntos. ¿Me lo prometes, Mitia...?

En Moscú, la *Séptima* se estrenó en la Sala de Columnas de la Casa de los Sindicatos. Había sido la sede de la Asamblea de la Nobleza, un palacio donde se reunía la aristocracia para celebrar sus bailes. Pushkin y Tolstói los describen en *Eugene Oneguin* y *Guerra y paz*. En esta misma sala, habían tenido lugar conciertos memorables de Tchaikovski, Músorgski y Rimski-Kórsakov; ahí también se instaló la capilla ardiente de Lenin antes de que su cadáver fuera trasladado a la Plaza Roja. La acústica era perfecta, se podía oír cualquier vibración por pequeña que fuera. Samosud volvió a dirigir la Orquesta del Bolshói –yo viajé en el mismo avión que los músicos, de Kúibyshev a Moscú–, reforzada esta vez con miembros de la Orquesta de la Radio. El resultado fue mejor desde el punto de vista técnico, pero menos emotivo. Sin embargo, el público reaccionó con el mismo entusiasmo. Habían advertido que se desalojara pronto la sala una vez finalizado el concierto, por riesgo de bombardeos. Pero la gente no acudió a los refugios y se quedó de pie, aplaudiendo durante más de diez minutos. Una espectadora se acercó a mí y me dijo: «Dmitri Dmítrievich, es usted más poderoso que Hitler. Gracias a su sinfonía sé que ganaremos la guerra».

En mayo, mi hijo Maxim cumplió cuatro años y le dediqué la cuarta canción del ciclo que compuse sobre poetas ingleses, durante el escaso tiempo libre que me dejaba el ajetreo de la *Séptima*. Se trataba de la «Carta a mi hijo», de sir Walter Raleigh, en la traducción de Borís Pasternak: «Hay tres cosas que florecen cada una por su lado: la madera, el cáñamo y los niños; la madera es con lo que se hace la horca, el cáñamo es con lo que se hace la soga del verdugo, el niño, hijo mío, bien puedes ser tú. Presta atención, querido niño: mientras las tres cosas no se junten, verde brota el árbol, alto crece el cáñamo, el muchacho madura sin trabas; pero cuando se juntan, la madera se pudre, la soga se retuerce y el niño muere estrangulado».

–¿Por qué compones un canción tan tétrica para tu hijo?, le traerá mala suerte –me dijo Nina.

Los británicos y los estadounidenses se dieron cuenta del potencial de la *Séptima* como medio de propaganda. Filmaron las partituras –la general y las partes de la orquesta– en películas de 35 milímetros y las sacaron de Rusia en un avión de carga hasta Teherán; allí, un vehículo blindado inglés las transportó a través de Irak y Jordania hasta El Cairo; luego, un avión las llevó a Londres. Nueva York era un destino más complicado; el tramo aéreo transatlántico se inició en el norte de África, llegó a Brasil y después a Estados Unidos.

En ese momento, yo entretenía a mi amigo Glikman, que había venido desde Taskent para visitarme y hacer una copia de la *Séptima* con objeto de que pudiera presentarse también allí. Además de la *Séptima*, le toqué al piano diversos fragmentos de Verdi.

–Mi ópera de Verdi preferida es *Otelo* –le dije después de interpretar el credo de Yago, la oración de Desdémona y la canción del sauce–. Me conmueve que un anciano de casi ochenta años haya sido capaz de escribir algo así. El drama rebosa en sus venas, a mí me pasa igual. Estoy seguro de que habría podido ser uno de los mejores autores de ópera de no haber sido porque *Lady Macbeth* no fue del agrado de Stalin. En el fondo, mis sinfonías son óperas instrumentales.

–Nadie tiene en Rusia tu fuerza dramática, Dmitri Dmítrievich.

–Estoy convencido de que *La nariz* y *Lady Macbeth* no se volverán a representar. No puedo olvidar el día en el que Stalin me cortó la cabeza en aquella maldita función. Te juro que cambiaría sin pestañear el jaleo que se ha montado con la *Séptima* por componer una sola ópera más.

–¿Y por qué no la escribes?

–Ya la tengo en la cabeza.

–¿Ah, sí?

–Es un secreto que nadie conoce.

–¿No podrías hacer una excepción conmigo?

–Sí, pero no se lo comentes a nadie.

–Soy una tumba.

–He releído estos días *Los jugadores*, de Gógol.

–¿Otra vez Gógol?

–Sí.

–Cuéntame.

–Es un libreto de ópera perfecto. Pondré música a todo el texto, sin tocar ni una sola de sus palabras.

–Nadie se ha atrevido a hacer una cosa así.

–Puede durar más que *El anillo del nibelungo*.

–Me parece una idea genial, pero muy difícil de llevar a cabo. Sonreí.

–¿No confías en mí?

–Sí, pero...

–El relato de Gógol es magnífico.

–Sí, pero...

–Quiero empezar a componer en cuanto se acabe todo esto.

–Podría acompañar a *La dama de picas*, de Tchaikovski, y a *El jugador*, de Prokófiev. Una gran trilogía de óperas rusas sobre el juego.

–No comentes nada de momento.

–Por supuesto.

–No quiero que se enteren nuestros «amigos» del Gobierno.

En Londres, la *Séptima* se presentó en el Royal Albert Hall en el mes de junio bajo la dirección de Henry Wood. Se agotaron las entradas y la BBC la retransmitió a todo el país. Las críticas fueron malas, dijeron que el pasaje de la «invasión» del primer movimiento, con su tema repetitivo, era largo y deliberadamente aburrido, pero el público quedó de nuevo entusiasmado y la obra se interpretó en otras ciudades inglesas.

Fue en Estados Unidos, sin embargo, donde la *Séptima* alcanzó la gloria. Desde entonces, los norteamericanos, incluso en los momentos de mayor dificultad, me sostuvieron con una entrega sin fisuras. Si hubiera decidido exiliarme habría optado por Estados Unidos; quizá también por Inglaterra, allí está mi amigo Benjamin Britten, del que me siento cada vez más próximo... ¿Por qué hablo ahora de eso? La verdad es que soy incapaz de imaginar mi vida fuera de Rusia. Sin embargo, para mi música, mucho más internacional que yo, Norteamérica fue sustancial desde el comienzo.

Antes de que la partitura llegara a Nueva York, ya se hablaba de ella. La revista *Time* me puso en portada y declaró: «Desde la primera representación de *Parsifal*, en 1903, no había habido semejante fervor entre el público estadounidense por una obra musical». Los periódicos me dedicaron multitud de artículos –el *New York Times*, diez–, sin embargo, lo que mejor recuerdo es una entrevista que le hicieron a Nina.

Un día, sonó nuestro teléfono en Kúibyshev. Como siempre, contestó ella.

–¿Quién dice que es...? ¡Ah, el corresponsal del *New York Times* en Moscú! ¿Quiere hablar con mi marido...? ¿No...?

¿Conmigo...? ¿Seguro...? ¿Que le haga un retrato íntimo y humano de Dmitri Shostakóvich? –Nina permaneció unos segundos en silencio–. Bueno, la verdad es que no sé por dónde empezar... Es un gran aficionado al deporte. Haga calor o frío no se pierde un partido de fútbol o de *hockey*, tampoco un combate de boxeo; le gusta jugar al voleibol y le encanta el circo. A pesar de su fama, es muy modesto... Sí, modesto, humilde, tímido, ¿entiende? No le gusta salir al escenario después de los conciertos. Padece miedo escénico desde siempre. Su mayor pesadilla es que lo filmen; tampoco soporta que le hagan fotos porque siempre sale con el ceño fruncido. ¿Cómo? ¿Que le describa una jornada de su trabajo? Eso es fácil. No requiere unas condiciones especiales, simplemente se sienta a su escritorio y compone por la mañana, a mediodía, por la tarde... ¿Cómo dice? No, por la noche duerme. Siempre que no se trate de alguien que cante o grite a su alrededor, los ruidos no le afectan en absoluto. Deja la puerta abierta y nuestros hijos corretean por su estudio. A veces se suben a sus rodillas y se quedan sentados en silencio... ¿Que cómo compone? Escribe la partitura de principio a fin muy deprisa, sin cambios ni tachaduras. Nunca deja de trabajar, ni siquiera durante los bombardeos. Si la cosa empieza a ponerse fea, termina el compás que está escribiendo, espera a que se seque la tinta de la página, ordena lo que ha compuesto y se lo lleva al refugio antiaéreo.

Hubo una batalla campal para decidir quién dirigiría el estreno de la *Séptima* en Nueva York. Había cuatro aspirantes: Leopold Stokowski, con la Orquesta de Filadelfia; Artur Rodzinski, con la Orquesta de Cleveland; Serguéi Kusevitski, con la Orquesta de Boston, y Arturo Toscanini, con la de la NBC.

De todos ellos, Toscanini era la opción que menos me gustaba. Había mostrado escaso interés por la música soviética; de hecho, cuatro años antes había rechazado dirigir el estreno de la *Quinta* en América; además, su grabación de mi *Primera sinfonía* no me había acabado de convencer. Stokowski y Kusevitski dijeron que su sangre eslava y su dedicación a mi música los hacían acreedores del honor de estrenarla. No les sirvió. La NBC consiguió los derechos y decidió que fuera Toscanini el responsable del estreno. Hablé con el embajador soviético en Washington para pedirle que transmitiera mis reservas a los responsables, pero él me recomendó que no interviniera: no me convenía enfrentarme con el «viejo maestro del hielo y el fuego» –así llamaban a Toscanini–, y decidí permanecer al margen. Sin embargo, me llevé una gran alegría al enterarme de que la primera interpretación en vivo –la de Toscanini iba a ser radiada desde los micrófonos de la NBC– se llevaría a cabo en el Berkshire Music Center de Tanglewood, Massachusetts, sede de verano de la Orquesta de Boston, a las órdenes de Kusevitski.

El público estadounidense acogió la *Séptima* con devoción. Millones de personas la escucharon por radio. Toscanini removió los sentimientos patrióticos y empezó la retransmisión con *The Star-Spangled Banner*, el himno de Estados Unidos. Al finalizar la *Séptima*, el personal del estudio la ovacionó como si acabara de oír la noticia de la victoria aliada. Se leyó un radiotelegrama mío, que escribí por recomendación del embajador Litvinov, en el que elogiaba la competencia de Toscanini y lamentaba no poder estar en Nueva York. Hubo un llamamiento para que se compraran bonos de guerra. Fue un acontecimiento y, aunque cueste creerlo, no sentí perdérmelo.

La *Sinfonía Leningrado* arrasaba. A finales de año ya la habían tocado más de una docena de orquestas. Stokowski la dirigió en una nueva retransmisión de la NBC; Rodzinski, en el Carnegie Hall y en Boston; Dimitri Mitropoulos, en Mineápolis; Hans Kindler, en Washington; Eugene Goossens, en Cincinnati, y Stokowski con la Orquesta de San Francisco, primero ante un público de más de nueve mil personas, y después, en un acuartelamiento al sur de California, ante catorce mil soldados. La revista *Life* dijo: «Casi resulta antipatriótico que a uno no le guste la *Séptima*, de Shostakóvich. Esta obra se ha convertido en un símbolo de la heroica resistencia de Rusia».

Toscanini me envió un telegrama, pidiéndome que acudiera a Nueva York para dirigir la *Séptima*: «Su visita tendría un gran valor político y musical. Estrecharía los lazos entre Estados Unidos y la Unión Soviética. Produciría una conmoción mayor de la que causaron Tchaikovski y Dvořák en los años noventa del siglo pasado».

Le contesté tan rápidamente como pude y de la mejor manera posible, habida cuenta de que se trataba de una negativa: «Muy agradecido por su invitación, maestro. Desgraciadamente, no domino el arte de la dirección de orquesta. Imposible aprovechar la oportunidad que me ofrecen».

Era el final de una de esas jornadas en las que las sorpresas se sucedían. «Por hoy –pensé–, todo ha concluido, puedo estar seguro de que ya no ocurrirá nada nuevo, no tendré más emociones y el músculo de mi corazón podrá descansar.» Al mismo tiempo, tenía la certeza –fruto de lo desorbitado, favorable y repetitivo de los acontecimientos de esos días– de que pronto todo volvería a empezar de nuevo, y esa doble convicción me producía satisfacción y vértigo al mismo tiempo. No me encontraba bien. Tenía dolor de garganta, tos, y me costaba respirar, la víspera no había pegado ojo. En la cama, de cara a la pared, intentaba dormir, cuando Nina entró con la cena.

–¿Cómo se encuentra nuestra celebridad esta noche? –dijo, al tiempo que dejaba la bandeja sobre la mesilla de noche.

–Me siento como si me hubieran pasado por encima tres tanques alemanes, pero me gusta que vengas a hacerme compañía un rato. Mañana volverá a ser un día duro y no me veo con fuerzas para afrontarlo.

–Quizá esto te las dé –dijo ella, sacando un sobre del bolsillo.

–¿Qué es?

–Adivina.

–No tengo ni idea; son tantas las noticias que llegan cada día que ya no sé cómo reaccionar.

–Esta te gustará.

–Suéltalo de una vez, no me tengas en ascuas.

–Has recibido un telegrama. ¿Quieres saber qué dice?

–Sí.

–La Academia de las Artes y las Letras de Estados Unidos te ha nombrado miembro de honor.

–A ver, déjamelo.

–Toma, pero no leas el final.

–¿Por qué?

–No te gustará.

Leí todo el telegrama.

–Han concedido el mismo honor a Prokófiev, ¿te referías a eso?

–Una pequeña espinita clavada en tu pobre corazón.

–No sé por qué dices eso; me parece muy bien compartirlo con él.

–No me vengas con cuentos, Dmitri Dmítrievich, a estas alturas ya nos conocemos.

–Estoy sobrepasado, Nina, no sé cómo asimilar todo esto. Hay dos cosas que me inquietan: la nueva ópera que tengo en la cabeza y el estreno en Leningrado. Eliasberg está haciendo lo posible por encontrar músicos en condiciones, pero no le va a ser fácil.

–Lo conozco, estoy segura de que se saldrá con la suya.

–Leningrado no aguantará mucho más. Lo que está ocurriendo allí es el peor infierno que ha engendrado la especie humana.

–¿Y eres tú quien dice eso? ¿Tú, que das esperanza de la victoria al mundo entero? No me lo puedo creer.

–Me cuesta levantarme por las mañanas; vivo en una especie de nube, mientras los horrores de la guerra no tienen fin.

–Ay, Mitia, eres incorregible, no hay manera de contentarte; si un día sale el sol dices que preferirías que estuviera nublado, y si está nublado echas de menos el sol. Tienes gripe, es normal que estés desanimado, dentro de unos días te encontrarás mejor. ¿Has tomado el jarabe?

–No.

–Pues bébetelo antes de dormir. Y come un poco. Tienes coliflor con besamel y unos rábanos, lo ha preparado tu madre.

–¿Cómo vas con ella?

–A medida que se recupera, vuelve a las andadas.

–Intenta tener un poco de paciencia, Nina, lo ha pasado muy mal.

–No tanto como mis padres, y ellos no dan tanta guerra.

–Llévate la cena, por favor, Nina; no tengo hambre, voy a ver si consigo dormir un rato.

El avión que transportaba la partitura de la *Séptima* aterrizó en Leningrado a principios de julio. *Pravda* informó de que el estreno estaba previsto para finales de mes. Eliasberg me envió un cable advirtiéndome de que veía muy complicado interpretarla. Era larga, difícil y los músicos que tenía estaban muy mermados tras tantos meses de asedio. Al final decía: «En todo caso, para tener alguna posibilidad, es necesaria su presencia en Leningrado. Debo consultarle muchas cosas. Haga todo lo posible por venir».

Hablé con el delegado del Partido en Kúibyshev, para que me organizaran el viaje.

–Debo asistir a los ensayos –le dije–. Sin mí, no creo que puedan sacar adelante la sinfonía.

–¿Está usted mal de la cabeza? ¿Cree que resulta fácil entrar en Leningrado, y que después le saquemos de allí? –me respondió, mirándome como si fuera imbécil.

–Le he traído el cable que acabo de recibir del director Karl Eliasberg.

Lo leyó.

–Tendrán que apañárselas solos –dijo de forma lacónica, sin levantar la vista del papel.

–No puedo dejarlos solos –insistí–. Ni el director ni los músicos conocen la obra. Es posible que el concierto se tenga que cancelar, ¿es eso lo que quieren?

Me miró con desconfianza.

–¿No está escrito todo en la partitura?

Dudé, antes de contestar:

–Sí, pero...

–No hay peros que valgan. Las cosas son difíciles para todos. ¿Le puedo ayudar en algo más?

–Sí que puede –me atreví a decir–. En mi opinión debería trasladar las razones que les he dado a sus superiores. Le repito que mi presencia en Leningrado es fundamental.

El comisario se quedó en silencio unos segundos; tenía el cabello revuelto, un orzuelo avanzado y una boca como la de una rana.

–Veo que es usted uno de esos que nunca se da por vencido –acabó por decir–. Está bien, lo consultaré. Y ahora, si me disculpa, tengo que atender otros asuntos más graves que el suyo.

Dos días después recibí una notificación oficial: «Petición denegada».

El estreno en Leningrado se fijó el domingo, 9 de agosto. ¡Otra vez domingo! Intenté ponerme en contacto con Eliasberg, pero me fue imposible. No respondía a mis cables. Era una mala señal. Estaba seguro de que las autoridades lo habían obligado a llevar a cabo el concierto, sin atender a las razones que aconsejaban su aplazamiento. En el trascurso de mi vida he tenido momentos de gran inquietud, de desesperación incluso, pero el desasosiego de esos días no se podía comparar. Por un lado, quería que se estrenase la *Séptima* en Leningrado –con ese propósito la había compuesto–, pero, por otro, me atormentaba el hecho de que los músicos no estuvieran en condiciones y que la interpretación no fuera buena.

Madre y Nina trataban de tranquilizarme.

–Tienes que confiar en Eliasberg –me dijo madre la víspera del estreno–. Lo conozco bien, su capacidad está fuera de duda. Si no responde a tus llamadas, tendrá sus razones.

–Estoy de acuerdo con Sofia Vasilievna –añadió Nina–. Y además, si el concierto se tiene que posponer hasta que las cosas mejoren, tampoco me parece que se acabe el mundo.

–¡No sabes lo que dices, Nina! –exclamé, furioso–. Si el concierto no va bien o se cancela, los músicos y Eliasberg lo pagarán caro.

–Tranquilízate, hijo mío. Estoy segura de que el Señor nos ayudará.

–Pues yo no creo que nos vaya a ayudar.

El estreno estaba previsto a las seis de la tarde. Lo retransmitirían por radio, pero las ondas no llegaban bien a Kúibyshev. La obra duraba casi una hora y media. Si entre las ocho y las nueve no tenía noticias, significaría que algo había ido mal. Esperé, encerrado en mi estudio. Me comía las uñas hasta la raíz. Cogí los primeros apuntes de *Los jugadores*, escritos en doble pentagrama y añadí unas notas, las borré, escribí otras. No podía concentrarme. Daba vueltas por la habitación con los papeles en la mano, me dirigí hacia la puerta con la intención de hablar con Nina, pero cambié enseguida de parecer y permanecí de pie junto al piano, tocando unos acordes. El tiempo pasaba muy despacio. Apenas habían transcurrido diez minutos desde la última vez que había mirado el reloj. Cogía objetos y los volvía a dejar, salía al pasillo procurando que no me oyeran y regresaba de nuevo. Transcurrieron veinte minutos más. Me tumbé en el suelo y cerré los ojos; intenté pensar en otra cosa. Tenía fiebre. Anduve revolviendo cajones para buscar un termómetro. ¿Dónde lo había dejado? Al fin lo encontré entre las páginas de una partitura. Me lo puse debajo de la lengua y esperé unos minutos. De entrada no supe cómo leer la temperatura: el resplandor del mercurio se confundía con el reflejo de la lámpara; la columna parecía haber subido muy arriba, pero no se veía con claridad. Me limpié las gafas. En efecto, el mercurio se había dilatado varias décimas por encima de la temperatura normal: 37,4. Miré el reloj. Eran las nueve de la noche. Ya deberían haberse puesto en contacto conmigo. Seguro que todo había ido mal. No recuerdo nada más hasta que, cerca ya de la medianoche, entró Nina y me dijo, muy alterada:

–Un ujier del Bolshói te ha traído un telegrama. Es de Eliasberg.

No me atreví a leerlo delante de ella.

–Déjame solo, por favor –le dije.

Abrí el telegrama, pero tardé aún varios minutos en leerlo. Decía así:

«Dmitri Dmítrievich, permítame llamarle hermano. STOP. Gracias a su sinfonía hoy todos somos hermanos. STOP. El milagro se ha producido. STOP. La *Séptima* ha sido un éxito grandioso. STOP. Veinte minutos de ovación cerrada. STOP. La mayor parte del público lloraba de emoción. STOP. Mañana intentaré ponerme en contacto con usted por teléfono. STOP. Karl Eliasberg.»

Se lo enseñé a Nina y a madre. A pesar de la hora avanzada, Nina llamó a Tatiana y a Flora para darles la noticia. Vinieron a casa con dos botellas de champán georgiano y estuvimos celebrándolo hasta las tres de la madrugada. El resto de la noche lo pasé en blanco.

A las nueve del día siguiente, recibí la llamada prometida de Eliasberg. Estaba tan nervioso que me costaba entenderlo.

—Tranquilícese y hable más despacio, Karl Ilích —le pedí—; la comunicación es mala.

—¿Me oye mejor ahora? —preguntó él, elevando la voz.

—Sí, ahora le oigo bien; estoy deseando que me explique cómo fue el concierto.

—No sé cómo empezar.

—Inténtelo, querido amigo, y no omita ningún detalle. Si la línea no se corta, tendremos tiempo de sobra. Pero hable despacio, por favor.

—Cuando leí por primera vez la partitura —dijo— me pareció imposible que la pudiéramos tocar.

—Sí, sí, eso ya lo sé.

—Al principio no tenía suficientes músicos, luego fueron llegando más, pero estaban en unas condiciones lamentables.

—Madre me ha explicado cómo están ahí las cosas.

—A los instrumentistas de cuerda les temblaba el arco, los de viento no tenían suficiente aire para soplar. La mayor parte de los músicos estaba desnutrida. Cuando se tiene hambre es imposible tocar. Se les tuvo que dar alimentación suplementaria. Excepto los domingos, ensayábamos todos los días, dos veces incluso, en los estudios de la Casa de la Radio. Empezamos con pasajes cortos, poco a poco fuimos añadiendo más. A veces, algún músico se desmayaba. Lo que lamento es que no haya podido vivir esta experiencia con nosotros.

–Hice todo lo posible para estar con ustedes, pero no me lo permitieron.

–Nos dijeron que no querían poner en riesgo su vida, que la ciudad estaba cerrada, que teníamos que sacar adelante el concierto nosotros solos.

–Fue un milagro que llegara la partitura.

–El piloto que la trajo me dijo que los bombarderos alemanes estuvieron a punto de derribar su avión...

–Karl Ilích..., no le oigo..., hable más alto, haga el favor.

–Los ensayos empezaron a mejorar –dijo, casi chillando–; estábamos animados, la sinfonía iba tomando cuerpo, había más precisión rítmica, más relación entre los instrumentos, mejor entonación, más unidad en los ataques. Y llegamos al ensayo general. –Hizo una pausa breve–. Fue un desastre. Nada funcionó y cundió el pánico.

–Ya sabe lo que se dice: un buen concierto lleva consigo un mal ensayo general.

–Perdí los nervios y pregunté de mala manera al clarinetista principal por qué había llegado tarde al ensayo. Me contestó que venía de enterrar a su esposa.

–Lo que ustedes han hecho ha sido heroico. El mundo entero les admirará cuando lo sepa.

–Dos horas antes del concierto, la sala estaba llena. Fuera, la gente se desesperaba por conseguir alguna entrada. La artillería soviética abrió fuego en los extremos de la ciudad con objeto de que las bombas alemanas cayeran lejos del auditorio. Cuando el mariscal Góvorov entró en la sala, el público se puso en pie y lo ovacionó. Una vez en el podio, hice un gesto con la mano para que la orquesta se levantara y compartiera conmigo los aplausos. Sus caras reflejaban temor. Los primeros compases resultaron imprecisos, la afinación era imperfecta...

–No me haga sufrir más, Karl Ilích. Su telegrama decía que todo había salido bien.

–¡La marcha de la invasión lo cambió todo, Dmitri Dmítrievich! A partir de ahí, los músicos, enardecidos por el ambiente que estaban viviendo, tocaron de forma extraordinaria. Puede que la *Séptima* se haya interpretado mejor en otros lugares, pero estoy convencido de que nunca con tanta intensidad. Cuando nos acercábamos al final, algunos músicos empezaron a desfallecer. Tocaban tan fuerte que pensé que se desmayarían. El público se puso en pie para animarlos, y eso les dio nuevos bríos. Al terminar se hizo el silencio durante uno o dos minutos, parecía que la gente no tuviera fuerzas para aplaudir; luego, empezaron a oírse unos murmullos desde el fondo de la sala hasta que, de pronto, estalló una ovación atronadora. La gente lloraba, se abrazaba, vitoreaba. Levanté la partitura y la sala se vino abajo. Sabíamos que era el comienzo de algo nuevo; el enemigo seguía cerca, pero ya nada podía socavar nuestra fe en la victoria. Miles de leningradenses siguieron el concierto por la radio...

Eliasberg siguió hablando. Cerré los ojos. De repente, oí unas notas que se repitieron varias veces en mi cabeza. No se trataba de la *Séptima*. ¿De dónde venían? ¿Quién me las susurraba? Poco después lo supe. Era el tema con el que empezaría mi *Octava sinfonía*.

INTERMEDIO

La cabalgata de las hijas del Volga

Nina entra mirando al suelo, como avergonzada:

–Me alegro de verte, Mitia… –Levanta la vista–. En realidad solo quería saber cómo están los chicos, los echo mucho de menos. He tomado una decisión y quería comentarla contigo. –Hace un gesto brusco con la mano para impedirme intervenir. Mira a lo lejos, inquieta, como si buscase a alguien–. Voy a dejarte, Mitia. No te sorprendas, ya te lo podías imaginar. Conozco tus infidelidades, como tú conoces las mías. Sí, no pongas esa cara, así es nuestra vida desde hace muchos años, pero ahora me he enamorado de verdad. He intentado quitarme de la cabeza a ese hombre, pero no he podido. Lo conocí poco después de que tuviera aquella bronca tremenda con tu madre; pienso a menudo en ella, siempre me ha amargado la vida, pero ahora que no la veo, la echo de menos. Al final no era capaz de concentrarme; vivir una doble vida tiene sus inconvenientes; tú estás acostumbrado, pero a mí me cuesta, sobre todo por los chicos… Sí, ya sé que piensas que voy a tirar por la borda lo que muchos consideran un buen matrimonio. Sin embargo, siento decir… No, no, déjame continuar. Estaba en Armenia y sentí…, esa es una de las cosas que te quería contar… –Se atraganta, tose–. Me cuesta hablar de esto, Mitia. No soy una de esas mujeres que necesitan seguridad en todo momento; soy consciente de que las personas deben asumir riesgos, la libertad tiene un precio. Me siento bien con él, es un hombre extraordinario. Nunca pensé que me pudiera pasar una cosa así, estaba tan unida a ti… No busco justificarme y menos pedirte perdón, aunque en el fondo sé que debería; la vida da muchas vueltas y una no tendría que estar tan segura del terreno que pisa. No quiero aprovecharme de tus sentimientos, Mitia; creo que he obrado de buena fe, pero a veces, cuando pienso en volver a comprometerme, la duda me hace morderme la lengua. No soy un ser desvalido. Me encanta mi trabajo. Estos últimos meses he tenido una sensación extraña, te veía cada vez más lejos, hasta el punto de que tu rostro se desdibujaba y acabé por no reconocerte, nunca me había pasado algo así; la verdad es que me avergüenza seguir engañándote, prefiero contártelo todo. –Pausa muy larga que Nina aprovecha para coger aire–. Artem Alikhanyan, mi nuevo amor, llega esta noche; viene a dar una conferencia en el Instituto. Es físico, como yo, admira tu música, a menudo me pide que la toque para él. Sigo siendo una pianista bastante buena, a pesar de que tú no quieras verlo. ¿Sabes?, cada vez tengo más claro que las oportunidades no se pueden desaprovechar. No soy joven, aunque tengo unas ganas infinitas de vivir; no sé bien por qué, pero a medida que cumplo años el deseo de libertad se hace cada vez mayor. Ahora pienso que, para mí, el desastre empezó realmente el día que me levanté de la cama y me di cuenta de que nuestro matrimonio estaba roto. No, no es falta de amor, soy consciente de que nos queremos, pero no hay pasión, Mitia, no la ha habido desde hace mucho tiempo, y sin pasión resulta muy difícil seguir viviendo juntos. Ya sé que no es la primera vez que nos separamos; lo hicimos un año, comprobamos que no podíamos soportarlo y decidimos probar de nuevo; quizá esta vez ocurra lo mismo, no lo sé, lo que sí sé es que estaba harta de tus infidelidades; yo, hasta ahora, te he sido fiel, bueno, no siempre. Sin embargo tú, ya sabes: Tatiana, Galina, Elena…, ¿quieres que siga?

Tatiana aparece, con los ojos llorosos; va vestida con una capa de terciopelo rosa y unas botas del mismo color, que le llegan hasta las rodillas.

–Mitia, ¿no te acuerdas de mí? –Se mueve, inquieta, hace un esfuerzo por sobreponerse, observa unos segundos a Nina sin decir nada y después continúa–: Estoy segura de que tu mujer sí me recuerda, aunque hayan pasado muchos años desde la última vez que tú y yo hicimos el amor. –Nina se mueve, nerviosa. Da la impresión de que quiere intervenir, pero al final opta por permanecer en silencio–. He venido para confesarte lo que entonces no supe decirte –continúa Tatiana–. Fue una pena que no nos casáramos; estábamos hechos el uno para el otro. Fuiste mi primer amor y creo que yo también lo fui para ti, pero tu madre se interpuso entre nosotros; jamás se lo perdonaré...

Madre me da un palmetazo en la mano:

–¡Quieres hacer el favor de no beber más zumo de grosella, Mitia! ¡Te harás pis en la cama! ¿Por qué no practicas un poco? ¡Escalas, hijo mío, las escalas son indispensables para conseguir una buena técnica! Ojalá pudiera practicar yo... ¿Dónde diablos se habrá metido tu padre? ¡Como lo pille otra vez en el burdel, lo mato! –De pronto, avergonzada–: Lo siento cariño, no puedes saber lo que es eso, ya te lo explicaré cuando seas mayor; no me hagas caso, tu padre y yo, aunque no lo parezca, nos llevamos muy bien.

Tatiana, cada vez más exaltada:

–Estaba dispuesta a seguirte a donde quisieras, Mitia; en Crimea te lo dije, me entregué a ti, era la primera vez. No solo tu madre, mis padres también se oponían; me daba igual, te propuse que nos fuéramos a vivir juntos, pero a la hora de la verdad levantaste el vuelo como un gorrión asustado. No me mires así, Mitia, la verdad es que no supiste luchar por mí.

Margarita entra riendo junto a tres oficiales de bajo rango; lleva una pamela blanca adornada con flores y guantes negros que le llegan a los codos; gesticula, coquetea, baila con los oficiales; luego, se dirige hacia mí hecha una fiera y vocifera:

–¡Dmitri Dmítrievich, eres un canalla! Todas las mujeres que han pasado por tu vida lo tenían claro. –Se vuelve hacia Tatiana y la mira de arriba abajo–. Incluso esta mosquita muerta vestida de rosa, que parece recién salida de un jardín de infancia.

Tatiana retrocede unos pasos y se vuelve contra la pared.

Elena se acerca con un vestido dorado y zapatos rojos de charol, da vueltas a mi alrededor, me coge la mano, me guiña un ojo y, entre risas, acaba por decir:

—¡Qué mala cara tienes, Mitia! Parece que vengas de un funeral. ¿Por qué sufres tanto? No conozco a nadie tan tímido como tú. No eres consciente de la suerte que tienes; siempre rodeado de mujeres que se pelean por ti. —Margarita quiere intervenir, pero Elena la aparta de malos modos—. Si te apetece, esta noche podríamos hacer un trío; he hablado con Lina y me ha dicho que le parece bien.

Lina entra corriendo en camisón y un oso de peluche en la mano.

—¡Hagámoslo, Mitia! Me muero de ganas. Si quieres podríamos organizar un cuarteto. Tengo a la candidata ideal. Tiene la piel tan suave como las teclas blancas de un piano. Ya verás, estoy segura de que te gustará. —Se interrumpe al ver acercarse a los tres oficiales. Después de una pausa, continúa, más azarada—: Aunque no sé si en este desventurado país está permitida la imaginación.

Margarita, mirándome con rabia:

—No sabía que te gustaban las lesbianas. Aunque de ti se puede esperar cualquier cosa.

Lina a Margarita, abrazando a su osito:

—Pues no sabes lo que te pierdes, cielo. Si quieres puedo instruirte; estoy segura de que me lo agradecerás. La que lo prueba nunca se vuelve atrás.

Galina irrumpe con una partitura en la mano. Va vestida con un traje de chaqueta muy ajustado y una pajarita negra. Al ver a tanta gente, parece dudar. Baja la mirada, retrocede unos pasos, pero vuelve enseguida sobre ellos, blande la partitura como si fuera una bandera y exclama:

—¡Al fin he acabado mi *Primera sonata para piano*, maestro! Me gustaría que la analizáramos juntos. Ya sabe lo que le he dicho muchas veces: la única influencia que reconozco en mi música es la suya. ¡Sí, solo la suya! Usted es el mejor compositor de la Unión Soviética y yo soy su mejor alumna. —Observa con prevención a Elena y Lina–. Y ahora, deje a estas dos y véngase conmigo, le tocaré mi sonata, estoy segura de que le gustará.

Tatiana se da la vuelta y me mira:

–Sí, Mitia, me hiciste pensar hasta qué punto una mujer tiene que desconfiar de los hombres. Recuerdo mi noche de bodas: estábamos a punto de consumar el matrimonio, cuando, de pronto, sonó el teléfono. Contesté sobresaltada; eras tú, me juraste amor eterno, propusiste que dejara a mi marido y me fuera a vivir contigo. Sentí cómo mi corazón se aceleraba; te dije que ya te llamaría, que en ese momento no podía hablar. Y así un día tras otro. Llamabas como un loco, me decías que no podías vivir sin mí, y yo, tonta, al final te hice caso y fui a Leningrado, dispuesta a todo. Estaba embarazada y no me importaba, pero a ti sí te importó: «No podemos, Tatiana, no podemos, los hijos son sagrados, tienes que olvidarme». Nunca te olvidé Mitia, y nunca te olvidaré. Después te casaste con Nina. Tu mujer siempre me intimidó. Pensaba que era mucho más inteligente que yo, todos hablaban de ella con admiración, me sentía poca cosa a su lado, aunque ya veo que no te ha amado como yo lo hubiera hecho de haber sido tu esposa. Te equivocaste de mujer, Mitia.

Me da un beso y se aleja.

Nina, despertándose de su sopor:

–Pobre Tatiana, siempre me dio pena, deberías haberte casado con ella, era la mujer que te convenía. –Mira el reloj–. Tengo que irme; quiero asistir a la conferencia de mi amigo, no te digo que me acompañes porque, dadas las circunstancias, no me parece lo más correcto. –Se vuelve con la intención de marcharse, pero cambia de parecer y añade–: La verdad es que a ti y a mí se nos iba escurriendo la vida entre las manos, lo único que nos quedaba eran esas interminables discusiones, litigios existenciales ante un estrado vacío. La desesperanza no puede ser una forma de vida... No te preocupes por los chicos, vendré a verlos a menudo, no me van a perder, de eso pueden estar seguros. A pesar de lo que me ha costado tomar esta decisión, lo cierto es que me levanto por las mañanas llena de alegría...

Se interrumpe al ver acercarse a Margarita con paso decidido, que me señala con el dedo y exclama:

−¡Cobarde! ¿Por qué nunca das la cara?

Nina, perpleja:

−¿Y usted quién es, señora?

Margarita, altiva:

−Es normal que no lo sepa, cuando conocí a su marido, usted ya estaba muerta. Menuda prenda me dejó.

Nina, ofendida:

−Un poco de respeto, Dmitri Dmítrievich es nuestro más insigne compositor; lo sabe, ¿no?

−¡Yo qué voy a saber! No entiendo su música, a lo más que llego es a las canciones de nuestro glorioso Ejército soviético.

−Si es así, poco tiene que ver con él.

−Poco no, nada. Anduvo correteando a mi alrededor, hasta que acepté casarme con él: fue el mayor error de mi vida.

Nina le da la espalda y me abraza.

−Adiós, Mitia, no te preocupes, estaré bien; háblales a los chicos de mí con cariño. −Mira de nuevo el reloj y sale precipitadamente.

Galina está sentada en el suelo y mueve los dedos como si tocara el piano, se detiene, canta, vuelve a mover los dedos, esta vez más rápido; luego suspira, recoge la partitura de su sonata, se levanta y me susurra al oído:

−Lo debe de estar pasando muy mal, maestro, le compadezco; qué espectáculo más lamentable. Menos mal que tenemos la música; la música limpia toda esa porquería que dejan los humanos. Ya sabe que puede contar conmigo para lo que quiera; si me necesita, llámeme.

Sale.

Margarita parece dudar. Comenta algo con los tres oficiales, pero no llega a oírse lo que les dice. Estos se mueven inquietos sin atreverse a intervenir. Margarita señala a Elena y Lina, y levanta la voz:

−¿A qué esperáis? ¡Detened a esas golfas!

Se quita la pamela y se la pone al oficial. Después, con aire muy digno, pasa por delante de Elena y Lina, se detiene frente a mí y me lanza una mirada de fuego:

—Sabes lo que eres, ¿no? Un desgraciado que no tuvo agallas para pedirme el divorcio y envió a su hijo Maxim en su lugar. Tu falta de compromiso no tiene nombre. Lo sabe todo el mundo en el Partido. Solo Stalin impedía que te trataran como te mereces. Y luego, estas mujerzuelas que están aquí deseando al hombre de diez dioptrías, que cuando se quita las gafas no ve ni torta. Supongo que te acostabas con ellas mientras estabas casado conmigo. Todo el mundo debería saber que tus grandes privilegios los tuviste gracias a mí.

Elena, adelantándose unos pasos, levanta la voz:

—¿Cómo pudiste casarte con esta arpía, Mitia? Se la ve venir a la legua. Miente más que habla.

Margarita se enfrenta a ella:

—Ten cuidado con lo que dices. —Elena y Lina se ríen. Margarita mira a los tres oficiales y les hace una señal—. Gracias a nuestro Camarada Secretario General, la homosexualidad volvió a ser delito en la Unión Soviética. Así que ya sabéis lo que os toca a ti y a tu amiguita si no queréis tener problemas. Aunque eso, me temo, no lo vais a poder evitar.

Los tres oficiales se llevan a Elena y Lina, que siguen riendo. Margarita sale detrás de ellos.

Madre se acerca y me besa.

—Cielo, espero que cuando crezcas sepas respetar a las mujeres. Sin nosotras el mundo sería mucho peor.

ACTO III

I

El Beethoven rojo

Cuando el coche llegó a las puertas del Kremlin a las cinco de la tarde, todavía no era consciente de la situación a la que me iba a enfrentar. Sobre las piedras húmedas, que olían a moho pese a que estábamos en junio, me esperaba un oficial serio y atento que abrió la portezuela del coche, invitándome a seguirle. Mi cabeza le daba vueltas a la orden que había recibido de Stalin para que acudiera a verle. ¿Dónde encontraría el valor suficiente para presentarme ante quien se hacía llamar por todo el mundo «Camarada Secretario General» y aguantarle la mirada? Me quité el abrigo y se lo entregué a un ujier que salió a mi encuentro. Seguí al oficial y comencé a subir con calma los peldaños de una escalera que muy bien podía cambiar mi destino.

–¡No se retrase, por favor! –exclamó el oficial, lanzándome una mirada inquieta.

Hacía años que deseaba confirmar que el Kremlin existía de verdad, aunque el mariscal Tujachevski me había advertido que era mejor no tener que ir nunca allí. Con ese pensamiento llegué hasta el segundo piso, cada vez más nervioso.

–Espere aquí –dijo el oficial, ahora con un tono más seco.

Al fondo de una sala había un ujier que trataba de arreglar unas pesadas cortinas de terciopelo verde oscuro. Imaginé que detrás de ellas estarían los ventanales que tantas veces había visto al pasar por la plaza. Seguía nervioso y algo aturdido, aunque me mantenía firme, al haber hecho mío un viejo lema popular moscovita: «Sin audacia no llegarás a ningún lado».

–Puede entrar –dijo el oficial, que se situó en el umbral de la puerta en posición de firme.

Reconocí de inmediato a Mólotov, de pie junto a un mapamundi. Me acerqué despacio hacia él, sin mediar palabra. Mólotov sacó las gafas de un bolsillo y, tras ponérselas, me miró de arriba abajo, con su cuerpo rechoncho embutido en un traje azul cruzado con chaleco, corbata gris oscura y una estrella de cinco puntas en el ojal.

–¡Cambio de planes, camarada Shostakóvich! –dijo, mientras se ponía el abrigo y alcanzaba un sombrero situado en una butaca cercana. –Y añadió, con el tono de quien trabaja para la máxima autoridad del Estado–: El Camarada Secretario General ha decidido invitarle a su residencia de las afueras de Moscú.

Me quedé parado en medio de la sala sin saber qué decir, ni qué hacer.

–Vamos, vamos –prosiguió Mólotov–, Stalin le invita a cenar a su casa; es un honor poco habitual. Y vaya pensando que momentos como este nunca se olvidan.

–No, claro –balbuceé mientras salía de mi ensimismamiento.

–Pero dese prisa, camarada. Iremos en mi coche. Tenemos menos de una hora; quiero estar allí a las seis. –Y, volviéndose hacia el oficial, dijo–: ¿Lo ha oído, teniente? Adelántese y lleve el coche a la puerta.

–Entendido, camarada ministro –respondió el oficial–. Hay que llegar a la seis en punto.

«También Mólotov está nervioso», pensé, mientras me apresuraba hacia la puerta tras haberme quedado un poco rezagado. Bajamos las escaleras en medio de los sonoros taconazos de los guardias y, en efecto, allí estaba, justo al lado de la puerta, el flamante Packard negro de Mólotov, con sus ruedas de repuesto en fundas blancas sobre los guardabarros laterales. Mi reloj marcaba las cinco y cuarto.

El coche rodaba a toda prisa por las calles casi desiertas de Moscú; los guardias de tráfico detenían y apartaban los pocos coches al ver llegar el Packard. Nos deslizábamos por el asfalto como si se tratase del vuelo de las brujas del doctor Fausto y tuve la sensación de que iba a necesitar una gran dosis de imaginación para entender lo que estaba a punto de sucederme. Al salir de Moscú tomamos una carretera que solían llamar «la gran autopista del Gobierno», porque solo circulaban por ella coches oficiales. Al poco llegamos a una barrera. El militar que iba sentado al lado del chófer hizo brillar una insignia a través del parabrisas y el guardia se cuadró y nos dejó pasar. El cristal de la ventanilla derecha estaba bajado y Mólotov, creyendo que me molestaba el aire, lo subió sin decir nada. Después de media hora, al salir de la autopista, tomamos una carretera secundaria rodeada de abetos jóvenes hasta llegar a otro puesto de control. Un pequeño camino sin asfaltar nos condujo ante una dacha no muy grande, en medio de un espeso bosque. No me extrañó que la gente la conociera como «el rinconcito». Me quedé mirando el lugar mientras descendía del coche y me abrochaba el abrigo. Stalin vivía en aquella dacha, adaptada al tipo de vida que le gustaba llevar, con su círculo íntimo.

Al atravesar la puerta, nos encontramos frente a frente con Stalin.

−Así que finalmente me lo has traído −dijo en voz alta, dirigiéndose a Mólotov−. Después de tanto tiempo y de tantas dudas.

Se tambaleó de pronto, como si se hubiera sorprendido de sus propias palabras, y nos condujo a una pequeña estancia, donde había una chimenea encendida, pese a estar ya casi en verano. Se sentó en uno de los sillones tapizados en cuero, un tanto destartalados. En una mesilla contigua había una campanilla de plata al alcance de su mano: la agitó.

−Traigan una copa para mi invitado. −Y mirándome mientras se acomodaba en el sillón como si fuera a estar allí toda la noche, me preguntó−: ¿De vino o de vodka?

−De vodka, por favor −contesté en voz baja.

Un camarero llegó enseguida. Por su aspecto debía de haber sido un militar, ahora retirado. En la bandeja había dos copas, una, más pequeña, para mí; la otra, mayor, para él. Mólotov, quieto como una estatua, miraba la escena con curiosidad. El primer sorbo de aquel vodka soltó la lengua a Stalin.

–¡Vaya, vaya, el Beethoven rojo en mi casa! –dijo, antes de vaciar el resto de la copa de un trago–. Porque usted es el Beethoven rojo, ¿verdad? Pero beba, camarada Shostakóvich, beba.

«Este hombre solo sabe mandar», pensé, mientras me llevaba lentamente la copa a los labios.

La verdad es que no reconocí al Stalin majestuoso de las fotografías y el cine. Me sorprendió lo pequeño y deslavazado que era, y lo mal que llevaba sus sesenta y cinco años. De tórax estrecho y piernas largas, movía el brazo izquierdo con dificultad. Su rostro estaba manchado por antiguos rastros de viruela, excepto en las mejillas, coloreadas de un rosa intenso; los dientes eran oscuros, irregulares, metidos hacia dentro; los ojos, pardos, inteligentes, y el bigote menos espeso de lo que imaginaba. Pese a todo, su cabeza imponía: había en ella algo patriarcal, una mezcla de severidad y osadía.

–¿Sabe de qué diablos hablo, Dmitri Dmítrievich? –me preguntó cruzando las manos sobre su voluminoso estómago, al ver que yo no reaccionaba. Su expresión se endureció–. ¿Es usted realmente el Beethoven rojo que todos esperamos? Llevo buscándolo mucho tiempo y esta vez no quiero verme decepcionado.

Me sorprendió también su fuerte acento georgiano, aunque, como pude comprobar después, su vocabulario era rico y su lenguaje, plástico.

–«Los héroes que saben sacrificarse son también los que mejor saben matar» –dijo, ante la mirada impertérrita de Mólotov y mi propio desconcierto–. Pero ¿es usted en verdad el Beethoven rojo? –preguntó de nuevo, y tras una corta pausa, profirió otra de sus habituales sentencias–: «Si caminas deprisa alcanzarás la desgracia, si vas despacio la desgracia te alcanzará a ti».

Continuábamos el uno frente al otro: él, con los brazos cruzados; yo, sintiendo su aliento en la cara, y Mólotov, algo apartado, en silencio.

–Tendremos tiempo esta noche para hablar de eso y de otras muchas cosas. Mis cenas suelen durar entre cinco y seis horas. Espero que esté en forma y que no sea como esos otros que se caen redondos a media velada. –Se volvió hacia Mólotov y le guiñó un ojo–: ¿Qué te parece, Viacheslav Mijailovich, si volviéramos al tema de una de nuestras últimas conversaciones sobre el idealismo de los mencheviques o habláramos de aquellas camaradas de mirada suave que, sin embargo, se revelaron como unas nihilistas? Quizá saldría algo bueno de eso.

Mólotov se rio sin hacer ruido.

«¿De qué hablasteis?», me preguntó más tarde, mucho más tarde, Nina, temerosa por lo que hubiera podido decir con alguna copa de más. La verdad es que no supe qué contestar. Todo fue tan confuso, tan extraño, que incluso ahora me cuesta recordarlo. Solo una imagen se me quedó grabada para siempre, la imagen de Stalin dando un salto mientras decía: «Estoy hambriento. Vámonos al comedor. Beria y Zhdánov nos esperan». Al escuchar que Zhdánov también estaría en la cena, sentí una punzada en el estómago. Era mi peor enemigo y me lo había demostrado muchas veces; como pronto pude comprobar, esa noche no iba a ser una excepción.

Cuando nos dirigíamos al comedor, nos detuvimos ante un atlas en el que la Unión Soviética estaba pintada de rojo, mayor y más visible de lo normal. Stalin fue siguiendo sus fronteras con la mano. Sus ojos miraban el mundo con una expresión de ansiedad. ¡Ese era mi anfitrión! El hombre que tenía el destino de toda la Unión Soviética en sus manos.

–¡Nunca aceptarán la idea de que un espacio tan grande sea rojo! ¡Nunca! –exclamó, levantando las manos–. Siempre he defendido que la violencia es el único medio de lucha, y la sangre, el carburante de la historia.

–Sin industrialización –observó Mólotov, muy serio–, la Unión Soviética no habría podido mantener una guerra como esta; de no ser por ella nos hubiéramos hundido sin remedio.

–Ese fue el caballo de batalla en mis discusiones con Trotsky y Bujarin –dijo Stalin, frunciendo el ceño–. Acabé tan harto de ellos que agradecí que desaparecieran.

Una sonrisa de complicidad iluminó el rostro de Mólotov. Esa noche comprobé que la actitud de Stalin con él era respetuosa. Lo consideraba un colaborador especial. Era el único miembro del politburó al que tuteaba.

Al entrar en el comedor, Beria se acercó a mí y me saludó de forma cordial; la verdad es que las pocas veces que le había pedido un favor, se había mostrado bien dispuesto; Zhdánov, por el contrario, evitó mi mirada.

Nos sentamos a la mesa: Stalin en la presidencia, Mólotov y Beria a su derecha, y Zhdánov y yo, a su izquierda. El comedor era amplio. Casi media mesa estaba repleta de comida presentada en fuentes de plata, y de bebida: vodka, vino tinto, cerveza, coñac, caza, pescado, caviar, arenques, fruta, dulces. Éramos cinco a la mesa y la cena parecía estar servida para treinta.

Frente a Stalin había dos copas: una de vodka y otra de vino tinto. Levantó la primera y exclamó:

–¡Camaradas, bebamos a la salud del Beethoven rojo! Su intervención en la guerra ha sido ejemplar. La *Sinfonía Leningrado* ha resultado ser el mejor cañón de nuestra artillería. Muchos de mis generales deberían seguir su ejemplo.

Los tres ministros levantaron las copas y brindaron a mi salud. Yo estaba tenso, mi natural desconfianza me decía que ahí podía haber gato encerrado. ¿Cuál era la razón de haberme llamado y de tanta atención? Nina, antes de salir, me había aconsejado que hablara poco y bebiera menos. Desgraciadamente no le hice caso en ninguna de las dos cosas.

–¿Está satisfecho con el nuevo piso que le hemos dado? –me preguntó Stalin a bocajarro, al tiempo que volcaba una enorme cucharada de caviar sobre su venado. Y al ver que yo lo miraba con sorpresa y una cierta aprensión, sin dejarme responder, añadió–: El venado con caviar es exquisito. ¿No lo ha probado? ¿Quiere que le sirva un poco? Pero beba, beba, tiene la copa vacía y eso es una de las cosas que no tolero en mis cenas. Como ya le he dicho antes, suelen durar varias horas. –Torció el gesto–. Mire a Zhdánov, solo bebe zumo de naranja, tiene úlcera de estómago y toma esa porquería, ¿a quién se le ocurre? Dice que es lo único que le calma el dolor. Créame, estoy rodeado de lunáticos; no sé cómo voy a poder ganar la guerra con ellos. –Y volviéndose hacia Zhdánov, le preguntó–: ¿Cómo anda hoy del estómago, Andréi Aleksándrovich?

–Mejor, Camarada Secretario General, mucho mejor; gracias por su interés.

–¿Interés...? Es mucho más que eso. Ya sabe que yo siempre me preocupo de mi gente... –Y dirigiéndose de nuevo a mí, dijo–: Pero no ha contestado a mi pregunta.

–¿Cómo...?

–El piso.

–¿El piso?

–Sí, claro, el piso.

–No sé cómo agradecerle...

–Fíjese en Beria –me volvió a interrumpir–. Es un borracho, tiene el hígado deshecho y mezcla vodka, coñac, vino tinto y no sé cuántas cosas más.

Beria se revolvió en la silla.

–Yo, Camarada Secretario General...

–Coma y beba cuanto quiera, Lavrenti Pávlovich. Pero deje algo para los demás. Nuestro invitado hoy es el Beethoven rojo; debemos agasajarlo como se merece.

–No sé cómo agradecerle el piso, Iosif Vissariónovich...

–¿Piso?, ¿qué piso? Ah, sí, el suyo..., ¿qué tal es?

–Magnífico –dije, sin levantar la vista del plato.

–Sea más explícito, Dmitri Dmítrievich. ¿Está todo a su gusto?

–Quizá sea algo ruidoso, pero es soportable.

–¿Ruidoso? ¿Sabía usted eso, Lavrenti Pávlovich?

–Es un cuarto piso en el mejor bloque de apartamentos de la avenida Kutuzovsky –dijo Beria, con la boca llena–. Tiene cinco habitaciones, dos baños y un estudio para que pueda trabajar. Además, le hemos dado una nueva dacha en Kratovo, un coche y cien mil rublos. No creo que se pueda quejar.

–Y no me quejo, camarada Beria, por favor, no piense usted eso –dije, después de beber un largo sorbo de vodka para tragar el venado–. El apartamento que teníamos en la calle Kirov se nos había quedado pequeño; este es mucho mayor, pero está en la autopista Mozhaiskoye; hay mucho tráfico y para un músico el ruido no es lo mejor.

–Ya lo ve, Lavrenti Pávlovich –dijo Stalin–. Nuestro amigo no puede trabajar y eso no podemos permitirlo. Mande que le pongan dobles ventanas y si no es suficiente, que le den otro piso.

–No, no es necesario, camarada… –La mano con la que sostenía la copa me empezó a temblar–. Perdón, bueno, sí… ¡Es magnífico! Hay mucho espacio, los niños pueden jugar, mi mujer está muy cómoda, el ruido no importa; por favor, de verdad, no se preocupen.

–¿En qué quedamos, Dmitri Dmítrievich, el ruido le molesta en su trabajo o no? –me preguntó Stalin, arrugando la nariz.

–Estoy muy contento con el apartamento… Gracias, gracias, Camarada Secretario General; gracias también a ustedes, camaradas.

–De todas formas, Lavrenti Pávlovich, haga lo que le he dicho –concluyó Stalin, impaciente por zanjar el tema.

Yo tenía la sensación de que no había mostrado suficiente agradecimiento; mi pierna derecha se movía de arriba abajo sin parar.

–¡Cálmese, Dmitri Dmítrievich! –me ordenó Stalin, llenando mi copa de nuevo–. Tranquilícese y beba. Es un vino georgiano excelente, que cosechan exclusivamente para mí. Me agrada beber un sorbo de vino primero y otro de vodka después. Es una buena combinación, pruébela usted también, le reconfortará; la noche va a ser larga y tenemos muchas cosas de las que hablar.

Empecé a sentir vértigo. Uno se pasa toda la vida preparándose para algo y cuando llega no sabe cómo actuar. Recordé una vez más lo que me había dicho Nina: «sobre todo, no bebas». Pero el vino era buenísimo, no había probado ninguno así. Y además, no veía otra manera de calmar mis nervios.

Un soldado entró en el comedor con un telegrama para Stalin.

–Churchill me informa de que el desembarco en Francia empezará mañana. ¡Ya es la cuarta o quinta vez que me advierte de lo mismo! –Y repitió varias veces la palabra «cobardes», salpicándola con otros insultos.

–No son cobardes –dijo Mólotov, con aire muy serio–, se trata tan solo del mal tiempo.

–¿La niebla? –preguntó Stalin.

–Sí, habrá desembarco si no hay niebla.

–Así que solo un día soleado es propicio para matar alemanes. ¡Si nosotros hubiéramos tenido que esperar a que hiciera sol! Pero ya conocemos a nuestros amigos. El valor no es lo suyo. Temen que los soldados lleguen a las playas mareados por las olas y vomiten en lugar de atacar.

–Con mal tiempo el desembarco es mucho más complicado –insistió Mólotov, sin levantar la mirada del plato–. Deben esperar a que la previsión meteorológica mejore.

–Lo malo es que, a estas alturas, el servicio secreto alemán ya estará al tanto –dijo Stalin–, con lo cual se perderá el factor sorpresa. Estarán esperándolos en la playa y los matarán como a patos. –Hizo una pausa y me miró–. Eso se podría haber evitado, si la operación se hubiera llevado a cabo en la fecha prevista, es decir, hace cinco días. Pero las previsiones para mañana siguen siendo malas, así que no debemos preocuparnos; el ataque se volverá a retrasar.

–Camarada Secretario General –se atrevió a contradecirlo Mólotov–, estoy seguro de que esta vez la operación se llevará a cabo. Como ya le he informado, el ministro de Exteriores británico me lo ha garantizado esta misma tarde.

Stalin hizo un gesto despectivo con la mano, dando a entender que no quería prolongar más el tema. Después, bajando el tono de voz, como si hablara consigo mismo, sentenció, en su modo habitual:

—La guerra terminará pronto. Nos recobraremos en quince o veinte años y volveremos de nuevo a ella.

Había algo demoledor en sus palabras. Hablaba de otra guerra antes de que terminara la que teníamos. Pero reconozco que existía cierta grandeza en la manera con que veía los caminos que debía seguir. Sus inesperados saltos de un tema a otro, la fuerza y convicción con la que se expresaba, causaban desasosiego y a la vez sumisión. Todo le parecía mal. Sin embargo, una de las cosas que más me sorprendió aquella noche fue su sentido del humor; un humor áspero, seguro de sí mismo, en ocasiones cínico, si bien dotado de finura y profundidad. Sus reacciones eran rápidas, prestaba atención a sus interlocutores, aunque era poco amigo de explicaciones largas, sobre todo cuando no las daba él.

—*Attaquez donc toujours!* —gruñó Beria, ahogándose casi entre tanto bocado. Bebía y comía con voracidad. Supuse que ya estaba borracho, aunque sus maneras eran parecidas, estuviera ebrio o no.

Mólotov carraspeó para que le prestáramos atención.

—Uno de nuestros soldados —dijo— condujo una vez a un grupo de prisioneros alemanes; por el camino los fue matando a todos menos a uno. Cuando llegó a su destino, le preguntaron dónde estaban los otros. Él contestó: «He cumplido la orden del comandante en jefe al pie de la letra: me ordenó que los matara a todos hasta el último. Y aquí está el último».

Beria se rio con la boca llena y, dirigiéndose a mí, añadió:

—Yo también tengo una buena anécdota que contarle, camarada: un iraquí y un alemán estaban hablando en un momento de tregua. El alemán se maravillaba de que los iraquíes sostuvieran guerras continuamente. El iraquí se justificó: «Lo hacemos para saquear. Somos pobres y esperamos obtener algún botín.

¿Y vosotros, por qué lucháis?». El alemán repuso: «Por el honor y la gloria». A lo que el otro añadió: «Cada cual lucha por lo que no tiene».

–Es verdad –observó Stalin resoplando, mientras intentaba cortar una pata de cordero que se le resistía–. Los alemanes solo saben obedecer. Recuerdo cuando estuve en Alemania antes de la Revolución: un grupo de socialdemócratas llegó al congreso con retraso porque tuvieron que esperar a que les confirmaran su documentación o algo parecido. ¿Se imaginan ustedes a un ruso haciendo eso? Tenía razón aquel que dijo que en Alemania no se podría hacer una revolución porque habría que pisar el césped.

Mólotov esbozó una sonrisa forzada. Era incapaz de comprender el humor de su jefe. Este volvió la cabeza a uno y otro lado mientras se revolvía en el asiento:

–Si no fuera por mí, los angloamericanos perderían esta maldita guerra. Eisenhower y Churchill no tienen lo que hay que tener para vencer a Hitler. El único que puede hacerlo soy yo. Yo lo venceré, llegaremos a Berlín, estén seguros de ello.

–¡Nuestro líder y maestro es el más grande! –exclamaron a la vez Beria y Zhdánov, mientras Mólotov permanecía en silencio, sin que nadie pudiera adivinar lo que estaba pensando.

–¿Recuerdan a Anna Filipovna? –preguntó de pronto Beria, despertándome de mi letargo, como si aquel nombre hubiese abierto en mí recuerdos del pasado.

–¿La mujer de aquel general desviacionista al que tuvimos que fusilar? –quiso saber Zhdánov.

–Sí, la misma –dijo Beria–. Su cuerpo desprendía un perfume que embriagaba. Un olor es una cosa viva, un duende que se le mete a uno en el alma; ustedes ya me entienden.

–Poético está usted esta noche, camarada –dijo Mólotov, con ganas de que Beria siguiera contando.

–¡Je, je! Poético no, estoy que me salgo –rio Beria.

–¿Salido, dice…? –preguntó Mólotov, con una mueca de disgusto.

–¡Je, je! No sabe hasta qué punto –volvió a reír Beria.

–Yo también conocí a la Filipovna –intervino Zhdánov, un tanto misterioso.

–¿Usted también…? –quiso saber Mólotov, levantando las cejas.

–Sí, yo también –afirmó Zhdánov, ruborizándose–. Una sonrisa florecía en su boca y sus pupilas, dilatadas en medio del acto…

–Una mujer ejemplar –lo interrumpió Beria.

–Quedan pocas como ella –suspiró Zhdánov.

–La manzana fatal –sentenció Beria.

–¡Valía por doce de esas fulanas que saben a calabaza cocida! –exclamó Zhdánov, casi sin aliento.

–Cuesta reemplazarla –dijo Beria, y se volvió a reír.

–Yo llegué a tenerle miedo –confesó Zhdánov.

–¿Miedo, camarada?, ¿cómo es eso? –quiso saber Mólotov.

–Era terrible –dijo Zhdánov–. Derretía el dinero y el cerebro.

–¡Cállense! –exclamó de pronto Stalin, cuyo puritanismo, bien conocido, se escandalizaba con facilidad–. No soporto esa procacidad tan contraria a la ética del Partido. Me resulta desleal. Sordideces de viejos comunistas, impropias de buenos bolcheviques.

–Los viejos hábitos, Camarada Secretario General, se resisten a marchar –susurró Beria, cabizbajo.

La tensión se cortaba en el ambiente. Menos mal que un soldado entró en el comedor y le dijo algo a Stalin en georgiano. Creo que eso suavizó su respuesta, que al final hilvanó, clavándome su mirada:

–¡Se da cuenta, Dmitri Dmítrievich! Se hinchan de arrogancia igual que se hinchan de grasa. ¡Qué ufanos se sienten al recordar sus hazañas sexuales! Si no fuese por el poder que yo les he dado, ninguna mujer los miraría a la cara. Estoy rodeado de gente sin moral ni principios. Pero que se anden con cuidado porque en el momento menos pensado los arrojaré de mi lado. –Beria y Zhdánov se miraron, mientras Mólotov sonreía–. ¿Los ve?

–continuó Stalin, señalando esta vez las estrellas que lucían en sus chaquetas–. ¡Se vuelven locos por tenerlas! ¿Quiere usted también una, Dmitri Dmítrievich? –Y zarandeándome el pecho, añadió–: Se la pondré aquí, sí, aquí...

De pronto bostezó, dando la impresión de que había perdido interés en la conversación. A esas alturas, yo no sabía aún por qué me había convocado.

–Quizá usted crea que no respeto a nuestros aliados en esta guerra –dijo Stalin, mientras me llenaba de nuevo la copa–. Pero no es así. Soy consciente de que nada los haría más felices que dejarme en la estacada. Durante la Primera Guerra Mundial, Churchill se dedicó a engañar a rusos y franceses. Es un hijo de perra, en cuanto te descuidas te saca un kopek del bolsillo... Sí, un kopek, ¡hasta un miserable kopek! Roosevelt es otra cosa. Él solo mete la mano para sacarte monedas de más valor, pero Churchill, hasta por un kopek se las ensucia.

–En Moscú –intervino Mólotov, con expresión neutra–, Churchill llegó a alardear de que merecía la Orden del Ejército Rojo por habernos enseñado a combatir con la intervención británica en Arcángel.

–Churchill es un político astuto e inteligente, hay que tener cuidado con él –dijo Stalin, haciendo un gesto desdeñoso con la mano, como si lanzara algo por encima del hombro–. Aunque, a fin de cuentas, ¿quién es Churchill en realidad?, ¿quiénes son los demás dirigentes angloamericanos? Polvo que se llevará el viento de sus democracias liberales; la guerra acabará con sus carreras políticas, ninguno resistirá el tránsito de la guerra a la paz. Yo no estoy en contra del voto popular en las elecciones, pero lo que olvidan en esos países capitalistas es tener el control del recuento. –Su rostro se iluminó, antes de añadir–: En la historia solo han existido cuatro grandes visionarios políticos: Alejandro Magno, Napoleón, Hitler y yo.

–¿Y Lenin? –me atreví a preguntar.

–Pero ¿qué está diciendo? –exclamó Beria, echándose para atrás.

—Deje preguntar lo que quiera al camarada Shostakóvich —dijo Stalin.

Y volviéndose hacia mí, me cogió del brazo y dejó pasar unos segundos que me parecieron eternos. Todo el comedor había quedado en silencio.

—A mí de joven me llamaban «el Lenin del Cáucaso» —dijo al cabo, con una expresión extraña—. Él fue mi mentor, por llamarlo de algún modo; era un hombre excepcional, pero no un estadista. Se conformaba con darle todo el poder a los sóviets. No entendía que eso no era un fin sino un medio, el instrumento de un designio mayor, el designio que dicta el Partido. Fue una suerte para todos que desapareciera en el momento justo. En el reparto de Europa que haremos cuando concluya la guerra, nos llevaremos la mejor parte. Se deberá dividir Alemania. Los occidentales, que se queden con el oeste, yo me quedaré con el este. Dresde, Leipzig, Weimar, Berlín serán nuestros. Y si se resisten, exigiré que me den el territorio alemán íntegro. En cualquier caso, Alemania, directa o indirectamente, deberá estar bajo nuestra tutela; es decir, convertirse en soviética o al menos en comunista. No podemos permitir que resucite por segunda vez.

Mólotov le preguntó cómo iba a conseguirlo.

—Ya veré la forma. La crisis económica de Europa como resultado de la guerra ayudará en la tarea. Habrá hambre, caos, insatisfacción, y yo me aprovecharé de todo eso.

—No me cabe la menor duda de que será como usted dice, Camarada Secretario General —dijo Mólotov, asintiendo con la cabeza.

—Ni a mí tampoco —añadió Beria con un énfasis aún mayor que el de Mólotov.

—Nuestro líder y maestro es siempre el caballo ganador —terció Zhdánov, sonriendo.

—No creo que comparar al Camarada Secretario General con un caballo sea lo más acertado —aprovechó Beria para meter cizaña.

—Era solo una manera de hablar –se disculpó Zhdánov, enrojeciendo–; ustedes ya me entienden.

—No, no le entendemos –lo remató Beria, sin desaprovechar la ocasión.

La mesa estaba asumiendo el papel de una enorme tumba de piedra tallada, donde cada uno evocaba sus propios recuerdos como si fuese el moho que crece en los sótanos húmedos de las casas demasiado viejas. En mi temblor al tomar la copa para llevármela a los labios se notaba mi desasosiego.

—¿En qué diablos está usted pensando? –me preguntó de pronto Stalin, al ver que llevaba un rato sin decir nada–. Según tengo entendido, está trabajando en una nueva sinfonía.

—Bueno, no sé qué decirle...

—¿Por qué balbucea? –me interrumpió–. Los hombres que carecen de determinación me desagradan. ¿Trabaja usted en una nueva sinfonía o no?

—De momento tengo un proyecto entre manos. Algo que...

—Me gusta oírle decir eso –me interrumpió de nuevo Stalin con la determinación que a mí me faltaba–. Así podré indicarle lo que espero de usted.

—Sí –dije al fin–, es un proyecto sinfónico...

—¡Ah!, perfecto. Confío en que su nueva sinfonía siga la misma línea de la anterior –me interrumpió una vez más, mostrándose satisfecho, mientras rebuscaba algo en el bolsillo superior de su chaqueta de corte militar.

—¿Se refiere a la *Octava*? –le pregunté, sintiendo un cosquilleo interior que supe de inmediato de dónde venía.

Stalin levantó las cejas, escrutó mi expresión aturdida y, tras sacar por fin lo que andaba buscando en el bolsillo de la chaqueta, comenzó el ritual de encendido de su pipa, que tenía el puntito blanco característico de la marca inglesa Dunhill, mientras le preguntaba a Zhdánov, con una ironía cuyo significado entonces se me escapó:

—¿La *Sinfonía Leningrado* es la octava? Tenía entendido que era la séptima.

–Y así es, Camarada Secretario General –repuso Zhdánov, que llevaba un buen rato deseando intervenir para quitarse el mal sabor de boca que le había dejado su último comentario–. La *Octava* es una obra posterior.

–Así que hablamos de una nueva sinfonía... ¿Y por qué no se me ha informado? Su obligación es mantenerme al tanto de todo lo concerniente a Dmitri Shostakóvich. Se lo he dicho en más de una ocasión.

Zhdánov volvió a enrojecer y, titubeando como un colegial al que reprenden, dijo:

–La *Octava* es una obra formalista, desmesurada, algo a lo que nuestro compositor ya nos tiene acostumbrados.

Beria y Mólotov se rieron. No tenía simpatía alguna por ellos, pero a Zhdánov lo aborrecía. Era cínico, cruel, oportunista, mentiroso; achaparrado y barrigudo, tenía un bigotito castaño, la nariz puntiaguda y un color de tez malsano, como si estuviera podrido. Sus compañeros en el politburó lo consideraban un intelectual de primer orden y Stalin confiaba en él; prueba de ello es que después del asesinato de Kirov, le dio su puesto en Leningrado. No obstante su estrechez de miras y su dogmatismo, he de reconocer que su cultura era amplia; sin embargo, a pesar de que no existía materia, incluida la música, sobre la que no poseyera algún conocimiento, siempre me pareció que carecía de profundidad y que se limitaba a seguir la doctrina marxista-leninista sin capacidad crítica alguna.

–¿Cómo ha sido recibida en Occidente esta nueva sinfonía? –quiso saber Stalin.

–Ha provocado una auténtica decepción –repuso rápido Zhdánov.

Salté de la silla. Era demasiado; no podía permanecer en silencio ante Stalin.

–Siento tener una opinión diferente a la suya, camarada Zhdánov. El estreno en Nueva York bajo la dirección de Artur Rodzinski se retransmitió por doscientas emisoras de Estados Unidos y por noventa y nueve en Latinoamérica. Según me informaron, más de veinticinco millones de personas la escucharon por radio.

–¿Y la crítica extranjera qué ha dicho? –preguntó de nuevo Stalin, sin dejarse impresionar por las cifras.

Quise responder, pero él me dio un golpe en la mano.

–Deje hablar a Andréi Aleksándrovich; seguro que su testimonio será más objetivo que el suyo.

–Las críticas han sido malas –dijo Zhdánov–. Aseguran que esta última obra de Dmitri Shostakóvich es de tercera categoría, un claro retroceso con respecto a las anteriores, que está escrita con precipitación y es demasiado larga. Incluso Prokófiev, que tampoco acata del todo las directrices del Partido con la sumisión debida, ha declarado que su perfil melódico carece de interés, que la forma es confusa, que sería mucho mejor si se prescindiera de la *passacaglia*, y que si, además, desapareciese el segundo movimiento, que no aporta nada nuevo, la obra mejoraría.

–Ya ve lo que dice su amigo Prokófiev –dijo Stalin, sonriendo–. ¿No tiene usted nada que alegar? ¿No...? Pues entonces dejemos que Andréi Aleksándrovich demuestre que no me he equivocado al elegirle como responsable de cultura.

–La *Octava* –dijo Zhdánov, envalentonado por mi silencio– despierta un sentimiento de desesperación tan intenso que acaba por resultar insufrible. Es vulgar, formalista, contrarrevolucionaria y antisoviética.

–¡No exprese usted juicios de valor y limítese a analizar la obra lo mejor que sepa! –exclamó Stalin, dando muestras de impaciencia.

Zhdánov apretó los puños, antes de continuar:

–Hay algo en ella que recuerda al tercer acto del *Tristán* de Wagner, si bien su lamentable pesimismo la acerca aún más a la última música de Schubert y a las sinfonías de Mahler.

«¿Mahler? ¿Qué sabe Zhdánov de Mahler?», pensé, sorprendido. En Rusia, salvo el entorno de Sollertinski, casi nadie lo conocía. En todo caso, era la primera vez que Zhdánov y yo estábamos de acuerdo. He olvidado las descalificaciones con las que, en contra de lo que le había pedido Stalin, criticó mi obra. Lo que sí recuerdo es que, a pesar de su evidente mala fe, me volvió a sorprender cuando pasó a analizarla con indudable acierto en algunos pasajes.

–La *Octava sinfonía* –continuó Zhdánov–, presenta claras analogías con el primer movimiento de la *Quinta*, si bien, a diferencia de esta última, que se caracteriza por sus proporciones clásicas, en la *Octava* la expresión es tan compleja que imposibilita cualquier intento de ser entendida por un público amplio, principal objetivo de cualquier composición que siga los principios estéticos de la Unión Soviética. –Hizo una pausa para beber un sorbo de su zumo de naranja y me sonrió con una cierta condescendencia antes de continuar–: Sus dos movimientos centrales derivan hacia lo grotesco, algo en lo que nuestro admirado amigo es un experto. «Apología del sufrimiento» es la descripción que mejor corresponde a esta obra, que incide en antiguos errores suyos, *Lady Macbeth*, por ejemplo, expresados con especial intensidad en el último movimiento. A diferencia de la anterior, la *Octava* acaba en *pianissimo*, lo que le priva del tono exultante de la *Sinfonía Leningrado*...

–Vaya al grano –lo interrumpió Stalin, apurando su copa–. Quiero saber, sin tecnicismos, su opinión de esa *Octava sinfonía* de la que no había oído hablar.

–¡Se la daré, Camarada Secretario General! Afecta a lo que muchos pensamos sobre el Beethoven rojo. Llevamos tiempo preguntándonos cómo es posible que el hombre que compuso una sinfonía triunfal al principio de la guerra, cuando estábamos en franca retirada, haya escrito ahora una sinfonía trágica cuando estamos a punto de vencer a los fascistas. ¿Quiere decir eso que Dmitri Shostakóvich siente simpatía por los fascistas, como se rumorea en Moscú?

Zhdánov había hablado de corrido, casi sin aliento. Empezaba a comprender por qué me habían invitado esa noche. ¿Para escenificar mi condena delante del mismo Stalin? Pero ¿por qué, entonces, me llamaba el Beethoven rojo? ¿Era una muestra más de su cinismo? Tuve la sensación de que se esperaba que yo me defendiera, cosa que no hice, lo que produjo unos instantes de confusión. El silencio se prolongó hasta que, Stalin, sin querer incidir en la pregunta que me había hecho Zhdánov, que sin duda me hubiera puesto en un aprieto, se dirigió a mí con otra de sus sentencias:

–«El hombre que hace fortuna en un año debería haber sido colgado doce meses antes.» ¿Sabe lo que eso significa, Dmitri Dmítrievich?

–No –contesté, acobardado.

–Que algo malo está pasando cuando se tiene demasiado éxito en un corto espacio de tiempo. –Hizo una larga pausa y después me preguntó lo mismo que al inicio de nuestro encuentro–: ¿Es usted el Beethoven rojo...? En contra de la opinión de mis colaboradores, yo sigo creyendo que sí, pero me va a tener que demostrar que no me equivoco y hacerlo pronto. –Tomó aliento, antes de proseguir–: Cuando Beethoven estrenó su *Novena sinfonía* en Viena, a mayor gloria de su emperador, el mundo entero fue consciente de que con ella culminaba su obra; era una declaración de principios, un mandamiento, una flecha que atravesó el corazón de los hombres de aquel tiempo, como en el nuestro lo será su nueva sinfonía, también la novena. Y escúcheme bien, Dmitri Dmítrievich, porque esta es la razón principal de haberle invitado hoy a cenar: me la dedicará. ¡Será mi sinfonía! ¡La mía, no la suya! El más perdurable de mis monumentos. Mi retrato como coronación de la historia: yo, el hombre de acero que lucha sin descanso para extender la paz y los valores de la Unión Soviética al resto del mundo.

Y añadió, mirándome fijamente a los ojos:

–Tenga presente que cuando acabe esta guerra el mundo se dividirá en dos grandes bloques: Estados Unidos y la Unión Soviética. Los demás países no contarán. Y en el inevitable enfrentamiento que vendrá a continuación, su *Novena sinfonía* dejará claro cuál es mi pensamiento: paz, prosperidad. Pero no a cualquier precio.

Se echó para atrás y me preguntó:

–¿Lo ha entendido?

–Sí, Iosif Vissariónovich.

–¿Puedo confiar en usted?

–Sí.

–¿Me lo promete?

–Sí.

–¿Escribirá mi sinfonía en los términos que le he expuesto?

–Sí.

–¿Con coros y solistas al final?

–Sí.

–Está bien. Ahora beba y relájese. La velada no ha hecho más que empezar.

Bebí en silencio, mientras Stalin seguía hablando de los países que haría suyos al terminar la guerra. Uno después del otro, hasta crear su Imperio. Al cabo de un rato, se levantó de la mesa y puso en el gramófono el segundo movimiento del *Concierto para piano número 23*, de Mozart, tocado por mi amiga Maria Yudina. Stalin comentó que había escuchado en directo ese concierto en la radio y le gustó tanto que llamó a la emisora pidiendo que le enviaran una copia de inmediato a su dacha. Horas después, recibía el disco. Lo que él nunca supo, y me contó Maria Yudina años después de que Stalin muriera, es que la retransmisión no se había grabado, pero no se atrevieron a decírselo, por miedo a su reacción. Tuvieron que llamar a Yudina y a una orquesta para grabar a medianoche. Todos temblaban excepto Maria, que mantuvo la calma. Despidieron al director, un hombre tan intimidado y fuera de sí que no podía coger la batuta; llamaron a otro, que se negó a dirigir porque desconocía la obra. Finalmente, llegó un tercer director y se pudo hacer la grabación. ¡Todo en una noche! Por la mañana, a primera hora, la única copia del disco se envió a Stalin. Yudina recibió como pago veinte mil rublos y ella le escribió a Stalin agradeciéndole el dinero, a la vez que le comunicaba que lo pensaba donar a la iglesia a la que pertenecía, para que, con sus oraciones, el Señor le concediera el perdón de sus grandes pecados contra el pueblo y la patria rusa. Yudina supo después que, como consecuencia de esa carta, se había cursado una orden de detención contra ella; una orden que, sin embargo, Stalin se negó a firmar. Luego supo también que su grabación estaba en el gramófono de Stalin cuando lo hallaron muerto en su dacha.

Mientras Stalin elogiaba la interpretación de Maria y se dejaba llevar por la pasión que sentía por ese concierto, yo abrigaba un sentimiento difícil de describir. Era como si mi mente me arrancase un grito: «venga, venga, adelante, ahora es el momento». Quizá era mi embriaguez o el deseo de comportarme con la dignidad de Maria, en todo caso se apoderó de mí un fuerte descontrol que me impulsó a hablar:

–Sí, puedo… ¿O no…? ¿Saben ustedes a qué me refiero? No importa, lo intentaré…

Stalin apagó el gramófono y frunció el ceño.

–¿Qué diablos le pasa, Dmitri Dmítrievich?

Bebí un sorbo de coñac:

–Desde aquella vez, en el teatro Bolshói, no he dejado de tener miedo. ¿Lo recuerdan…? El miedo te obliga a oscilar en un cable de alta tensión; es una droga inyectada en las venas, no puedes prescindir de ella, te permite sentir con gran intensidad; cada escalofrío solo se supera después de dudas y sufrimientos. El arte sin dudas ni sufrimientos no es nada… Pero ¿cómo dirigirme al gran coloso, a aquel que rige nuestras vidas, el cual ha tenido la amabilidad de invitarme a cenar a su casa? Es un honor, lo sé… –Me atraganté; bebí de nuevo–. Cuando vine aquí me prometí a mí mismo estar a la altura de los máximos responsables de nuestro pueblo. Quería conocerles personalmente, era algo necesario, ¡muy necesario! Pero ¿qué pienso de ustedes? Oh, la cabeza me estalla. Quiero dejar de hablar, pero no puedo. He perdido el control. No sé qué me pasa. Ustedes pensarán lo que quieran, la dificultad es… No importa, casi he terminado… –Apreté los puños, respiré hondo y dejé pasar unos segundos–. Al camarada Stalin lo respeto, lo quiero y lo temo; a ustedes también los temo, pero no los respeto ni los quiero. Su mezquindad, la crueldad de sus métodos, el daño que causan a los artistas de nuestra patria... ¿Cómo se puede hablar de mi *Octava sinfonía* en los términos que usted ha empleado, camarada Zhdánov? La *Octava* aspira a liberar la pasión, se revuelve contra sí misma, busca la luz, prosigue a ciegas con un ansia infinita de amor, explota, se relaja, vuelve a explotar, el azul desaparece del cielo...; desmayo, lucha, victoria, notas que se derriten en acordes de fuego. Sí, mi música es incandescente, su flujo se vierte y lo inunda todo. ¿A quién llegará? ¿Lo saben ustedes? Soy un compositor soviético; conozco y cumplo mis obligaciones. La *Octava* es hermana de la *Sinfonía Leningrado*. No se puede entender la una sin la otra. Las dos han nacido según un orden establecido por años de práctica y de experiencia. Y desde esta noche formarán parte de una trilogía de la guerra, cuyo último eslabón será la *Novena*, que dedicaré a mi benefactor, al benefactor de todos los pueblos del mundo... –Más que hablar, gritaba mirando al suelo–. ¿Qué pretende, camarada Zhdánov, silenciarme, acabar conmigo? ¿Es eso lo que quiere? ¿Cómo puede decir que mi *Octava sinfonía* defiende a los fascistas? ¿No entiende nada o es mala fe? Yo amo la Unión Soviética. Si ustedes lo permitiesen, Occidente me acogería con los brazos abiertos; pero de ningún modo quiero marcharme... O acaso sí..., ay, no lo sé. Soy un compositor soviético y seguiré siéndolo hasta que muera. Estoy orgulloso de eso... Bueno, orgulloso... no sé cómo... Ustedes ya me entienden. ¿O no me entienden...?

–¡Es intolerable! –exclamó Zhdánov.

–Déjele continuar –dijo Stalin, levantando la mano izquierda.

–Pero Camarada Secretario General...

–¡Cállese!

Sentía los latidos del corazón no solo en el pecho, sino también en los oídos y en la cabeza.

–Mi mujer sabe lo confuso que soy cuando bebo –continué–. Voy a cumplir cuarenta años, sin embargo, no tengo derecho a decir lo que pienso. Les prometo que a partir de mañana permaneceré callado, pero ahora déjenme hablar. No creo que mi benefactor me invite otra vez, así que debo aprovechar la oportunidad que me ofrece. ¿Quién soy yo? ¿Quién es Dmitri Shostakóvich? ¿Lo saben ustedes? La sombra de Beethoven me persigue. Únicamente con mi amigo, Iván Ivánovich Sollertinski, hablaba con franqueza; él creía en mi música, la defendió en momentos difíciles, leíamos juntos a Dostoievski, sobre todo *El idiota*. Siempre me decía que yo era como el príncipe Myshkin: un ser que lo único que quería era volar, arrastrado por el viento. Mi amigo murió. Lo echo mucho de menos. Antes de morir me preguntó: «¿Y si después de la muerte continúa el dolor?».

–¿A santo de qué viene ahora hablar de eso? –preguntó Mólotov, más perplejo que irritado.

–¿Saben ustedes qué es la cordialidad? –continué–. La cordialidad es un saber estar a pesar de, una lúcida melancolía que rechaza la rabia; la cordialidad es una forma de entender la vida desde el otro lado, de aceptarla sin bajar la guardia, es afirmación, la respuesta a la crueldad, un no dejarse llevar por la furia del tiempo. –La cabeza me daba vueltas, los oídos me zumbaban–. ¿Por qué no quieren entenderme? ¿Es que acaso no sienten piedad? No, no la sienten; ustedes abusan de su poder, ensucian todo lo que encuentran.

Beria sacó su pistola y la colocó encima de la mesa. Stalin lo miró y él, desconcertado, se la volvió a enfundar. Bebí de nuevo. No me importaba caer muerto como un pájaro al que disparan. Si había llegado mi hora, la recibiría con los brazos abiertos.

–Yo quisiera decirles todo, ¡todo, todo, todo! –grité–. ¡Oh, sí, ya sé, ustedes creen que soy «el idiota» de nuestra época! –Me levanté de la silla y grité aún más fuerte–: ¡No comprendo el dolor que provocan! ¡No, no lo comprendo! Mi música es la respuesta impotente al dolor, un modo de rebelarme contra el sufrimiento en el que están atrapados los seres humanos, contra su asfixiante existencia… ¿Puede la música combatir el mal?

¡No, no, no lo creo! Pero debo intentar, al menos, identificarme con el sufrimiento de los demás. ¿No creen ustedes que debo intentarlo? ¿Cómo me lo pueden reprochar?

–¡Es una vergüenza! –dijo Zhdánov, mirándome de arriba abajo.

–¿Es que acaso no soy el Beethoven rojo, como dice mi benefactor? –continué–. Si fuera Beethoven, mi música consolaría, daría valor, arrancaría las estrellas del cielo y las esparciría entre los hombres. Él sí que entendió que la verdadera pasión solo puede ir acompañada de la compasión. Algún día me reuniré con él y, postrándome, le besaré los pies... ¿Vuelve a sonreír, camarada Zhdánov?

–Déjeme en paz y acabe de una vez –dijo él, mirando con ansiedad a Stalin, sin comprender por qué me dejaba continuar.

–Es usted un pobre diablo –dijo Beria, irguiéndose en la silla como un perro de presa.

Me eché a reír histéricamente; cada dos por tres me reía con una risa breve y exaltada.

–Tiene usted razón, camarada, soy un pobre diablo, un hijo del diablo.

Stalin, que hasta entonces no parecía prestarme excesiva atención, dedicado a dibujar círculos rojos en un papel, se echó para atrás y clavó su mirada en mí.

–Hay que tener humor para entender el mundo –dije, ya casi sin fuerzas–. Para entender, por ejemplo, que, a excepción de nuestro benefactor, que es como un dios y por tanto no puede entrar en categoría alguna, todos ustedes son ridículos. Al igual que yo. Sí, somos ridículos. ¿No se ofenderán si les digo a la cara que son ridículos? Nada más lejos de mi intención que ofenderles. Discúlpenme. Por favor, perdónenme... Sepan que, en mi opinión, a veces es bueno ser ridículo; así es más fácil perdonarse, reconciliarse, salvarse.

Llevaba un buen rato de pie. De pronto sentí un golpe en la cabeza y caí al suelo. En sordina me pareció oír pasos, ruidos, gritos, imprecaciones, pero no estaba seguro; todo bullía en mi interior como si una sierra rebanara mi cerebro. De pronto se hizo el silencio. Un sol sostenido lejano, con afinación perfecta, me inundó por completo. Después, escuché con claridad la voz de Stalin pidiendo que me pusieran un paño frío en la frente y me trajeran un café bien cargado.

Abrí los ojos. Tenía un fuerte dolor de cabeza.

–Nos ha dado un buen espectáculo, Dmitri Dmítrievich –dijo Stalin con voz muy serena–. Se nota que es usted un maestro del arte escénico. –Me levanté y quise servirme un vaso de vodka, pero me contuvo su mirada–. No beba más, tómese el café, y siéntese. No se preocupe, pronto se recuperará, ya le dije antes que muchos de mis invitados se caían redondos en medio de mis veladas. Le podría dar ejemplos que le sorprenderían. Mi chófer le llevará a Moscú. –Y de pronto endureció el tono de voz–: ¡Pero antes, escúcheme!

El dolor de cabeza era más intenso, me toqué la nuca y noté un bulto. Los tres ministros evitaban mirarme. Los ojos de Stalin centelleaban.

–En su alocada disertación, ha hablado usted del sufrimiento y el dolor, sin tener en cuenta que estos son esenciales para el desarrollo humano. La verdadera dignidad está en el espíritu, no en el cuerpo, y como el alma siente una fuerte inclinación a extraer toda su alegría del cuerpo, el sufrimiento constituye un medio inmejorable para acabar con el placer de los sentidos y recuperar, así, la llama del espíritu. ¿Le resulta extraño lo que digo? Yo estudié en el seminario de Tiflis; tenía vocación religiosa y quería consagrar mi vida al sacerdocio. Recuerdo que, durante ese tiempo, leía más de quinientas páginas diarias: libros de filosofía, teología, ciencia y literatura que devoraba y anotaba con devoción. Memoricé largos pasajes de *Los demonios*, de Dostoievski, que me resultaron muy instructivos. A pesar de ser un reaccionario, Dostoievski es nuestro mejor autor. Después llegó la Revolución y abandoné mis inclinaciones religiosas para dedicarme por entero a la vida política. Me llamaban Koba, como el protagonista de *La parricida*, de Alexander Qazbeghi:

un montañés salvaje de Georgia, la tierra que me vio nacer, un fugitivo que se enfrenta a los zaristas y los derrota. En esa época iba de un lado para otro ejerciendo mi frenética actividad de revolucionario. Pronto conocí las cárceles de Siberia, de las que escapé con tanta facilidad que llegaron a pensar que era un confidente de la policía. Frecuenté a marxistas autodidactas, hice buenas migas con asesinos, me vi implicado en atentados, conseguí salir siempre adelante. Y tuve claro que la política era el mejor instrumento, aparte de la religión, para alcanzar el poder. Sí, Dmitri Dmítrievich, el poder ha sido siempre mi obsesión. ¡Del poder absoluto, hablo! El poder, o es absoluto o no es nada. Pero este tiene un precio: asumir la frialdad, el sacrificio, la soledad, la crueldad, la voluntad más extrema al margen de cualquier otra consideración.

–¿Y la moral? –balbuceé.

Stalin arrugó la nariz.

–¿Qué moral? ¿Una moral utilitaria y burguesa? No hay nada heroico en ella. Sirve para llegar a viejo, ser feliz y rico, y estar sano, nada más. Esa aburguesada doctrina, considerada como ética, me produce náuseas. ¿Cómo se puede ser tan estúpido para considerar la vida un fin en sí mismo, sin plantearse siquiera que pueda tener un sentido, una finalidad superiores?

Hizo una pausa y me preguntó:

–¿Es usted creyente?

Negué con la cabeza.

–Superar la idea de Dios –continuó– tiene la ventaja de que uno mismo puede sustituirlo. El paso de la creencia del dios-hombre al hombre-dios es hoy el deber supremo de la voluntad. La virtud y la moral no constituyen estados espirituales. Como materialista, creo que el espíritu no tiene nada que ver con la razón y la moral; tampoco con la vida. Cada vez estoy más convencido de ello. La vida está basada en condiciones y categorías que, en parte, pertenecen a la teoría del conocimiento, y en parte, al terreno de la ética. Las primeras se llaman tiempo, espacio y causalidad; las segundas, deontología y discernimiento. Todas esas cosas no solo son ajenas al espíritu, sino incluso opuestas a él.

Los párpados se me cerraban, había dejado de sentir dolor. Bostecé. Stalin no observó esto último; miraba al frente, como si se dirigiera a una multitud.

–Despojar todas las categorías e ideas de su apariencia de virtud, de eso se trata. Solo de la voluntad más radical, del caos moral nacerá el terror sagrado que necesita nuestro tiempo. Los monjes guerreros de la Edad Media, ascetas hasta el agotamiento, ávidos de conquistar el poder, no reparaban en derramar cuanta sangre fuera necesaria en aras de la venida del Reino de Dios. Yo asumo el conflicto entre lo sensible y lo suprasensible, la naturaleza como destino ciego, el salvaje grito del espíritu que derriba al ser, la pasión contra la razón, el anhelo insaciable de dominio universal. Los templarios consideraban más meritoria la muerte en la batalla contra los infieles que la muerte en la cama, ya que entendían que matar y morir por su ideal no era un crimen, sino la gloria suprema, el placer más profundo.

–¿El placer más profundo? Bueno, no sé...

Creo que eso fue lo último que dije esa noche, aunque no estoy seguro. Pero Stalin seguía, cada vez más enardecido:

–Lanzarse de cabeza al mundo sin doctrina moral. No temer al «espíritu terrible». No amedrentarse por mezclar los conceptos dios y demonio, bien y mal, santidad y crimen. No tener en cuenta ninguna escala de valores, ningún prejuicio, ningún freno que vaya en contra de la propia voluntad. Y provocar, así, la obediencia ciega, una disciplina de hierro, sometimiento... ¡Atacar! ¡Resistir! ¡No dar tregua al enemigo! Esos eran los preceptos de Ignacio de Loyola, devoto y estricto hasta derramar sangre por sus principios. También son los míos... ¿Se me puede acusar de no amar a la humanidad? Yo estimo a los hombres, pero no siento piedad por ellos. El hombre es esclavo, aunque haya nacido rebelde. La inquietud y la duda forman parte de su naturaleza. Los rusos, a lo largo de su historia, no han conocido nunca la libertad; si hubieran luchado en su nombre, la habrían conquistado. Para ellos, la libertad no es lo importante, sino el milagro, el misterio y la autoridad. Su más vivo afán es encontrar un ser ante quien inclinarse. Pero solo ante una fuerza incontestable que pueda reunirlos en una comunión de respeto. Quieren que el objeto de su culto sea universal, quieren un ídolo, un dios, un padre, un depositario de sus conciencias, llámelo usted como quiera. Y esa necesidad de la comunidad en la adoración es, desde el principio de los siglos, el mayor anhelo individual y colectivo. En consecuencia, ¿quién debe reinar sobre los hombres sino el que es dueño de sus conciencias y tiene su pan en las manos?

Cerré los ojos. Apoyé la cabeza sobre la mesa. Soñoliento, vi copos de plata, de sombras, caer oblicuos hacia las luces. Seguía consciente.

–¿Se ha dormido? –preguntó Mólotov.

–Sí, se ha dormido –dijo Stalin.

–¿Qué vamos a hacer con este desgraciado? –preguntó Zhdánov.

–Déjenmelo a mí. Mañana mismo haré que lo detengan –dijo Beria.

–¡No! –exclamó Stalin–. ¡Al Beethoven rojo no me lo toquen!

2

La *Novena* que no fue

Lo intenté. Juro que lo intenté. Llegué incluso a componer el primer movimiento de la *Novena sinfonía* en los términos acordados con Stalin. Pero estaba insatisfecho con el resultado. Era una música superficial de la cual me avergonzaba. ¿Qué hacer? ¿A quién pedir consejo? Reuní a mis alumnos en el Conservatorio de Leningrado y les toqué al piano lo que había escrito. Al finalizar, me miraron desconcertados. ¿Había compuesto yo eso?

Pravda informó por todo lo alto de que yo trabajaba en una nueva sinfonía dedicada a Stalin. En poco tiempo la terminaría para que se estrenara primero en Leningrado y después en Moscú.

Fui a casa de mi alumna, Galina Ustvolskaya. Confiaba en su criterio. Su intransigencia era tan extrema como el de Maria Yudina pero, al igual que ella, no sabía mentir.

–Dime la verdad, ¿qué te ha parecido el primer movimiento de la *Novena sinfonía*? –le pregunté, sin esconder mi turbación.

–Esta música suena fuerte y ordenada –repuso ella, mientras los músculos de su cuello se tensaban–, proporciona la disciplina necesaria para el desfile de las tropas, atrae a los civiles a la calle y constituye una parte indispensable del «zhdanovismo» que nos invade. Destrúyela.

–Quizá, si la retocara...

–¡No! –exclamó ella, abriendo los párpados como un pájaro–. Lo que es malo tiene arreglo; lo que es indigno, no.

—¿Estás segura de lo que dices?

—Esa música ensucia todo lo que has hecho hasta hoy.

Un rayo de sol crepuscular penetró por la ventana abierta. En su halo luminoso bailaban unas motas doradas de polvo, como si anunciaran el camino que lleva a la nada y a la destrucción. Entonces me di cuenta de que Galina me miraba con un amor enquistado en la duda. La noche anterior habíamos estado juntos y la había notado más fría que de costumbre. Sin embargo, no se había atrevido a decir lo que pensaba de mi nueva sinfonía. Prefería esperar a que yo le preguntara.

—Me he comprometido con Stalin —dije—. ¿Sabes lo que eso significa?

—Es mejor traicionar a Stalin que traicionarse a uno mismo. Si te mandan a Siberia iré a visitarte. Si escribes esa sinfonía no te volveré a hablar.

—¿Qué dices?

—No lo dudes. Y como yo lo harán muchos más. Y también la posteridad.

Sonreí.

—«La dama del martillo», así te llaman.

—Yo no tengo nombre ni me interesa tenerlo. Pero tú sí lo tienes. No avergüences a tus amigos.

—¿Amigos?

—Mucha gente confía en ti.

—Debo pensar en mi familia.

—Y en Stalin. —Ahora fue ella la que sonrió.

—Sí, quizá en él también. Tiene mi palabra. No puedo decepcionarle. Me juego mucho. Más de lo que crees.

—Si ya sabes lo que vas a hacer, ¿por qué me preguntas?

—Pensaba que me podrías ayudar.

—¿Yo?

—Sí, tú.

—No cuentes conmigo para eso. Es mejor Siberia.

—¿Cómo puedes hablar así, Galina? Es inhumano. ¿Sabes lo que significa la deportación? Sufrimientos indecibles, la muerte en vida para mí y para mi familia. A veces me recuerdas a mi amiga Maria Yudina. Las dos sois igual de intransigentes.

–La obstinación es lo único que les queda a las personas decentes. Nos han quitado todo lo demás –dijo, y encendió un cigarrillo.

–No es verdad. Tú escribes la música que quieres. Nadie se mete contigo.

–Pero mi música no se interpreta.

–¿Te importa?

–No.

–Eres joven. Tienes talento. Tu tiempo llegará. Estoy seguro. Sin embargo, yo...

–No te quejes. Ser el mejor compositor de la Unión Soviética tiene sus inconvenientes. Lo que otros pueden hacer, a ti te está vetado. Ese es el precio.

–Tanta responsabilidad me pesa.

–Más te pesará si te traicionas. Lo que te pido es que no ensucies tu música poniéndola al servicio de un poder execrable.

–Vámonos a la cama, Galina. Me fatiga seguir hablando de esto.

–Si no me prometes que quemarás lo que has escrito, no volveré a acostarme contigo.

–¿De verdad?

–Sí.

Respondió con la certeza y la superioridad de los espíritus libres. Yo sabía que la amaba porque ella era diferente. Lo que no sabía es lo mucho que esa diferencia la hacía sufrir. Cuando la dejé, seguía fumando, sentada con las piernas estiradas hacia la chimenea, mirando el humo del cigarro. Al salir a la calle, aún resonaban dentro de mí sus palabras: «esa música no es digna de ti». Pero ¿qué era digno de mí?

Me fui a casa de mi hermana Maria; era ahí donde nos alojábamos cuando viajábamos a Leningrado. No encontré a Nina. Supuse que estaba con su «amigo especial». No me importó. Cada uno hacía su vida sin inmiscuirse en la del otro. Era un buen acuerdo. No estábamos enamorados, pero nos seguíamos queriendo. Lo importante era mantener unida a la familia. Para nosotros, lo sustancial eran nuestros hijos. Verlos crecer, protegerlos de un entorno difícil, fortalecer su carácter, darles todas las posibilidades para que desarrollaran sus aptitudes; por eso no podía poner en riesgo su estabilidad emocional, tampoco la económica. Si traicionaba la confianza de Stalin, las consecuencias podrían ser catastróficas, era muy consciente de ello; la vida de mis hijos no tendría futuro alguno por ser hijos de un enemigo del pueblo. Debía seguir adelante con la sinfonía, no tenía otra alternativa. ¿O sí? A mis cuarenta años, había conseguido muchas cosas, otras se me habían resistido; siempre obligado a caminar por el filo de la navaja, con la ansiedad de los desesperados, a vivir cada minuto como si fuera el último. Los hombres y mujeres de mi generación conocieron lo que es el miedo. Corría por nuestras venas, lo llevábamos en los genes. En Rusia, nadie, a excepción de Stalin, podía decir que estaba a salvo; los que un día parecían bendecidos por la fortuna al siguiente caían en desgracia. La maldición de nuestro tiempo fue el miedo. Teníamos miedo al presente, al futuro, miedo de nosotros mismos y miedo de los demás; miedo a delatores anónimos capaces de cambiar tu suerte en un segundo; miedo a perderlo todo por el capricho del líder y maestro, del amigo de los niños, del gran jardinero. No importaba si formabas parte de su entorno más cercano, si habías sido leal a su persona, sumiso a sus designios, adulador hasta extremos abyectos; no importaba tu posición en el Estado Soviético, por alta que esta fuera. Generales, funcionarios, espías, policías, artistas, científicos, músicos, religiosos, mendigos, locos pendían de un hilo que –todos éramos conscientes de ello– podía romperse en cualquier momento. Esa fue nuestra realidad cotidiana –en menor medida, lo sigue siendo– y, por mucho que la sufriéramos, no fuimos capaces de acostumbrarnos a ella.

Caminaba por la habitación con la esperanza de responder a la pregunta que me atormentaba: ¿la sinfonía debía ser mía o de

Stalin? ¿Por qué no suya? ¿Qué me importaba? Podría componer otras después. Al fin y al cabo, me había comprometido con él. Además, sabía cómo contentarlo. Sin pensar, sin dudar, con poco esfuerzo, la terminaría. Era tan fácil: tonalidades rotundas, ritmos vigorosos, contrastes dinámicos, melodías sentimentales, un poco de color por aquí, alguna sorpresa por allá y un final apoteósico con coros y solistas que pusiera en valor la dimensión universal de nuestro gran líder y maestro. En una semana, dos a lo sumo, podría escribir esa basura. Estaba seguro de que Stalin me lo agradecería. Y el resultado de ese agradecimiento tendría consecuencias. ¡Vaya si las tendría! Dar al César lo que es del César, eso es lo que debía hacer. Que los demás pensasen lo que quisieran. No tenía ningún derecho a destruir mi vida y menos la de mis hijos. Y recordé entonces lo que le había ocurrido a la esposa de Meyerhold.

La partitura del primer movimiento estaba sobre el atril del piano. Encendí la chimenea. Las llamas la iluminaron. Me acerqué y la leí. No era tan mala. Es más, en algunos puntos me pareció que estaba bien. En la mitad del desarrollo, emergía la voz de la primera trompeta con tal fuerza que me sobresalté. Parecía decir: «No seas insensato. Si me destruyes, atente a las consecuencias. No te perdonarán y acabarás en el arroyo. Tus hijos y tu mujer también. ¿Es eso lo que quieres?». Seguí leyendo. Antes de la coda, un solo de flautín estallaba en el registro más agudo del instrumento. «Ni se te ocurra tocarme. ¿Quién te crees que eres? Te debes a tu benefactor, ¿o mentías cuando lo llamabas así? No tientes a tu suerte. No te darán otra oportunidad.» Esperaba oír la voz de Él, cuyos consejos nunca me habían fallado. Pero su voz no me llegaba. ¿Por qué no acudía? ¿No era eso lo que habíamos acordado?

Daba vueltas por los veinte metros cuadrados de la habitación; me paré enfrente de la chimenea y acerqué la mano al fuego, aguanté la llama unos segundos y la retiré antes de quemarme, seguí caminando, suspiraba, maldecía, estuve a punto de romper a llorar. «Ante la duda, abstente», era el consejo que siempre me había dado padre. Sí, eso es lo que debía hacer, sin importarme las consecuencias. Me senté y encendí un cigarrillo, aspiraba el humo con tal ansiedad que pronto empecé a toser. Treinta cigarrillos diarios como mínimo; mis pulmones se rebelaban. Desaparecer por la puerta del fondo sin que nadie se diera cuenta, eso es lo que siempre he querido.

Tan pronto acercaba la partitura al fuego como la retiraba y la volvía a dejar sobre el atril del piano. Las voces seguían confundiéndome... «Quémala de una vez. No pierdas más tiempo. No puedes ensuciar tu reputación. Es lo único que tienes. Confían en ti. No los defraudes.» «Sé razonable; piensa en tus hijos; la cólera de Stalin acabará contigo. Deportación. Exilio. Siberia. Trabajos forzados a cuarenta grados bajo cero.» «Eres un pelele que baila el agua a los poderosos. Un cobarde que se esconde como un chiquillo en cuanto oye el grito de su amo.» «Muchos más de los que crees están esperando tu caída. Te aseguro que lo celebrarán.»

Y entonces, me pareció escuchar la voz de Él:

«¿Crees que Stalin puede condenar al ciudadano soviético más apreciado en el mundo? ¿El más conocido, junto a él mismo? Arriésgate. Que sea tu música la que pase a la historia y no tus debilidades. Haz lo que debes.»

¿Era realmente su voz la que me hablaba o era la mía, que trataba de engañarme? Conocía esa voz y sabía lo que diría: «No pierdas más tiempo. Acaba la sinfonía, contenta a Stalin y olvídate de ella. Tienes cosas más importantes en las que pensar. El futuro, mucho más allá de Stalin, es nuestro».

Luchaba conmigo mismo como un enajenado. Los leños crujían. Fui a la cocina, encendí la luz, encontré media botella de vino blanco y me la bebí. Volví a la chimenea. Extraje la red de protección, sentía calor en la cara. «¡Ven, ven, ven!», grité. Pero no vino nadie. El fuego aullaba. Me dirigí al piano, cogí las cincuenta y ocho páginas del manuscrito y empecé a quemarlas. Me costó trabajo, porque la tinta del papel se resistía a arder. Deshacía la partitura, colocaba las hojas entre la leña y las movía con el atizador. La ceniza ahogaba el fuego, así que yo avivaba las llamas. Las notas bailaban ante mis ojos. El amarillo se iba oscureciendo hasta acabar en negro. Llamaron a la puerta. El corazón me dio un vuelco, eché al fuego las últimas páginas y corrí a abrir. Llegué tropezando y pregunté en voz baja: «¿Quién es?». Una voz me contestó: «Soy yo». Introduje la llave en la cerradura, temblando. Galina entró y me abrazó, chorreando agua. Solo pude repetir una palabra: «Tú, ¿tú...?». Y se me cortó la voz. Galina se quitó el abrigo y entramos en la sala. Dio un grito y sacó de la chimenea lo que quedaba de la partitura. El humo llenó la habitación. Apagué las brasas con los pies. Algunas saltaron sobre la alfombra. «¡Cuidado, vas a provocar un incendio!», dijo ella, pisándolas también. Se tumbó en el sofá y, sin poder contenerse, empezó a llorar. Cuando se tranquilizó, me dijo: «Estoy arrepentida, tengo miedo por ti». Se levantó. «Dios mío, qué mal aspecto tienes. Yo te salvaré.» Veía sus ojos hinchados por las lágrimas, sus manos frías me acariciaban. «Te voy a salvar», repetía, besándome. «La vas a reconstruir, ¿verdad? ¿Lo harás por mí? No sé por qué te dije que la destruyeras. ¿Qué derecho tenía? Si te pasara algo no me lo perdonaría.» Apretó los dientes y dijo algo más que no pude entender. Luego empezó a recoger las hojas chamuscadas que había salvado, las envolvió y las ató con una cinta.

Me pidió vino. Después de beberlo, habló más serena:

—No quiero mentir más. Me quedaría contigo pero no puedo hacerlo de esta manera. No quiero que a mi novio le quede el recuerdo de que lo abandoné por la noche. Es una buena persona. Iré a su casa y se lo explicaré. Le diré que quiero a otro y volveré contigo para siempre. ¿No es eso lo que deseas?

—No permitiré que lo hagas —dije, con un nudo en la garganta—. No estarías bien a mi lado. Soy un hombre casado. No puedo abandonar a mis hijos.

—¿Es la única razón? —preguntó ella, acercando sus ojos a los míos.

—La única.

Al oír esto me rodeó el cuello con los brazos y dijo:

—Cada vez es más difícil encontrar personas valientes. Y tú lo eres.

—Poner en riesgo mi vida y la de mi familia no es valiente, es una temeridad.

—Y entonces, ¿por qué lo has hecho?

—No lo sé, Galina, te juro que no lo sé.

Nos tumbamos cerca de la chimenea. Tenía miedo por el paso que acababa de dar. Sabía que más pronto que tarde me arrepentiría. No me equivocaba. Dejé de pensar y me quedé dormido sobre el regazo de Galina.

En *Pravda* salieron varias crónicas sobre la sinfonía dedicada a Stalin. La agencia TASS informó de la gran expectación que se había generado en torno a una obra que iba a celebrar el final de la guerra y la victoria obtenida por Stalin, cuyo arrojo y clarividencia habían conseguido derrotar a los nazis. La gente me paraba por la calle y me preguntaba: ¿cuándo, dónde, quién la estrenará?, ¿asistirá Stalin?; ¿en qué otros lugares del mundo se interpretará? Tuve que intervenir en varios programas de radio y en todos ellos hablé de forma exaltada del líder y maestro, de la Unión Soviética, cuya luz iba a provocar la fraternidad de los pueblos, de una *Novena sinfonía* que iría más allá de la de Beethoven, cuyos gritos de libertad, paz y prosperidad harían vibrar al mundo. ¿Por qué hablaba en esos términos si sabía —entonces ya lo sabía— que mi *Novena* iba a ser todo lo contrario? Todavía hoy, más de treinta años después, no tengo respuesta. Lo cierto es que me dejaba llevar por la euforia de esos días.

Me encontré con Zhdánov en un concierto de la Filarmónica. Me saludó de forma más servil que afectuosa. Quería reconciliarse conmigo.

—Espero, camarada Shostakóvich, que sabrá perdonar los comentarios que hice sobre su *Octava sinfonía* en casa del Camarada Secretario General. Estábamos todos muy alterados. Reconozco mi error y lo lamento. Ya sabe que yo he sido siempre un admirador de su música. Y ahora, esperamos impacientes a que concluya la *Novena*. Su estreno será un acontecimiento que recordaremos durante mucho tiempo. El Camarada Secretario General no habla de otra cosa. Es su sinfonía. Nadie puede quitársela de la cabeza. Ha sido un placer encontrarme hoy con usted y enmendar pasados malentendidos; yo también creo que es usted nuestro Beethoven rojo.

Me dio la mano y desapareció entre la multitud.

Como un conspirador que espera la llegada de la noche para perpetrar su felonía, me fui a la Casa de reposo y creatividad, situada cerca de Ivánovo, en la finca de un noble de antes de la Revolución, que el Gobierno había habilitado para músicos y artistas, con la intención de trabajar durante tres semanas en la nueva versión de la *Novena*. Las notas salían de mi cabeza al dictado de una inspiración que nunca, ni antes ni después, fue tan fluida. La sonrisa de Haydn, y no la de Beethoven, era la que me bendecía. Aire, claridad, ligereza, elasticidad, arrobo, capricho, humor, sorpresa, algún que otro gruñido –ahí sí quise retratar al dictador– y, sobre todo, fiesta sobrevolaban la pieza. ¿Es que acaso la fiesta no era la mejor manera de celebrar la victoria en la guerra? Trompetas bulliciosas, clarinetes melancólicos, fagotes socarrones, contrabajos grotescos y violines y violas, flautas y oboes, trompas y trombones zambulléndose de un compás a otro como náyades que saben que el día sigue a la noche y la alegría a la desesperación. Hoy, después de tantos años, puedo decir, sin temor a equivocarme, que aquellos días –no más de veinte– fueron los más felices de mi vida. Lo que vino después me llenó de amargura, también de resentimiento, pero aquellos días fueron magníficos.

Antes del estreno, que iba a tener lugar con la Filarmónica de Leningrado dirigida por Yevgueni Mravinski, quería reunir a un grupo de amigos en casa para tocarles al piano –junto a Sviatoslav Richter– la nueva versión de la sinfonía. Me interesaba conocer su opinión. La obra ya no era un homenaje a Stalin y su victoria en la guerra, sino algo opuesto, que celebraba la vida en los términos más ligeros: un divertimento lleno de humor y fantasía, cuya sustancia encerraba esa melancolía de los payasos que en el circo nos hace reír y llorar al mismo tiempo.

Nina y yo invitamos a nuestros respectivos «amigos especiales»: Galina Ustvolskaya y el físico Artem Alikhanyan, algo que madre consideró una provocación. También asistieron Isaac Glikman, Flora y Tatiana Litvinova –los tres, llegados expresamente de Leningrado–, el pianista Lev Oborin y el crítico musical David Rabinovich.

La víspera de la audición, el compositor Tijon Jrennikov vino a verme al conservatorio.

–¡El gran Dmitri Shostakóvich! ¡Cuánto tiempo! –exclamó, con los brazos abiertos–. Estos días en Moscú solo se habla de tu nueva sinfonía.

–No exageres, Tijon Nikoláyevich –le dije, incómodo–. Ya sabes, nuestra profesión nos obliga a oscilar en un cable de alta tensión. Un día mantenemos el equilibro y al siguiente nos caemos.

Él meneó la cabeza y se rio.

–Puede que ese sea tu caso, pero desde luego no es el mío.

Jrennikov era más ambicioso que inteligente, más intrigante que sincero. Sus obras, sin llegar a ser malas, seguían al pie de la letra las directrices marcadas por el Partido. En todo caso, su habilidad para mantenerse cerca del poder había dado sus frutos y faltaba poco para que lo nombraran presidente de la Unión de Compositores Soviéticos, puesto que siempre había ambicionado y que al final consiguió en el Congreso de 1948, gracias al apoyo de Zhdánov.

–Me han dicho que mañana vas a organizar una sesión privada en tu casa para presentar la nueva obra. ¿Por qué no me invitas? Me gustaría escucharla antes del estreno.

–Seremos solo tres o cuatro amigos –contesté, sorprendido de que estuviera al tanto de algo que habíamos mantenido en secreto.

—Así que no me consideras tu amigo. ¡Qué desilusión! Y yo que pensaba...

Se interrumpió y me miró fijamente. Era un hombre enérgico de ojos azules, pelo ondulado, labios gruesos, nariz de tipo hebreo con ventanillas más abiertas de lo habitual, mentón pronunciado y frente poderosa.

—¿No podré escuchar tu sinfonía antes del estreno? –insistió él, con un gesto inquieto–. No sé si voy a poder aguantar tanto tiempo.

—¿De verdad te interesa?

—¿Interesarme? Es mucho más que eso. Todos aprendemos de ti, Dmitri Dmítrievich; cada nueva obra tuya es un acontecimiento –repuso él de manera afectada.

—Está bien –dije sin entusiasmo–. Pásate mañana por casa entre las nueve y las diez de la noche.

—Gracias, Dmitri Dmítrievich, no faltaré.

Y sin añadir nada más, abandonó mi despacho con una sonrisa que me resultó sospechosa. ¿Me había equivocado al ceder a su presión?

Nuestros invitados soportaban el bochorno con dificultad. Aunque las ventanas del apartamento estaban abiertas, no entraba aire. Moscú devolvía el calor acumulado en el asfalto durante el día y era evidente que la noche no iba a ser un alivio. Desde la cocina llegaba un olor a cebolla.

David Rabinovich miró el reloj. Las agujas se aproximaban a las diez y cuarto. Dio un golpecito a la esfera para cerciorarse de que el reloj no adelantaba, y se lo enseñó a Artem Alikhanyan, que, sentado en una silla con las piernas cruzadas, balanceaba el pie izquierdo con aire cansado. Esa misma mañana había llegado de Ereván y en el tren no había podido pegar ojo.

—¡Caramba, qué tarde es! –refunfuñó el físico–. ¿Por qué no empiezan?

—Esperamos a Tijon Jrennikov –contestó el crítico–. ¿Lo conoce?

—No, la verdad es que no —dijo el otro, distraído.

—Es un arribista que ha conseguido ascender gracias al responsable de cultura del Gobierno.

—Se refiere usted a Zhdánov.

—Sí, claro, ¿a quién si no?

—¿Va a venir él también?

—No; por eso manda a Jrennikov... ¡Qué bochorno! Me gustaría estar en una terraza tomando un buen refresco, en vez de asfixiarme aquí.

—Ustedes perdonen —los interrumpió Lev Oborin—; ¿no estaba prevista la sesión a las diez?

—Así es —repuso el crítico—, esperamos a Tijon Jrennikov; ya sabe, siempre llega tarde, es su manera de demostrar que tiene la sartén por el mango. Hasta que él no aparezca, no se puede empezar.

—¿Prefieres tocar a la izquierda o a la derecha del teclado? —le pregunté a Sviatoslav Richter, que llevaba un buen rato leyendo la partitura de la *Novena*, sin hacer comentarios.

—¿Me dejas elegir?

—Sí, claro.

—Pues entonces prefiero la parte grave. Es más fácil. No hemos tenido tiempo de ensayar y tocar a primera vista nunca ha sido mi fuerte. ¿Quién nos pasará las páginas?

—La verdad es que no he pensado en eso.

—Se lo pediré a Oborin, así evitaremos que dé vueltas alrededor. Es incapaz de escuchar sin moverse.

—Voy a la cocina a ver cómo marcha todo; espérame un momento, ahora mismo vuelvo.

Nina, Galina, Flora y Tatiana, dirigidas por Glikman, preparaban la cena fría que íbamos a dar después de la audición.

—¡Tú también aquí! —exclamó Glikman al verme entrar, mientras daba los últimos toques a la salsa bearnesa—. Ya está todo casi listo. Vuelve al salón y atiende a los invitados. Deben de estar hambrientos.

—Pues que esperen —terció Tatiana, secándose el sudor de la frente con un trapo de cocina—. Aquí nadie prueba nada hasta después del concierto.

—¿Dónde está la pimienta? —preguntó Galina, inquieta por tener que compartir con Nina y conmigo un espacio tan reducido y verse forzada a mostrar naturalidad.

—¿No tienes ojos en la cara? Está ahí, justo enfrente de ti —le dijo Nina de mala gana.

—Vaya, chica, ¿qué formas son esas? Si a mí me faltan ojos, a ti te falta educación —replicó Galina sin amilanarse.

—La educación para quien se la merezca —saltó Nina, mirándola furiosa. Pero pronto suavizó el tono—: Perdona, estoy nerviosa y este calor no ayuda; no me lo tengas en cuenta, por favor. —Se volvió hacia mí—: ¿Ha llegado tu amigo, Jrennikov?

—No es mi amigo —dije, arrugando la nariz.

—Y entonces, ¿por qué lo has invitado?

—La verdad es que no lo sé.

—Ay, Mitia, nunca cambiarás.

—¡Vayan, vayan al salón, que yo acabo con todo esto! —exclamó Glikman, perdiendo la paciencia al comprobar que a Flora se le cortaba la salsa de los arenques.

Lev Oborin entró en la cocina.

—Acaba de llegar Jrennikov. Va vestido de luto, se le debe de haber muerto algún familiar. Ha preguntado por ti, Mitia, da la impresión de tener prisa.

—¡Es impresionante! —exclamó Jrennikov, nada más verme.

—¿Te refieres a la *Novena*? ¿Has visto la partitura? —pregunté, desconcertado.

—¿La *Novena*? no, qué va, es tu piso lo que me impresiona. ¿Cuántas habitaciones tiene?

—Cinco.

—Y balcón. A eso se le llama tener suerte, amigo. Hoy solo los altos cargos del Partido disfrutan de un apartamento como este. El mío tiene tres habitaciones y no son tan grandes como las tuyas.

–¿Te parece que empecemos, Tijon Nikoláyevich? –dije, impaciente–. Los invitados llevan más de media hora esperando.

–Sí, lo sé, perdona, llego tarde; he tenido que asistir al entierro de tía Margarita, la hermana de mi madre. Era una mujer sobresaliente, fumaba más de dos paquetes diarios y estaba a punto de cumplir los noventa, pero al final un cáncer de garganta ha acabado con ella… ¿Dónde quieres que me siente?

–Podrías pasarnos las hojas… Ah, no, perdona, creo que Richter ya se lo ha pedido a Oborin. Siéntate ahí –dije, señalando un sillón cerca del piano–, estarás cómodo y podrás escuchar sin que te distraigan los demás.

Richter y yo empezamos a tocar. Él tocaba a primera vista; sin embargo, su técnica seguía siendo magnífica. Era capaz de matizar la pulsación de tal modo que las notas del piano cambiaban de color en la medida que traducían un instrumento u otro. Así, los violonchelos y contrabajos tenían un timbre ronco, muy distinto del que producían los acordes de los metales, más incisivos, de color tierra unas veces y más oscuros, otras. Para conseguir esa variedad cromática utilizaba no solo los pedales de resonancia y de sordina, sino también el pedal central, que cubre ciertas cuerdas graves y las apaga. Era tal el virtuosismo con el que manejaba los pies que apenas me permitía utilizarlos a mí, de tal manera que el sonido rotundo que él producía ahogaba el mío, seco y crispado. Aun así, creo que conseguimos crear la atmósfera de refinamiento y humor del primer tiempo, la intimidad llena de matices cromáticos del segundo, antes de pasar a los tres últimos, encadenados sin interrupción: la bravura del *scherzo*, el dramatismo del *largo* y el carácter festivo del *finale*.

Un timbrazo, repetido con insistencia, provocó que Richter y yo dejáramos de tocar poco antes de llegar al final. Nina fue a abrir la puerta. Vimos acercarse a Zóschenko. Iba descalzo, con unos pantalones cortos sujetos por un imperdible a la camisa; llevaba un icono de papel con la imagen de un santo en una mano, una vela encendida en la otra, y tenía arañazos en la mejilla derecha. Resulta difícil describir el impacto que causó. Más allá de su aspecto estrafalario, era indudable que estaba allí por algo urgente, que solo una poderosa razón podía justificar esa forma de irrumpir, vestido de ese modo, y que, de un momento a otro, algo tenía que ocurrir.

Zóschenko levantó la vela sobre su cabeza y dijo con firmeza:

–¡Hola, amigos! Sabed que entre vosotros se encuentra aquel que traicionó a Jesús. –Miró por detrás de las cortinas y preguntó–: ¿Dónde estás, Judas?

Nina se acercó a él, aparentando naturalidad.

–¿Por qué no te sientas, Mijaíl Mijailovich? Estábamos escuchando la nueva sinfonía de Mitia, que se estrenará dentro de poco.

–¡No hay tiempo! ¡No hay tiempo! –clamó Zóschenko, excitadísimo–. Con su invitación a la modestia, quisiera la impotencia impedir sus logros.

Tatiana, a su lado, dio un respingo como si hubiera visto un fantasma y dijo muy resuelta:

–¿Qué haces aquí, tío? Esta es una reunión seria.

–Y seriamente yo te digo que la falta de discreción de las mujeres hace que los hombres se estremezcan.

–¡*Delirium tremens*! –dijo Flora, más asustada que divertida.

–Los tontos comen lo que los sabios no quieren –intervino el crítico David Rabinovich, riéndose entre dientes.

–¿Cómo te ha dejado pasar la policía con esa pinta que llevas? –vociferó Oborin, desde la otra punta de la sala.

–Por poco me detienen en la calle Brónnaya –repuso Zóschenko sin asombrarse de la pregunta–; tuve que saltar una verja y ya ves, me he arañado la cara. –Levantó la vela de nuevo–:

¡Hermanos en la literatura y la música! –Su voz ronca se hizo aún más enérgica–: ¡Escuchadme todos! Hay que dar caza a una rata que anda suelta.

–Las ratas, cuando tienen hambre, se devoran entre ellas –dijo Tatiana, ante la mirada inquieta de Flora.

–¡La rata está aquí! ¡Ya la veo! –exclamó Zóschenko, dando vueltas alrededor de Jrennikov.

–¿Cómo? ¿Qué dice? ¿Quién está aquí? –preguntó Richter, sentado al piano, sin entender nada.

Y Zóschenko, señalando a Jrennikov, que permanecía junto a mí con la cara traspuesta, lo increpó delante de todos:

–Tú, Judas, que te dispones a clavar la daga a nuestro amigo, sal de esta casa y no vuelvas.

Jrennikov me miró, sobresaltado; esperaba que yo saliera en su defensa, pero mi asombro era igual que el suyo, así que fui incapaz de reaccionar.

–El consejero... –dijo Zóschenko de forma misteriosa. Y, dirigiéndose de nuevo a Jrennikov, le preguntó–: ¿No sabes de quién hablo? ¡Contesta!

–A las personas como tú se las debería encerrar en el manicomio –dijo por fin Jrennikov. Y, mirándome ofendido, añadió–: No comprendo cómo puedes permitir que en tu casa sucedan estas cosas.

Galina susurró algo al oído de Glikman, y este, con voz fría, dijo:

–Es mejor que no intervengas, deja que Nina lo arregle.

–No me fío de él –repitió dos veces Galina, sin saberse a quién se refería.

Zóschenko dejó el icono y la vela encima de una mesa, y con el tono de un juez que dicta sentencia, declaró:

–El consejero Bogojulski me ha puesto en guardia contra este Judas Iscariote. Es un esbirro al servicio de Zhdánov. Su presencia hoy aquí tiene por único objeto desacreditar a nuestro amigo y pasar información que pueda perjudicarle... La carta, ¿dónde guardas la carta?

—¿De qué hablas? ¡Cállate ya, necio! —exclamó Jrennikov, con un tono que resultó forzado.

—Bogojulski me ha dicho esta mañana —continuó el escritor, sin dejar de señalar a Jrennikov— que tienes la orden de encontrar cualquier prueba que ponga a nuestro amigo en un aprieto. Y este es tan ingenuo que ha cometido el error de dejarte entrar en su casa.

—Las ratas, cuando tienen hambre, devoran lo que encuentran —repitió Tatiana, levantando la nariz como si las oliera.

—¡La carta! ¿Dónde escondes la carta? —increpó de nuevo Zóschenko a Jrennikov, lanzándole el aliento en la cara.

—Cálmate, Mijaíl Mijailovich —le pedí, sin entender lo que pasaba—. ¿De qué carta hablas?

—De la que lleva en el bolsillo de su chaqueta.

—¿Y tú cómo lo sabes? —preguntó Flora, cada vez más intrigada.

—Lo sé. Y con eso basta. Ahí está la orden de Zhdánov: acabar con Dmitri Dmítrievich a cualquier precio.

Por todas partes se oían exclamaciones; en su mayoría manifestaban sorpresa, pero no faltaron otras pronunciadas en tono de amenaza. Los invitados, a excepción de Richter, rodearon a Jrennikov.

—¡No empujen!, ¡déjenme pasar! —exclamó este abriéndose paso, con la intención de llegar cuanto antes a la puerta—. Y nada de amenazas; les aseguro que eso no les conviene; yo no me dejo intimidar, es inútil que insistan, ya lo saben, ¡faltaría más! Al contrario, tendrán ustedes que responder de todo esto.

—¡La carta, enséñanos de una vez la carta! —clamó Tatiana, mirando a su hermana para que la secundara.

—No pierdas los nervios, Tatiana, es un asunto que no te concierne —le dijo Flora, siempre pendiente de ella.

—Lo que no conviene es dejarlo marchar sin que antes confiese.

Y ante la perplejidad general, se abalanzó sobre Jrennikov y, hurgándole los bolsillos, dijo a voz en grito:

—¡La carta! ¡Dame la carta! ¿Dónde la tienes?

Tatiana, con ayuda de Galina y de Flora, no solo le vació ambos bolsillos, sino que les dio la vuelta, primero uno y luego el otro. Del segundo, el de la izquierda, saltó de repente un papelito que, describiendo una parábola en el aire, fue a parar a los pies de Zóschenko. Todos lo vieron, a algunos se les escapó un «¡oh!» de sorpresa. Zóschenko se agachó, cogió el papel, lo levantó a la vista de todos y lo desplegó.

–¿Qué es? –quiso saber Oborin, sin ocultar su impaciencia.

Zóschenko permanecía en silencio. Galina le arrancó el papel de la mano.

–¿Qué es...? ¿Qué es...? –volaron las voces.

–La factura del sastre por un traje nuevo –repuso Galina, perpleja.

–No es eso lo que busco –dijo Zóschenko con un ligero temblor en la voz–. Regístrenlo de nuevo, tiene que estar en alguna parte.

Jrennikov empujó a Zóschenko y este se cayó al suelo, pero pronto se levantó, alzó la mano y le asestó un violento bofetón. Jrennikov quiso responder, pero Richter, que poco antes se había acercado, dando por perdida la audición, se interpuso entre ellos y los separó.

–No esperaba que usted estuviese también de su parte –le dijo Jrennikov a Richter. Este, de forma amistosa, le puso la mano en el hombro–. ¡No me toque! –chilló Jrennikov, moviendo la cabeza como un muñeco de guiñol. El pianista se sorprendió, pero no retiró la mano–. ¡Le he dicho que no me toque! El desvarío de un loco ha quedado al descubierto. Todos ustedes, sin excepción, han dado crédito a un difamador que me acusa y me agrede por afán de venganza.

–Yo no necesito vengarme de ti, majadero, para eso ya tienes una larga lista de espera –le dijo Zóschenko, sin entender dónde podía estar la carta que, según le había asegurado el consejero Bogojulski esa misma mañana, llevaba encima–. ¿Dónde la has escondido? –insistió una vez más, sin darse por vencido–. Registrémoslo de nuevo.

Pero nadie lo secundó, así que Jrennikov, envalentonado, dijo:

–Los que tengan que juzgar este atropello no estarán tan ciegos ni tan bebidos como ustedes y sabrán castigar su comportamiento.

Zóschenko, desconcertado, bajó la mirada.

–Es mejor que te vayas, Mijaíl Mijailovich –le dijo Nina al escritor, preocupada por las consecuencias que podría tener el altercado.

Durante un buen rato había pensado que era posible evitar la desgracia con discreción, pero ya no había arreglo y se reprochaba no haber sido capaz de manejar mejor lo ocurrido. Y volviéndose hacia Jrennikov, añadió:

–Le ruego que nos perdone, Tijon Nikoláyevich, lo siento de veras.

–He venido a su casa, Sofia Vasilievna –dijo él, rabioso–, con la intención de ayudar a su marido, y me han correspondido con ingratitud, desconfianza y desprecio. ¿A esto llaman ustedes hospitalidad? Le aseguro que sabré responder a esta afrenta. Nada de lo que aquí se ha dicho es cierto, pero ustedes han dado crédito a un individuo que me ha difamado y agredido. Y eso tiene un precio. Les aseguro que lo pagarán.

De este modo concluyó Jrennikov, interrumpido con frecuencia por las exclamaciones de los presentes. Todos habían escuchado con atención, convencidos de que Jrennikov era inocente y de que los desvaríos de Zóschenko habían sido la causa de todo ese revuelo. Este callaba y sonreía desdeñosamente. Estaba muy pálido, y parecía buscar el modo de salir del aprieto. Supongo que de buena gana se habría marchado, dándose por vencido; sin embargo, se resistía a hacerlo ya que estaba seguro de que Jrennikov había sido enviado por Zhdánov para encontrar pruebas que pudieran desacreditarme.

–Con permiso, señores –repetía Jrennikov a voz en cuello, con la intención de salir de la casa cuanto antes.

Pero Zóschenko no quería dejarlo marchar, así que cogió un vaso de la mesa y se lo arrojó con todas sus fuerzas. Sin embargo, el vaso fue a estrellarse contra Tatiana. Esta empezó a chillar, mientras Zóschenko, que había perdido el equilibrio al tomar impulso, se desplomó al suelo.

–Los escándalos no ayudan –me dijo Yevgueni Mravinski, antes de que los ensayos de la *Novena* con la Filarmónica de Leningrado diesen comienzo–. En Moscú no se habla de otra cosa. Tu amigo Zóschenko te ha hecho un flaco favor.

–Estoy convencido de que actuó de buena fe. Me juró que todo lo que había dicho era cierto. Lo malo es que no puede demostrarlo. Hemos hablado con el consejero Bogojulski y se ha negado a corroborar la versión de Zóschenko. La gente, en cuanto huele el peligro, sale corriendo.

–¿A quién se le ocurre invitar a Jrennikov? Es de sobras conocida la inquina que te tiene. Y además, trabaja con Zhdánov, harán lo posible para acabar contigo.

–El error ya está hecho. ¿Qué puedo hacer?

–Dejar que la tormenta escampe. Stalin, Mólotov y Zhdánov han confirmado su asistencia al estreno en Moscú.

–Quieren presenciar mi ejecución en directo.

–No lo sé. Veremos. En todo caso, me preocupa tu sinfonía.

–Ya somos dos.

–Estaba preparado para un nuevo fresco sinfónico parecido a la *Séptima* y la *Octava*, y me he encontrado con algo totalmente distinto que me ha sorprendido por su singularidad. El problema es que no sé si los demás sabrán valorarla. Es la más excéntrica de tus composiciones: su ironía y estilización están a años luz de las emociones patrióticas que predominan estos días. Los músicos la interpretarán con agrado, pero los críticos la vapulearán.

–¿A ti te gusta?

–A veces me parece la obra de un genio y otras, la de un loco.

–¿Y por qué la diriges?

–Soy tu amigo para lo bueno y para lo malo. Y además, creo que eres el mejor compositor ruso de este siglo.

–No gustará –dije con desánimo.

–En nuestra profesión uno nunca puede estar seguro de nada, lo sabes igual que yo.

Los ensayos en Leningrado fueron un suplicio. Mientras los músicos tocaban, yo paseaba por la sala vacía de la Filarmónica repitiendo: «¡circo, circo!». Los *tempos* eran lentos; las melodías, toscas; los ataques, duros. Mravinski no entendía la obra y la dirigía de forma inadecuada. Lo interrumpí varias veces pidiéndole levedad, color, ritmo. Al final, el director arqueó las cejas y me dijo:

–No nos dejas trabajar, Dmitri Dmítrievich. Por favor, vete a pasear un rato, tómate un tranquilizante y vuelve.

El estreno en Leningrado fue un fracaso. Al público no le gustó la obra y al final aplaudió con frialdad. Pero lo que más me inquietaba era el concierto en Moscú que iba a tener lugar cuarenta y ocho horas después, con los mismos intérpretes y director. ¿Asistiría Stalin? A esas alturas todavía pensaba que sí. El día del concierto, por la mañana, el intendente de la Filarmónica me dijo que el Kremlin había confirmado la asistencia del líder y maestro. Dos horas antes del inicio, me encerré en mi camerino. Daba vueltas repitiéndome: «Stalin vendrá. Stalin vendrá». Faltaba media hora. Salí y le pregunté al encargado de sala:

–¿Ha llegado el Camarada Secretario General?

–Todavía no –me dijo–, pero se le espera de un momento a otro.

Regresé al camerino. Llegó la hora y nadie vino a avisarme. Eso significaba que el concierto se retrasaba para esperar a Stalin. Pasaron cinco, diez, quince minutos… «Seguro que vendrá –pensé–, no me puede fallar.» De pronto entró Mravinski.

–Los músicos ya han afinado.

–¿Y Stalin? –pregunté.

–No ha venido. Sal de una vez. Yo voy ahora.

–Déjame solo –le pedí–. Y recuerda lo que llevo diciéndote desde hace una semana: ¡circo, circo!

Mravinski se fue, debió de pensar que yo era un caso perdido.

Solo en el camerino –no salí de ahí hasta que acabó el concierto–, intentaba cerrar las puertas a la imaginación, al terror que, sin pausa, se filtraba en mi interior; me aferraba a la idea de que un milagro, en el último momento, me salvaría; siempre había sido así. Pero la angustia de perderlo todo era más fuerte.

Nada se me escapaba: los gestos preocupados de los músicos, la mirada fría de Mravinski, los rostros extrañados de mis amigos, los suspiros de Nina y Galina, el sudor viscoso de mi cuerpo, la opresión en el pecho...

3

El Congreso de 1948

Cuando abrí los ojos ya era tarde. Estaba solo en la cama. En la almohada de Nina había unas almendras y en su mesilla de noche, un vaso de agua. La cabeza me daba vueltas. El Congreso de la Unión de Compositores se iba a inaugurar esa mañana en el edificio de la Filarmónica. Me comí las almendras y bebí el vaso de agua. Volví a dormirme hasta que oí a Nina con la aspiradora. Entró en la habitación.

–¿Se te ha pasado la cogorza?

–Tengo una resaca espantosa.

–No me extraña; anoche llegaste a las cuatro como una cuba. Te metí en la cama, pero roncabas tan fuerte que no podía dormir, así que fui a acostarme al sofá del salón. Y ahora, espabila si no quieres llegar tarde.

–No quiero ir.

–Tienes que ir.

–Me crucificarán, Nina.

–Te crucificarán de todas formas. Pero si vas, conservarás tu dignidad y les demostrarás que no les tienes miedo.

–Les tengo un miedo espantoso.

–Anda, date una ducha y vístete. Si quieres te puedo acompañar en coche. Después me pasaré por el mercado, tengo que comprar algunas cosas.

–Será mi ejecución pública, Nina, con la única diferencia de que en una ejecución te eliminan y ya está, pero aquí se dignan dejarte vivir. En compensación tienes que permanecer sentado, aguantar los salivazos y oír todo lo que quieran decirte. Y arrepentirte. Y no se trata de hacerlo interiormente o en privado, no, tienes que subir a la tribuna de oradores y arrepentirte en voz alta, traicionar tus ideales, abjurar de ti mismo, demostrar tu agradecimiento al Partido, al Gobierno...

–Y a Stalin.

–Sí, sobre todo a él. ¿Por qué lo hice, Nina?, todo nos iba tan bien.

–De nada sirve lamentarse.

–Y no lo lamento, Nina, no lo lamento, pero siento que soy un imbécil.

–Un poco sí lo eres, aunque si te sirve de consuelo, te diré que yo en tu lugar habría hecho lo mismo. Siempre te he admirado por ser fiel a tu música hasta las últimas consecuencias. No le des más vueltas. Y ahora, arréglate, yo voy preparando el café.

–La lista negra.

–¿Qué dices?

–Soy el primero de esa lista. Se prohibirá mi música, obligarán a Maxim y a Gálisha a repudiarme en la escuela delante de todos sus compañeros.

–No dramatices, Mitia, si las cosas se ponen feas, ya pensaremos qué hacer. Quizá sería bueno que nos fuéramos una temporada a casa de mis padres en Leningrado. No nos molestarán y desde ahí, lejos de Moscú, esperaremos a que la tormenta escampe.

–¿Y tu trabajo?

–Ya veremos. Levántate y afronta las consecuencias de lo que has hecho.

–Cariño...

–La vida es dura. La mires por donde la mires, no es fácil. Yo, a veces, me duermo de pie.

Me permitió besarla. Luego, miré el vaso vacío de la mesilla de noche y me fui a la ducha.

Había un local al que iba de vez en cuando. Empecé a ir porque era de los pocos lugares en Moscú donde se tocaba jazz. Lo regentaba un individuo llamado Olaf. La gente empezaba a llegar cuando en los demás bares dejaban de servir. La especialidad de la casa era el refresco de cola con vodka. Era muy difícil encontrar cola, pero Olaf, no sé cómo, la conseguía. Los clientes se sentaban a beber y a escuchar jazz, alguna pareja bailaba. Olaf era un negro corpulento con una calva que brillaba. Llevaba una porra por encima del pantalón y si alguien se desmadraba, intervenía. Se contaba que una vez a un tipo le habían rebanado el pescuezo con una navaja mientras tenía las manos ocupadas en orinar.

Hacía meses que no iba al bar de Olaf, pero la noche anterior había ido allí con Galina. Salí de casa tarde. El tiempo había aclarado y las estrellas brillaban. Aún me zumbaba la cabeza por los tragos que había tomado con Nina tras cenar con los chicos. Al llegar al coche vi a Galina. Estaba apoyada en el capó y fumaba un cigarrillo.

–¿Por qué has tardado tanto? –me preguntó–. Tengo un montón de cosas en la cabeza que me inquietan.

–Estaba con Nina, no he podido salir antes.

–No sé lo que me pasa –dijo Galina, y tiró la colilla al suelo.

–¿Me acompañas al bar de Olaf? He quedado ahí con Zóschenko.

–Me he hecho amiga de Nina; cada vez me cae mejor.

–Y a mí también –dije–. Vamos.

–Quería que lo supieras.

–Podemos beber cola con vodka y escuchar música.

–A mí no me gusta el jazz.

–Es una pena. Os lo he dicho muchas veces en clase: solo hay buena y mala música. Y el jazz que tocan en ese bar es bueno.

–Me duele hacerle esto a Nina. Antes no me importaba, pero ahora sí. Se esfuerza por que las cosas os vayan bien.

–¿Conduces tú?

–¿Me dejas?

Aparcamos cerca del bar. Había tres tipos apoyados en un coche con el parabrisas roto. Se pasaban una botella envuelta en una bolsa de papel.

—¿No estarás pensando en volver con tu novio? –le pregunté a Galina, rodeándole la cintura con el brazo.

–No sé nada de él desde hace tiempo, aunque a veces lo extraño.

Cruzamos el bar y pasamos al salón de la parte de atrás. Había una barra, reservados junto a la pared y una plataforma donde tocaban los músicos; delante de la tarima se abría una pista de baile. No había mucha gente, los bares nocturnos aún estaban abiertos. Fuimos a un reservado. Johanna, la camarera, se acercó. Pedí la especialidad de la casa, y me propuse no pensar más en el Congreso del día siguiente. Nos trajeron la cola con vodka, tomamos un trago y luego empezamos a besarnos. De cuando en cuando, Galina se apartaba, me miraba a los ojos y me cogía la mano. Enseguida empezó a llenarse el local. Un trompetista negro y un batería blanco se pusieron a tocar. Pensé que Galina y yo tomaríamos otra copa y luego iríamos a un hotel para terminar lo que habíamos empezado.

Acababa de pedir otras dos copas cuando vimos aparecer a Zóschenko. Iba vestido con un traje a rayas muy gastado y un sombrero enorme de fieltro negro. Después del escándalo en casa, Zhdánov centró sus ataques en él y en Anna Ajmátova. En la prensa aparecieron artículos contra los dos. Zhdánov calificó públicamente a Ajmátova de «mitad puta y mitad monja» y a Zóschenko, de «aventurero sin honor ni conciencia». Fueron expulsados de la Asociación de Escritores y se les prohibió publicar, lo que en la práctica significaba condenarlos a pasar hambre. Desde entonces yo le daba dinero a Zóschenko todos los meses.

–Hola, amigos, ¿cómo os va?; espero que mejor que a mí –dijo, y rascándose la cabeza, se sentó con nosotros.

Galina le dio un beso.

–¿Vienes mucho por aquí? –le preguntó ella–. No sabía que te gustara el jazz.

–Detesto esa música de negros –dijo él, arrugando la nariz–. Pero quería ver a Dmitri Dmítrievich, así que he venido para pedirle dinero.

—No hables de eso ahora, Mijaíl Mijailovich —dije—. Los demás no tienen por qué enterarse.

A Zóschenko se le humedecieron los ojos. Respiró varias veces por la boca y me preguntó:

—¿Me invitáis a una copa?

Le di la mía para que bebiera cuanto antes y pedí a Johanna que nos sirviera otra ronda.

—Dmitri Dmítrievich es la persona más generosa que conozco; supongo que ya lo sabes —le dijo el escritor a Galina, después de acabarse la copa—. Si no fuera por él estaría muerto.

—Estás pasando una mala racha, Mijaíl Mijailovich —dije—. Los que hoy están, mañana pueden no estar.

—Lo peor son las noches. Le doy vueltas a la cabeza. No veo salida. Y entonces pienso en suicidarme. Pero no tengo valor. Mi escepticismo ha evolucionado desde el *«que sais-je»* al «yo qué sé». El odio tiene que ser productivo; de lo contrario, amar es una insensatez. Ya está bien. Me voy. No quiero aguaros la fiesta. ¿Puedes darme algo, Dmitri Dmítrievich?

—¿Cuánto necesitas?

—Con cincuenta rublos me arreglo.

Le di cien.

—Me han cortado la calefacción. Tengo tanto frío en casa que no puedo escribir. Mi hijo y mi mujer se han ido a casa de mis suegros en el campo.

—¿Y por qué no te vas tú también? —le preguntó Galina.

—Puede que lo haga, pero antes tengo que ver qué sucede estos días con el Congreso de Compositores. Me preocupa. Lo más probable es que se repita lo que pasó hace unos meses con los escritores. Si las cosas se ponen feas, deberé estar con Dmitri Dmítrievich y ayudarlo en lo que pueda. Bueno, me voy. Gracias, hermano; espero que mañana no te vaya mal del todo; ya nos veremos.

Zóschenko dio un beso a Galina y se marchó. Johanna trajo las copas. Al poco, se acercó un hombre muy alto con el pelo engominado. Llevaba un traje oscuro con chaleco, abrigo, sombrero, y zapatos de charol. Dejó el sombrero encima de la mesa y dijo:

–Hola, chicos, me llamo Serguéi Ivánovich Magomedov, soy checheno, acabo de llegar de Grozni. –Y mirándome con ojos de pez, añadió–: ¿Te importa que baile con tu novia un rato?

–¿Por qué no se lo preguntas a ella? –dije.

El checheno enseñó los dientes a Galina con una amplia sonrisa.

–Estoy cansada –dijo ella–, quizá en otra ocasión.

–¿Puedo sentarme con vosotros? –preguntó Magomedov, y sin esperar a que contestáramos, tomó asiento.

–No vamos a quedarnos mucho tiempo –dije–, solo el suficiente para terminar estas copas.

–Lo sé, hombre, lo sé. Hay cosas más importantes que hacer y sitios adonde ir. Sí, entiendo, cómo no –dijo el checheno, guiñándome un ojo. Cogió su sombrero y le dio vueltas como si buscara algo dentro. Sonrió y se encogió de hombros. Sacó una botella de whisky del abrigo y bebió un trago–. Aquí solo dan esa porquería de cola con vodka, por eso he traído un poco de escocés auténtico. ¿Queréis probarlo?

–No, gracias –le dije–. Nos vamos a ir enseguida.

–¡Qué prisa, por Dios! Cualquiera diría que queréis que me largue. ¿Por qué no te vas tú y me dejas a tu chica un rato? Después la acompaño a su casa. Tengo el coche aparcado en la puerta. Es uno de importación muy caro. Seguro que le gustará verlo.

–Yo no quiero ver tu coche. Déjanos en paz, ¿te importa? –dijo Galina, perdiendo la paciencia.

–Calma, chica, calma, ¿qué formas son esas? –Y volviéndose hacia mí, añadió–: Acabo de llegar de Grozni; no conozco bien Moscú y solo busco compañía.

–Pues búscala en otra parte –dijo Galina.

–Vámonos –dije, levantándome.

Magomedov me agarró del brazo. Volví a sentarme.

–¿No te gustaría estar con otra? –me preguntó–, ¿con una muy guapa? Si quieres te la traigo y así tú me dejas a esta.

Las piernas me temblaban. Bebí un trago. El vodka con cola no me supo a nada.

–Esta no es tu mujer –continuó el checheno, señalando con la cabeza a Galina–. ¿Me equivoco? Tu mujer seguro que anda por ahí con algún tío que le pellizca los pezones y se la saca, mientras tú estás aquí sentado con tu amiguita perdiendo el tiempo. Hoy no harás nada con ella. Si quieres mojar, deberías aceptar mi propuesta... ¿No dices nada? Apuesto a que sé lo que estás pensando: este tío me está buscando las cosquillas, si continúa así le voy a partir la cara. Pero no puedes, amigo; debo de pesar cuarenta kilos más que tú por lo menos. Te propongo una cosa: me ato un brazo a la espalda y luchamos, el que gane se lleva a la chica. ¿Vale?

Volví a levantarme.

–Si no quieres que te corte las manos, quédate quietecito –dijo Magomedov en voz baja. Sacó la cartera y la puso encima de la mesa–. Ahí hay dos mil rublos –le dijo a Galina–. Puedes comprobarlo.

Eché una mirada por la sala. Vi a Olaf en la barra. Le hice una señal. Tuve la impresión de que me entendía. El checheno sonrió frunciendo los labios. Luego dejó de sonreír y se quedó mirando fijamente a Galina.

–Escucha, tía –dijo–, te doy mil y me haces una mamada; y le daré otros cien a tu amigo para que no se sienta despreciado. Me parece un trato justo. ¿Qué dices?

–Vete a tomar por culo, cabrón –dijo ella, con la cara desencajada.

–Eso es lo que quisiera, tomarte por el culo. Pero el precio es otro, claro; te daré mil más –le alargó la cartera–, puedes coger todo lo que hay en ella, salvo cien, eso se lo dejas a tu amiguito por no haber dicho ni pío.

Olaf se acercó. Puso una mano en el hombro del checheno, mientras con la otra sostenía la porra.

–¿Cómo estáis? –preguntó.

–Estupendamente –dijo el checheno–. Tu amigo se iba a marchar. Yo voy a bailar con la chica un rato.

Nos levantamos.

–Tú no te vas, nena –dijo el checheno.

Olaf lo agarró por la manga.

–Tranquilo. Ellos se marchan y tú te quedas. No quiero problemas, ¿entendido?

Las piernas me temblaban. Empezamos a alejarnos. La gente miraba.

–Si te vas con ese maricón –dijo el checheno, alzando la voz–, os las veréis conmigo.

No miramos atrás. Seguimos andando. Salimos a la calle.

Nunca olvidaré aquella sucia mañana del 17 de febrero de 1948 en la que se inauguró en Moscú el Primer Congreso de Compositores Soviéticos. Por todas partes se notaba la larga mano de Zhdánov y el peso de sus secuaces, que controlaban los debates para confeccionar la lista negra de los autores que debían ser condenados por sus tendencias formalistas. Por supuesto, quien iba a encabezarla era yo.

Después de cuatro horas de gritos, protestas, y portazos de aquellos que salían malhumorados, el presidente de la sesión propuso hacer una pausa. La sala quedó vacía. No tuve ni ganas ni humor de levantarme, así que permanecí en mi asiento y cerré los ojos.

De pronto noté una mano en el hombro y escuché una voz conocida que me preguntó:

–¿Cómo estás, Dmitri Dmítrievich?

Me di la vuelta. Era Prokófiev.

–Solo y deprimido, Serguéi Serguéievich –contesté–. Ya ves, nadie se ha querido sentar conmigo.

–No sé de qué te extrañas: son canallas y se ufanan de serlo. Nada nuevo, querido amigo.

–¡Dmitri Shostakóvich, el apestado!

–Déjame compartir contigo ese honor; será un privilegio.

El porte aristocrático de Prokófiev era de otros tiempos; su calidad humana, también. A pesar de saber lo que se podía esperar de esa reunión, decidió presentarse luciendo una chaqueta verde esmeralda de paño austríaco, un pañuelo del mismo color en el bolsillo superior de la chaqueta, una camisa blanca de batista, corbata de seda, sombrero negro y unas botas de fieltro que dejaban entrever unos calcetines verdes con sus iniciales bordadas; y además, llevaba bajo el brazo una voluminosa carpeta con el emblema de la Royal Society de Londres.

–¿Qué contiene ese cartapacio? –le pregunté con curiosidad.

–Documentos, distinciones, diplomas que he recibido de las más altas instituciones extranjeras: París, Londres, Viena, Roma, Nueva York... –respondió él, con una sonrisa maliciosa–. Los enseñaré para que todos estos miserables se enteren de con quién están tratando. No servirá de nada, lo sé, pero por lo menos quiero darme ese gusto. –Hizo una pausa y me preguntó–: ¿Ha intervenido ya Zhdánov?

–No.

–¿Y Jrennikov?

–Tampoco. Lo mejor está por llegar.

–Hace calor y yo ya no tengo salud para soportar todo esto. Les dejaré la carta que he escrito y me iré. Mi mujer me espera. Ha organizado una comida en casa para celebrar mi funeral. Si te animas, puedes venir.

–No creo que me dejen marchar.

–Sí, claro, que nos vayamos los dos juntos de ningún modo pueden consentirlo. Lo siento, Dmitri Dmítrievich, tendrás que aguantar el chaparrón tú solo. Al fin y al cabo, eres más joven y tienes mejor salud que yo. Esos desgraciados quieren sangre y con la tuya ya tienen suficiente.

–No lo creas, Serguéi Serguéievich, en la lista negra, además del tuyo y el mío, hay otros nombres.

–¿Otros...? ¡Qué decepción!

–Jachaturián, Shebalin, Kabalevski, Muradeli...

–¿Muradeli...? No lo puedo creer, si no es más que un reaccionario sin talento.

–Él dice de sí mismo que solo sigue la tradición y que no tiene por qué estar en la lista; el problema es que su ópera *La gran amistad* no le ha gustado a Stalin, que ha visto en ella errores políticos al tratar los conflictos nacionales en el Cáucaso. Además, parece que le ha irritado la utilización incorrecta de la *lesginka*. Ya sabes, se considera un experto en música popular y se permite dar lecciones sobre las danzas caucasianas.

–Yo no esperaría mucho de quien tiene *Suliko* como canción preferida; pero esta vez, nuestro amado líder lleva razón: *La gran amistad* es lo peor que he escuchado en mucho tiempo. Siempre he dicho que quien plagia debería copiar cien veces la obra completa del autor al que copia; así se le quitarían las ganas de seguir haciéndolo. Ahora bien, lo que me resulta incomprensible es que una basura semejante haya provocado tanto revuelo. Seguramente ha sido la excusa para que en la lista no estuviéramos solos tú y yo.

–Kabalevski ha exigido que se borre su nombre de la lista y se incluya en su lugar a Gavriil Popov. Este se ha revuelto y ha estado a punto de pegarle en público.

–*My dear fellow*, esos son peces pequeños. Pero ¿quién diablos ha hecho esa maldita lista...?

–Zhdánov ha concedido ese honor a un grupo de compositores elegido por el Comité Central de Cultura; les ha pedido tenerla lista antes de que termine el Congreso. Según me ha filtrado Shebalin, llevan varios días discutiendo. Nuestros colegas, aterrados, se llevan las manos a la cabeza, las denuncias e intrigas se multiplican, los hechos se falsean, todos luchan para no aparecer en ella. Solo dos nombres se han mantenido desde el principio intactos: el tuyo y el mío. En eso es en lo único que están de acuerdo. El problema es que desde arriba se les exige más víctimas. Y ahí ha empezado a correr sangre.

–Por fin van a poder dar rienda suelta al odio que siempre nos han tenido.

–¿Por qué nos odian, Serguéi Serguéievich? ¿Qué les hemos hecho?

—¿No lo sabes? ¿Tan ingenuo eres? El regodeo en sus sucios sentimientos es parte de su deleite. Pero la envidia los corroe, estropea sus delirios de grandeza y manifiesta su mediocridad. Un imperativo implacable los obliga a despreciar la excelencia, a rechazar todo aquello que se salga de su vulgar entendimiento. Y a esto se añaden los celos y la humillación ante la evidencia de algo que no tienen: talento musical. No soportan que nuestra música se interprete en todo el mundo y que la suya no suene más allá de los locales del Partido.

—Y hablando de un asunto de mayor interés, ¿qué explicas en la carta? —le pregunté, pensando que quizá yo también debería haber escrito una.

—Mentiras, pero no estaré cuando las lean —contestó, mientras limpiaba los cristales de sus gafas con el pañuelo verde. Me miró con ojos cansados y volvió a ponerse las gafas—. ¿Qué esperan de nosotros? —continuó—. ¿Deberíamos callar y admitir el escarnio? Nunca he dudado de que sabrán decirnos lo que ya sabemos. Pero su modo de expresarse resulta obsceno. Quieren demostrarnos que para cumplir nuestros propósitos no podemos disponer de nadie más que de ellos. No tendrían que excluir, sin embargo, la posibilidad de que nos rebelemos. Pero no, amigo, mi carta no demuestra rebelión alguna. Es impropia de un hombre libre, pero ¿quién es libre hoy en día? La redacté en tres minutos y la olvidé al siguiente. Te repito: son mentiras. No estaré aquí cuando las lean.

—¿Puedo preguntarte una cosa, Serguéi Serguéievich?

—Lo que quieras.

—¿Por qué abandonaste tu exilio en París? Elegiste el peor momento.

—Vanidad en un cincuenta por ciento y deseo de volver a Rusia, el resto. Pensé que los comunistas se pondrían a mis pies y me darían lo que les pidiera. Eso es lo que me prometieron. Fui un ingenuo. Y lo estoy pagando caro. No me importa, tengo asumido el precio. Pero la obediencia no va conmigo. Cuanto más tiempo pase, menor será mi voluntad de contrición; me dejaré llevar por una existencia extravagante en la cual es fácil entrar, pero muy difícil salir. Aunque tu caso no sea el mismo, supongo que me entiendes.

–La verdad es que no logro entenderte, Serguéi Serguéievich.

–Es igual, yo sé lo que me digo.

La sesión se reanudó. Zhdánov subió al estrado, abrió la boca y resopló varias veces. No presté atención a sus primeras palabras, que repetían viejos tópicos, escuchados hasta el aburrimiento, pero atendí cuando me mencionó:

–Ya en el año 1936, la ópera *Lady Macbeth* de Dmitri Shostakóvich dio pie al órgano de prensa del Comité Central del PCUS para criticar la tendencia antinacional y formalista de esa obra, y alertar del peligro que implicaba alejarse de la evolución natural de la música soviética. *Pravda* formuló con claridad lo que el pueblo espera de los compositores soviéticos. Sin embargo, ese gravísimo error formalista de Shostakóvich se ha extendido a otros camaradas músicos: Prokófiev, Jachaturián, Shebalin, Popov, Miaskovski y algunos más, cuya música refleja tendencias antidemocráticas ajenas al pueblo soviético y a sus gustos artísticos.

–¡Camarada! ¿Cuáles son esos «algunos más» a los que se refiere? –se escuchó desde el fondo de la sala.

A Zhdánov no le gustó la interrupción. Miró los papeles y dijo, en un tono agrio:

–La lista completa se os facilitará, camaradas, una vez terminen las deliberaciones.

–Ya ves –le dije a Prokófiev, recostado en el asiento con los ojos cerrados–. Kabalevsky ha conseguido que su nombre sea sustituido por el de Gavriil Popov.

–¿Qué dices? –preguntó él.

–Nada.

–Entre las características de estos autores –continuaba Zhdánov– está el rechazo de los principios básicos del clasicismo, la apología de la atonalidad, la disonancia y la cacofonía, la utilización de combinaciones sonoras que perforan los oídos como taladradoras, iguales también al ruido de los camiones que utilizaban los nazis para asesinar a la gente de nuestro pueblo. Una música asociada al espíritu modernista y burgués que se cultiva en Europa y América, fiel reflejo de la degradación del arte musical. Prokófiev roncaba. Le puse la mano en el hombro y se despertó, pero no tardó en dormirse de nuevo.

–Por consiguiente –continuaba Zhdánov–. El Comité Central del PCUS resuelve:

»1. Declarar que la orientación formalista de la música soviética es una tendencia antinacional que conduce a la destrucción de los valores que defendemos.

»2. Señalar al Departamento de Propaganda y Agitación del Comité Central las directrices que habrán de corregir las deficiencias citadas, con el fin de reconducir la música soviética por las vías del realismo.

»3. Invitar a los compositores a asumir las honrosas tareas que el pueblo soviético confía a la creación musical y a rechazar todo lo que debilita nuestra música y frena su desarrollo.

De pronto, Shkiriatov, miembro destacado del Partido, sentado detrás de nosotros, se levantó y dijo en voz alta:

–A Prokófiev parece que no le interesan las palabras del camarada Zhdánov. Se ha dormido.

Prokófiev abrió los ojos y le preguntó:

–Y usted, ¿quién es?

Shkiriatov señaló el retrato que colgaba en el escenario.

–Yo soy ese.

–¿Y qué? –gruñó Prokófiev.

Popkov, secretario del Comité Central, intervino:

–Camarada Prokófiev, no altere la sesión; si no le gusta el discurso del camarada Zhdánov, váyase.

Prokófiev se levantó y dijo:

–Camarada Popkov, le agradezco que me invite a marcharme. De hecho, es lo que estaba pensando hacer. Pero quisiera dejarles esta carta para que la lean en público cuando ustedes crean oportuno.

Y entregó la carta a un ujier. Antes de irse, me dijo en voz baja:

—Por favor, no des crédito a lo que vas a escuchar. Ah, y me gustaría que a partir de ahora nuestra relación fuera más fluida.

Y se fue.

Popkov leyó la carta de Prokófiev:

«En las últimas décadas, el arte occidental ha desarrollado el culto de la forma pura, de la habilidad técnica; así, ha empobrecido el lenguaje y lo ha desprovisto de comprensibilidad y armonía. Millones de hombres sencillos no entienden esas florituras formalistas. No me ha sido fácil llegar a esta conclusión. Tienen razón los que me reprochan que mi música contenía elementos formalistas ya desde el principio, derivados, es cierto, de los contactos que mantuve con el arte occidental. Cuando en su momento el público soviético censuró con dureza la ópera de Shostakóvich *Lady Macbeth*, reflexioné sobre mi propio método de trabajo hasta llegar a la conclusión de que mi camino también estaba equivocado. La presencia del formalismo en mis obras se explica por una deficiente comprensión de lo que nuestro pueblo espera. Trataré de buscar un lenguaje claro y cercano al pueblo.»

A continuación, Graviil Popov realizó una crítica generalizada de la música soviética, sin referirse a su propia obra. Su declaración provocó la irritación de los congresistas, y Popov fue invitado a revisar sus puntos de vista. La intervención de Shebalin fue parecida; en un breve discurso, admitió parcialmente las críticas dirigidas contra él. Por su parte, Miaskovski y Jachaturián se desentendieron de las resoluciones del Congreso. Todos ellos pagarían un alto precio.

La intervención de Jrennikov fue durísima. Casi solo habló de mí. A voz en grito, descalificó mi música por su lenguaje abstracto, sus ideas y sentimientos ajenos al arte realista, sus espasmos del viejo expresionismo alemán, por refugiarse en ámbitos anormales, repugnantes y patológicos. Sin embargo, lo que más me dolió fue la acusación de pervertir a jóvenes músicos, a los cuales, dijo, confundía desde mis cátedras en los conservatorios de Moscú y Leningrado. Se alzaron voces desde la sala que exigieron mi destitución inmediata de dichas instituciones. Zhdánov pidió calma sin demasiada convicción, pero las voces insistían: ¡Shostakóvich, corruptor de menores, enemigo del pueblo, traidor, fascista...!

La voz de Shebalin se impuso sobre las demás:

–¡Dejad que hable Dmitri Dmítrievich! Está en su derecho.

–Sí –lo secundó otro–, dejémosle hablar.

–¡Que hable! –gritó alguien desde el fondo de la sala.

Yo no quería intervenir. Hubiera preferido dejarme cortar las manos antes que subir a la tribuna. Además, no sabía qué decir. Las palabras no arreglan las cosas, en la mayoría de los casos las suelen estropear aún más. Eso lo había aprendido aquella vez en Crimea en la que un instructor me susurró sus secretos. Kabalevski se acercó y me entregó un papel.

–Toma, lee esto y después márchate.

–Preferiría no hacerlo.

–Te estoy haciendo un favor.

Subí al estrado despacio y empecé a leer:

–En primer lugar pido perdón a los delegados porque no soy un buen orador...

–¡No se oye! –gritaron desde lejos.

Zhdánov me miró con cara de pocos amigos.

–Creo, sin embargo –continué con más decisión–, que no debo callarme cuando mis camaradas trabajan con tanto celo para aplicar las directrices del Comité Central. Aunque me resulta difícil escuchar cómo se condena mi música, sé que el Partido tiene razón, que busca mi bien, que tengo la obligación de corregir mis errores formalistas, y que solo así lograré componer obras próximas al pueblo. Soy consciente de que ese camino no me resultará sencillo, y que quizá las cosas no sucederán con la rapidez que yo mismo y mis camaradas quisiéramos. Pero, igualmente, soy consciente de la responsabilidad que implica ser un artista soviético y, en consecuencia, debo y quiero encontrar la voz que me lleve al corazón del pueblo.

Al acabar de leer, añadí:

—Sin embargo, siempre he pensado que cuando escribo de forma sincera y soy fiel a mis sentimientos, mi música no puede ir contra el pueblo, porque yo mismo soy, en pequeña medida, un representante del pueblo.

A Zhdánov no le gustaron estas últimas palabras. Me miró con desdén y dijo:

—Puede retirarse, camarada; ya tendrá noticias nuestras.

Abandoné la sala acompañado por el griterío de los congresistas.

4

La llamada de Stalin

Y tuve noticias. Paulatinamente, pude comprobar las consecuencias de no haber compuesto la *Novena sinfonía* tal como me había ordenado Stalin. Comenzaron los ataques contra mi trabajo y contra mí. Primero fui expulsado de los conservatorios de Leningrado y de Moscú. En el caso de Leningrado, me enteré, por el tablón de anuncios, de que se prescindía de mis servicios por «incompetencia profesional»; ni siquiera me permitieron despedirme de mis alumnos. En Moscú me negaron la llave de acceso al aula. Todas mis obras se prohibieron, a excepción de mi música más ligera, pero esta tampoco se tocaba. Los programadores me evitaban al considerarme un «enemigo del pueblo». Una buena parte de los que se decían amigos –más de los que había imaginado– me negaron el saludo. Mis hijos fueron obligados a renegar de mí en la escuela. Un día, Maxim llegó a casa con un ojo morado. Cuando le pregunté me dijo:

–Me he peleado con unos chicos de clase. Decían que tú eras un traidor y que te iban a llevar a Kolimá. Me abalancé sobre uno de ellos y le di un puñetazo, pero los otros me rodearon y me pegaron. La profesora les ha dado la razón, para ella tú eres un traidor a la patria soviética; me ha dicho que sería mejor que no volviera a clase.

Las compañeras de Gálisha resultaron más comprensivas. Sin embargo, el director convocó a Nina y le «sugirió» –esa fue la palabra– que Gálisha, de momento, no apareciera por la escuela.

Más que nunca, apreciaba a los pocos amigos que se mantuvieron a mi lado. A pesar de sus reducidos medios económicos,

Isaac Glikman viajaba a menudo desde Leningrado a Moscú para tratar de convencerme de que la tormenta pasaría. Al fin y al cabo, decía, yo ya había pasado por una situación similar cuando se publicó el editorial en *Pravda* y, sin embargo, había sido capaz de componer la *Cuarta sinfonía*, una de mis mejores obras.

Slava Rostropóvich y Sviatoslav Richter también venían a verme con frecuencia. En esos días amargos, consolidamos una amistad que ha durado hasta hoy. Siempre me ha gustado rodearme de músicos jóvenes, compartir experiencias con ellos, enseñar y aprender al mismo tiempo, disentir y coincidir, tocar y leer a los clásicos.

Más que nunca aprecié también la compañía de Zóschenko, mi compañero de juventud. No era demasiado generoso en sus visitas –venía sobre todo cuando necesitaba dinero y no se acababa de creer que también a mí me iban mal las cosas–, pero se prestaba siempre a hacerme reír. El lamentable estado de su dentadura era su preocupación principal en esos días. Le habían montado un puente sobre raíces aún sensibles pero el puente no tardó en romperse, así que no hubo más remedio que arrancarlo y empezar de nuevo. «Todo se derrumba», se lamentaba. Un día se presentó con semblante más risueño de lo habitual.

–¡He encontrado la solución, amigo! Ya sé lo que tenemos que hacer.

–Ah, ¿sí? –pregunté, sin saber con qué me saldría esta vez.

–La pócima que nos permitirá atravesar las puertas del paraíso. –Y extrajo de su bolsillo un pequeño frasco.

–¿Qué es eso? –quise saber, arrugando la nariz.

–¡El néctar que nos hará desaparecer! –Suspiró repetidamente antes de continuar–: Yo no tengo valor para suicidarme, pero si damos el paso juntos, todo será más fácil.

Solté un gruñido. Esas últimas noches me había rondado la cabeza la idea de quitarme de en medio. Las mañanas no eran tan malas, pero por las noches me costaba respirar y tenía palpitaciones. Me levantaba, iba al cuarto de Nina, me metía en su cama, cogía su mano, escuchaba su respiración, intentaba dormir...

—¿Es eficaz? —le pregunté a Zóschenko.

—Así me lo han asegurado. Se bebe, se aguarda un par de minutos y directos al cielo.

—Está bien, hagámoslo.

—¿Seguro?

—Sí, seguro; vamos.

—¿Y Nina y los niños?

—Lo superarán.

—¿Tú crees?

—Sí, vamos.

—¿Y tu música?

—A la mierda.

—¿De verdad?

—Que sí, maldita sea.

—Te lo deberías pensar mejor, Dmitri Dmítrievich. Mañana vuelvo y lo hablamos con más calma. —Hizo una pausa y me preguntó con un suspiro—: ¿Me puedes dejar algo?

—Estoy sin blanca, como tú.

—¿Nada?

—Mira en el cajón; creo que hay veinte rublos. Pero son de Nina; dale las gracias a ella.

No mentía cuando le dije a Zóschenko que no tenía dinero. Ya no podía contar con el sueldo de los conservatorios, no me permitían dar conciertos, mis obras estaban prohibidas en toda la Unión Soviética, los derechos de autor en el extranjero, confiscados por el Gobierno —solo con ellos habría podido vivir sin problemas—, y no tenía estómago para cobrar a mis alumnos las clases particulares, ya que también ellos estaban a dos velas. Nina fue quien mantuvo a la familia durante ese año. Y no solo económicamente.

—Cada día estás peor, Mitia; no puedes continuar así. Vámonos a Crimea.

—¿Y los chicos?

–Vendrán con nosotros. Una temporada cerca del mar nos sentará bien a todos.

–¿De qué vamos a vivir, Nina?

–A mí me mantendrán el sueldo, no te preocupes por eso. Además, en Crimea puedes componer alguna banda sonora. El cine siempre nos ha ido bien.

–No sé si me lo permitirán.

–La taquilla manda. Al público le gusta tu música de cine, has tenido grandes éxitos, seguirán contando contigo. ¿No lo ves así?

–Yo estoy harto, Nina –le contesté, con voz indiferente–. La música de cine para mí siempre ha sido una salvación. Pero ahora es distinto. Noto ese momento de la vida en el que las pasiones ya no duelen. Y es que tengo la creciente sensación de que no volveré a escribir una nota más. Puedo soportar todo excepto eso. Si mi música me falla, estoy perdido, me hundo, no sé cómo afrontar las cosas. A veces pienso que lo mejor sería desaparecer; perdona, no tengo derecho a decirte esto, pero es lo que siento.

–Pues si crees que no tienes derecho, no lo digas. Suena más a amenaza que a otra cosa. No entres en ese juego, Mitia. Piensa menos en ti y más en los demás. En tus hijos, por ejemplo, y aunque sea solo de vez en cuando, también un poco en mí.

–Como siempre, tienes razón, Nina. Lo intentaré, te lo prometo; vayámonos a Crimea, quizá allí me recupere –le dije en voz muy baja, casi avergonzado.

–Antes debemos asistir al concierto de Mravinski con la Filarmónica de Leningrado. Ha programado tu *Quinta sinfonía*.

–Me es imposible ocuparme de lo que ya he escrito. El pasado solo es tolerable cuando uno se sabe superior a él, no cuando uno se encuentra reducido a contemplarlo impotente.

–No le puedes fallar a Mravinski. Cree en tu talento y no entiende que se prohíban tus obras. Además, piensa como tú: que la música es una forma de sobrevivir en tiempos difíciles. Ha amenazado con dimitir de su puesto de director en Leningrado si no le permiten programar tus sinfonías. Según me ha dicho Glikman, el Partido ha decidido hacer una excepción pero solo por esta vez. Tenemos que ir. Por supuesto, no fuimos al concierto de Mravinski. Nina me veía tan abatido que no insistió. En Crimea, las cosas fueron de mal en peor. Mi depresión, como consecuencia de la parálisis creativa, se agravó. Violentos ataques de jaqueca me obligaban a permanecer en la oscuridad. Dolores de estómago y catarros se sucedieron sin interrupción. Cuando me sentía algo mejor, me sentaba al escritorio frente al mar e intentaba componer la banda sonora de *La joven guardia*, que el director Serguéi Gerasimov me había encargado, pero era incapaz de avanzar. Miraba el papel en blanco. Nada.

«Pronto estaré muerto –pensaba–. Tal vez el mes que viene. ¿Por qué esperar? Quizá esta noche. No creo que llegue a Navidad. Tengo la sensación de que me engaño desde que existo. Moriría hoy mismo si quisiera, bastaría con hacer un pequeño esfuerzo. Aunque, lo mismo da dejarse morir sin apresurar las cosas. Algo tiene que cambiar. Me sobresalto menos desde que estoy aquí. Tengo arrebatos, pero pasan rápido. Quince días. Tal vez tres semanas. Después, todo se resolverá... O no. Debería pensar en lo que me queda por hacer. Despedirme. Terminar. Pero no tengo voluntad. Antes sí la tenía. Todo se apaga. Me quedaré a ciegas. Es la cabeza la que no da para más.»

Nina decidió volver a Moscú e internarme en un sanatorio. Me sometieron a una cura de sueño. Las drogas me sumían en un estado placentero. La angustia remitía: me sonreían rostros hermosos, luces intensas cuando las puertas se abrían, el llanto de un niño silenciado por el arrullo de una mujer, cisnes blancos y negros sobrevolando el lago, la voz de Galina Ustvolskaya gritando al checheno: «¡Basta, basta!, ¿y usted quién se ha creído que es?, yo amo a Dmitri Dmítrievich». Nina en la cama conmigo: «Lo ves, cariño, así tenía que ser». Glikman bailando con Mravinski y coreando mi nombre. Mis hijos saltando sobre una nube: «Papi, papi, ¿por qué no vienes?». Colores, sonidos. El olor a canela de Nina, el olor a tierra mojada de Galina, el olor ahumado de Elena, el olor a azafrán de Tatiana, el olor a vainilla de Lina… Rojos, amarillos, naranjas, azules, verdes, violetas… Un la sostenido al rozar con el dedo un vaso con agua, un do natural que alguien silbaba, ¡ah!, sí, ese do se repetía hasta llenarme por completo, intentaba despertar pero no podía, el sol abría los labios y me sacaba la lengua, yo lo perseguía, pero su sombra corría más rápido que la mía.

Me dieron de alta a los quince días. Estaba mejor, aunque a veces recaía. Nina me salvó. No era la primera vez ni sería la última. Dormía conmigo. Me trataba como si fuera un niño. Dábamos largos paseos cogidos de la mano. Yo la escuchaba. Su voz era agua bendita.

Un día, al pasar por delante de una librería de viejo, vimos en el escaparate una antología de poemas judíos traducidos al ruso. Entramos en la tienda, cogí el libro, lo abrí al azar y leí en voz alta:

En la cuna duerme un niño sin pañales, todo desnudo.
¡Salta, salta, más alto, más alto!
¡Una cabra come paja del techo!
¡Salta, salta, más alto, más alto!
Una cabra come paja del techo, ¡ay!
La cuna está en el desván,
En ella una araña teje la desgracia.
Me absorbe la felicidad, dejándome solo miseria.
¡Salta, salta, más alto, más alto!
¡Una cabra come paja del techo!
¡Salta, salta, más alto, más alto!
Una cabra come paja del techo, ¡ay!
Un gallo está en el desván,
Con una cresta roja brillante.
Ay, esposa, pide prestado un pedazo de pan duro para los niños.
¡Salta, salta, más alto, más alto!
¡Una cabra come paja del techo!

¡Salta, salta, más alto, más alto!
Una cabra come paja del techo, ¡ay!

–El ritmo del poema es magnífico –le dije a Nina–. Me vienen muchas ideas a la cabeza.

–En yidis suena aún mejor –nos interrumpió el vendedor.

Me fijé en él. Tendría unos setenta años; era de constitución fuerte, calvo, con las cejas encrespadas y los hombros como si llevara un gran peso encima. Lucía una larga barba blanca, y vestía una levita que le llegaba hasta las rodillas. A primera vista, sus ojos parecían normales, pero si uno se fijaba bien, descubría algo extraño: demasiado blanco en el iris, y las pupilas se dilataban y contraían más de lo habitual.

Y entonces me di cuenta. Era ciego.

–Sí, en yidis suena mejor –insistió–. Era la forma en que me lo leía mi madre de niño. Pero ahora todo es diferente. Hubo un mundo, cuando yo veía, donde valía la pena vivir. Aquel mundo murió.

–¿Podría recitar los últimos cuatro versos en yidis, por favor? –le pedí–. Me gustaría escuchar su sonido.

–Con mucho gusto –dijo él.

Sonrió y recitó con voz de bajo:

> shfring, shfring, hekher, hekher!
> a tsig est shtroy fun dakh!
> shfring, shfring, hekher, hekher!
> a tsig est shtroy funem dakh, au!

Luego, se llevó la mano a la barba, la levantó despacio y la dejó caer. Volvió a sonreír y continuó:

–La repetición de «cabra/*tsig*», «paja/*funem*», «techo/*dakh*» y «salta/*shfring*» es pura música: intervalos de segunda y tercera aumentadas, por así decir.

–¿Es usted músico? –le pregunté, sorprendido.

–Solo aficionado –contestó él–. Ahora que tengo la barba cana, según me han dicho, prefiero escuchar que ver, aunque sobre esto último no me dejaron elegir.

–Tiene usted un aire muy distinguido –le dijo Nina–. Me alegro de haber entrado en su librería.

–Casi nunca la abro. La gente ya no compra libros viejos.

–Es una pena –dijo ella.

–Soy judío, saben, y desde hace más de cuarenta años no veo. –Se encogió de hombros y permaneció un rato en silencio–. ¿Han tenido alguna vez la sensación de estar soñando, querer despertar y no conseguirlo? Eso es lo que sentimos los ciegos. –Se detuvo otra vez y continuó más exaltado–: Y además, el problema del pueblo judío siempre está ahí, no hay forma de resolverlo. Con la Revolución parecía que las cosas mejorarían. Pero en la revuelta obrera de Presnya en diciembre de 1905 perdí la vista. Luego llegó Lenin diciendo que el judaísmo, el cristianismo y el islamismo debían crear las condiciones favorables para que todos nos uniéramos en una cultura común. Pero fue un espejismo. Comenzaron de nuevo las frases insidiosas, las mentiras y el antisemitismo se apoderó de una sociedad temerosa.

–El antisemitismo es indigno de una persona civilizada –dijo Nina, sin apartar los ojos del ciego–. A mí me educaron en esa creencia. Dejé de hablar con gente de mi entorno porque expresaban opiniones antisemitas.

–Me temo, señora –dijo el ciego con una expresión bondadosa–, que pronto no tendrá con quién hablar.

–Espero que no sea como usted dice –dijo Nina–. Yo todavía creo en las personas.

–Bendita sea, entonces. –El ciego se volvió a encoger de hombros y sonrió con aire melancólico, echando la cabeza para atrás–. Soy un humanista, por lo tanto, alguien a quien no le es ajeno todo lo humano, pero lo cierto es que no entiendo a las personas, por sincero que sea el afecto que les tengo. ¿Qué quiere que le diga? Los rusos han sido siempre antisemitas. Ya en el siglo xv empezaron los pogromos. Y desde entonces hasta ahora, sin pausa. Stalin tiene en cuenta lo que el pueblo quiere y conoce muy bien el sentimiento antisemita de los rusos. Estos últimos años han sido atroces; el Gobierno busca cualquier pretexto para llevar a cabo sus barbaridades.

Tanteó con la mano el mostrador para coger un paquete de cigarrillos.

–Permítame ayudarle –se ofreció Nina–. Si quiere puedo encendérselo yo.

–Será un placer, señora; así sentiré su olor a canela; no sabe hasta qué punto se desarrollan los demás sentidos cuando uno es ciego. Es una compensación que nos regala la vida. Hay gente que piensa que los ciegos no fuman debido a que no pueden ver el humo que exhalan. ¡Menuda tontería! A mí me gusta fumar cuando tengo buena compañía. –Dio dos caladas al cigarrillo que le había pasado Nina y continuó–: El destino de los judíos es un reflejo de la suerte que le espera a la humanidad, la prueba de lo indefensos que están los seres humanos. Cuando nacemos, lloramos por haber llegado a este teatro de locos.

–Eso último es de *El rey Lear*, ¿no? –le pregunté, sabiendo bien la respuesta.

–Veo que es usted un hombre instruido. Me gusta mucho *El rey Lear*; sin embargo, mi personaje favorito de Shakespeare es Lady Macbeth.

–Hace años compuse una ópera sobre ella –dije, mirando a Nina con el rabillo del ojo.

–¿*Lady Macbeth...*?

–Sí.

–¿No será usted...?

–Sí.

–¿Dmitri Dmítrievich Shostakóvich?

–El mismo.

–¡¿De verdad?! –exclamó el ciego echando el humo por la nariz–. No lo puedo creer.

–Pues créalo –dijo Nina, riendo.

Las pupilas del ciego se dilataron.

—¡Vaya, vaya, vaya! —repitió tres veces, pronunciando muy fuerte la uve. Y, volviéndose hacia donde yo estaba con ojos tan fijos que parecían vivos, exclamó—: ¡Es una vergüenza lo que están haciendo con usted! Esos miserables han prohibido su música. *Zey zenen pigs!* Perdonen, ustedes no hablan yidis, quiero decir que son unos cerdos. Hay que llamar a las cosas por su nombre. En ningún país civilizado silenciarían la voz de su mejor compositor.

—A mí, igual que a ustedes —dije con timidez—, me tratan como si fuera un extranjero en mi propio país.

—¡La *Octava sinfonía*! —exclamó de pronto el ciego entre dos suspiros.

—¿La conoce?

—¿Quién no la conoce en Rusia? La considero, y perdóneme el atrevimiento, su mejor obra. Es un grito de protesta contra el mal y la violencia. Expresa sentimientos amados por nuestro pueblo: sufrimiento y alegría unidos en un todo indisoluble. Llanto, pero también esperanza. Cuando la escuché por primera vez, tuve la sensación de que estaba próxima a nuestros libros proféticos: la angustia humana ante el misterio de la vida, el intento por comprender y aceptar el dolor.

Nina miró el reloj.

—Es hora de irse, Mitia.

—Permítanme que les regale el libro de poemas. Es lo menos que puedo hacer por ustedes.

—Se lo agradezco de corazón —le dije—. Aunque no lo crea, este libro va a ser mi salvación.

—¿Cómo? —preguntó él, sin comprender.

—Cuando vuelva la próxima vez, se lo explicaré.

Los siguientes ocho días no salí del estudio; Nina me traía la comida, pero apenas la probaba.

—Vas a enfermar si no comes, Mitia —me repetía—. Deberías hacer una pausa de vez en cuando.

–Déjame, Nina, por favor; hasta que no acabe, no pienso detenerme.

–Por tu expresión veo que la llama ha vuelto a encenderse.

–Llevaba casi un año sin componer. Pensaba que la inspiración no volvería nunca.

–El cambio brusco entre la parálisis y el frenesí. Estoy acostumbrada a eso.

–Acabaré la música de estos poemas en pocos días; sé que no se podrán interpretar en público pero no me importa; me siento feliz por primera vez en mucho tiempo y en gran medida te lo debo a ti.

–¿Has pensado ya en el título?

–*De la poesía popular judía*. ¿Qué te parece?

–No es muy original, pero está bien.

–Será un ciclo de once canciones para soprano, contralto, tenor y piano. Después es posible que lo orqueste. También he puesto título a las canciones: *Lamento por el niño muerto*, *La madre y la tía pensativas*, *Canción de cuna*, *Antes de una larga despedida*, *Una advertencia*, *El padre abandonado*, *La canción de la miseria* (este poema fue el que leímos en la librería del ciego), *Invierno*, *Una buena vida*, *La canción de la joven* y *Felicidad*. Cinco serán para voz solista; cuatro, para dúo, y dos, para trío. Tengo que acabar cuanto antes. Gerasimov me apremia para que escriba la música de su película; quiere estrenarla el mes próximo.

–Está bien, pero come algo antes.

Sentía un ligero mareo por haber permanecido tanto tiempo sentado sin apenas dormir. Me lavé la cara y las manos antes de volver al trabajo. Recordé la última conversación que mantuve con Iván Sollertinski, cuando vino a Moscú para asistir al estreno de la *Octava*. «El arte sin dudas ni sufrimiento no me interesa en absoluto –me dijo–. Lo que de verdad cuenta es el proceso de aquellos que saben transformar en alegría el dolor, por eso amo la música popular judía.»

Sí, sufrimiento y alegría es lo que quería expresar en esas canciones. ¡Penetrar en el corazón del pueblo judío! Éxodo, desesperación, miseria, tristeza, melancolía, pasión, compasión, unidos a la alegría de sentirse vivo. Una ofrenda de purificación llevada a cabo con júbilo. Un lamento exaltado. La transfiguración del dolor, en la voz vehemente del alma.

Fueron esos ocho días de agosto, acompañado siempre por Nina, los que me hicieron volver a creer en mí mismo. Desfallecería otras veces, como el pueblo judío, pero entonces comprendí que después de la caída siempre encuentras un camino.

A finales de mes, acabé de componer el ciclo de canciones. Ya estaba bien de vivir a costa de mi mujer. Tenía que ganar dinero, así que me concentré en la banda sonora de *La joven guardia*, de Gerasimov. Fue un éxito de taquilla y conseguí mi propósito con creces. No solo eso. En diciembre me concedieron –el líder y maestro era siempre impredecible– el premio Stalin (primera categoría) por la música de esa película. Y entonces decidí escribir preludios y fugas para piano, hasta completar los veinticuatro tonos temperados. Bendito retorno a Bach.

Era ya tarde, un viernes. Estaba sentado en casa ante un café y unos cigarrillos, contándole a Nina cómo serían mis veinticuatro preludios y fugas para piano, cuando de pronto sonó el teléfono.

Nina se levantó y descolgó el auricular. Después de unos segundos oí que decía:

–Espere, por favor.

Volvió al salón, lívida.

–¿Qué pasa? ¿Quién es? –pregunté.

–Te llaman del Kremlin. Stalin quiere hablar contigo.

–¿Stalin?

–Sí, Stalin. Coge el teléfono.

–¿El del salón o el del estudio?

–Ay, Mitia, el que quieras, pero vuela.

Nina corrió a la habitación contigua y descolgó el supletorio. Cogí el teléfono del salón.

–Diga...

–Camarada Shostakóvich –dijo una voz de mujer–. Espere un momento, el Camarada Secretario General quiere hablar con usted.

Escuché la respiración entrecortada de Nina.

Un minuto... dos... tres...

Y oí la voz de Stalin.

–¿El Beethoven rojo?

Permanecí en silencio.

–¿Es usted Dmitri Shostakóvich? –oí que decía Stalin, impaciente.

–Sí, el mismo; ¿cómo está, camarada Iosif Vissariónovich?

–Yo bien, y ¿usted?

–La edad no perdona, Camarada Secretario General.

–Es usted un jovenzuelo. Yo soy mucho mayor y me encuentro en plena forma.

–Y yo también, Iosif Vissariónovich, era solo una manera de hablar.

–Me alegra oírle decir eso. La banda sonora de *La joven guardia* me ha parecido magnífica. Buen trabajo, camarada. Compruebo que es usted uno de esos que da una de cal y otra de arena. La verdad es que no logro acostumbrarme. Pero, dígame, ¿se encuentra usted de verdad bien?

–Gracias, gracias, Iosif Vissariónovich, estoy muy bien; solo tengo un ligero dolor de estómago, mareos ocasionales y el corazón débil; nada importante.

–Le mandaré a mi médico particular; es un excelente profesional, ya verá.

–No, gracias, de verdad, no lo necesito, no se preocupe.

–Yo siempre me preocupo de mis amigos. Creo habérselo demostrado en más de una ocasión.

–Claro que sí, gracias, no necesito nada, de verdad.

–Eso está bien.

Hubo una pausa prolongada, hasta que Stalin volvió a hablar:

—Supongo que está enterado de la Conferencia Cultural y Científica por la Paz Mundial que va a tener lugar en Nueva York a finales de este mes.

—Algo me ha comentado el camarada Mólotov.

—¿Y qué piensa?

—Creo, Iosif Vissariónovich, que la paz es siempre mejor que la guerra.

—He pensado que podría formar parte de nuestra delegación. ¿Qué le parece?

—Me temo que no va a ser posible, Camarada Secretario General.

—¿Que no va a ser posible…?

Escuchaba la respiración agitada de Nina. Temía que Stalin pudiera oírla también.

—Me lo pidió el camarada Mólotov y le dije que estoy enfermo.

—Ya le he dicho que le mandaré a mi médico particular, no insista con eso.

—No se trata solo de mi salud, Iosif Vissariónovich. Me mareo en el avión. Las pocas veces que he volado lo he pasado francamente mal.

—Eso tampoco es un problema. Mi médico le recetará unas pastillas que se toman unas horas antes del vuelo y lo dejan a uno como nuevo.

—Muy amable por su parte.

—Entonces, ¿irá?

—Hay otra razón.

—¿Otra?

—Sí, hay otra razón realmente importante.

—¿Más importante que el vínculo que existe entre nosotros dos?

—No sé cómo empezar.

—No acabe con mi paciencia, Dmitri Dmítrievich. Hable de una vez.

—Verá, Iosif Vissariónovich, el hecho es que me encuentro en una situación muy delicada. Usted me entenderá. En América, mi música se interpreta a menudo, ya sabe que soy uno de los compositores soviéticos más populares allí; mientras que aquí, en mi patria, mi música ya no se toca. En Nueva York me preguntarán por qué y ¿qué les digo yo, Camarada Secretario General?

–¿Qué me quiere decir con eso de que su música no se toca aquí? No le entiendo.

–Pues que está prohibida, Camarada Secretario General.

–¿Prohibida...? ¿Prohibida por quién?

–Prohibida por la Comisión Estatal del Repertorio, desde el 14 de febrero del año pasado.

–Yo no he dado ninguna orden en ese sentido.

–Pues alguien habrá dado esa orden.

–¡Nadie ha dado esa orden! No ha sido prohibida ninguna de sus obras. Todas pueden tocarse. Siempre ha sido así.

–No sé qué decirle, Iosif Vissariónovich.

–Espere un momento.

Pasaron dos minutos que se me hicieron eternos.

–¡Mañana recibirá un decreto, firmado por mí! –exclamó Stalin, al cabo–. Así que todo arreglado. Que tenga un buen viaje.

–Una cosa más, Camarada Secretario General.

–Diga, pero dese prisa.

–Para mí sería muy importante que mi mujer pudiera acompañarme.

–Ya sabe, Dmitri Dmítrievich, que eso no puedo concedérselo. Son las normas. Hablaremos a la vuelta. Adiós.

Y Stalin colgó.

Al día siguiente le envié una carta, después de comentarla con Nina:

Querido Iosif Vissariónovich:

Antes que nada, acepte, por favor, mi sincera gratitud por la conversación que mantuvimos ayer. Me apoyó usted muchísimo, ya que el viaje a América me tenía muy preocupado. No puedo por menos de sentirme orgulloso por la confianza que ha depositado en mí y, en consecuencia, cumpliré mi deber. Hablar en nombre de nuestro gran pueblo soviético en defensa de la paz es un gran honor. Mi indisposición no puede ser un impedimento para llevar a cabo una misión de tanta responsabilidad.

Agradeciéndole una vez más la confianza prestada, reciba, Iosif Vissariónovich, mis mayores deseos de salud y prosperidad.

Su devoto servidor,

D. D. SHOSTAKÓVICH

5

Nueva York

Sentí un escalofrío, luego otro, después, varios más. Acabábamos de despegar del aeropuerto de Vnúkovo. Estaba sentado en la última fila de un Lockheed L-049 Constellation de la American Overseas Airlines, junto a un miembro del NKVD, el camarada Andréi Petróvich Troshin, designado por el Partido como mi asistente personal, aunque en realidad era mi guardián. La cabeza me daba vueltas. No me encontraba bien. Sufría los efectos de las pastillas recetadas por el médico particular de Stalin para evitar mis mareos.

–Su estado físico deja mucho que desear, Dmitri Dmítrievich –me dijo, tras examinarme–. Tiene el corazón débil y muy alta la presión arterial; en esas condiciones no debería emprender un viaje tan largo, pero no seré yo quien se lo diga al Camarada Secretario General; no quiero problemas, usted ya me entiende. Pero debe hacer caso de lo que yo le recete. Si a usted le pasara algo, lo pagaríamos caro los dos.

Había aceptado acudir a la Conferencia Cultural y Científica por la Paz y tenías mis razones. Es cierto que todo sucedió muy deprisa, sin que pudiera reflexionar sobre el objetivo que estaba detrás de esa invitación y lo que esperaba de mí la Kominform. Miré a mi asistente y volví a cerrar los ojos. Los párpados me pesaban y un embotamiento general me impedía razonar. Si, a pesar de todo, podía soportar esas sensaciones, a las cuales se añadían el escozor del rostro y la dificultad para respirar, era porque mi cabeza se encontraba como si hubiese aspirado dos o tres bocanadas de cloroformo. Sin embargo, tampoco podía dormir, pues los bandazos de la cola del avión me mantenían despierto.

–Descanse usted un poco, Dmitri Dmítrievich, tiene mala cara –me dijo el camarada Troshin–. ¿Quiere que le pida a la azafata que le traiga una aspirina con un poco de agua?, ¿no?, ¿quizá un café? El personal de esta compañía americana es eficiente, aunque no se pueda decir muy alto. Ya sabe, yo estoy aquí para ayudarle en todo lo que sea menester. Es una lástima que no esté ya en servicio el nuevo Boeing 377 Stratocruiser –dijo, para darme a entender que estaba al tanto de las novedades en la aviación civil.

Hice un gesto con la mano para que me dejara tranquilo. Quería dormir un rato. La primera escala era Berlín y tardaríamos más de dos horas en llegar, así que, con un poco de suerte, podría dar alguna cabezada.

–¿Sabe, camarada Shostakóvich? –continuó Troshin, indiferente a mi estado de ánimo–, he leído mucho sobre la ciudad a la que vamos. Será una semana magnífica. ¿Conoce Nueva York? Una gran metrópoli, ya lo verá… Central Park, la Quinta Avenida, la Estatua de la Libertad… Está prevista una actuación suya en el Madison Square Garden, se esperan más de veinte mil personas; allí todo es a lo grande. –Me giré y apoyé la cabeza en la ventanilla, pero mi torturador continuó, impertérrito–: Nos alojaremos en la periferia de la ciudad. Nuestras autoridades no quieren que tengamos contacto con otras delegaciones. Nosotros, a lo nuestro. Le recomiendo que hable poco incluso con los otros delegados rusos, esas son las instrucciones; hay micrófonos ocultos en todas partes.

Permaneció en silencio cinco minutos, pero, al cabo, volvió a la carga:

–¿Sigue encontrándose mal, Dmitri Dmítrievich? Dígame lo que necesita, le repito que yo estoy aquí para ayudarle. Siento no haber podido conseguir mejores asientos, el vuelo iba lleno y los extranjeros tenían prioridad.

Pensé que eso no era del todo cierto, ya que los otros seis miembros de la delegación rusa estaban sentados en las primeras filas del avión, pero no dije nada. Troshin miró el reloj:

–Pronto llegaremos a Berlín. Exactamente dentro de dos horas y cuarenta y cinco minutos. Esta compañía aérea suele ser puntual, no creo que haya retraso. En Berlín, las autoridades nos recibirán en la zona ocupada por los soviéticos, ahí no tendrá que hacer declaraciones. La primera rueda de prensa está prevista en el aeropuerto de Fráncfort; antes repasaremos el texto que le he preparado. Nada importante, solo unas palabras de agradecimiento al Council of Arts, la institución organizadora del evento, y la satisfacción que le produce participar como representante de la Unión Soviética en un congreso por la paz mundial. Esto último deberá repetirlo en cada una de las etapas del viaje. No se preocupe por las preguntas que le hagan, yo se las traduciré y le indicaré las que debe y las que no debe contestar. Durante esta semana, seré su protector, su traductor y también, si me permite decirlo, su amigo... ¿Me escucha, Dmitri Dmítrievich? Es importante que todo salga bien, mis superiores no me perdonarían que no fuera así; es un honor la misión que me han encomendado...

Se interrumpió un momento e hizo un gesto decidido con la mano.

–¡Qué barbaridad! Mire esto, aquí vienen todas las cosas que nos van a dar durante el vuelo. Está en inglés y francés, ¿quiere que se lo traduzca? Deje que me ponga las gafas... A ver, a la izquierda, los cócteles, las bebidas alcohólicas y los cigarrillos de marcas americanas; en el centro, el menú: gambas en salsa rosa, solomillo con patatas, champiñones y judías verdes, queso y macedonia de frutas, todo servido, según me han dicho, en porcelana y lino, con cubiertos pesados... ¡Dios santo! No se lo va a creer: podemos pedir juegos de mesa, periódicos, papel, sobres, bolígrafos, revistas, postales, maquinillas de afeitar, jabón, antifaces para dormir, cepillos de dientes, pañuelos de papel, tijeras, hilo, papel higiénico suplementario por si se acaba el de los baños, tampones para señoras, chicles, pastillas de goma… y todo esto solo en el primer tramo del viaje. Imagínese lo que vendrá después.

Di un brinco en el asiento.

—Camarada Andréi Petróvich —le dije, perdiendo la paciencia—, ¿cuánto va a durar el viaje?

—Incluyendo las escalas, unas veintitrés horas más o menos —contestó él, sorprendido por la violencia de mi tono.

—Es demasiado tiempo para que me someta a este suplicio. Deje de hablar, se lo ruego, no me encuentro bien, necesito descansar, dormir aunque sea solo un rato; usted ocúpese de su trabajo, que yo sabré hacer el mío.

—Pero…

—Por favor.

—Yo lo único que deseo…

—Lo sé y se lo agradezco.

—¿No quiere que nos traigan el menú? Comer le sentará bien. ¿Quizá un whisky con soda…? El vodka no se lo recomiendo. Ya sabe el proverbio: «Solo hay vodka bueno y vodka muy bueno». Pero los norteamericanos lo mezclan con limón, tónica y hielo, así que quizá sí que exista vodka malo.

Me di por vencido.

—Está bien, usted gana —dije—. Pida el menú y todas las bebidas de la carta. Después, si quiere, podemos jugar a las damas.

—Me alegra oírle decir eso, camarada. Usted es un hombre razonable, ya verá lo bien que lo vamos a pasar.

Más de doscientos periodistas y fotógrafos esperaban en la sala de prensa del aeropuerto La Guardia de Nueva York. Empujones, flashes, tumulto, estrépito, y también decepción en las caras de los otros seis delegados soviéticos, porque al bajar del avión las pancartas de bienvenida solo mencionaban mi nombre. La prensa del día siguiente repitió como titular lo que las pancartas decían: «¡Bienvenido a América, Shostakóvich!».

–¡No empujen! –exclamó Troshin, en un inglés fluido, mientras se quitaba una mota de polvo de su traje oscuro de funcionario–. ¡Les he dicho que no empujen! –repitió, estirando el cuello, como si quisiera realzar su estatura–. ¡Mantengan la calma! El camarada Shostakóvich contestará a todas sus preguntas en cinco minutos. ¡Pero no empujen, por favor! Ahora vamos a empezar, tengan un poco de paciencia.

–Espero no ser el único que hable –le dije a Troshin, elevando la voz para que me oyera–, ya sabe que no soy un buen orador. Que intervengan también los otros delegados.

–¿Qué dice…? –preguntó él, intentado salir del grupo que nos rodeaba–. ¡Déjenme pasar! Ahora empezamos, tres minutos; tengan un poco de paciencia. ¡No me pisen!

Una vez sentados, volví a expresar a Troshin mi inquietud, pero él me dijo, sin inmutarse:

–Solo quieren entrevistarlo a usted, Dmitri Dmítrievich. Los otros seis miembros de la delegación no les interesan. Es el precio de la fama; si el asunto se pone feo, déjelo en mis manos.

Uno de los fotógrafos tomó la palabra y entonces fue el caos.

PRIMER FOTÓGRAFO *(levantando la cámara)*: Hey Shosti, look at the camera! Say hello to us with the hat!

YO *(desconcertado)*: ¿Quién es Shosti?

TROSHIN *(con una mueca forzada)*: Usted. Al parecer, así le llaman aquí. Le piden que se quite el sombrero y salude.

Me lo quité y sonreí.

SEGUNDO FOTÓGRAFO *(dando un empujón al primero)*: Smile more, Shosti! This is not a funeral!

TERCER FOTÓGRAFO *(al segundo)*: He looks like my cousin, he has the same eyes as him.

SEGUNDO FOTÓGRAFO *(al tercer fotógrafo)*: He is as pale as a dead man.

TERCER FOTÓGRAFO *(al segundo)*: In Russia they must not feed him well.

CUARTO FOTÓGRAFO *(levantando un viejo casco de guerra)*: Put this on, Shosti. It's for Vanity Fair *magazine*.

Yo (a Troshin, con un gesto enérgico): De ninguna manera pienso ponerme eso.

Troshin (arrugando la nariz): La revista Vanity Fair tiene millones de lectores.

Quinto fotógrafo (después de disparar su cámara repetidas veces): Shosti, do you like blondes or brunettes?

(Risas en la sala.)

Yo (a Troshin, después de escuchar su traducción): ¡Qué banalidades me preguntan! ¿Nadie quiere saber sobre mi música?

Sexto fotógrafo (riendo): Here, here, Shosti! Are you going to jump out the window like Kasyankina?

Troshin (a mí): No conteste, ya le explicaré luego de qué se trata; pero sonría, camarada, sonría. Mañana aparecerá su retrato en toda la prensa americana.

Primer fotógrafo (al segundo): He doesn't understand a word.

Segundo fotógrafo (al primero): The job is done, we can go. I have to pick up the clothes at the laundry.

Los fotógrafos abandonaron la sala. Y entonces llegó el turno de los periodistas. Fue peor aún.

Primer periodista (pelirrojo, con ojos achinados, del New York Times): Welcome to America Mr. Shostakóvich. We have a hard time pronouncing Russian, especially that extremely complicated rule that you have of using names and patronymics; so if you allow me, I will also call you Shosti.

Yo (a Troshin, limpiándome las gafas): No le he entendido.

Troshin (por primera vez sin dar muestras de nerviosismo): No ha hecho su pregunta aún.

Primer periodista: What do you think of the Congress for Peace? Will it help to bring the positions of the United States and the Soviet Union closer together?

Yo (después de escuchar la traducción de Troshin): La guerra es fácil, la paz, muy difícil. Nuestros gobiernos estarán a la altura de lo que el mundo espera de ellos.

Segundo periodista *(de edad avanzada, con la cadena del reloj en el bolsillo del chaleco, del* Washington Post*): What do you expect from the American public?*

Yo *(sin necesidad de que me lo tradujeran en esta ocasión)*: Que siga manteniendo la fidelidad que siempre me ha demostrado. Para mí es un honor tener su confianza; espero no defraudar.

Tercer periodista *(una mujer joven, con traje de chaqueta de color rosa y una flor en la solapa, del* Baltimore Chronicle*): Do you agree with your government's ban on Western music?*

Troshin *(adelantándose): Mr. Shostakóvich is not going to answer that. Another question, please.*

Cuarto periodista *(un hombre de edad indefinida, con expresión agria, del* Boston Globe*): Have you considered asking the US government for political asylum, as other Russian artists have done?*

Troshin *(rápido): No comment. Last question, please.*

Quinto periodista *(con ojos atormentados y una gorra de béisbol, del* Chicago Tribune*): Igor Stravinski has said that he couldn't welcome the Russian delegation for moral and ethical reasons. What do you think of this?*

Troshin *(mirándome aterrado por si se me ocurría responder): The press conference is over. Thank you so much.*

Primer periodista *(al segundo): It's a shame that he doesn't answer. I was afraid something like this could happen. Let's go. Don't waste any more time.*

Salí de la conferencia de prensa muy preocupado. Estaba dispuesto a decir lo que quisiera el Partido, pero de ningún modo iba a hablar mal de Stravinski. Prefería dejarme cortar una mano. Desde niño había venerado su música. Para mí era el mejor compositor ruso. No me había perdido una sola representación de *La consagración de la primavera* en el teatro Mariinski; había tocado el segundo piano en el estreno ruso de *Las bodas*, interpretado en público la *Serenata en La*, transcrito la *Sinfonía de los Salmos* para piano a cuatro manos, su mejor obra. Una de las razones de haber aceptado el viaje era poder encontrarme con él. Quería que comprendiera mi difícil posición en la Unión Soviética. Cinco minutos. No pedía más. ¿Me lo permitirían? Había leído sus declaraciones desde Los Ángeles, recogidas por la prensa americana en grandes titulares: «Lamento no poder sumarme a los que dan la bienvenida a artistas soviéticos de visita en este país. Pero mis convicciones éticas y estéticas se oponen a que lo haga». Sus palabras me dolieron. ¿Por qué siempre había que mezclar la política y el arte? Eran dos cosas distintas. Y en todo caso, los artistas rusos no podíamos hablar: valentía, honor, determinación, todo eso nos estaba vetado, cualquier desliz implicaba... ¡Dios, Stravinski sabía muy bien lo que eso implicaba! Recordé las palabras de Meyerhold: «Sí, Mitia, a veces cuesta mucho permanecer callado».

Tras la rueda de prensa, Troshin me acompañó a otra sala: allí me esperaban el compositor Aaron Copland y los escritores Arthur Miller y Norman Mailer. Copland era inteligente, muy expresivo, con ojos de águila que oteaban a lo lejos y parecían querer decir: «No te preocupes, Shostakóvich, yo sé por lo que estás pasando». Le confesé, traducido por Troshin, que no conocía su música y él me prometió mandarme a Moscú una selección de sus obras. Después, me entregó un pliego de papel firmado por cincuenta y dos músicos, de Artie Shaw a Bruno Walter, donde se me daba la bienvenida a Estados Unidos. En los diez minutos que estuvimos juntos, confraternizamos; siento no haberlo visto nunca más. Con Norman Mailer no hablé; era un joven inquieto, de cejas encrespadas, que paseaba de un lado a otro mascullando palabras que no pude entender; años después me dijeron que había apuñalado a su mujer con un cortaplumas en una fiesta. Arthur Miller hablaba un poco el ruso. Comunista convencido, muy alto, elegante, de aguda inteligencia y buen sentido del humor, hizo una alabanza encendida de Stalin y de las reformas que había emprendido. Me dijo que la Unión Soviética era la mayor esperanza de nuestro tiempo. Deseaba visitarla pronto. Quedamos en vernos cuando fuera a Moscú. Antes de despedirnos, me preguntó:

–El genio y el mal son cosas incompatibles. ¿Está usted de acuerdo?

Sonreí, sin contestar. A Miller le extrañó mi silencio, así que volvió a preguntar:

–¿Está usted pensando en Wagner?

–No, no pensaba en él –contesté–. La próxima vez que nos veamos, si quiere, lo podemos hablar.

–¿Le gusta Turguénev? –quiso saber.

–Prefiero a Dostoievski, Chéjov y Gógol.

–Turguénev, a pesar de sus defectos, poseía un auténtico pesimismo ruso; creía que ser ruso implicaba ser pesimista.

–En eso llevaba razón. –Me miró cómo si esperara que dijera algo más, así que añadí–: El ruso es pesimista; el soviético, optimista. Por eso la expresión «Rusia soviética» es contradictoria.

Pareció satisfecho con la respuesta.

En el coche que nos conducía al hotel, me dirigí a Troshin, pero sin utilizar su nombre y patronímico, como gesto de mi malestar:

–Troshin, se lo advierto, en ningún caso hablaré mal de Stravinski. ¿Lo ha entendido?

Se sorprendió por la violencia de mi tono, aunque no me pareció que le afectara demasiado:

–La declaración que ha hecho, negándose a dar la bienvenida a la delegación soviética, ha sido lamentable. ¿No lo cree usted también?

–Tendrá sus motivos, que yo no comparto porque no me gusta mezclar el arte y la política.

–Pero usted ha viajado hasta aquí como un alto representante de la Unión Soviética; no debería olvidarlo, camarada.

–He viajado hasta aquí por amor a mi patria y por respeto a Stalin. Pero eso no me obliga a hacer declaración alguna contra Stravinski.

–Claro, claro.

–¿Me promete que no tendré que insistir más?

–Tiene usted mi palabra.

Encendió un cigarrillo Belomor, la marca que fumaban los miembros destacados del Partido, y continuó, satisfecho de sí mismo:

–Por cierto, ya sé quién es la desertora mencionada en la conferencia de prensa. Una historia lamentable, ¿le interesa conocerla?

–En absoluto.

–Es bueno que la conozca. Se trata de una profesora rusa llamada Kasyankina que enseñaba en la Escuela de la Delegación Soviética. Poco antes de que nosotros llegáramos, pidió asilo político a las autoridades americanas. Los diplomáticos rusos trataron de evitar que se fugara y la encerraron en una habitación de la embajada. Pero ella logró abrir la ventana y saltó a la calle, donde una multitud de estadounidenses la esperaba. Ya ve con qué ingratitud responden algunos a la generosidad de nuestro Gobierno; no comprendo cómo a nadie se le puede pasar por la cabeza un disparate así. Si le vuelven a preguntar, deje que yo responda.

En aquel momento, sentado en un coche que avanzaba por las calles de Nueva York, comprendí –creo que eso es lo que también comprendió la profesora que saltó por la ventana de la embajada– que en la Unión Soviética se valoraba sobre todo la lealtad, o por decirlo mejor, la obediencia. La cabeza comenzó a dolerme como siempre que pienso en estas cosas. No tuve más remedio que pedir:

–Busquemos una farmacia. Necesito tomar cuanto antes una aspirina.

Al cabo de pocos minutos, el chófer encontró una abierta a dos manzanas del hotel.

Entramos.

–¿Tienen ustedes aspirinas? –preguntó Troshin a un empleado con bata blanca.

–Se necesita receta médica –contestó él, con voz de pocos amigos–. Si no la tienen, no puedo dárselas.

–Acabamos de llegar de Moscú –añadió Troshin–. Formamos parte de la delegación soviética de la Conferencia Cultural y Científica por la Paz Mundial. Le ruego que haga usted una excepción.

–Son las normas. Sin receta médica, no hay aspirinas. Discúlpenme, tengo que atender a otros clientes.

Troshin no se dio por vencido:

–¿Sabe quién es este señor? –le preguntó, señalándome.

–No tengo el honor –dijo el empleado de la bata blanca, sonriendo–. Por favor, no insistan.

–Las aspirinas son para el gran compositor Dmitri Shostakóvich.

El hombre de la bata blanca, que resultó ser el dueño de la farmacia y no un empleado, como habíamos creído, se quedó mirándome fijamente.

–¿Es usted...? –Y se interrumpió.

–Sí –contestó Troshin, ufano–, el mismo.

–¡Eso lo cambia todo! –exclamó el farmacéutico, con un gesto decidido–. Su *Sinfonía Leningrado* ayudó a que ganáramos la guerra, es un honor conocerle. –Se detuvo un momento y echó la cabeza para atrás–. Hagamos una cosa: usted me firma un autógrafo y yo le doy tantas aspirinas como necesite.

Firmé el autógrafo.

Al salir, vimos a un dependiente colgar un letrero en la puerta que decía: Dmitri Shostakóvich compra sus medicamentos en esta farmacia.

Después de dormir una siesta de dos horas, me sentí recuperado. Me apetecía pasear un rato por Nueva York y asistir después al concierto de la Filarmónica, dirigida por Leopold Stokowski. Suponía que Stokowski estaría al tanto de mi presencia en la ciudad y se alegraría de conocerme. En el programa se incluían obras de Andrzej Panufnik, Virgil Thomson, Sibelius, Jachaturián y Brahms. La orquesta era formidable: afinación perfecta, colores instrumentales asombrosos, solistas de gran virtuosismo, empaste perfecto; sin embargo, había algo que no acababa de convencerme: el sonido era demasiado bello.

Todas las orquestas americanas que he escuchado a lo largo de mi vida, en directo y en disco, tienen el mismo defecto: suenan demasiado bien. Y resulta igual escuchar a un compositor que a otro porque el sonido tiende a ser similar. Esa tarde fue un buen ejemplo de lo que digo y costaba diferenciar dos mundos tan diversos como los de Sibelius y Brahms.

Al terminar el concierto, siempre acompañado de mi «fiel amigo», fui a saludar a Stokowski a su camerino. Nunca nos habíamos visto y antes de entrar sentí cierto nerviosismo. Nos abrazamos. Su porte era magnífico: la melena blanca le caía sobre los hombros y sus manos, al moverse, parecían tener vida propia. Quise agradecerle lo mucho que había hecho por mi música, pero me resultó imposible articular una sola palabra. Él tampoco habló. Nos sentamos y permanecimos en silencio cinco minutos. Al cabo, nos volvimos a abrazar y abandoné el camerino.

A las ocho de la mañana siguiente iba a tener lugar la inauguración de la Conferencia por la Paz en el hotel Waldorf-Astoria.

Dormí de un tirón, sin sobresaltos ni sueños. Me levanté a la seis, poco después entró Troshin con el desayuno.

—¿Cómo se encuentra esta mañana, «maestro»? Ya debe de saber que así le llaman aquí.

—No tan bien como usted, pero podría estar peor —dije, mirando a otro lado.

—¿Nervioso?

—En absoluto.

—Le he traído el desayuno americano, espero que sea de su gusto: bollos, tostadas, mermelada, huevos revueltos con beicon, fiambres, café, té, leche...

—¿Se acuerda de lo que le dije ayer? —le pregunté.

—¿A qué se refiere?

—Stravinski.

–¿Qué pasa con él?

–No me obliguen a decir nada en su contra; de ningún modo me prestaré a ello.

–Ya le dije que no debía preocuparse por eso, Dmitri Dmítrievich. Si quiere podemos repasar la intervención que tendrá que leer hoy.

–No hace falta, muchas gracias. Quiero dar un paseo antes de ir al Waldorf-Astoria.

–Con mucho gusto le acompañaré.

–Preferiría pasear solo.

–No me ponga en un compromiso, camarada; sabe muy bien que eso no puede ser.

–Está bien, vamos.

–¿No quiere desayunar primero?

–No, gracias. Vámonos ya.

La gran sala de baile del Waldorf-Astoria estaba llena. Había sido decorada para la ocasión por William Gropper. Cuando me vieron llegar, más de dos mil personas se levantaron y aplaudieron. Me senté en la tribuna. El crítico musical, Olin Downes, presidía la mesa. Comunistas a un lado, capitalistas al otro, y yo en medio.

Un individuo sentado en primera fila me sonreía como si me conociera de toda la vida. Su expresión no me gustó. De unos cuarenta años, era alto, ancho de hombros, moreno, iba vestido con un traje oscuro, y llevaba una gorra a cuadros echada hacia atrás. Le pregunté a Troshin si lo conocía; me dijo que no, pero que se informaría. La desenvoltura con la que se había instalado en un lugar a la vista de todos sugería que podía estar a sueldo de los americanos. Cada vez que yo sacaba cerillas del bolsillo para encender un cigarrillo, se aproximaba con su mechero lacado en oro y me decía en ruso: «Maestro, permítame».

Yo era el último en hablar. Repasé el texto que debía leer: las mismas trivialidades de siempre, así que no pasé de la primera página y esperé mi turno. Los discursos de los otros seis ponentes de la delegación soviética –los escritores Alexander

Fadeiev y Piotr Pavlenko, los realizadores Serguéi Gerasimov y Mijaíl Chiaureli y los científicos Alexander Oparin y Nikolai Roshanski–, redactados también por la gente de Zhdánov, fueron largos y tediosos. El público les aplaudió con cortesía, pero sin entusiasmo. Me dio la impresión de que esperaba a que yo interviniese.

El presidente me presentó con palabras encendidas. Cogí el texto y lo leí muy rápido, sin inflexiones ni puntuación alguna, dando a entender que no lo había escrito yo. Troshin me hizo un gesto para que leyera más despacio. No le hice caso. Quería acabar cuanto antes y asistir al concierto en la Juilliard School, donde se iban a tocar tres cuartetos de cuerda de Béla Bartók. Al terminar, el público se puso en pie y me ovacionó. Pensé que hubieran aplaudido igual dijese lo que dijese, ya que no eran mis palabras las que interesaban sino mi música. Y eso me dio ánimos.

Antes de abandonar la sala, el individuo que encendía mis cigarrillos, me abordó:

–Maestro, es un honor; da gusto verle en un país donde se aprecia la libertad. Soy Nicolas Nabokov, amigo de Stravinski y también compositor.

Le di la mano. Troshin arrugó la nariz, al tiempo que dijo, en un tono áspero:

–Disculpe, tenemos prisa, nos están esperando.

Nabokov, sin darse por aludido, me guiñó un ojo:

–¿Sabe cómo se llama esta sala?

Negué con la cabeza.

–Perroquet...

–Ya le he dicho que tenemos prisa –insistió Troshin, en un tono aún más desagradable–. ¡Déjenos pasar!

–Con usted no hablo –dijo Nabokov y, dirigiéndose de nuevo a mí, añadió–: Todos hemos entendido que se ha visto obligado a repetir «como un loro» las palabras que ha leído. Es lamentable que la Kominform utilice a sus artistas para perseguir sus fines. –Y sin añadir nada más, se perdió entre la multitud.

—Maquiavelo decía que nunca se debía confiar en un exiliado —farfulló Troshin, entre dientes—. Es probable que ese tipo trabaje para la CIA. Pero dejemos eso ahora, tenemos cosas más importantes en las que pensar; acaban de comunicarme que su intervención de mañana en la clausura de la Conferencia será retransmitida en todo Estados Unidos; millones de personas escucharán sus palabras.

Los músicos de la Juilliard School tocaron los cuartetos 1, 4 y 6 de Béla Bartók; era la primera vez que los escuchaba y quedé sobrecogido, sobre todo con el sexto. Había en él algo desgarrador, como si el final de la humanidad estuviera próximo. Los movimientos centrales eran terribles: una carcajada ante cualquier intento de salvación, pero el que más me impresionó fue el último: la célula en la que se basaba todo el cuarteto se repetía con una intensidad que no dejaba de crecer hasta ahogarse en el vacío.

Al regresar al hotel, vimos una pancarta que decía: «¡Shostakóvich, comprendemos!»

Esa noche dormí mal, estaba inquieto; deseaba volver cuanto antes a Moscú.

El discurso que tenía que leer en la sesión de clausura de la Conferencia era mucho más largo que el del día anterior, así que, cuando llegó mi turno, dejé que el traductor lo leyera en inglés, mientras yo me limitaba a seguirlo en la versión original rusa, con curiosidad por saber hasta dónde llegarían mis trilladas opiniones sobre la música y la paz.

Empezaba con una crítica a los norteamericanos, cuyo militarismo podía provocar la Tercera Guerra Mundial; los acusaba de construir bases militares a miles de kilómetros de su territorio, de menospreciar los tratados internacionales, de perfeccionar armas de destrucción masiva. Cuanto más agresivas eran mis palabras, más de acuerdo estaba el público, crítico con su Gobierno, lo que me hizo pensar en lo lejos que estaba mi país de permitir algo así.

Después, resaltaba la superioridad de nuestro sistema musical con respecto a cualquier otro. «Prueba de ello —decía el traductor– es la existencia de multitud de orquestas, teatros de ópera, bandas militares, grupos folclóricos, todos ellos al servicio de un pueblo ávido de música y cultura. Las regiones de Asia central y del extremo oriente soviético, superados los últimos vestigios del zarismo, gozan asimismo de un gran desarrollo musical. Estos avances conducen a una mayor proximidad y comprensión entre el pueblo, el Partido y los compositores. Y a todo ello ha contribuido una crítica constructiva, de tal manera que en cuanto los creadores incurrían en errores de subjetividad, formalismo y cosmopolitismo, cuando perdían el contacto con la realidad soviética, eran llamados al orden e inducidos a volver al camino correcto. Yo –continuaba– tampoco he sido irreprochable en este sentido: me he desviado del deber que tiene todo artista soviético; a menudo he perdido el contacto con el pueblo y he buscado cobijo en islas desiertas. Pero el pueblo no podía quedarse indiferente ante mi desvarío y por ello he sido objeto, con toda razón y justicia, de una censura pública que me ha devuelto a la dirección adecuada. Por mis pecados me he disculpado y me disculpo de nuevo ahora, ante todos ustedes, con el convencimiento de que sabré corregirlos. El arte por el arte, sin tener en cuenta el bien común, es el mayor error en el que se puede incurrir. Otros colegas, desgraciadamente, han tenido también que ser reprendidos, con objeto de que actuaran como auténticos artistas soviéticos. La música en nuestra patria no es un pasatiempo para agradar los sentidos, como lo es para los compositores en Occidente; al contrario, para nosotros es una obligación moral que estimula y alienta nuestro esfuerzo creador.»

Aquí, el traductor hizo una pausa para beber un sorbo de agua, antes de continuar:

«Algo que no siempre ha entendido Serguéi Prokófiev, ya que a menudo, como yo, se ha desviado de la línea oficial del Partido. Prokófiev corre el peligro de caer en el formalismo si no atiende las directrices del Comité Central. Sin embargo, Prokófiev puede aún, si se enmienda, obtener un gran éxito creativo...»

Y entonces me oí decir a través del traductor:

«Pero el ejemplo más perverso que tenemos es el de Igor Stravinski...»

Sentí un golpe seco en la mandíbula. Cerré los ojos. Me sequé el sudor de la frente con la palma de la mano. Lo que deseaba es estar muerto.

«Stravinski –continuó el traductor– ha traicionado a su patria, uniéndose a la camarilla de reaccionarios burgueses. En el exilio ha demostrado no solo corrupción estética, sino también depravación moral. En sus escritos menosprecia al pueblo. Aquí tienen un ejemplo: "El pueblo es un término que nunca he tenido en cuenta. Mi música no expresa, ni describe, ni simboliza nada; yo solo escribo notas, armonías, ritmos". De este modo, confirma la futilidad de sus obras y lo que es aún peor, la trivialidad de su propia vida...»

No pude seguir escuchando. Las piernas me temblaban. Me levanté. El traductor se interrumpió. Le dije a Troshin que tenía que ir al servicio. El presidente preguntó qué pasaba. Troshin se lo explicó. Abandoné la sala, acompañado. Me encerré en el lavabo, abrí la tapa del retrete, intenté devolver, pero no pude. Me miré al espejo. No me reconocí. Oí la voz de Troshin, detrás de la puerta:

–Camarada Shostakóvich, hay que regresar a la sala.

–No he acabado –le dije.

Sentía vergüenza y desprecio por mí mismo. La culpa era mía. Si hubiera leído mi discurso antes, podría haber hecho algunas modificaciones. Al menos debería haberlo intentado. Fui un necio al pensar que mi pública indiferencia por mi propia disertación indicaría neutralidad moral. Más ingenuo y estúpido no se podía ser. Volví a mirarme al espejo: «¡Dios..., ¿y este soy yo?!».

Cuando entré de nuevo en la sala, el público murmuraba. Me senté. El presidente miró a Troshin. Este hizo un movimiento con la cabeza para que continuara el acto. De repente, Nabokov levantó la mano. El presidente le dio la palabra. Se puso de pie:

—¡Ay, maestro Shostakóvich! ¡Ay, maestro…! Créame, todos nos hacemos cargo de su situación, todos comprendemos perfectamente su incomodidad. Y yo el que más. ¿Cómo no voy a comprenderle si una vez, hace muchos años, también me encontré en las garras de estos mismos desalmados? Pero la verdad tiene que prevalecer, por lo tanto me veo en la necesidad de hablar. —Hizo una pausa y sonrió—: Usted está hoy aquí, en medio de esta farsa, como representante de un Gobierno despótico que utiliza a los artistas para perseguir sus sucios fines. Sé muy bien que lo que usted dice es la obligada expresión del régimen al que representa. Sin embargo, si me lo permite, quisiera hacerle unas preguntas, no como delegado soviético, sino más bien como compositor, de colega a colega, por así decirlo.

Dejó que pasaran unos segundos, que se me hicieron eternos.

—Mi primera pregunta es: ¿está usted de acuerdo con la sistemática condena de la música occidental que hacen a diario la prensa y el Gobierno soviéticos?

Sin apenas mover los labios, contesté:

—Sí, estoy de acuerdo.

—¿Está usted de acuerdo con la prohibición de la música occidental en las salas de concierto y los teatros de ópera soviéticos?

—Sí, estoy de acuerdo.

—¿Suscribe usted la prohibición en su país de la música de Paul Hindemith, Arnold Schoenberg y Alban Berg?

Mi respiración se aceleraba. Tardé en contestar.

—Sí, suscribo esa prohibición.

—¿Suscribe usted el criterio del ministro Zhdánov sobre la música de sus colegas Prokófiev, Jachaturián, Shebalin, Popov y Miaskovski?

—El camarada Zhdánov falleció en mayo del año pasado —dije, con algo parecido a una sonrisa.

Nabokov, se quedó pensativo unos segundos.

—No lo sabía. La verdad es que no puedo decir que lo siento. En todo caso, ¿suscribe el criterio sobre el arte y la cultura, de Zhdánov, cuando este vivía?

–Sí, lo suscribo.

–Y por último: ¿está de acuerdo con las opiniones expresadas en su intervención sobre Igor Stravinski?

Silencio.

–Le haré la pregunta de otro modo para que le resulte más directa –dijo Nabokov, mirándome a los ojos–. ¿Ha escrito usted el texto que acabamos de escuchar, sin verse presionado por las autoridades soviéticas?

–Sí –contesté–, el texto lo he escrito yo, sin recibir presión alguna.

–Gracias –concluyó Nabokov–. Ahora todo está perfectamente claro.

Y se sentó.

Al día siguiente, domingo, después de tocar al piano las últimas notas del *scherzo* de mi *Quinta sinfonía* ante las diecinueve mil personas que abarrotaban el Madison Square Garden, respiré aliviado. Fui portada en el *New York Times* del día siguiente. Para mí era el último acto de la Conferencia por la Paz que tanto revuelo había provocado. No tenía más compromisos, así que decidí abandonar la sala y salir a fumar, aprovechando un momento de distracción de Troshin.

En la calle, encendí un cigarrillo; un hombre y una mujer, vestidos de etiqueta, se acercaron; les firmé un autógrafo, me di la vuelta y crucé a la otra acera. Caminé un buen rato, vi un banco y me senté. La noche anterior, Troshin me había dicho: «No es culpa mía, ya le advertí que tenía que repasar su intervención antes de que fuera leída». No supe qué contestar, la traición a Stravinski me pesaba, le di vueltas durante horas hasta que llegué al convencimiento de que no había podido actuar de otro modo. Me levanté del banco, anduve alrededor durante dos minutos y me volví a sentar. Pensé que la valentía nunca había sido mi fuerte y traté de imaginar qué pensaría de todo eso dentro de veinte años; probablemente no lo recordaría. Luego pensé en Nina, no habían permitido que me acompañara, la echaba de menos; cuando las cosas me iban bien no pensaba en ella, pero cuando se torcían era la primera en acudir a mi mente: «Eres un egoísta, Mitia, siempre lo has sido».

Pensé también en la última vez que había visto a Galina: «No está bien, Dmitri Dmítrievich, no puedo hacerle esto a Nina», me dijo, luego se desabrochó el liguero, se levantó la falda y se echó para atrás. Ideas e imágenes que demostraban que me había sentado mal la cena previa al concierto. Tragué saliva, alcé la vista: no había estrellas; sentí un cosquilleo interior, como si las partículas de mi sangre se desfibraran. Encendí otro cigarrillo, di una larga calada y lo tiré.

Me levanté del banco y continué mi paseo. Al llegar a la Octava Avenida, vi las luces de la estación de Pensilvania; una prostituta con sombrero negro de paja avanzó hacia mí con un perro cojo y me dijo:

—*We are so alone, let's go to my house*.

La besé en la frente y le di un billete de cinco dólares; era tarde, tenía que volver, debían de estar preocupados; imaginé la desesperación de Troshin.

Derecha, izquierda, otra vez a la derecha, la verdad es que no sabía dónde estaba, todas las calles me parecían iguales. «Que esperen —me dije a mí mismo—, tienen mi tiempo, tienen mi bolsa, utilizan mi fama, pero no les daré estas últimas horas en Nueva York.»

Me detuve en una licorería; un hombre detrás del mostrador hojeaba un periódico, compré cigarrillos y una botella de whisky. Al salir sonó una campanilla; seguí caminando mientras bebía a morro de la botella. Llegué a una calle más iluminada y me detuve ante un ventanal; dentro, dos negros jugaban al billar, uno de ellos, con un pañuelo rojo en el cuello y un cigarrillo en la boca, entizó el taco y le dijo algo a su compañero, ambos se rieron. Tiré la botella y entré en el local; la gente se apiñaba en la pista de baile, me abrí paso hasta la barra, donde una mujer ebria me agarró de la chaqueta, me dijo algo al oído y sonrió, pero al ver que yo no entendía, se alejó. Pedí un vodka, lo bebí de un trago y busqué el baño; mientras hacía cola, me fijé en unas piernas abiertas y una vulva de mujer dibujadas en la pared. Debajo se leía: «*eat me!*»; no quise utilizar la mugrienta pastilla de jabón, así que abrí el grifo y dejé que el agua corriera sobre mis manos.

Al salir del baño, vi una puerta entreabierta; estaban jugando al póker; el hombre que repartía las cartas me miró:

—*Do you want to play?*

Asentí con la cabeza.

—*Tony, pull up a chair.*

Era un negro corpulento, llevaba una camisa de manga corta, una cadena de oro en el cuello y los brazos cubiertos de tatuajes.

—*Single or double?* —me preguntó Tony.

Le di un dólar para que me trajera un whisky doble, me quité la chaqueta, corrieron las sillas hacia un lado y me senté enfrente del negro que repartía las cartas.

—*What's up, buddy? You don't look too good.* —Lo miré sin comprender—. *Don't you speak English?*

—Póker a la baja —dijo en ruso otro de los jugadores, con la cabeza rapada y dos anillos en la mano izquierda—, cartas ganadoras, del as al siete, se juega solo hasta el resto, revoque máximo, cinco dólares.

Compré veinte dólares en fichas, miré al vuelo las cartas sobre el tapete verde; Zóschenko y yo pasábamos noches enteras jugando al póker. Gané las tres primeras manos; el que hablaba ruso me observó con cara de pocos amigos:

—No me gustan los hijoputas que hacen trampas.

Le dije que no necesitaba hacer trampas para ganar; el negro sonrió y volvió a dar cartas, gané de nuevo. Al cabo de media hora, sin necesidad de contar las fichas, calculé que tendría ochenta dólares por lo menos. El que hablaba ruso me dijo:

—Tranquilo, chico, veo que te va la marcha, cuando acabemos podemos ir a mi casa, tengo una muñeca preciosa, si te gusta te la puedes follar.

Dije que estaba cansado y que al día siguiente tenía que regresar a Moscú; intimidado, dejé que me ganaran las siguientes manos. Después, me levanté de la silla y salí del local.

Una vez en la calle, saqué la cartera y conté el dinero: setenta y tres dólares. Miré el reloj: las cuatro y media. Quería coger un taxi y regresar al hotel, pero por ahí no pasaba un alma; me apoyé contra un muro y traté de pensar. No tenía el número de teléfono del hotel, así que lo mejor era buscar una calle más transitada y esperar hasta que viniera un taxi. De pronto oí pasos detrás de mí y me di la vuelta; el negro y el que hablaba ruso se acercaron y, antes de que pudiera escapar, el negro me golpeó en el estómago. Caí al suelo, el que hablaba ruso me puso un pie en la cara y dijo:

–Hijo de la gran puta, se te van a quitar las ganas de hacer trampas.

Me dio una patada, luego otra, hurgó en mi chaqueta, cogió la cartera y se alejó de allí con el negro; me arrastré a un portal cercano y oí silbar una bala.

Magullado, con una herida en la frente de la que brotaba abundante sangre, llegué a comprender muchas cosas. No era de noche, tampoco de día; todo me parecía envuelto en una atmósfera negra que flotaba sobre la superficie del asfalto, la tristeza penetraba en mi alma con un quejido, era esa especie de ensueño que se forja en la mente sobre aquello que ya no ha de volver, la lasitud que se apodera de uno después de un hecho consumado, el cese súbito de una vibración prolongada. Los olores de la calle eran intensos, como si todos los seres vivos de aquella ciudad exhalaran sus secretos y maldades; pasaron por mi cabeza las personas que me habían recibido con devoción, también las que se pasearon delante del hotel con pancartas contra la delegación soviética. Recordé a Nabokov: «Ahora todo está perfectamente claro». Despuntaba el alba en medio de un silencio solo interrumpido por el rumor de los barrenderos; un ligero viento se levantó de repente, creando ese instante mágico en el que puedes presentir tu propio destino, el instante en que vibra el fondo oscuro de los corazones humanos: sueño, deseo, ira, vanidad, envidia, venganza, todos juntos se agolparon en mi mente hasta que, antes de perder el conocimiento, oí una voz suave de mujer que decía:

–¡Menudo titular para la prensa de la mañana!

6

En la enfermería del aeropuerto
de Estocolmo

–¡Qué susto nos dio anoche, camarada Shostakóvich! –exclamó
Troshin, sentado junto a mí en la parte delantera de un avión–.
Si no hay más contratiempos, llegaremos a Moscú a la hora prevista. ¿Me escucha, maestro? Veo que no se acuerda de nada y
no me extraña. Le llevé al hotel en un estado lamentable. Supongo que quiere saber lo que pasó.

Asentí con la cabeza, aunque me daba igual.

–Una mujer que siente simpatía por nosotros le reconoció al
salir de su casa para ir al trabajo y se puso en contacto con un
funcionario de la embajada y este, conmigo. Menos mal que a
esa hora no había fotógrafos de prensa. ¿Se imagina que el Camarada Secretario General hubiera recibido una fotografía de
«su músico» tirado en un portal de Nueva York como un vulgar
borracho? Todos en la delegación pensábamos que le habían
secuestrado, asesinado o algo aún peor.

Al sonreír, sentí un pinchazo en la frente.

–¿Aún peor que ser asesinado? Es curioso que diga eso.

–Son tiempos difíciles –continuó Troshin–. La relación entre
la Unión Soviética y Estados Unidos no pasa por un buen momento, debido a la crisis creada por el puente aéreo de Berlín.
Y el solo hecho de pensar que usted hubiera pedido asilo político
a los americanos nos aterrorizaba.

–La verdad es que no se me ocurrió; quizá debería haberlo
considerado.

–No bromee con eso, camarada; ha sido más grave de lo que
piensa. Mólotov ha llamado esta mañana al embajador; este,

cómo no, me ha culpado a mí. Al llegar a Moscú tendré que dar explicaciones; en el mejor de los casos me degradarán, y en el peor...

—No se preocupe, Troshin, hablaré con Mólotov y le diré que yo he sido el único responsable, que su celo en protegerme durante el viaje ha sido ejemplar.

—¿Hará eso por mí, camarada?

—Puede contar con ello, Andréi Petróvich.

—No sabe cómo se lo agradezco; si alguien puede ayudarme es usted: la única gran personalidad soviética que conozco, la única con acceso directo al Camarada Secretario General.

—No exagere, amigo mío, estoy lejos de eso.

—Todo se andará. La verdad es que, visto lo visto... Pero ¿cómo se encuentra? Le han tenido que dar cinco puntos en la frente; déjeme que le ponga bien la venda, se le ha aflojado un poco.

—Estoy bien, Andréi Petróvich, no se preocupe.

Troshin llamó a la azafata.

—¿Cuándo nos van a servir la cena?

—Dentro de veinte minutos, señor —contestó la azafata.

—Para ir abriendo boca —dijo Troshin, sin dejar de mirar su escote—, tráiganos vodka sin tónica ni hielo, y un *bourbon*...

De pronto el avión dio tres bandazos, entró en un pozo de aire y cayó en picado. Las alarmas se activaron y las mascarillas de oxígeno se desprendieron del techo; gritos, desconcierto, equipajes de mano y algunos pasajeros en el suelo.

—¡Póngase el cinturón, y la mascarilla, pronto! —exclamó Troshin, pálido como una sábana—. ¡Espere, ya le ayudo yo...!

—Hay que ayudar primero a la azafata —dije, mientras ella, con una pierna doblada bajo su peso, trataba de levantarse.

—¡Siéntese y póngase la mascarilla! —repitió Troshin, agarrándome del brazo—. Hay que cumplir el reglamento... Pero ¿qué hace?, le he dicho que se siente.

La azafata, con los ojos cerrados, gemía.

Escuchamos la voz del capitán, primero en inglés y luego en ruso:

–Mantengan la calma. Uno de los motores del avión ha sufrido una incidencia, pero el otro se encuentra en perfecto estado, así que no deben preocuparse. El sistema de presurización en la cabina se ha normalizado. Pueden quitarse las mascarillas de oxígeno. Vamos a realizar un aterrizaje de emergencia en el aeropuerto de Estocolmo. Coloquen el respaldo de su asiento y su mesa en posición vertical, abróchense el cinturón de seguridad y permanezcan sentados. Cuando oigan la palabra «impacto», inclínense y protéjanse la cabeza. Y, solo cuando oigan la palabra «evacuar», desabróchense el cinturón, déjenlo todo y desalojen el avión con tranquilidad.

–¡Estocolmo! ¿Tiene miedo, Dmitri Dmítrievich?

–En absoluto –mentí.

–Yo tampoco. Lo único que siento es que no nos servirán las copas ni la cena. No debe preocuparse. Estos aparatos están preparados para… –Se interrumpió y pareció que meditara unos segundos–. Le confieso que me da más miedo regresar a Moscú y sufrir lo que allí me espera que este pequeño incidente.

El avión empezó a descender.

–¿Le importa que rece? –preguntó Troshin.

–¿Usted reza? ¿Cree en Dios?

–No, pero en momentos así…

–Si quiere podemos rezar juntos.

«¡Impacto!», oímos decir por el altavoz.

Nos inclinamos.

Troshin me puso la mano en la cabeza. Yo hice lo mismo con él.

Un minuto… dos… tres…

–¡Ya, ya, ya…! –exclamó Troshin.

El avión aterrizó sin más problemas.

Troshin me separó del resto de la delegación y me condujo a la enfermería del aeropuerto; se me había abierto un punto en la frente y había empezado a sangrar.

—Siéntese aquí, Dmitri Dmítrievich. Nadie le molestará. Voy a buscar al médico; no se preocupe, yo me encargo de todo.

Sonreí.

—Sí, sí, váyase tranquilo.

—¿Me promete que no se moverá de aquí hasta que venga con el doctor?

—Sí, vaya, vaya, se lo prometo.

Me acomodé en un banco. No había nadie más en la enfermería. Miré el reloj de la pared: estaban a punto de dar las doce. Respiré hondo, cerré los ojos y me dispuse a esperar.

En ese momento pensé en lo que me había ocurrido desde la llamada de Stalin: mi vida se había partido en dos, como un paisaje fracturado por un terremoto. A un lado quedaba la juventud, los años de gloria cuando compuse la *Sinfonía Leningrado*, la purga que siguió al Congreso de Compositores, la animadversión de Zhdánov y sus secuaces hacia mi forma de entender la música y, finalmente, el reconocimiento unánime tras mi participación en la Conferencia para la Paz Mundial; y, al otro lado empezaba ese espacio poco definido que tendría que recorrer el resto de mi vida. Esas dos partes ya no podrían unirse. En los minutos previos a mi desvanecimiento en el portal traté de ordenar mis ideas ante el miedo a morir. ¿Qué sucedió dentro de mí durante la larga inconsciencia…?

De pronto oí un ruido.

Levanté la vista y vi a un hombre en la puerta de la enfermería. No era Troshin. ¡Lástima!, pensé, tenía la esperanza de que alguien me asegurara que no estaba volviéndome loco. Se trataba de un anciano de pelo blanco con los ojos enrojecidos; llevaba una chaqueta a cuadros, pantalón oscuro y el cuello de la camisa muy sucio. Cojeaba de la pierna izquierda y sostenía un bastón negro con una empuñadura de plata en forma de cabeza de caniche. Iba descalzo, la expresión de su rostro era severa y, a pesar de su edad, sus movimientos eran enérgicos y su mirada, intensa.

Se detuvo unos segundos en el umbral, me miró, se dio media vuelta y estuvo a punto de marcharse, pero al final cambió de parecer y acabó por entrar. Parecía inquieto, como si hubiera salido a toda prisa de algún sitio. Supuse que era un pasajero de mi mismo vuelo que se había herido y había perdido los zapatos. Se dirigió a la pared del reloj y estuvo mirándolo durante unos segundos. Yo también lo miré: habían pasado un par de minutos desde que Troshin se había ido; no pensaba moverme de ahí hasta que regresara.

El anciano se sentó en un banco justo enfrente de mí, se estiró los pantalones, cruzó las piernas y movió de arriba abajo el pie derecho enfundado en el calcetín. Después, entornó los ojos, se quedó así durante un buen rato, igual que un ciego con el rostro inexpresivo que estuviera buscando unas palabras para empezar una conversación, y por fin, dijo:

–¡Una mala noche para volar, casi te pierdo!

Su voz, sin altos ni bajos, tenía una agradable y misteriosa tonalidad nasal. Movió la cabeza de un lado para otro, como si buscara algo que acabara de perder, redujo la voz, ya baja, a un murmullo y añadió:

–Pronto la luna de medianoche dará paso al esplendor de los primeros rayos del alba.

¿Dónde había leído yo eso mismo? No lo recordaba. Mi mente seguía atrapada en los sucesos de la víspera y no podía comprender lo que estaba sucediendo. ¿Con qué intención había dicho ese hombre que casi me perdía? Avergonzado por mi torpeza, solo se me ocurrió hacer una pregunta, sin percatarme de que iba a iniciar con ella un largo y enigmático diálogo:

–¿De dónde viene, señor?

–Del infierno –respondió él, después de dar dos largos bostezos.

–Sí, vaya susto hemos tenido, aunque el aterrizaje ha sido perfecto.

–No, no me refería a eso.

–Ah, ¿no...?

Se movió, inquieto.

—¡Hay que jugar limpio! ¡Por lo menos eso! –vociferó, sin que yo pudiera adivinar a qué se refería.

Volvió a bostezar y, arrepentido de lo que acababa de decir, añadió:

—Disculpe, no era mi intención confundirle y mucho menos ofenderle.

Se subió el calcetín del pie derecho, miró a un lado y a otro con cara de preocupación, y sacó un paquete de cigarrillos y una boquilla. Insertó el cigarrillo en ella, se llevó la mano al bolsillo del pantalón y, después de unos segundos, dijo:

—Es usted de Leningrado, ¿no?

—¿Cómo lo sabe? –le pregunté, sorprendido.

—Por su acento. A pesar de mi edad tengo un oído excelente.

Seguía rebuscando en los bolsillos del pantalón; al final se dio por vencido.

—No sé dónde he dejado las cerillas. ¿Tiene usted fuego?

—No, lo siento. Todo lo que llevaba se ha quedado en el avión, supongo que a usted le ha pasado lo mismo con los zapatos.

—¿Cómo dice? –Se miró los pies–. Ah, sí, los he perdido; la verdad es que no me había dado cuenta.

—No me extraña, con toda esta agitación uno no se da cuenta de nada.

Empecé a sentir un frío helado que me llegaba de frente, y recordé que ya lo había experimentado en otra ocasión.

—¿No podría…? –dije, tiritando.

—Lo siento, ya sabes que eso no puedo evitarlo –dijo él, tuteándome–; pero no te preocupes, te acostumbrarás pronto. –Sonrió de forma forzada–. Conversar conmigo es como enfrentarte contigo mismo, y eso, hermano, siempre da frío.

—Eres Tú… ¿verdad? ¿No llegas antes de tiempo?

—No sé por qué te sorprendes; deberías saber que donde estés tú estoy yo; creo habértelo demostrado en más de una ocasión.

—¿Qué dices?

Sin responder, se levantó, apoyándose en la cabeza de caniche de su bastón, dio una vuelta por la sala cojeando, tropezó sin llegar a caerse, volvió a mirar el reloj de pared, y se sentó de nuevo.

—Las piernas se me agarrotan a menudo y debo moverlas —dijo con un gesto dolorido—. Son los achaques de la edad, no puedo librarme de eso... Por la expresión de tu cara veo que ya sabes quién soy.

—Esta vez nuestra conversación no se podrá prolongar —dije, bajando la mirada—. El camarada Troshin vendrá a recogerme en unos minutos.

—Vaya tipo ese Troshin, parece el mejor servidor del Estado, y en cuanto la ocasión se le presente pedirá asilo en Estados Unidos. Hará bien. Tú deberías hacer lo mismo, pero de eso hablaremos más tarde.

Me quedé mirándolo fijamente, entre la curiosidad y el temor.

—¿No llegas antes de tiempo? —me atreví a preguntarle de nuevo.

—No temas, yo siempre cumplo los plazos acordados. Para lo que ya sabes, me presentaré cuando toque, cuando estés componiendo algo que te cueste de verdad.

El frío era cada vez mayor.

—Veo cosas de ti que tú no ves —continuó él con voz más dura—. Pero nuestro pacto no me obliga a revelártelas antes de tiempo. Tienes que pensar en todo lo ocurrido en Nueva York.

—¿Qué ha ocurrido?

—Déjalo. Es de otra cosa de la que me gustaría hablar.

—¿De qué?

—De lo preocupado que me tienes.

—¡Palabras, solo palabras! —exclamé furioso al comprobar que, a pesar del frío, me ardía la cabeza.

—Calma, calma, no pierdas los nervios. No te va en absoluto la imagen de tipo ofendido. Solo te he dicho que me preocupas; siempre he estado pendiente de ti, me lo deberías agradecer. Pero no te lo voy a tener en cuenta; al fin y al cabo, siempre has hecho lo que se esperaba de ti. Ahora se trata de ver cómo podemos crear juntos las mejores condiciones para que en el futuro todo te sea más propicio. Las notas afinadas y con el ritmo justo; sí, de eso se trata, de no perder ritmo; ya sabes, es lo mejor de ti. —Y, tras una pausa que se me hizo eterna, añadió—: Déjame preguntarte una cosa: ¿estás contento con lo que has hecho hasta ahora?

—No —dije a media voz, intentando no perder los nervios, con la esperanza de ver aparecer a Troshin cuanto antes.

—Me gusta que lo reconozcas. Solo los grandes artistas están siempre insatisfechos, quieren llegar al límite, al verdadero extremo. Tú todavía no lo has alcanzado. Pero no te preocupes, dispongo de mejores instrumentos y ya te llegará el momento de oírlos cuando tengas la madurez necesaria. Es solo cuestión de tiempo.

—¿Vuelves a empezar? —dije con náuseas y un horrible dolor de cabeza—. ¡Déjate ya de historias y dime de una vez qué quieres! Estoy harto de estar aquí sentado pasando frío y obligado a soportar tu verborrea. Eres la peor de mis pesadillas.

—¿La peor de tus pesadillas...? No te mientas. Eso déjamelo a mí. A menudo te quejas de que no te asisto como debiera, cuando eso no es cierto. Sí, no pongas esa cara, estás impaciente por saber lo que tengo que decirte, pero no me metas prisa, me parece una falta de consideración.

—Está bien, perdona; pero no me tengas en ascuas.

—Eso está mejor. —Unos segundos de pausa y después, con un tono más afable, continuó—: Todo llegará, hermano. Déjame decirte antes cómo van a ir las cosas en un país del que parece que no puedes prescindir. Eres ruso, sí, pero ante todo eres un gran músico, algo que sin duda te obligará a tomar decisiones difíciles.

—Al grano, por favor.

—¡Maldita sea! No hay nada que odie más en este mundo que me den prisa. No seas como esos que piensan que lo aburrido no es interesante únicamente porque no tienen paciencia para enterarse de que lo interesante muchas veces resulta aburrido.

–No te entiendo.

–Es fácil de entender. Debes de estar cansado; más lo estoy yo y no me quejo. Así que ya sabes: escucha y aprende. ¿No es eso lo que siempre recomiendas a tus alumnos?, pues ahora aplícate el cuento. Por cierto, hablando de alumnos: deja en paz a Galina Ustvolskaya. Ya está bien de tontear. Galina tiene un talento excepcional, probablemente mayor que el tuyo, pero para desarrollarlo como corresponde debe pagar un precio: la soledad. Prescindir de ti y emprender su propio vuelo. Así que, si no quieres enojarme, ya sabes lo que tienes que hacer.

–Estoy enamorado –balbuceé, sintiendo palpitaciones–. No puedo vivir sin ella.

–¡Bobadas! Como dice Nina, tu mujer, te enamoras a las primeras de cambio, sin consistencia, sin verdadera devoción. Vamos, que mariposeas, esa es tu forma de ser. Todos los tímidos sois iguales: hoy una flor, mañana otra y siempre lloriqueando. No me importa lo que hagas con las demás, eso no está en nuestro pacto, pero a Galina déjala en paz. Espero no tener que repetirlo. Además, si aceptas lo que voy a proponerte, pondréis tierra de por medio. Y ahora, escúchame con atención porque no dispongo de mucho más tiempo. Al margen de la *Cuarta sinfonía* y alguna obra más, lo que has escrito hasta ahora es bueno, pero no excepcional.

–¿La *Quinta* y la *Octava* no te parecen buenas? –pregunté, más asombrado que ofendido.

–Sí, son obras excelentes, no cabe duda, pero debes ir más allá. En todo caso, ese viaje ya ha concluido. *Goodbye, au revoir, arrivederci.* ¿Lo entiendes, hermano? La *Quinta* es tu obra más popular y será una de las composiciones más reconocidas del siglo. Yo te ayudé a escribirla, ¿recuerdas? Pero ese camino, insisto, no da más de sí; por mucho que te esfuerces, no lo podrás superar. Y está bien que así sea porque ahora empieza no solo lo bueno, sino lo asombroso. Ascensión, iluminación, desbordamiento, seguridad, libertad absoluta, una propia admiración por lo creado que te hará prescindir de la admiración de los demás.

–Te repites, eso ya me lo dijiste la otra vez.

–Pues si me repito es porque necesitas que te lo repita. Una idea solo es buena si uno tiene la sensación de que ya la ha tenido antes; es algo así como plagiarse a sí mismo. En el arte, el pobre no puede quitarle nada al rico, pero el rico sí puede quitárselo al pobre. O si lo prefieres: hoy solo es original el que ha robado primero.

–Sigo sin entenderte.

–Te lo diré más claro: ha llegado el momento de escribir para ti mismo y olvidarte de los demás.

–Te contradices.

–Sin contradicción no hay progreso, deberías saberlo. Lo que te ha valido hasta ahora no sirve. Hay un tiempo para los otros y un tiempo para uno mismo. El primero ya lo has consumido, por consiguiente, debes pensar en ti. Te lo he dicho: llegar al límite, dinamitar puentes, volar sin red, riesgo, ambición, desenfreno, el más genuino egoísmo.

–No cuentes conmigo para eso.

–Cuartetos de cuerda que estremezcan –continuó él sin escucharme, cada vez más exaltado–, ciclos de canciones que lleguen a la médula de la expresión, sinfonías sobrecogedoras, obras que no busquen el reconocimiento sino la más intransferible satisfacción. Sí, egoísmo, monstruoso egoísmo derivado de una actividad sin pausa ni duda, sin nada que entorpezca el camino, fecunda actividad como compensación de las privaciones mundanas, la seguridad de disponer de los días sin pensar en otra cosa, ímpetu visionario sin temor al desfallecimiento, liberación personal conjugada en la propia obra, gozo del hijo del infierno ensanchándose desde su fuente individual hasta abarcar la inmensidad, el más formidable grito de júbilo luciferino que haya jamás resonado en el mundo.

–¡Qué altanería la tuya! –exclamé, sin poder contenerme–. Eres incapaz de comprender las limitaciones humanas. Me aseguras que mis obras serán inmortales, una afirmación que no se sostiene por muchas vueltas que le des. El que vive de la eternidad, morirá antes que ella; el que vive de su propia fuerza, vivirá con ella. Temo al dolor, pero no a la muerte. Todo es mortal, y por mucho que vengas aquí como espectro indeseado a seducirme con tus sucias tentaciones, no lograrás convencerme. La voluntad no es la nodriza, sino la madre del conocimiento. Mi música no tiene sentido sin los demás. Si estuviera solo, si no tuviera a nadie a quien dirigirme, dejaría de componer. La pasión se vuelve estéril si no va acompañada de la compasión. La pasión no puede de ningún modo encerrarse en sí misma, tiene que desbordarse en lo «otro». Beethoven entendió que el «yo» y el «tú» no debían separarse, que la salvación no podía ser individual. Su *Novena* es el mayor canto de fraternidad que se ha escuchado en la Tierra. Por eso amo más a Beethoven que a Mozart; me arrodillo ante lo que representa; él es mi maestro, no tú. Te repito que puedo aceptar la muerte, pero no el dolor; mi música es la respuesta al dolor, es el modo de rebelarme contra el sufrimiento en el que están atrapados los seres humanos, contra su asfixiante existencia, es un grito impotente contra el mal y la violencia, pero también, una canción de esperanza, es la angustia ante el misterio de la vida, pero también, el intento de comprender. ¿Puede la música combatir el mal? Yo siempre había creído que no, pero hablar contigo me ha hecho cambiar de opinión; eso sí debo agradecértelo.

Él soltó una carcajada y, mirándome directamente a los ojos con la expresión de alguien que repite por enésima vez un argumento, dijo:

—Los creadores que empujan a los espíritus a su establo se hacen entretanto dueños de sus pastos. ¿Por qué son tan obtusos? Cuando parlotean, como tú acabas de hacer, sobre los grandes valores, la compasión, la fraternidad universal y todo ese tipo de simplezas, ¿no debieran ser amordazados para que no agoten nuestra paciencia? Los artistas viven de pasiones engañosas, tienen siempre temas de la mayor trascendencia, pero los manosean de tal modo que acaban por estropearlos. Aplícate el cuento, querido, y ten presente que la idea, por ejemplo, de que «los árboles no dejan ver el bosque» no sería correcta en el caso de un bosque que se viera y unos árboles que se hicieran invisibles. Pensar en el lenguaje del arte significa por lo pronto llegar de la envoltura a la plenitud. Igual que nos hacemos con el sueño de la noche pasada al sentir las sábanas de nuevo.

–No me impresionas. Lo mismo que te he dicho a ti se lo dije a Stalin.

–¿A Stalin, dices? ¡Je, je! Stalin morirá pronto. Beria, su fiel servidor, se encargará de eso. Lleva tiempo cocinando su plan a fuego lento. ¡Je, je! El diablo los crea y ellos se juntan. No es de extrañar, entre gentes de su calaña. Stalin hizo lo mismo con su «mentor», digamos que le dio un empujoncito cuando se encontraba al borde..., ya sabes a qué me refiero, no me hagas hablar más de la cuenta. Pero lo cierto es que vuestro líder y maestro ya no es el que era. Si no es Beria, lo hará otro; candidatos no faltan. Y ¿qué pasará cuando tu «benefactor» desaparezca? ¿Quieres saberlo? Se acabarán las explosiones de entusiasmo popular, la juventud ya no desfilará, llena de orgullo y fe, con ojos centelleantes, detrás de las banderas; el poder del Camarada Secretario General se disolverá como un azucarillo; el pueblo desconfiará de los nuevos dirigentes sin rebelarse, vivirá en la incertidumbre sin saber a qué atenerse, lo que antes era nítido se oscurecerá, el poder perderá fuste hasta convertirse en algo insípido, igual de cruel, pero en apariencia más soportable. Sí, hermano, los rusos llevan en sus genes la desgracia de no saber lo que es la libertad. Y eso duele. A lo largo de su historia no han tenido ni un minuto de libertad. ¿Para qué la quieren? ¿Por qué no la tienen? Tu amigo Stalin supo contestar a eso. ¿Recuerdas lo que te dijo? Yo sí: «Para los rusos lo importante no es la libertad sino el milagro, el misterio y la autoridad. Quieren un ídolo, un dios, un padre, un depositario de sus conciencias». No, Dmitri Dmítrievich, tú ya no tienes nada que hacer en tu desolada patria. ¿Qué te espera si te quedas?

–Estoy seguro de que me lo dirás, aunque no quiera oírlo.

–Una vida anodina, callada, temerosa, envuelta en la sombra de tu música. Presiones, atropellos, obligaciones cada vez mayores para que des lustre a un imperio en decadencia. Te utilizarán y tú te dejarás utilizar. Ingresarás en el Partido, tendrás que asumir responsabilidades burocráticas que no solo te quitarán tiempo sino también estabilidad emocional; leerás discursos que no habrás escrito, harás manifestaciones públicas en las que no creerás, condenarás comportamientos justos, renegarás de personas valerosas; siempre con mala conciencia, siempre angustiado por lo que dirán tus amigos, a contracorriente, en una lucha que no es la tuya, defendiendo principios que aborrecerás, dejándote robar años, el alma y el dinero, traicionando a aquellos que te quieren y luchan por un pequeño trozo de libertad. Sí, hermano, siento tener que decírtelo, provocarás desencanto, la gente desconfiará de ti al no entender por qué sigues sirviendo a un poder decrépito, y al final, ¿sabes qué pasará? Se alejarán incluso de tu música, al pensar que es la obra de un oportunista. ¿Es eso lo que quieres? Me preocupo por ti, siempre lo he hecho, por eso te recomiendo que abandones la Unión Soviética y pidas asilo político en Estados Unidos.

Salté del asiento.

–Vengo de allí. No me ha gustado lo que he visto. Jamás podría acostumbrarme a su forma de vivir. Soy ruso hasta la médula.

–Y podrás vivir como ruso en el extranjero. Uno se acaba acostumbrando a lo que al principio cuesta, y cuando las condiciones son buenas, termina agradeciéndolo. ¿Sabes?, le he estado dando vueltas. La mejor opción es California. Allí están Schoenberg y Stravinski; podréis hablar, discutir, intercambiar conocimientos, disfrutar del buen tiempo; tus últimos cuartetos seguirán la técnica serial de Schoenberg, ese mago tan poco entendido. Como dice Stravinski, un buen compositor no copia, roba. Tú ya tienes experiencia en eso. Podrás estar cerca de él, ¿no era eso lo que querías? Más aún: dispondrás de una vida sin agobios ni presiones, al margen de corruptos y pendencieros; la libertad, querido, aunque no lo creas, tiene sus ventajas, sobre todo para aquel que sabe aprovecharla: pingües beneficios por tus derechos de autor, casas espléndidas junto al mar, descapotables para sentir la velocidad del viento. ¿No te han gustado siempre los buenos automóviles?, pues ahora tendrás la oportunidad de conducirlos. Las mejores universidades para que tus hijos estudien, los mejores médicos para atenderte, el contacto con compositores y músicos americanos que te recibirán con los brazos abiertos, la fidelidad de discípulos que te venerarán; cargos, honores, fama, salud y dinero, que harán que tus días se sucedan con cadencias placenteras. Pero, más allá de eso, podrás componer la música que tú quieras sin presiones ni contratiempos. Por último, tu exilio será entendido en la Unión Soviética como una crítica a la insoportable falta de libertad con la que viven sus ciudadanos. Serás un ídolo para tu propio pueblo. Agradecerán la decisión que has tomado. Muchos seguirán tu ejemplo...

–Veo que hoy, a diferencia de la otra vez, has mantenido tu aspecto durante toda nuestra conversación –dije a media voz, interrumpiéndolo.

–¿Mi aspecto...? –Bajó los ojos sorprendido, para contemplarse a sí mismo–. Puedes estar seguro de que no presto atención a eso. Dejo, por así decirlo, que se ajuste en cada caso a las circunstancias.

–Estoy cansado –dije con un suspiro–. Por favor, no me presiones más.

–Vamos, vamos, ya descansarás después. Tenemos que darnos prisa. Hay un tiempo para la reflexión y otro para actuar, no es bueno confundirlos. Esta noche sale un vuelo a Los Ángeles; cuando regrese Troshin, pídele que te saque un billete.

Lo miré con incredulidad.

–¿Troshin? ¡Estás loco! Jamás hará eso. Va en contra de todos sus principios.

–No entiendes nada, hermano, él no tiene principios, lo que tiene es pánico de volver a Moscú; en cuanto se lo propongas, saldrá en estampida para satisfacer tus deseos y te pedirá que le dejes acompañarte. ¿Apostamos?

—No —dije, sin apenas mover los labios.

—Haces bien, porque perderías. —Se frotó los calcetines con las manos como si también él tuviera frío y, con un tono desganado, acabó por decir—: Antes de marcharme, me gustaría dejar resuelto esto. No puedo estar siempre pendiente de ti. Aunque no lo creas, tengo otras cosas que hacer.

—El sonido de Rusia —dije, mirando a un punto indefinido—. Mis obras están llenas de él.

—Y seguirás escuchándolo con más intensidad aún en Norteamérica. Te lo prometo. La conciencia de ser ruso se agranda cuando vives fuera. Pregúntaselo si no a los exiliados. Ellos te confirmarán lo que digo. La verdadera sustancia rusa se preocupa poco de las residencias y recupera siempre con una llama renovada lo que ha perdido.

—Jamás he concebido mi vida al margen de Rusia. Jamás pensé en la posibilidad de emprender el camino del exilio.

—Pues ya va siendo hora de que lo hagas, hermano.

¿Por qué me insistía con tanta determinación? ¿Y si estaba en lo cierto? Pensé en Nina y los niños. No les permitirían salir de la Unión Soviética. Estuve a punto de decírselo, pero no lo hice, al intuir que también para eso tendría una solución. Oía mi latido interior. Me sequé las gotas de sudor frío de mi frente con un pañuelo. Él, que adivinaba con facilidad mis pensamientos, me preguntó:

—¿Por qué dudas?

No contesté.

—Para dar vista a los ciegos hace falta echarles tierra en los ojos. —Se rio—. Déjame preguntarte otra cosa: ¿es acaso hipocondría la dolorosa sensación de pensar que todo lo ruso se encontrará siempre pisoteado por la permanente exhibición de grandilocuencia y vaciedad del nacionalismo soviético?

—Detesto el nacionalismo en cualquiera de sus formas, no solo el soviético.

—¿No te pesa —volvió a preguntarme— pertenecer a un pueblo que no ha tenido nunca libertad; un pueblo dócil que se rinde y baja la cabeza ante la mentira, el abuso, la corrupción?

—Llevo años sufriendo todo eso.

—¿Y entonces por qué no te liberas?

No contesté.

—¿No te he dado suficientes argumentos? Te voy a dar uno más: a las puertas de la eternidad solo llega un caballo sin jinete.

—Te he escuchado, no insistas más, por favor.

—¿Qué vas a hacer? ¿Arrodillarte ante un poder que te arrancará tu voluntad, que te impondrá sus designios por la fuerza, que te humillará hasta avergonzarte?

—Déjame en paz.

—Mi obligación es cuidar de ti, proporcionarte las mejores condiciones para que tu música florezca sin trabas.

—¡Mi música florecerá! —exclamé, por primera vez, convencido—. Está por encima de ti y de mí. Es más poderosa incluso que la propia Unión Soviética. La posteridad no me escatimará lo que mis contemporáneos me han concedido.

—¿Eso crees?

—Sí, eso creo.

—El totalitarismo acabará por destruirte. Ha destruido a Meyerhold, a Mayakovski, a Prokófiev..., tú no serás una excepción.

—No, no me destruirá.

—Eres un iluso.

—El sometimiento, el vértigo, la soledad, la angustia, la indefensión de ningún modo paralizarán mi creatividad; al contrario, la fortalecerán. Por las noches escribiré con una voracidad imposible de saciar, como siempre he hecho. Y encerrado en mi estudio, algunas veces oiré la voz que anunciará el triunfo de la música.

—La puerta de la historia es la que yo te ofrezco.

—La puerta de la historia es la que yo abriré en la Unión Soviética.

–El fuego del infierno se nutre de hombres como tú, que no han sabido pronunciar a tiempo su gran sí o su gran no.

–¿El infierno? ¿Qué es el infierno?

–Lo que te espera si no me haces caso. –Hizo una pausa. Parecía cansado y mucho más viejo que al inicio de nuestra conversación–. Resuelve de una vez.

–Ya he resuelto.

–¿Seguro?

–Sí.

–¿Seguro?

–Sí, seguro.

–Está bien, como quieras. –Se levantó y bajó la mirada–. No insistiré más. Nuestro pacto se mantiene en todos sus términos. Me presentaré cuando llegue el momento. Pero a Galina Ustvolskaya déjala en paz…

De repente sentí una mano sobre mi hombro. Abrí los ojos, sobresaltado.

–¡Ah, es usted! ¡Qué susto me ha dado, Troshin! ¿Por qué diablos ha tardado tanto?

–¿Tanto…? Solo llevo cinco minutos fuera; no he encontrado al médico, pero me han dicho que enviarán a una enfermera que le curará la herida.

–¿Cinco minutos, dice?

–Sí, maestro, cinco minutos. Un avión de Aeroflot vendrá mañana a recogernos.

–No sabe, Andréi Petróvich, las ganas que tengo de llegar a casa.

–Pues yo no tantas, no tantas…

CODA

El funeral de Stalin

Son las siete de la mañana.

Llevo toda la noche entre recuerdos y la *Sonata para viola y piano*, huyendo de alguien, y puede que ese alguien sea yo mismo. He comprendido muchas cosas en estas últimas horas. Por ejemplo, que mi vida cambió en la madrugada del 6 de marzo de 1953.

Estaba trabajando en el esquema de lo que iba a ser mi *Décima sinfonía*, cuando, de pronto, sonó el timbre. Me sobresalté. Desde hacía tiempo, cada vez que llamaban a la puerta por la noche temía que los de la NKVD vinieran a buscarme.

Era Jachaturián.

–Dmitri Dmítrievich –me dijo, con la cara desencajada–, es muy tarde, lo sé, perdona; tengo que darte dos noticias, una buena y otra mala. ¿Por cuál quieres que empiece?

Llevaba horas con la *Décima* y me costaba salir de ella.

–Por la mala –acabé por decir.

–Serguéi Serguéievich Prokófiev ha fallecido debido a una hemorragia cerebral. Mira, su mujer, me ha llamado hace un rato para comunicármelo.

–¿Y la buena?

–Stalin ha muerto.

–¿Muerto? ¿De qué ha muerto?

–Insuficiencia respiratoria y colapso cardíaco; eso es lo que acaba de anunciar la radio.

–¿Dónde ha fallecido?

–En su dacha de Kúntsevo.

–Una vez estuve allí.

–El viejo estaba acabado. Tenía setenta y cuatro años y su final se veía venir. Ahora, en el Kremlin, se desatará una lucha sin cuartel para ver quién lo sucede.

–No creo que las cosas mejoren –dije, sin sentir nada–. Me temo que todo seguirá igual.

–¿Puedo pasar, Dmitri Dmítrievich?

–Sí, sí, perdona. Entra. Hace frío.

–Gracias.

–Voy a encender la chimenea –dije, y mientras él se sentaba y yo la encendía, continué–: Estos días no he querido escuchar las noticias, no podía distraerme, mi nueva sinfonía reclamaba toda mi atención.

–Llevan una semana retransmitiendo partes médicos cada seis horas, debes de ser el único ciudadano de la Unión Soviética que no ha escuchado ni uno.

–Alguien más inteligente que yo me dijo hace años en la enfermería de un aeropuerto que la destrucción del mito de Stalin se efectuaría con cierto aire de opereta, y que después de él, las cosas no cambiarían demasiado; los que deseen vivir en un mundo diferente al que Stalin creara, que me temo seguirá existiendo durante mucho tiempo, deberán proseguir la lucha… ¿Cómo está Mira?

–Hecha polvo, como puedes suponer; Serguéi Serguéievich era todo para ella, ya sabes, tuvo que luchar con uñas y dientes para defender su amor por él. Los de la funeraria le han dicho que no van a poder recoger su cuerpo. Hay histeria y desconcierto por la muerte de Stalin.

–En los próximos días todos estarán pendientes de él.

–Así es.

–Ya es mala suerte morirse casi a la misma hora que Stalin. Su muerte pasará desapercibida. Y no se lo merece. Prokófiev y yo no éramos amigos, aunque, en el fondo, nos respetábamos. Recuerdo la última vez que lo vi, en el Congreso del 48. En ese momento la sala estaba vacía y tuvimos la única conversación sincera de nuestras vidas.

–Las dificultades acercan incluso a los enemigos.

–No, no éramos enemigos, pero no había calor en nuestra relación. Sin embargo, te confieso que lamento su muerte más de lo que hubiera imaginado; de alguna forma, una parte de mí se va con él. Supongo que a Serguéi Serguéievich le hubiera pasado lo mismo conmigo.

Son casi las siete y diez de la mañana y aún tengo que terminar los últimos compases de la *Sonata para viola y piano*.

Pero ¿por qué me sigue obsesionando Stalin, mucho más de lo que la gente piensa?

Han pasado más de veinte años desde su muerte y a veces me sorprendo a mí mismo, escondido en mi estudio para leer biografías suyas sin que nadie me vea. Sí, la sombra de Stalin aún se extiende sobre la Unión Soviética y, en el supuesto de que no haya otra guerra, continuará extendiéndose, porque, a pesar de todas las acusaciones y maldiciones que se han vertido sobre él, su espíritu, lo queramos o no, pervive.

Shostakóvich contra Stalin. Ambos fuimos protagonistas de una tensa relación que algunos en Occidente consideraron las dos caras de una misma moneda, enfrentadas en una lucha desigual en la que mi música acabó imponiéndose. ¿Era eso cierto? ¿Lo sigue siendo? No puedo saberlo. En todo caso, es una cuestión que deberá resolver la historia. Deja ya eso, Dmitri Dmítrievich, son solo divagaciones que te sirven para tranquilizar la conciencia. Palabras que intentan justificar el haber sido su músico preferido y a la vez uno de sus mayores críticos por aniquilar el espíritu ruso a través de una dictadura fraguada a fuego lento en el infierno de los campos de exterminio, en persecuciones a tantas almas generosas, como las de Vsévolod Meyerhold, Anna Ajmátova y Mijaíl Zóschenko.

Metódico, como los criminales que lo subordinan todo a la pasión por el poder absoluto, Stalin era un hombre implacable, solitario, extraño, terrible, pero también carismático, intrépido, capaz de destruir al noventa y nueve por ciento de los seres humanos para atender solo al uno por ciento restante. Y yo, a pesar de que me cueste reconocerlo, formé parte de estos últimos.

–¡Sal de tu ensimismamiento, Dmitri Dmítrievich! –exclamó Aram Jachaturián, que estaba junto a mí en la larga cola de gente que había acudido al funeral de Stalin, en la fría mañana del 9 de marzo, en Moscú–. Ya se mueve el cortejo, ya suenan los acordes del himno nacional de Alexander Aleksándrov, invitándonos a creer en nuestra patria libre.

–Nunca me ha gustado nuestro himno nacional.

–Fue culpa tuya que Stalin no eligiera el himno que tú y yo habíamos compuesto, ¿recuerdas?

–Ya, bueno, ¿por qué vuelves otra vez con eso, Aram Ilích?

–Stalin había escogido nuestro himno. Pero siempre quiso pasar por entendido en música, así que te preguntó cuánto tiempo te llevaría orquestarlo. ¿Y qué le contestaste? Que con cuatro o cinco horas tendrías más que suficiente. Se ofendió por tu soberbia, optó por el de Aleksándrov y ahí se acabó la historia.

–Deja ya eso, Aram Ilích, por favor; llevas años reprochándomelo.

–Ocho. Pero sigamos, ya sale el féretro a hombros de los más cercanos colaboradores del Camarada Secretario General.

–Sí, esos.

–Veo a Beria, con su inconfundible sombrero negro de ala ancha; la verdad es que da miedo.

–A su lado están Jrushchov, Malenkov y Mólotov…, algunos generales…, la plana mayor del Régimen.

–Ellos son los responsables de que a estas alturas en la Unión Soviética resulte sospechoso todo aquel que dice creer más en el hombre que en la humanidad.

–Como tú, Aram Ilích.

–Toda mi vida soportando a estos bastardos que forjaron la patria soviética, convencidos de que en la victoria del ideal comunista veríamos el porvenir de nuestra nación. Y lo han logrado; observa, si no, a tu alrededor. Miles de personas, y eso que han cerrado las entradas a la plaza con soldados del Ejército. Míralos, hay pasión y entusiasmo en sus rostros, ¿los ves?

—Me pregunto cuál debería ser la mejor materia para la pasión. ¿La fe en el alma del mundo? ¿La energía creadora del amor, del arte? ¿La armonía erótica de la belleza? ¿El hálito exaltado de Dios? ¿Qué busco yo, en realidad?

—¿La verdad?

—No.

—¿Una aventura noble, caldeada por la pasión?

—Menos.

—¿La embriaguez del cuerpo y del espíritu?

—La del cuerpo la aprendí de Stalin una señalada noche en la que me invitó a cenar. ¡Cómo me emborraché! La del espíritu, la tengo cerca.

—¿En la *Décima sinfonía*?

—En parte sí. Déjame contarte una cosa...

—El acto comienza a ser tedioso. Por no hablar de los discursos, cargados de tópicos. ¡Qué tropa! ¡Y habrá en el futuro alguien que crea que esto fue un momento histórico, digno de filmarse! Si Serguéi Eisenstein viviera, haría una obra maestra.

—La *Décima sinfonía*...

—¿Cómo la llevas, Dmitri Dmítrievich?

—Será un retrato, más bien dos.

—¿Dos retratos?

—Sí, el de Stalin y el mío.

—Cuéntame.

—El segundo movimiento se lo dedicaré a él; tendrá fuerza, colores sombríos que expresarán sufrimiento y terror, provocados por un hombre que se creyó Dios. Y, como contrapunto, en unos de los temas del tercer movimiento, utilizaré un anagrama formado por las notas re, mi bemol, do, si, que en alemán son las iniciales de mi nombre.

—Shostakóvich contra Stalin. Me preocupa tu obsesión por él. Resulta sospechosa.

—¿Qué dices? Sí, ya, bueno, no sé. A un pájaro, cuando lleva mucho tiempo encerrado en una jaula, le cuesta emprender el vuelo. Y si no me crees, mira a tu alrededor: la gente jadea, le falta el aire. Las mujeres lloran y los hombres se descubren la cabeza con devoción no al muerto, sino al padre de la patria soviética que se ha ido. Nadie sabe qué va a pasar a partir de ahora. Tienen miedo. El vacío es inmenso. Me temo que también lo será para mí. Probablemente mis obras seguirán siendo buenas, pero no podrán enfrentarse al «gran coloso». No quisiera llegar a pensar que contra Stalin vivíamos mejor. Así que tal vez me convenga cerrar los ojos y abrirlos en la cima de la colina a la que alguien me quiere llevar. Quizá entonces se descubra que mi música ha pasado de la penumbra a la luz. Luz, más luz. Es lo que quiero.

—¿A qué demonios viene ahora eso, Dmitri Dmítrievich? No intentes convencerme de que has sido inocente todos estos años. A mí no, déjalo para ese Jrushchov al que oigo graznar, aunque él crea que está haciendo un brillante discurso... Pero ya hemos visto y oído bastante, ¡salgamos de aquí!

¿Sirve de algo pensar en eso ahora? ¿Acaso me dará más tiempo?

Son ya las siete y media.

Respirar, vivir, soñar.

Y una cosa más.

Irina y yo fuimos a visitar el barranco de Babi Yar, a las afueras de Kiev, donde los nazis habían asesinado a veinte mil judíos. Los árboles eran negros, se movían con el viento y no tenían hojas. Ese año las hojas habían caído pronto y hacía mucho que las había barrido el viento.

—Cientos de camiones transportaron hasta aquí a más de veinte mil judíos —le dije a Irina, con un nudo en el estómago—. Imagino que algunos sabían lo que les esperaba, pero no por ello dejaban de animar a sus compañeros; imagino que se decían unos a otros que no perdieran la esperanza, que iban a ser transportados a otro campo, que eran demasiados para que pudiera suceder algo peor. Llegaron hasta la explanada de allí abajo. –La señalé con la mano–. Caminaron cabizbajos por el sendero que bordea la montaña. Colas como ríos que llevaban al infierno. Al principio iban en silencio, luego empezaron a cantar el Kaddish, ya nadie se atrevía a hablar de esperanza. Veinte mil judíos contra poco más de cien soldados. ¿Por qué no se rebelaron, Irina? Los hombres se arredran ante la fuerza del mal. Ese es uno de los terribles enigmas de la vida. Ahora, todo está en silencio, pero...

–Es triste lo que dices, mi amor.

–La tristeza es el único sentimiento verdadero; lo demás son añadidos, breves fugas de viento que alivian el instante.

–¿Por qué la gente no vive y deja vivir?

–Yo tampoco sé responder a eso, Irina. De hecho, no creo que nadie sepa.

–Los seres humanos son un misterio. ¿Por qué no aprenden de sus errores? ¿Por qué se destruyen con tanta crueldad?

–Vivir y dejar vivir parece lo más sencillo, pero no es así.

–Tienes razón, Mitia.

–Las pasiones enfrentadas nos atormentan: el instinto de matar, el miedo a la soledad, a la muerte, el egoísmo, la bondad, el amor, el odio, la mezquindad, el deseo.

–¿Y al arte, Mitia? ¿No sirve el arte?

–El arte gusta de la muerte, mi música la corteja. Los rusos llevamos en la sangre el culto de las víctimas y del martirio. Vamos por la vida con las venas abiertas. ¿Por qué hay tan pocas comedias en la literatura rusa? ¿Te lo has preguntado alguna vez, Irina? Nuestras comedias son más trágicas que las propias tragedias.

–Vosotski decía: «Quiero quedarme un rato más al borde del precipicio».

–El borde del precipicio, lo tienes aquí, Irina.

–Sí, Mitia.

–Si no existiera el mal, si el mundo fuera perfecto, el arte no sería posible.

–¿Estás seguro?

–No.

–El arte consuela. Si no fuera por él viviríamos mucho peor. *La canción de la tierra*, de Mahler, la *Novena*, de Beethoven, la *Misa en si menor*, de Bach, tus sinfonías, las obras de Miguel Ángel y Shakespeare, las de Dostoievski, Tolstói y Chéjov han salvado muchas vidas.

–No lo creo, Irina, no creo que eso sea cierto... –Me atraganté, perdí el hilo por un momento, pero pronto lo recuperé y continué, con la boca seca–: Trato de hacer mi trabajo lo mejor que puedo; intento no herir a la gente, pero no se me pasa por la cabeza la idea de salvar a nadie. Un hombre solo no puede cambiar el destino del mundo; nadie lo ha conseguido, ni siquiera Jesucristo. Los experimentos para salvar a la humanidad me parecen peligrosos; el comunismo de Lenin y Stalin es un buen ejemplo.

–El arte puede combatir el mal.

–No, Irina, no puede. Lo único que puede hacer es gritar. Mis obras son solo gritos de impotencia.

–¡Sí, sí que puede! –Agitó violentamente las manos–. ¡Y el amor también puede! El amor es mucho más fuerte que el odio. –Le temblaban los labios–. ¡Hay que vivir, Mitia! Soportaremos juntos las pruebas que nos envíe el destino.

–El destino es un pozo sin fondo que no atiende a razones.

Ella insistió:

–Viviremos sin descanso para los otros. Yo para ti, tú para los demás, con tu música. Tu música da esperanza, la necesitamos, tienes que ser consciente de ello.

–Hasta que perdí la esperanza no supe lo que era la felicidad.

–¿Has sido feliz alguna vez?

–No.

–Me da mucha pena oírte decir eso, Mitia.

–La música para mí no es un placer, es un tormento.

–¿Recuerdas el final de *Tío Vania*, de Chéjov?

–Sí.

–Y cuando llegue la hora del último viaje, partiremos contentos, sin reproches, con los ojos abiertos.

–Con los ojos clavados en este barranco.

–Y más allá de la tumba diremos que hemos sufrido, que hemos llorado, que la vida nos ha sido muy amarga.

–Es mucho peor que eso, Irina.

–Dios se compadecerá de nosotros y entonces, Mitia, mi amado Mitia, veremos una vida bella, luminosa; entonces nos sentiremos dichosos, miraremos nuestro sufrimiento de hoy con una sonrisa emocionada y descansaremos... Yo creo, Mitia, creo ardiente, apasionadamente.

Los dos miramos al vacío.

–Descansaremos, sí, descansaremos. Pero hasta entonces, hay que seguir luchando, Mitia.

Vuelve a llover. Me levanto en silencio para ajustar bien la ventana. Miro al jardín sin saber si va a ser la última vez. En el linde del bosque se alzan unos abedules, a través de cuyos troncos y ramas se divisa una brumosa lejanía. Detrás de los abedules alguien toca un caramillo. El músico solo se sirve de cinco notas, que alarga perezosamente, sin llegar a construir una melodía; sin embargo, en ese silbido percibo un acento sombrío, melancólico. Mi nieto Dmitri sigue durmiendo tranquilo; las facciones de su rostro se parecen a las de Nina, su abuela: nariz respingona, mejillas de un rojo vivo y grandes ojos de color azul grisáceo bajo unas cejas poco pobladas. Los largos cabellos le caen sobre los hombros como varillas...

Final

Sábado 5 de julio de 1975
Estudio de Dmitri Dmítrievich Shostakóvich
en su dacha de Zhukovka, a treinta kilómetros de Moscú
7.56 de la mañana

Se acabó... silencio... faltan pocos minutos para las ocho de la mañana... hace rato que ha amanecido... Irina vendrá pronto con el desayuno... me duele la mano derecha... mis piernas tiemblan... viejo... encorvado... deshecho... cuando termine el tercer movimiento de la *Sonata para viola* podré descansar... no va más... quince cuartetos de cuerda... quince sinfonías... seis conciertos para solista... dos óperas... ¿por qué solo acabé dos óperas...? ¿por qué no escribí los veinticuatro cuartetos de cuerda que quería...? ¿por qué no supe amar mejor...? respira... así... hondo... así... bajo la luz brillante de la luna he caminado como un peregrino... luego pasé por una calle desierta... un muro blanco inundado de luz... oía el rumor del aire... oía mis pasos en las losas de piedra... pero no oía los pasos de Dios... ¿por qué no ha querido hablarme Dios...? ¿por qué nunca escuché su voz...? ¿fue culpa mía...? sesenta y ocho años... creando... preguntando... enseñando... ayudando a los demás... defendiendo principios en los que creía... ¿es eso cierto...? ¿hice todo lo que podía...? ¡lo imposible es lo único que me hubiera podido salvar...! lo he buscado... sí... ahí... al otro lado de la música... en el lado que permanece oculto... el lado que solo es posible intuir... que casi llegué a alcanzar... la decimocuarta sinfonía… el decimoquinto cuarteto de cuerda… el ciclo de sonetos de Miguel Ángel que resuenan aún dentro de mí… puedes ver la noche en este dulce descanso… el sueño del ángel tallado en esta roca… y desde que duerme… vive… despiértala si no crees… ella te hablará… quiero dormir y más ser de piedra mientras duren el insulto y la vergüenza… es un gran placer no ver ni sentir nada… no despertaré… por favor… habla en voz baja… y en el adiós de esos sonetos… son también míos cada golpe de cincel… cada pincelada en el lienzo… cada palabra escrita… cada nota compuesta… cada hallazgo encontrado por seres que sufren y aman… deja ya eso… respira… despacio… así… así… es hora de acabar… dormir… no sin antes… lo sé… he compuesto ciento cuarenta y siete obras diciéndome… termina esta… es la buena… luego descansarás… dormirás… la terminaba… no era la buena… no podía descansar… enseguida comenzaba otra… diciéndome… termínala… luego descansarás… esta vez es la buena… esta vez lo he conseguido… la terminaba… no era la buena… no podía descansar… enseguida otra… esta será diferente… la terminaba… ya la tienes… no era la buena… dormir… dormir… descansar… nadie puede ayudarte… ya conoces ese infierno que llamas tu cabeza… zumbidos… sin oír la voz de Dios… jamás Dios ha contado contigo… Él sí lo hizo… acabar la sonata para viola… ordenar las cosas… antes de… quizá… la ópera sobre *El monje negro* de Chéjov… sigue… sigue… te faltan solo unos compases… arrastrar la melodía… respirar… ¿homenaje o plagio del *Claro de luna* de Beethoven…? un buen compositor no imita… roba… no tengo fuerzas… necesito dejarme llevar… sin soltar su mano… veinte años sin Nina… por las noches pienso en ella… no pude despedirme… estaba en Armenia con su «amigo especial»… cuando llegué la vi muerta… las rosas rojas esparcidas sobre su tumba no las envié yo… le pedí a Galina que se casara conmigo… me dijo que no… su música es aire… sangre… piedra… sigue… sigue… la célula del *Claro de luna* se repite… corchea con punto… semicorchea… blanca… apaga la luz… ya es de día… podría estar espiándome… ¿tú crees que vendrá…? no… son imaginaciones tuyas… ¿estás seguro…? calla… calla te digo… no te detengas… un último esfuerzo… ya casi lo tienes… ¿no ves el final…? déjate llevar… vamos… así… así… cada vez más *piano*… hasta que acabes con ella… hasta que acabe contigo… mi música es la respuesta al dolor… un grito de impotencia… el intento de comprender… ¿puede la música combatir el mal?… ya casi está lleno el vaso de arena… una de tus fantasías más felices… o no… siento su aliento en la cara… bosteza… espera… cuando llegue el momento te iré a buscar… ¿por qué no viene…? el plazo ha concluido… antes tengo que acabar… así… ¿no lo ves…? entre el silencio y la música… la vida y la muerte… más de veinticinco mil noches persiguiendo sombras… cumpliendo un destino… no he podido hacer más… ¿de verdad no has podido…? sombras… desgarros… vida… muerte anticipada… veinticinco mil noches… respira… despacio… eso es… sol… do… sol… si bemol… fa… la… mi… lenta luz abriéndose sobre un fondo negro… ojos que respiran… voces de agua que brillan… un quejido hasta el final… sol… do… sol… si bemol… fa… la… mi… no lo prolongues más… deja que se apague… llegar tranquilo al final… desaparecer… el silencio de la tumba espera… ¿no era eso lo que te dijo…?

Dmitri, abriendo los ojos y bostezando:
–¡Abuelo!
–Mantener el mi de la viola… el silencio de Dios ya no me pesa… termina… termina… ya veo el final… mi… sol… do…
–Abuelo, ¿qué te pasa?
–Sol… do… sol… respira… respira… así… así… sol… do… sol… ya casi está…
–Estoy aquí, abuelo, ¿no me ves?
–El silencio de Dios ya no me pesa… sigue… sigue… falta solo un compás… todavía queda arena en el reloj… un poco más… un poco más… no estoy preparado… un poco más… sol… do… sol… no quiero… no… no quiero… desaparecer…

mi música permanecerá... en la muerte no está el final... el final... la sonata ya está terminada... todo se ha consumado...
estoy dispuesto para la partida...

Irina entra con una bandeja llena de fruta en la mano, la de-
posita sobre la mesa, se acerca, sonríe y dice:

–Mitia, hay un señor que te está esperando fuera.

Traducciones de los textos en otros idiomas

p. 61:
Il est temps de se lever, coquin! Debout tout de suite!
¡Es hora de levantarse, sinvergüenza! ¡En pie ya mismo!

Il est temps de se lever!
¡Es hora de levantarse!

p. 67:
Monsieur Maïakovski vient d'arriver. Il désire parler avec vous, excellence.
El señor Mayakovski acaba de llegar. Desea hablar con usted, excelencia.

Tu ne devrais pas être au théâtre? Toujours en retard! Qu'est-ce que tu fais, fripon? Oui, je vois, amuser les messieurs avec des histoires, comme d'habitude. Tu es un bouffon!
¿No tendrías que estar en el teatro? ¡Siempre tarde! ¿Qué haces, golfo? Sí, ya veo, divertir a los señores con historias, como siempre. ¡Eres un bufón!

C'est fini! Tu m'entends? C'est fini!
¡Se ha acabado! ¿Me oyes? ¡Se ha acabado!

Ingrat! C'est ce que tu es!
¡Ingrato! ¡Eso es lo que eres!

Tu as dit ce qu'on a fait la nuit dernière? Non? Eh bien, je vais leur dire. Ils nous mettront à la rue, mais je m'en fous. Supporter ces parvenus me rend malade. Sortir d'ici, c'est ce que je veux.

¿Has contado lo que hicimos anoche? ¿No? Pues bien, yo se lo voy a decir. Nos echarán a la calle, pero me da igual. Soportar a estos nuevos ricos me pone enferma. Salir de aquí es lo que quiero.

Vraiment? Es-tu sérieux? Tu ouvriras la porte?

¿De verdad? ¿Vas en serio? ¿Abrirás la puerta?

p. 68:

À minuit. Quand ils sont allés se coucher. Si tu ne m'ouvres pas, je te tue.

A medianoche. Cuando se hayan acostado. Si no me abres, te mato.

p. 70:

À minuit. N'oublie pas.

A medianoche. No lo olvides.

p. 76:

Tais-toi, Mijaíl Nikolaievich! Avec ton bavardage, il est impossible de se concentrer sur le jeu.

¡Cállate, Mijaíl Nikolaievich! Con tu parloteo es imposible concentrarse en el juego.

p. 77:

I'm sick of this game! It isn't my day!

¡Estoy harto de este juego! ¡Hoy no es mi día!

p. 78:

I've had enough... I'm broke.

Ya he tenido suficiente... Estoy a cero.

p. 131:

Vous devez me pardonner deux choses, madame: je ne parle pas russe et je me présente chez vous à l'improviste. Mais je ne pouvais pas m'en empêcher. J'étais au théâtre, en pleine représentation de Les noces de Figaro, *et j'ai dit à Iván Ivánovich: «Pourquoi attendre demain? Ne perdons pas de temps, allons les voir tout de suite». Il m'a exprimé ses doutes, mais j'ai suivi mon désir et me voilà. J'espère que je n'arrive pas au mauvais moment.*

Tiene que perdonarme dos cosas, *madame*: no hablo ruso y me presento en su casa de improviso. Pero no lo he podido evitar. Estaba en el teatro, en plena representación de *Las bodas de Fígaro*, y le he dicho a Iván Ivánovich: «¿Por qué esperar a mañana? No perdamos el tiempo, vamos a verlos enseguida». Me ha expresado sus dudas, pero he seguido mi deseo y heme aquí. Espero que no llegue en mal momento.

p. 132:

Je vérifie que la patience n'est pas une de vos principales vertus, docteur Klemperer. Ne vous inquiétez pas, nous avions aussi hâte de vous connaître. Je sais que vous aimez la musique de mon mari et cela suffit pour que vous soyez le bienvenu chez nous.

Compruebo que la paciencia no es una de sus principales virtudes, doctor Klemperer. No se preocupe, nosotros también estábamos deseando conocerle. Sé que ama la música de mi marido y eso es suficiente para que sea bienvenido a nuestra casa.

Je suis convaincu que votre mari est l'un des plus grands génies de notre siècle. Je dirige depuis longtemps ses oeuvres en Amérique et en Europe, et partout où je les présente, elles rencontrent un immense succès. J'ai entendu dire qu'il a composé une merveilleuse nouvelle symphonie, et j'ai hâte de l'entendre. C'est la vraie raison de ma visite à Léningrad. Oui, je devais diriger la Philharmonie, mais ce n'était que le prétexte.

Estoy convencido de que su marido es uno de los más grandes genios de nuestro siglo. Dirijo desde hace mucho tiempo sus obras en América y Europa, y allí donde las presento tienen un éxito inmenso. He oído decir que ha compuesto una maravillosa nueva sinfonía, y quiero escucharla cuanto antes. Es la verdadera razón de mi visita a Leningrado. Sí, debía dirigir la Filarmónica, pero era solo la excusa.

p. 135:
Vite! Appelez une ambulance!
¡Rápido! ¡Llamen a una ambulancia!

–Avez-vous des contractions?
–Oui. Très fortes.
–Allongez vous. Ne vous inquiétez pas, je sais quoi faire dans ces cas, ce n'est pas la première fois pour moi. Le plus important est que vous restiez calme. Le moment tant attendu est arrivé. Essayez de penser à de jolies choses. Demain vous aurez un beau bébé dans vos bras. Vous devez respirer profondément. Laissez-moi vous masser le ventre, ça rassurera le petit aussi.
–¿Tiene contracciones?
–Sí, muy fuertes.
–Estírese. No se preocupe, sé qué hacer en estos casos, no es mi primera vez. Lo más importante es que permanezca tranquila. El momento más esperado ha llegado. Trate de pensar en cosas bonitas. Mañana tendrá un precioso bebé en sus brazos. Debe respirar profundamente. Déjeme masajearle el vientre, eso tranquilizará también al pequeño.

p. 136:
Le liquide amniotique est clair. S'il avait été plus sombre, nous aurions eu des problèmes. Tout ira bien, ma chère. Vous avez encore du temps. L'ambulance doit être sur le point d'arriver.

El líquido amniótico es claro. Si hubiera sido más oscuro, habríamos tenido problemas. Todo irá bien, querida. Aún le queda tiempo. La ambulancia debe de estar a punto de llegar.

–Je vois. Avez-vous étudié la médecine?
–C'est une histoire que je vous raconterai une autre fois.
–Merci beaucoup, monsieur. Vous êtes très aimable. J'espère entendre votre histoire un jour. Je suis désolée d'avoir été si inopportune.
–Ne vous inquiétez pas. Et maintenant étendez les bras et n'arrêtez pas de respirer profondément. Tout doucement, ma chère...
–Ya veo. ¿Ha estudiado Medicina?
–Es una historia que le contaré en otra ocasión.
–Muchas gracias, señor. Es muy amable. Espero oír su historia algún día. Siento mucho haber sido tan inoportuna.
–No se preocupe. Y ahora extienda los brazos y no deje de respirar profundamente. Poco a poco, querida...

Kant vous sera plus utile dans d'autres circonstances, cher professeur.
Kant le será más útil en otras circunstancias, querido profesor.

Que dites-vous? Le père? Vous l'avez là.
¿Qué dice? ¿El padre? Lo tiene allí.

p. 137:
Courage, ma chère. Demain j'irai vous voir à l'hôpital. Et si vous me le permettez, je tiendrai le bébé dans mes bras. J'aime beaucoup les enfants. La première fois on est plus nerveux, mais vous verrez comme tout se passera bien.
Ánimo, querida. Mañana iré a verla al hospital. Y si me lo permite, sostendré al bebé en mis brazos. Me gustan mucho los niños. La primera vez una está más nerviosa, pero ya verá como todo irá bien.

p. 138:
Mais c'est formidable. Je n'ai jamais vu une chose pareille.
Esto es increíble. No he visto nunca una cosa igual.

p. 264:
Attaquez donc toujours!
¡Seguid atacando!

p. 314:
My dear fellow.
Mi querido amigo.

p. 341:
Hey Shosti, look at the camera! Say hello to us with the hat!
¡Eh, Shosti, mire a la cámara! ¡Salúdenos con el sombrero!

Smile more, Shosti! This is not a funeral!
¡Sonría más, Shosti! ¡Esto no es un funeral!

He looks like my cousin, he has the same eyes as him.
Se parece a mi primo, tiene sus mismos ojos.

He is as pale as a dead man.
Está tan pálido como un cadáver.

In Russia they must not feed him well.
En Rusia no lo deben de alimentar bien.

Put this on, Shosti. It's for **Vanity Fair** *magazine.*
Póngase esto, Shosti, Es para la revista *Vanity Fair.*

p. 342:
Shosti, do you like blondes or brunettes?
Shosti, ¿le gustan las rubias o las morenas?

Here, here, Shosti! Are you going to jump out the window like Kasyankina?
¡Aquí, aquí, Shosti! ¿Va a saltar por la ventana como Kasyankina?

He doesn't understand a word.
No entiende ni una palabra.

The job is done, we can go. I have to pick up the clothes at the laundry.
El trabajo está hecho, ya nos podemos ir. Tengo que recoger la ropa en la lavandería.

Welcome to America Mr. Shostakóvich. We have a hard time pronouncing Russian, especially that extremely complicated rule that you have of using names and patronymics; so if you allow me, I will also call you Shosti.
Bienvenido a América, señor Shostakóvich. Nos cuesta pronunciar el ruso, especialmente esa regla extremadamente complicada que tienen de usar nombres y patronímicos; así que, si me lo permite, yo también le llamaré Shosti.

What do you think of the Congress for Peace? Will it help to bring the positions of the United Statesand the Soviet Union closer together?
¿Qué piensa del Congreso por la Paz? ¿Ayudará a que Estados Unidos y la Unión Soviética acerquen posiciones?

p. 343:
What do you expect from the American public?
¿Qué espera del público americano?

Do you agree with your government's ban on Western music?
¿Está de acuerdo con la prohibición de la música occidental de su gobierno?

Mr. Shostakóvich is not going to answer that. Another question, please.
El señor Shostakóvich no va a responder a eso. Otra pregunta, por favor.

Have you considered asking the US government for political asylum, as other Russian artists have done?
¿Ha considerado pedir asilo político al gobierno de Estados Unidos, como han hecho otros artistas rusos?

No comment. Last question, please.
Sin comentarios. Última pregunta, por favor.

Igor Stravinski has said that he couldn't welcome the Russian delegation for moral and ethical reasons. What do you think of this?
Ígor Stravinski ha dicho que no podía dar la bienvenida a la delegación rusa por motivos éticos y morales. ¿Qué piensa de eso?

The press conference is over. Thank you so much.
La conferencia de prensa se ha acabado. Muchas gracias.

It's a shame that he doesn't answer. I was afraid something like this could happen. Let's go. Don't waste any more time.
Es una vergüenza que no contestara. Me temía que algo así pudiera ocurrir. Vámonos. No perdamos más tiempo.

p. 356:
We are so alone, let's go to my house.
Estamos tan solos, vamos a mi casa.

p. 357:
eat me!
¡cómeme!

Do you want to play?
¿Quieres jugar?

Tony, pull up a chair.
Tony, saca una silla.

Single or double?
¿Simple o doble?

What's up, buddy? You don't look too good. Don't you speak English?
¿Qué pasa, amigo? No tienes muy buena cara. ¿No hablas inglés?

Confesiones al lector

UNO

Esta novela empezó mucho antes de que decidiera escribirla, un 5 de agosto de 1981, en Tanglewood, entre Lenox y Stockbridge. Estado de Massachusetts.

Había viajado hasta allí con mi mujer, Águeda, para participar en el curso de dirección de orquesta del Berkshire Music Center, de Tanglewood, sede de verano de la Orquesta Sinfónica de Boston. Y ese 5 de agosto íbamos a conocer a Leonard Bernstein. En la sala en la que le esperábamos, el ambiente era tenso.

Bernstein entró como una exhalación con un vaso de whisky en una mano y un cigarrillo en la otra. Sin mirar a nadie, se sentó al piano, tocó tres acordes del comienzo de la *Tercera Sinfonía* de Gustav Mahler, se volvió hacia nosotros y exclamó:

–¡Yo soy Mahler!

—Maestro –le preguntó Eiji Oue, uno de los doce alumnos que formábamos parte del curso–, esta noche dirigirá Mahler, y comprendo que nos diga que es Mahler, pero mañana que dirigirá la *Quinta* de Shostakóvich, ¿nos dirá que es Shostakóvich?

Bernstein dio un sorbo a su vaso de whisky, antes de contestar:

–Sí, mañana seré Shostakóvich... ¿Sabéis por qué?

Todos esperábamos impacientes la respuesta.

–Para llegar a ser un auténtico director de orquesta –dijo–, uno debe ser capaz de arrancar el alma del compositor al que interpreta y hacerla suya. No hay otro camino.

Se oyeron risas nerviosas.

–¿Os reís…? Si es así, nunca llegaréis a ser alumnos míos.

El silencio cortaba el aire.

–Sí, lo sé, la música es vuestra vida… Pero eso no basta.

Pidió a su asistente que le sirviera más whisky. Luego, con un tono de voz profundo, continuó:

–El intérprete, con demasiada frecuencia, lo que hace es interpretarse a sí mismo. Unas veces mejor, otras peor, pero incluso en este segundo caso, es insuficiente. Lo importante es llegar a descubrir lo que hay detrás de la apariencia en la música. –Con el cigarrillo en la boca, volvió a tocar tres acordes de la *Tercera* de Mahler; después, nos preguntó–: ¿Qué esconde esta modulación armónica? ¿Son solo notas? Para diferenciar la representación de la verdadera esencia de la música tendréis que cruzar esa línea. Si queréis ser mis alumnos, deberéis estar dispuestos a abrir la mente y el corazón con objeto de conocer lo que hay al otro lado de la música, del mismo modo que es inevitable saber algún día lo que hay al otro lado de la vida.

Se levantó del piano. La lección se había acabado. Los demás alumnos se acercaron a él, para presentarse y saludarlo. Sus caras reflejaban devoción.

–¿Llevas la carta? –me preguntó Águeda.

–Sí. Claro.

–Vamos. Pongámonos en la cola.

–No estoy seguro de si es el mejor momento para dársela… –dije, sintiendo cómo mi pulso se aceleraba.

–No encontrarás otro mejor. –Y, ante mi indecisión, añadió–: Tranquilo, seguro que le gustará.

Después de esperar más de diez minutos en la cola, llegamos frente al «maestro». Águeda me presentó: hablaba inglés mucho mejor que yo. Bernstein le besó la mano al estilo español –su mujer, Felicia Montealegre, era chilena– y nos dio la bienvenida al curso en castellano. Muy tenso, le entregué la carta que le había escrito Victoria de los Ángeles, recomendándome en términos efusivos, después de haberla dirigido en un concierto con arias de ópera de Vivaldi, en la iglesia Santa María del Mar, de Barcelona. Bernstein se puso las gafas que siempre llevaba colgadas del cuello, la miró, se la metió en el bolsillo y me preguntó a bocajarro:

–¿Qué notas tocan los fagotes al comienzo de la *Sinfonía Leningrado* de Shostakóvich?

La pregunta era relativamente fácil, así que respondí sin vacilar:

–Los fagotes doblan a las cuerdas: mi, do, sol, fa sostenido.

–Bien... ¿Y los violines primeros en el compás cincuenta y dos?

En ese momento se aproximó su asistente, Gustav Mayer, y le dijo algo al oído. La interrupción me salvó de tener que confesarle que no lo sabía. Al contrario de la primera pregunta, esta era mucho más difícil.

Así fue mi primer encuentro con Leonard Bernstein, aquella mañana del 5 de agosto de 1981. Me faltaban unos días para cumplir veintitrés años.

A lo largo del curso comprendí que para Bernstein no había más que buena y mala música. Y la buena no tenía géneros: se podía encontrar en la música antigua, en la clásica, en la contemporánea, pero también en el jazz, el blues, el pop, el flamenco... Recuerdo cómo analizaba sus canciones preferidas de los Beatles: «Me gusta su eclecticismo –solía comentar–, la libertad y valentía con la que abordan diferentes estilos musicales: un blues mezclado con una trompeta aguda venida del mundo de Bach, cuerdas con sabor clásico, una melodía que recuerda a Schubert, ragas hindúes...».

Bernstein me enseñó a subdividir los compases en la parte final del cuarto movimiento de la *Novena* de Mahler. Alargar el *tempo* hasta agotar los arcos de los instrumentistas de cuerda, hasta extenuar la respiración de las maderas y los metales. Cuando, años después, la ensayaba con la Royal Philharmonic en Londres, el concertino paró a la orquesta y me dijo que no era posible mantener un *tempo* tan lento durante tantos compases, y que nunca lo habían tocado así. Le contesté con una de las frases preferidas de Bernstein: «Lo imposible, es imposible, hasta que deja de ser imposible». Inténtenlo de nuevo, por favor –les pedí–, estoy seguro de que acabará por convencerles. El concertino arrugó la nariz, pero siguieron tocando con el *tempo* que yo les marcaba. Al finalizar el concierto que dimos al día siguiente en el Auditorio Nacional de Madrid, el concertino vino a mi camerino y me dijo: «Tenía usted razón; ha sido una experiencia nueva y positiva». Nos dimos un abrazo.

Con Bernstein aprendí a destacar en los acordes finales de la *Quinta* de Shostakóvich el si bemol, que transforma de forma inesperada el modo mayor en menor, lo que produce una estridencia en el caso de que ese si bemol –en lugar del si natural– sea tocado con la rotundidad que merece. Cada vez que he dirigido esta obra, he tenido dificultades para convencer a los músicos de que acentuasen ese si bemol. Sus reticencias se debían a que consideraban que el final rutilante de la partitura quedaba deslucido por ese sobresalto armónico. Pero así lo quiso Shostakóvich. La *Quinta* no es, como se pretende, una obra a mayor gloria del Estado soviético. Nada más lejos. Es un réquiem sin voz, un grito terrible por todas las víctimas que sufren.

Bernstein me enseñó también a llevar un *tempo* ligero –a 2, no a 4– en la marcha de la invasión de la *Sinfonía Leningrado* de Shostakóvich. A mantener un ritmo constante, sin fluctuación alguna, desde la entrada de la caja, que debe ser como una llamada lejana que advierte del peligro, hasta la explosión final. La dificultad de esta marcha, que dura más de diez minutos, es, sin duda, la gradación dinámica. No conozco otra partitura –a excepción del *Bolero* de Ravel–, que exija una concentración similar durante tanto tiempo, con objeto de conseguir un enorme crescendo que, necesariamente, deber ser orgánico. Bernstein solía decir: «¡Siempre se puede tocar más *piano*. Siempre se puede tocar más *forte*! Las orquestas tienden a pensar que todo tiene un límite. No es así».

Recuerdo una gira de conciertos que hice con la London Philharmonic, en la que la única obra del programa era la *Sinfonía Leningrado*. Los ensayos en Londres habían ido bien. Yo sabía lo que quería y la orquesta me respondía. La gira comenzó en el Palau de la Música de Barcelona. En los tres primeros movimientos, los músicos tocaron con intensidad y precisión rítmica. Pero en el cuarto, el timbal solista atacó el redoble en *fortísimo* del número 173 de la partitura, dos compases antes de lo debido, arruinando el final de la obra. Al concluir el concierto, el timpanista vino a verme al camerino y se disculpó por su error, aduciendo que estaba cansado y que esa noche había dormido mal. Le dije que no se preocupara y que esas cosas solían pasar cuando a uno le falla la concentración. No me tranquilicé y esa noche fui yo el que durmió mal. El otro concierto de la gira, en el Auditorio Nacional de Madrid, resultó muy bien, pero yo seguía inquieto. No me faltaba razón. Las críticas en Barcelona fueron malas: me culparon del error del timpanista. Todavía hoy recuerdo el mal trago que tuve que pasar.

Un año después de la muerte de Leonard Bernstein, en noviembre de 1991, dirigí a la Orquesta Nacional, el estreno en España de su sinfonía *Kaddish*, la última de las tres que compuso. La partitura es enorme: coro mixto, coro de niños, gran orquesta, recitador y soprano. Utiliza el serialismo en los momentos más dramáticos de la obra, así como una tonalidad turgente, que en ocasiones se acerca al mundo del pop. Es una oración exaltada que invoca a Dios, exigiéndole que establezca la paz entre los hombres, y termine con la injusticia y la crueldad. Después del primero de los tres conciertos que dimos, Michael Wager, el narrador de la obra, y amigo íntimo Bernstein, me dijo: «A Leny le hubiera gustado estar hoy con nosotros».

DOS

Comprender el mundo contradictorio, explosivo de Shostakóvich, es difícil. Meterse en su piel, robarle el alma y escribir sobre
él en primera persona, es una temeridad. He dedicado casi tres
años de mi vida a este libro. Hubo veces en las que creí que no
llegaría al final. Decenas de páginas terminaron en la papelera.
Me levantaba de mi mesa de trabajo, daba vueltas alrededor,
fumaba, escribía de nuevo: no era bueno, borraba lo que había escrito, escuchaba música de Shostakóvich, leía la partitura de la *Sonata para viola y piano*, su última obra: ¿qué había
detrás de esas notas?, ¿cuál era su significado?, ¿qué me querían
transmitir...? Largas discusiones con Gloria, mi mujer: «Desde
que escribes esta novela, estás insoportable». Dulces reconcilia-
ciones cuando veíamos más próximo el final. Aislamiento durante meses en la casa del Báltico de la familia de mi mujer, aliviado, en ocasiones, por las llamadas de mi hija Cósima, de mis
amigos, por el aliento constante de mi editor. Estuve a punto de
tirar la toalla muchas veces. No aguantaba la presión. Pero después de novecientos días, casi los mismos que duró el cerco de
Leningrado, he logrado acabar la novela. Y me siento feliz, pero
también vacío, como si me hubieran arrancado una parte importante de mí.

TRES

La bibliografía sobre Shostakóvich es enorme; al leer este libro,
muchos reconocerán mis fuentes principales:
  A Life Remembered (Faber and Faber Limited, 1994, edición
revisada, 2006), de Elizabeth Wilson. Es una obra formidable
que recoge con imparcialidad los testimonios de familiares, amigos y alumnos del compositor. Quien quiera tener una idea de lo
que significó Shostakóvich para su tiempo, deberá leer este texto
imprescindible.

Testimonio: las memorias de Dmitri Shostakóvich (Aguilar ediciones, 1991, traducido por José Luis Pérez de Arteaga), narradas con indudable acierto por Solomon Volkov. Cuando se publicó este libro en inglés, en 1979, causó una profunda conmoción. ¿Había dictado Shostakóvich sus memorias a Volkov, como este pretendía? La polémica estaba servida. Su hijo Maxim pensaba que no, pero luego cambió de opinión; Irina Antonovna, su tercera esposa, dijo que su marido y Volkov se habían visto en contadas ocasiones, y que le resultaba imposible creer que Volkov hubiera podido extraer de ellas tal cantidad de información. Hoy, de forma casi unánime, se considera que el libro es apócrifo. Sin embargo, el texto está escrito con una extraordinaria habilidad y a mí me ha servido para dar por buenas algunas de las cosas que se dicen en él.

También he utilizado –sobre todo para el viaje a Nueva York de Shostakóvich en 1949, como parte de la delegación soviética en el Congreso Mundial por la Paz– *El ruido del tiempo*, de Julian Barnes (Anagrama, 2016). Es un libro entretenido, lúcido, inteligente, de un autor que conoce a la perfección el ritmo narrativo de la novela histórica.

Shostakóvich. Su vida, su obra, su época, del compositor Krzysztof Meyer (Alianza Editorial, 1997). Sus análisis musicales son brillantes, y la cercanía que tuvo con Shostakóvich en sus últimos años de la vida, descubren a un ser humano sensible, tímido, en apariencia inseguro, que contrasta con su asombroso poder creativo, capaz de reflejar, como muy pocos, la psicología contradictoria de la condición humana.

Leningrado: asedio y sinfonía, de Brian Moynahan (Galaxia Gutenberg, 2015). Texto extraordinario que narra con la precisión de un cirujano los novecientos días de asedio a la ciudad de Leningrado, así como el proceso de gestación y el posterior estreno en todo el mundo de la *Sinfonía Leningrado*, de Shostakóvich.

Europa central, de William T. Vollmann (Penguin Random House, 2017). Gran biografía novelada, que descubre el apasionante mundo interior de Shostakóvich y sus desventuras sentimentales.

Shostakóvich: recuerdos de una vida (Siglo XXI Editores, 2006). Entrevistas de Mijaíl Árdov, a los hijos del compositor, Galina y Maxim.

Entre las fuentes que me han ayudado, figuran también las cartas que envió Shostakóvich a sus dos mejores amigos: *Dmitri Shostakóvich. Lettres à un ami. Correspondance avec Isaac Glikman, 1941-1975* (Albin Michel, 1994). Y *La música bajo el terror. Cartas a Iván Sollertinski, 1927-1944* (Prensas de la Universidad de Zaragoza, 2021).

De la extensa bibliografía sobre Stalin, quiero destacar: *Conversaciones con Stalin* (Seix Barral, 1962) del escritor, político y diplomático yugoslavo Milovan Djilas. Es un frío y brillante retrato del dictador, cuya principal virtud es que permite que sea el lector quien juzgue al personaje.

Dos novelas me han acompañado durante la redacción de este libro: *Doktor Faustus* de Thomas Mann, y *El maestro y Margarita* de Mijaíl Bulgákov. Asimismo, he tenido muy presentes a Dostoievski y a Chéjov, los autores preferidos, junto a Gógol, de Shostakóvich. En esta novela he querido rendir homenaje a todos ellos.

Agradezco a José Antonio Millán Alba, los consejos que me dio después de leer los capítulos dedicados al *diablo*.

Agradezco a mi amiga, la escritora Monika Zgustova, el tiempo que me ha dedicado. Buena conocedora de los años de terror de Stalin, leyó el manuscrito con objeto de equilibrar la acción dramática con el rigor de los hechos históricos.

Esta novela, que considero la culminación de mi obra hasta ahora, no se hubiera hecho realidad sin el estímulo y la ayuda del gran historiador José Enrique Ruiz Domènec; reciba, desde aquí, mi agradecimiento, por haber demostrado que la amistad y el espíritu de colaboración existen aún en este mundo tan complicado.

Índice

Preludio   9

ACTO I

1. Aquellos viejos tiempos.   23
2. Valerian, recuerdos de una carta   37
3. En busca de un nuevo estilo musical   53
4. Una obra de teatro en el camino   59
5. Juego de cartas   73
6. En el teatro Bolshói.   95
7. Un artículo en *Pravda*.   107

ACTO II

1. Escribir una carta   117
2. Esperando a Klemperer.   125
3. En la Casa Grande   141
4. Detenciones.   149
5. Una casa junto al mar en Crimea   163
6. El encuentro   167
7. Salir de Leningrado en plena guerra   183
8. En tren hacia Kúibyshev   195
9. A orillas del río Om.   203
10. Gloria nacional.   223

Intermedio. La cabalgata de las hijas
    del Volga 243

ACTO III

1. El Beethoven rojo 255
2. La *Novena* que no fue 283
3. El Congreso de 1948 305
4. La llamada de Stalin 321
5. Nueva York 337
6. En la enfermería del aeropuerto de Estocolmo 361

Coda. El funeral de Stalin 379

Final 389

Traducciones de los textos en otros idiomas 395
Confesiones al lector 405